HENNING BREKENKAMP

Die Jagd auf Hitlers Schädel

TÖDLICHE VERBLENDUNG Das alte Tagebuch eines SS-Soldaten im Archiv eines Fernsehsenders ist der Schlüssel zu einem düsteren Geheimnis, das die Geschichtsschreibung verändern wird. Als Praktikant Markus Weidental es 65 Jahre nach dem Ende des Krieges durch Zufall entdeckt, beginnt ein tödliches Wettrennen um den echten Schädel Adolf Hitlers. Die hübsche Marie Knecht entpuppt sich als eiskalte Killerin einer geheimen Neonazi-Vereinigung, die den Sender infiltriert hat und rücksichtslos nur ein Ziel verfolgt: Adolf Hitler zu einem Gott zu erheben und Deutschland in ein Viertes Reich zu führen. Doch wie konnten die Überreste Hitlers 1945 aus dem Kessel Berlins überhaupt hinausgelangen? Die Antwort liegt tief unter den Straßen Berlins, denn dort, verborgen in der Dunkelheit, gibt es weit mehr, als man zu träumen wagt.

Henning Brekenkamp, geboren 1975 in Bielefeld, war nach seinem Politikstudium in der ZDF-Redaktion Zeitgeschichte tätig. Durch seine Arbeit an TV-Dokumentationen begann der Autor sich für ungelöste Fälle und Mysterien der NS-Zeit zu interessieren und zog viel Inspiration aus der täglichen Arbeit mit Zeitzeugenberichten und -interviews. Nach Stationen in der ZDF-Chefredaktion und dem ZDF-Marketing, wechselte er 2008 zu 3sat. Als persönlicher Referent beriet er den 3sat-Programmchef unter anderem in strategischen Fragen. Seit 2013 ist er Chef vom Dienst für 3sat und ZDFkultur. 2010 begann die umfangreiche Recherche für seinen Debütroman ›Die Jagd auf Hitlers Schädel‹. Henning Brekenkamp ist seit 2012 verheiratet und lebt mit seiner Frau in Frankfurt am Main.

HENNING BREKENKAMP

Die Jagd auf Hitlers Schädel

Thriller

GMEINER SPANNUNG

Personen und Handlung sind frei erfunden.
Ähnlichkeiten mit lebenden oder toten Personen
sind rein zufällig und nicht beabsichtigt.

Besuchen Sie uns im Internet:
www.gmeiner-verlag.de

Im Ehnried 5, 88605 Meßkirch
Telefon 07575/2095-0
info@gmeiner-verlag.de

1. Auflage 2015

Lektorat: Claudia Senghaas, Kirchardt
Herstellung: Mirjam Hecht
Umschlaggestaltung: U.O.R.G. Lutz Eberle, Stuttgart
unter Verwendung eines Fotos von: © chalabala / Fotolia.com
Druck: GGP Media GmbH, Pößneck
Printed in Germany
ISBN 978-3-8392-1695-8

Für meine Großväter Roland Gelbhaar
und Walter Brekenkamp

KAPITEL 1

Schweiz, Silvaplanersee, 31. Dezember 2009, 23:32 Uhr

Seine Beine zitterten und jeder Atemzug brannte wie Feuer in den Lungen. Als er seine Oberschenkel einen kurzen Moment nicht mehr spürte und er wie von einem riesigen Magneten zu Boden gezogen wurde, fühlte er den eiskalten Schnee, wie er sich tief in die Ärmel seines Smokings schob. »Du musst weiter«, befahl er sich mit letzter Kraft, doch das Adrenalin, das schon seit Stunden seinen Körper durchdrang, schien nun endgültig erschöpft zu sein. In immer kürzeren Abständen versagten ihm seine übersäuerten Muskeln den Gehorsam. Die Erschöpfung der vergangenen halben Stunde, in der er orientierungslos in der Dunkelheit auf dem zugefrorenen Silvaplanersee umhergeirrt war, war qualvoll.

Das fahle Licht des Mondes, das durch den Schnee reflektiert wurde, verwandelte sich in Kombination mit den dicken Nebelschwaden zu einer dunkelgrauen trüben Masse, die kaum einen Anhaltspunkt bot, wo er sich auf dem See befand. Eine Unterscheidung zwischen Boden und Nachthimmel war unmöglich und ein Horizont nicht zu erkennen. Nicht einmal der schwächste Lichtschein der kleinen Orte Surley und Silvaplana am Rand des Sees, die nicht weiter als 100 Meter entfernt sein konnten, drang durch den eiskalten und milchigen Vorhang. Als er sich trotzdem eine kleine Pause gewährte, spürte er, wie ihm das warme und metallisch schmeckende Blut aus dem

Mund und aus der Nase quoll und wie schwarzes zähflüssiges Öl auf den Schnee tropfte. Er zwang sich dazu, den Atem kurz anzuhalten, und sah sich in alle Richtungen um. Erkennen konnte er jedoch nichts. Lediglich den schwachen Klang von Musik konnte er vor sich in der Ferne ausmachen. Doch ohne seine Brille, die er irgendwo auf dem See verloren hatte, war der 68-jährige Schweizer Rechtsanwalt und Notar hilflos.

Er entschloss sich, nach ein paar mühsamen mehr gekrochenen als gelaufenen Metern wiederum kurz nach der Musik zu horchen und dann zu versuchen, weiter in die Richtung vorzudringen, aus der sie kam. Als er der Musik etwas näher zu sein schien, keimte Hoffnung in ihm auf und für einen kurzen Moment spürte er sogar einen kleinen Triumph über seine Verfolger. Er wusste, dass ihn jetzt nur noch eine große Menschenmenge am Rande des Sees retten würde. Offenbar wurden ganz in seiner Nähe die letzten Minuten des Jahres in einer rauschenden Silvesterparty gefeiert.

Mit großer Mühe sammelte er nochmals seine Kräfte, richtete sich auf und quälte sich weiter vorwärts. Als er dem Ufer wieder einige Meter näher gekommen war, mischte sich Stimmengemurmel und leises Gläserklirren unter die Musik. Verzweifelt versuchte er, um Hilfe zu rufen, aber die Kraft fehlte ihm dazu. Außerdem schien ihm die Gefahr zu groß zu sein, seine Verfolger auf sich aufmerksam zu machen. Er bildete sich ein, ihre Nähe sprichwörtlich im Nacken spüren zu können, und drehte sich abermals ängstlich um. Würden sie ihn einholen, bevor er die Menschenmenge erreichte, wäre dies sein sicherer Tod. Noch einmal hielt er den Atem an und lauschte in die Dunkelheit. Die Situation wirkte surreal, fast zynisch, so nah am Ziel zu sein und es dennoch nicht sehen zu können.

Plötzlich erkannte er in seinem Augenwinkel schemenhaft einen Umriss, einen Schatten, der aus dem Nichts langsam auf ihn zukam. Sein Herz begann zu pulsieren. Er zwang sich, leise zu atmen und sich so klein zu machen, wie es ging. Doch gegen den weißen Untergrund brauchte der Schatten, der beim Näherkommen eine bullige Gestalt annahm, nur einen kurzen Moment, um ihn wie ein Raubtier zu fixieren und schnell durch den tiefen Schnee auf ihn zuzurennen. »Du entwischst mir nicht noch mal, alter Mann!«, raunte die bullige Gestalt mit einer tiefen und sonoren Stimme und alles, was er dann spürte, war ein dumpfer harter Schlag in sein Gesicht.

KAPITEL 2

Berlin, Regierungsviertel, 30. April 1945, 18:14 Uhr

Als die letzten Sonnenstrahlen des Tages für einen kurzen Moment die sonst graue Wolkendecke über Berlin durchbrachen und Friedrich Diehls Gesicht wärmten, öffnete er die Augen und sah zum Himmel hoch. Schlagartig fiel ihm ein, wie ihm schon in der Hitlerjugend beigebracht wurde, in Kampfsituationen niemals direkt in die Sonne zu blicken, da das Auge danach für Minuten nicht mehr volle

Sehstärke entwickeln könne. Doch das war ihm angesichts der Geschehnisse der vergangenen halben Stunde egal. Regungslos blieb er auf dem Boden des mit Schutt, Dreck und Trümmern übersäten kleinen Innenhofs liegen und ließ die Sonnenstrahlen seinen klammen Kampfanzug wärmen. Zum ersten Mal seit Tagen gewährte sich der 26-jährige SS-Untersturmführer bewusst eine kurze Pause und empfand es als Glücksgefühl und Rebellion zugleich, mit zusammengekniffenen Augen direkt in die Sonne zu schauen und die Helligkeit in sich aufzusaugen. Nach tagelangem Ringen triumphierte seine menschliche Seite nun wenigstens für einen kurzen Moment über seine Soldatendisziplin. Langsam hob er den Arm und verdeckte die Sonne mit seiner blutverschmierten Hand, sodass er den blauen Himmel hinter der tristen Wolkendecke und den dunkel vorüberziehenden Rauchschwaden sehen konnte. Es schien ihm wie eine fremde Welt, die sich ihm für einen kurzen Augenblick offenbarte und deren Schönheit er schon längst vergessen hatte. Ein kleines Fenster, das es ihm gestattete, wenigstens für einen kurzen Moment aus seiner grausamen Realität entfliehen zu dürfen, und ihn an bessere unbeschwerte Zeiten erinnerte. Trotz der drohenden Gefahr, durch russische Soldaten jede Sekunde entdeckt zu werden, ließ er seinen Gedanken und Erinnerungen freien Lauf, die ihn weit weg, zurück in seine Heimat in die endlosen Weinberge rund um Bockenheim in der Pfalz trugen.

Der Sommer 1940 zog sich an der Deutschen Weinstraße bis tief in den Oktober, die Abende waren noch ungewöhnlich warm und das Laub der Bäume und Weinreben leuchtete in bunten Herbstfarben. Er kannte Charlotte bereits seit seinen Kindertagen und wusste schon früh, dass sie die Liebe seines Lebens sein würde. Bereits in ihrer Jugend und in der Volksschule war sie im Gegensatz zu allen anderen Mädchen aus Bockenheim äußerst mutig. Sie ging keinem Streit aus dem Weg, gab Widerworte und weigerte sich vehement, sich von der konservativen und biederen Bauerngesellschaft der Pfalz vereinnahmen zu lassen. Oft, wenn sie mit ihrer forschen und aufmüpfigen Art bei Lehrern und Eltern für Unmut sorgte, flüchteten sie gemeinsam in die Weinberge. Dort versteckten sie sich zwischen den Reben und träumten von einer besseren Zukunft. Die Rollenverteilung war schon zu dieser Zeit zwischen beiden klar entschieden, denn in Friedrich hatte Charlotte einen willigen Zuhörer gefunden, der ihren kindlichen Ausschweifungen geduldig folgte. Sie redete, er hörte zu. Auch wenn er ihre oft wirren Gedankengänge nicht immer nachvollziehen konnte, liebte er es, ihr einfach nur zuzuhören und dem Klang ihrer Stimme zu lauschen. In diesen Momenten spürte Friedrich das kribbelnde Gefühl des Verliebtseins in seinem Bauch und schwor sich, Charlotte alles zu ermöglichen, sie aus dem seelenfressenden pfälzischen Kaff zu befreien und sie gegen alles und jeden bis aufs Blut zu verteidigen. Doch je älter er wurde, spürte er tief in seinem Herzen, dass er ihr eines Tages, um sie nicht zu verlieren, mehr bieten müsste als nur eine starke schützende Hand. Es musste etwas ebenso Besonderes sein wie ihr Wunsch, in einer großen deutschen Stadt studieren zu wollen, etwas, bei dem sie mit Stolz zu ihm aufsehen würde, und etwas, was er als Sohn eines einfachen Landarbeiters erreichen konnte. Die Jugenderinnerungen an Charlotte und die unbeschwerten Tage vor seiner Aufnahme an der SS-Junkerschule in Bad Tölz

1940 gehörten zu den schönsten seines noch jungen Lebens.

»Wie konnte das alles nur passieren?«, fragte er sich leise und schloss die Augen, als die Sonne wieder hinter der Wolkendecke verschwand. Dann hörte er erneut das Artilleriefeuer, die Maschinengewehrsalven und ohrenbetäubenden Explosionen, die die Straßen Berlins durchzogen, und er spürte, wie die Realität, der er nicht länger entkommen konnte, mit einem mulmigen Gefühl aus Angst und Übelkeit langsam und kalt wieder in ihn zurückkroch. Die Illusion der bunten Herbstfarben und der süßen Erinnerungen wandelte sich zu aschfahlen grauen Tönen und Gerüchen nach verbranntem Schwefel, Verwesung und feuchter modriger Erde.

KAPITEL 3

Schweiz, Silvaplanersee, 31. Dezember 2009, 23:56 Uhr

Als Arno Vetterli zu sich kam, erkannte er schemenhaft ein hübsches, rundes, fast mädchenhaftes Gesicht einer jungen Frau. »Wach auf!«, befahl sie ihm mit einer festen Stimme. Es dauerte einige Sekunden, bis Arno Vetterli klar wurde, dass ihn neben dem bulligen Mann nun auch seine Verfolgerin eingeholt hatte. »Wir haben schon viel zu viel Zeit mit Ihnen vergeudet, Herr Vetterli.« Erst jetzt spürte er die riesigen Hände des bulligen Mannes, die sich tief in seinen Nacken und seine Haare eingegraben hatten und die ihn so fest hielten, dass er seinen Kopf kaum bewegen konnte. Die hübsche junge Frau, von der er in der Dunkelheit nur grob die Gesichtszüge erkennen konnte, beugte sich langsam zu ihm herunter. »Im Gegensatz zu meinem Partner will ich Ihnen keine Schmerzen zufügen, aber wenn Sie sich weiter derart unkooperativ verhalten, muss ich ihm befehlen, genau das zu tun. Und da ihr Schweizer dies bekanntermaßen zu schätzen wisst: Er versteht sein Handwerk, glauben Sie mir.« Sie kam noch ein Stück näher, sodass er die Wärme ihrer Wangen in seinem eiskalten Gesicht spürte. »Also, zum letzten Mal, Herr Vetterli«, flüsterte sie ihm ins Ohr »Wo ist es?«

Benommen sah er sie an, doch selbst wenn er ihr es hätte sagen wollen, lähmten ihn die Angst und Kälte so sehr, dass er kaum eine Silbe artikulieren konnte. Sein Unterkiefer war von den Schlägen des bulligen Mannes stark geschwollen und von der Kälte steif gefroren. Alles, was Arno Vetterli von sich geben konnte, war ein leises Stöhnen.

»Na gut, Herr Vetterli, wenn Sie nicht mit uns zusammenarbeiten wollen, werden wir Sie leider dazu zwingen müssen.« Sie sah zu Ihrem Begleiter. »Du weißt, was du zu tun hast!«

Der bullige Mann nickte kurz, packte Arno Vetterli an seinen gefesselten Beinen und drückte sie in ein Loch, das er zuvor mit einer kleinen Axt in die Eisdecke des Sees geschlagen hatte und das gerade groß genug war, dass ein erwachsener Mann hindurchpasste. Sekunden später brannte das eisige Wasser wie Feuer auf der Haut seiner Beine. Arno Vetterli schrie vor Schmerzen. Instinktiv versuchte er, sich mit seinen Händen abzustützen, spürte aber, wie sie hinter seinem Rücken fest verbunden waren. Panik durchdrang ihn. Doch so sehr er sich auch dagegen wehrte, der bullige Mann war stärker und schob seinen Körper bis zur Brust in das schwarze Wasser des Sees. Er versuchte, Worte mit seinen Lippen zu formen, aber die Kälte lähmte seine Atmung binnen Sekunden.

»Wo ist es?«, schrie die junge Frau ihn an, »dann lassen wir dich gehen!«

Aber von einem Augenblick auf den anderen konnte Arno Vetterli sie weder verstehen noch spürte er die eisige Kälte der Wassers. Alles, was er nun fühlte, war ein kurzer starker Stich in seinem Herzen. Sein heftiges Zittern ließ nach, und wie eine warme Decke legte sich ein Gefühl der völligen Geborgenheit und Sicherheit um ihn. Ganz langsam löste sich sein starrer Blick von den dunklen Augenhöhlen der jungen Frau und er sah zum Nachthimmel hoch. Vor ihm offenbarte sich die Schönheit vieler goldener und glitzernder Lichtblitze, die wie riesige gleißende Feuerblumen hinter einem dichten weißen Schleier in der Ferne hervortraten. Als er langsam unter die dicke Eisplatte in das schwarze Wasser glitt, spürte er nichts außer einer beruhigenden und unendlichen Stille und das erlösende Gefühl der absoluten Hingabe. Langsam versank sein regungsloser Körper in der dunklen Tiefe des Silvaplanersees.

KAPITEL 4

A5 Reiskirchner Dreieck, 4. Oktober 2010, 9:05 Uhr

Markus liebte es, morgens mit dem Cabrio bei Sonnenschein auf der Autobahn zu fahren, und heute zeigte sich das Wetter von seiner schönsten Seite. Der stahlblaue Himmel und die wärmende Sonne wurden nur noch von der frischen und kristallklaren Morgenluft übertroffen. Für ihn gab es kein schöneres Gefühl, als bei mäßigem Tempo über den Asphalt zu gleiten und sich den Wind durch die Haare wehen zu lassen. Auch wenn es um diese Jahreszeit schon fast zu kühl war, morgens mit offenem Verdeck zu fahren, wusste er genau, wie man die merklich sinkenden Temperaturen im Oktober mit ideal justierter Autoheizung so kompensierte, dass kein Körperteil zu kalt wurde und sich schnell ein rundum angenehmes Gefühl des Wohlempfindens einstellte. Hinzu kam, dass er für jede seiner sich oft ändernden Lebenslagen und Gemütszustände über die entsprechend passende Musik verfügte. Fühlte er sich gestern Abend noch nach *Elektric Six*, *Faith no more* oder den *Ramones*, passte am heutigen Morgen Jimmy Cliffs beruhigender Klassiker *I can see clearly now* nahezu perfekt. Dass viele Autofahrer kopfschüttelnd an ihm vorüberfuhren, war ihm egal, er genoss es, bewusst anders zu sein und nicht gestresst mit Höchstgeschwindigkeit über die Autobahn hetzen zu müssen. Und schlussendlich machte das neue BMW Cabrio, das er von seinen Eltern zum erfolgreichen Studienabschluss geschenkt bekommen hatte, sein

Leben vollkommen. An diesem Morgen konnte die Welt für Markus Weidental nicht schöner sein. Seine Zukunft lag offen vor ihm, als er am Reiskirchner Dreieck vorbei Richtung Frankfurt rauschte.

Die vergangenen neun Monate nach seiner Magisterprüfung schienen ihm wie im Flug vergangen zu sein. Nachdem seine Eltern nach der Zeugnisvergabe mit dem beruhigenden Gefühl, dass nun auch ihr jüngster Sprössling eine geregelte und sichere Zukunft vor sich haben würde, Richtung Sommerwohnsitz in Cannes abgereist waren, folgte für Markus zunächst eine Zeit, in der eine Party der anderen folgte. Lästiges Durchsuchen von Jobbörsen im Internet, in denen es in der heutigen Zeit für Politikwissenschaftler sowieso keine Stellen gab, wurde auf den letzten Platz seiner persönlichen To-do-Liste verbannt. Sorgen brauchte er sich nicht zu machen, sein Vater würde auch weiterhin monatlich genügend Geld auf sein Konto überweisen. In den Wochen nach seinem Abschluss fühlte Markus sich unbesiegbar, sein Selbstbewusstsein, aber auch sein Ego war nie größer gewesen. Was auch immer kommen würde, er würde es sowieso mit Bravour meistern. Rückblickend betrachtet jedoch, gab es keinen wirklichen Unterschied zwischen dem Feiern während des Studiums und dem danach. Vielmehr schien das bestandene Studium Markus lediglich einen neuen Grund zu bieten, auch weiterhin keine Party auszulassen. Wer sein Studium schafft, darf das auch gebührend feiern, ganz egal, was man dafür für einen Aufwand betrieben hat, dachte er sich stets. Und das war im Vergleich zu seinen Kommilitonen faktisch nichts.

Wenig zu tun und doch alles zu bekommen, das war auch der Grund, warum ihn Freunde und Familie schon seit seiner Jungend ein Glückskind nannten. Schon immer flog ihm in den vergangenen 26 Jahren so ziemlich alles zu, was er haben wollte. Ohne große Anstrengungen bestand er sein Abitur, hatte Erfolg bei Frauen und verfügte über einen großen Freundes- und Bekanntenkreis. Dabei war er weder Genie noch Überflieger, vielmehr konnte er sich stets auf sein Bauchgefühl verlassen und verfügte über eine innere Stimme, die immer genau wusste, an welchem Punkt der absolut geringste Aufwand einzuleiten sei, um letztlich doch alles zu erreichen. Unter Ausnutzung aller nur zur Verfügung stehenden Tricks und Wege des geringsten Widerstandes strafte Markus all jene Lügen, die in regelmäßigen Abständen prophezeiten, dass er mit dieser Einstellung irgendwann an Grenzen stoßen würde. Häufig, wenn ihm einmal die Dinge aus den Händen zu gleiten drohten, rettete ihn eben jene innere Stimme. So war es auch zu seinen Abschlussprüfungen seine innere Stimme, die ihn rettete, indem sie ihn aufforderte, wenigstes hin und wieder etwas zu lernen. Und so kam es, dass spätestens nach bestandenem Studium letztlich auch seine hartnäckigsten Kritiker kapitulierten. Widerwillig mussten sie zumindest anerkennen, dass Markus, ohne wirklich jemals etwas dafür getan zu haben, mit seiner Methode sehr weit gekommen war. Doch nur etwa acht Monate später sollte sich alles ändern.

Eine Dreiviertelstunde später erkannte Markus in der Ferne die in der Sonne glänzenden Fassanden der Frankfurter Skyline und wusste, dass er seinem Ziel nun näher gekommen war. In ein paar Kilometern würde ihn sein Navigationsgerät dazu auffordern, an einer unscheinbaren Abfahrt mit dem Namen »Frankfurt Friedberger Landstraße« von der A661 abzufahren. Danach, so hatte er es sich vorgenommen, würde alles anders werden, er einen weiteren Schritt in seinem Leben wagen und sich erstmals ernsthaft mit dem Thema Arbeit auseinandersetzen. Dies nicht ohne Grund, denn obwohl die Phase der Euphorie über das bestandene Studium bei ihm deutlich länger angehalten hatte als bei seinen Kommilitonen, schlichen sich spätestens nach einem halben Jahr, meist in verkaterten Momenten, dunkle Gedanken in sein sonst sehr sonniges Gemüt. An jenen Tagen erwachte eine zweite Stimme in ihm, die zu seinem Leidwesen auch höchst unangenehme Fragen, wie zum Beispiel, was er denn demnächst zu tun gedenke, stellen konnte. Auslöser dieser zweiten inneren Stimme waren nicht zuletzt die bohrenden Fragen seiner Eltern. Einerseits waren sie froh und stolz auf das Geleistete ihres Sohnes, andererseits registrierten sie bei ihm keinerlei ernsthafte Bemühungen, einmal selbst für sich sorgen zu wollen. Ihr Argwohn wurde zusätzlich durch den zweifelhaften Versuch von Markus genährt, sich dem Ernst des Lebens zu stellen, in dem er zweimal in der Woche in einer Kneipe mit dem vielsagenden Namen *Muchacho* Musik auflegte und grölenden Erstsemestern fettige Nachos mit Käsesoße und Bier vor die Nase stellte. So dauerte es auch nicht lange, bis Markus sich eingestehen musste, dass sein Plan, auf diese Weise seinen Lebensunterhalt zu bestreiten, erbärmlich gescheitert war. Allzu oft fand er sich nach dem Arbeiten bei Sonnenaufgang mehr als nur leicht angetrunken in Unterhose Fertigpizza essend auf dem Sofa wieder. Als dann aber seine Freunde und sogar die Stammgäste im *Muchacho* immer häufiger nach seiner Zukunft fragten, reagierte er zunehmend gereizt. Obwohl er nie Probleme gehabt hatte, Peinlichkeiten offen zuzugeben, erwischte er sich nun immer häufiger beim Lügen. Ja, ja, natürlich habe er schon Vorstellungen, was er machen möchte, und einige Bewerbungen habe er ja auch schon verschickt, warte aber noch auf eine Antwort und das könne heutzutage leider dauern. Als sich zusätzlich zu der neuen inneren Stimme obendrein auch noch ein schlechtes Gewissen einstellte, entschloss er sich notgedrungen, doch zu handeln, und bewarb sich um das erste Praktikum seines Lebens.

KAPITEL 5

Berlin, Regierungsviertel, 30. April 1945, 18:18 Uhr

Langsam richtete sich Friedrich auf und sah sich im kleinen Innenhof, der von allen Seiten von zerstörten Häuserfassaden umgeben war, um. Frustriert stellte er fest, dass die »Grundregeln des Kampfes« wirklich ihren Sinn ergaben, denn im Zentrum seines Blickfeldes lag ein leuchtender kreisrunder Sonnenfleck. Obwohl er wusste, dass es äußerst riskant war, sich für längere Zeit an einem Ort aufzuhalten und russische Soldaten ihn jederzeit überraschen könnten, hatte er sich die Zeit genommen, noch einige Minuten bei seinem toten Kameraden zu bleiben. Er drehte sich zur Seite und sah noch einmal auf den regungslosen Körper, der neben ihm in einer dunkelroten Blutlache lag. Zum Abschied legte er seine Hand auf die Schulter seines Freundes und flüsterte leise: »Mach's gut, Roland. Danke für alles. Ich werde dich nie vergessen, Kamerad!« Dann stand er mühsam auf und nahm seine Maschinenpistole. Da die meisten seiner Kameraden versprengt oder tot waren, beschloss er, so, wie es vereinbart worden war, alleine zurück zur Reichskanzlei zu gelangen, um sich dort wieder neu zu formieren.

Im Schutz der zerstörten Häuser und Hinterhöfe lief er weiter, bis er den südlichen Rand des Tiergartens auf Höhe des Lessing-Denkmals erreicht hatte. In einem der wenigen noch halbwegs intakten Häuser versteckte er sich in einem Wohnzimmer im zweiten Stock, von dessen Fenster aus man einen guten Blick auf die Lenné-Straße und den gegenüberliegenden Tiergarten hatte. Hier würde er den kurz bevorstehenden Sonnenuntergang abwarten, um sich dann im Schutze der Dunkelheit weiter in östliche Richtung zum Rand des Gartens der Reichskanzlei durchzuschlagen.

Die *Kampfgruppe Mohnke*, der Friedrich seit einigen Tagen angehörte, war für die Verteidigung des Regierungsviertels auf direkten Befehl des Führers zusammengezogen worden. Bestehend aus mehreren Bataillonen der Waffen-SS, Wehrmachtssoldaten, Volkssturm, Hitlerjugend und allem, was irgendwie eine Waffe tragen konnte, unterstanden sie dem SS-Brigadeführer und Generalmajor der Waffen-SS Wilhelm Mohnke mit dem Auftrag, feindliche Truppen so lange wie möglich aufzuhalten, bis der Entsatz Berlins erfolgen würde. Friedrich reagierte jedoch zunehmend zynisch auf die Versprechungen seiner Vorgesetzten. Berlin Entsetzen! Durch wen denn? dachte er sich. Zu oft hatten Heer und Luftwaffe in seinen Augen kläglich versagt und Deutschland und den

Führer im Stich gelassen. Wenck, Holste, Busse, wo sind denn unsere Herren Generäle? Wo ist denn die Luftwaffe vom Dicken, jetzt, wo es wirklich drauf ankommt? Und wer muss es jetzt richten? Die SS, Kinder und alte Männer vom Volkssturm! Vor allem Kinder in den Kampf zu schicken, empfand Friedrich als falsch, einerseits bewunderte er den Mut dieser blassen und dürren Jungen, die kaum eine Panzerfaust heben konnten, andererseits sah er keinen militärischen Sinn in ihrem Einsatz und empfand vielmehr Mitleid für sie. Wie Fliegen starben sie täglich zu Hunderten, und selbst ihm, der von allen Deutschen in dieser Zeit Opfer abverlangte, war bewusst, dass ihre Naivität schamlos ausgenutzt und sie ihrer Kindheit beraubt wurden. Für den Führer und Deutschland sterben, ja, aber noch nicht mit zwölf Jahren. Bei dem Gedanken, dass Kinder nun das Versagen der Wehrmacht an allen Fronten ausbügeln sollten, quoll die Wut in ihm hoch.

Friedrich und seine Kameraden spürten, dass die sowjetischen Truppen den Ring um das Regierungsviertel in den vergangenen Tagen schnell enger gezogen hatten und teilweise schon auf weniger als 300 Meter an die Reichskanzlei vorgerückt waren. Die pausenlosen Angriffe ließen ihm und seinen Kameraden kaum noch Zeit zum Durchatmen. An Schlaf war nicht mehr zu denken, allenfalls für zwei oder drei Stunden. Anfangs spürte Friedrich vor allem Schmerzen in den Händen und Füßen, die er vor Kälte kaum noch bewegen konnte. Jetzt, nach tagelanger Dauerbelastung und Schlafentzug, waren es aber vor allem die quälende Müdigkeit und die Erschöpfung, die schlimmer waren als alle Schmerzen zusammen. Sein Gemütszustand wechselte mit jedem Rückschlag zwischen Apathie, grenzenlosem Hass und kindlicher Hilflosigkeit. Egal was er und seine Kameraden unternahmen, der Feind war ihnen in jeglicher Hinsicht überlegen. Ein geordneter Kampfeinsatz, so wie er es in der SS-Junkerschule und an der russischen Front gelernt hatte, war angesichts des sowjetischen Dauerfeuers und fehlender Großwaffen wie Panzer oder Artilleriegeschützen nicht mehr möglich.

Um das Zimmer von innen zu verbarrikadieren, schob Friedrich, so leise es ging, eine schwere hölzerne Kommode vor die Tür, legte einen Esstisch auf die Seite und kauerte sich schutzsuchend dahinter. Er kontrollierte noch mal das Magazin seiner Maschinenpistole und legte seine letzte noch verbliebene Stielhandgranate griffbereit neben sich. Dann lehnte er sich mit dem Rücken an die Wand, zog seinen Stahlhelm tiefer ins Gesicht und wartete auf den Einbruch der Nacht.

KAPITEL 6

Frankfurt (Lohrberg), Auffahrt zum ÖRF-Sendezentrum, 4. Oktober 2010, 9:52 Uhr

Als Markus die lange und breite Zufahrtsstraße hinauffuhr, war es nicht mehr zu übersehen. Das riesige hellblaue Logo ließ in ihm auf der Stelle unzählige Erinnerungen aufsteigen. Er dachte an die vielen Abende in den späten 80er-Jahren, in denen er in seiner Jugend mit der ganzen

Familie Quizshows geschaut hatte, an die 90er-Jahre und die Diskussionen mit seinem Vater über Fußballergebnisse in Sportsendungen und an die vergangenen Jahre, in denen er mit Freunden bewegende Momente wie den 11. September 2001 oder die Fußball-WM 2006 erlebt hatte. Obwohl seine Generation in der Ära des privaten Fernsehens aufwuchs, war das ÖRF für Markus unmerklich zu einem untrennbaren Wegbegleiter geworden. Wenn wirklich etwas auf der Welt passierte, landete er doch wieder beim Öffentlich Rechtlichen Fernsehen. Irgendwie vermittelte ihm gerade das ÖRF in Zeiten von Kriegsausbrüchen, Naturkatastrophen oder Bundestagswahlen unbewusst ein Gefühl der Sicherheit und Verlässlichkeit. Inmitten einer immer mehr durch das Internet und Smart-Phones geprägten digitalen Welt, wirkte die sich vor ihm auftürmende Sendeanstalt wie ein Dinosaurier einer längst vergangenen analogen Welt. Hier schienen noch immer riesige Kulissen, unzählige Scheinwerfer und die ausgefallensten Requisiten von einer Armee von Assistenten von Studio zu Studio geschoben zu werden. Aber dennoch, jetzt, da das große ÖRF vor ihm lag, spürte er wieder die Aufregung und das Abenteuer, nach dem er sich in den vergangenen Monaten so gesehnt hatte. Seine Vorfreude relativierte sich jedoch schnell, als er am Haupteingang eine Vielzahl von Zutrittsformalitäten über sich ergehen lassen musste.

Als er danach auf das Gelände bog, entschloss er sich, das ÖRF zunächst zu erkunden. Anhand eines kleinen Besucherplans, den er am Eingang bekommen hatte, fuhr er an dem riesigen modernen Hauptverwaltungsgebäude vorbei. Das ÖRF-Gelände schien eine kleine Stadt für sich zu sein. Ein ganzes Straßennetz verband eine Vielzahl von Technikgebäuden, Studios, Werkstätten und Sendeanlagen. Neben einer eigenen Tankstelle, Hubschrauberlandeplatz, Kindergarten und Sportplatz, wurde das gesamte Gelände von großzügigen Parkanlagen eingerahmt. Im Zentrum aber lag ein riesiger Komplex, der wie ein Nervenzentrum mit allen anderen Gebäuden durch über- und unterirdische Tunnelsysteme verbunden war. Das Studiogebäude war das Herz des ÖRF. Hier waren neben den Studios die Redaktionen und Archive untergebracht, die durch mehrere konzentrisch angeordnete Gänge auf verschiedenen Ebenen verbunden waren. Markus war beeindruckt. Bauart und Form des Komplexes, der auf dem Besucherplan wie eine Spinne in der Mitte des Areals aussah, erschien ihm wie aus einer Science-Fiction-Welt. Das 18-stöckige Gebäude mit seinen endlosen Fensterreihen, die durch maschinenartig aussehende Sonnenschutzlamellen verdeckt wurden, wirkten wie Schutzschilder vor der Kommandobrücke eines imperialen Sternenzerstörers aus der Star-Wars-Saga. Die unzähligen Rohrleitungen und Parabolantennen auf dem Dach erinnerten Markus an Stahltriebwerke, Impulsreaktoren und Laserkanonen. Lediglich die hellblaue Farbe machte das Gebäude freundlicher und war ein unverkennbares Zeichen, dass es irgendwann in den 70er-Jahren gebaut worden sein musste. Hier also sollte er zukünftig sein Glück finden, dachte sich Markus und steuerte seinen BMW auf einen Parkplatz am anderen Ende des ÖRF-Geländes, vor ein älteres unscheinbares Backsteingebäude mit dem Kürzel »Süd 2«.

KAPITEL 7

Berlin, Regierungsviertel, Garten der Reichskanzlei, 30. April 1945, 21:28 Uhr

Friedrich sah auf seine Uhr. Es war halb zehn am Abend und die Sonne war bereits untergegangen. Noch immer hielt das russische Artilleriefeuer auf das Regierungsviertel mit unverminderter Stärke an. Maschinengewehrsalven und das Heulen der niedergehenden Granaten durchzogen die Straßenzüge der Stadt, und von Zeit zu Zeit erhellten Explosionsblitze den Abendhimmel über Berlin. Langsam stand er auf und spähte vorsichtig aus dem Fenster, aber weder im gegenüberliegenden Tiergarten noch auf der Straße vor sich konnte er Soldaten erkennen. Er entschied sich, sich auf den Weg in Richtung Reichskanzlei zu machen.

Im Schutze der Dunkelheit schlich er aus dem Haus und lief entlang der Lenné-Straße, bis er die Hermann-Göring-Straße fast erreicht hatte. Als er sich kurz in einer Häuserecke verstecken wollte, um sich zu orientieren, sah er, nicht weit von sich entfernt, einen deutschen Soldaten, dessen markantes Gesicht er beim Näherkommen wiedererkannte. Es war Viktor Fischer, ein SS-Obersturmführer, den er schon einige Male bei den kurzen morgendlichen Lagebesprechungen am Haus des Reichspräsidenten nahe der Alten Reichskanzlei gesehen hatte. Er konnte sich gut an ihn erinnern, da ihm sein borniertes Verhalten und seine nicht enden wollenden Durchhalteparolen vor Volkssturmmännern und Hitlerjungen unangenehm aufgefallen waren. Für Friedrich waren diese Ansprachen nichts als nutzloses Gerede. Einem eingebildeten Obersturmführer, dem die Angst praktisch an den Augen abzulesen war, beim Schwafeln zuzuhören, war für ihn reine Zeitverschwendung und machte ihn aggressiv. Auch jetzt spürte er beim Anblick von Viktor Fischer, wie dünnhäutig er in den vergangenen Tagen geworden war. Oft sehnte er sich in diesen Momenten des Zorns danach, Auge in Auge mit dem Feind in seinen letzten und erlösenden Nahkampf zu treten und seinen Aggressionen freien Lauf zu lassen, andererseits zwang ihn seine Disziplin, den aussichtlosen Kampf geordnet weiterzuführen. Letztlich aber hatten der Hass und die Aggression auch ihre guten Seiten, denn sie boten weitaus mehr Lebensenergie als der Zustand der Selbstaufgabe oder die Erinnerungen an Charlotte.

Geduckt rannte Friedrich zu ihm. Beim Näherkommen sah er, in welchem Zustand sich Viktor Fischer befand, der unter einem zerborstenen Mauervorsprung kauerte. Das Weiß seiner Augen leuchtete im Kontrast zu seinem dunklen Stahlhelm und seinem dreckverschmierten hageren Gesicht. Er atmete hektisch. Sein Mund war weit aufgerissen und seine schmalen Lippen klebten auf den hellweißen Schneidezähnen. Anscheinend befand auch er sich auf dem Rückzug. Er umklammerte den gelochten Lauf seines MG 34 so fest, dass sich seine Knöchel unter der Haut abzeichneten. Sein messingfarbener Patronengurt, den er über der Schulter trug, schimmerte goldglänzend und bildete einen unwirklichen, fast schönen Kontrast gegen den staubigen Kampfanzug. In den vergangenen Tagen hatte Friedrich sich oft selbst dabei ertappt, dass er seine eigenen Patronen betrachtete und darüber sinnierte, wie so ein kleines glänzendes und harmloses Projektil, wenn es mit 800 Metern pro Sekunde auf menschliches Fleisch traf, so viel Leid und Schmerz hervorbringen konnte. Immer wieder stellte er sich in diesen morbiden Momenten die Frage, wer oder was darüber entschied, dass ausgerechnet diese eine Patrone dazu bestimmt wurde, einem ganz bestimmten Menschen das Leben zu nehmen. Er glaubte fest daran, dass der Tod im Kampf kein Zufall sein konnte, sondern Vorsehung war.

»Wo ist der Rest des Zuges? Wo sind die anderen?«, schrie Friedrich durch den lauten Gefechtslärm, als er Viktor erreichte und sich neben ihn unter den Mauervorsprung hockte.

»Ich weiß es nicht! Wahrscheinlich noch am Potsdamer Platz! Oder am Skagerack Platz! Die Russen gehen jetzt anders vor! Sie fahren mit den Panzern rechts und links auf den Bürgersteigen, nicht mehr mittig, und feuern mit den Geschützen auf die gegenüberliegende Häuserseite«, keuchte Viktor und kniff die Augen schmerzverzerrt zusammen. »Die kann man nicht mehr aufhalten. Jetzt nicht mehr. Die meisten von uns sind tot oder verletzt. Dieses verdammte Artilleriefeuer ist die Hölle. Die Russen stehen wahrscheinlich schon an der Rückseite vom *Esplanade-Hotel*. Das dauert nicht mehr lange, bis sie die Voßstraße erreichen. Der Rest soll sich wieder bei der Reichskanzlei sammeln und neu formieren. Wo ist dein Zug?«

»Wir wurden getrennt«, antwortete Friedrich. »Wir hatten uns in der Bellevue-Straße in einem Gebäude verschanzt. Als die Russen es stürmten, haben wir uns durch den Keller zurückgezogen. Dann haben wir uns aus den

Augen verloren. Fast alle sind tot oder mussten verletzt zurückgelassen werden.«

»Lass uns am besten gemeinsam weiter! Siehst du da drüben die zerbombten Kasernen am Garten der Reichskanzlei?«

Friedrich nickte.

»Da können wir durch.«

»Gut, dann los!«

Als sie losliefen, erinnerte sich Friedrich wieder daran, wie er sich schon vor Tagen ausgemalt hatte, direkt bei der Reichskanzlei in seinen letzten Kampf zu gehen und sich dem Feind zu stellen. Egal, was kommen möge, er würde dort so lange wie möglich aushalten, um die Russen im Glauben zu lassen, der Führer sei noch in Berlin. Auf diese Weise hatte er das Gefühl, dem Oberkommando der Wehrmacht, der SS und dem Führer so viel Zeit zu verschaffen, wie es nur ging. Er war sich sicher, dass das Gerücht, der Führer bleibe bis zum Ende in Berlin, eine gezielte Irreführung seitens des Generalstabs war. Es sollte den Feind dazu zwingen, alle seine Kräfte auf die Hauptstadt zu konzentrieren. Der Führer, so dachte Friedrich, sei derweil sicher bereits in Süddeutschland. Er glaubte fest daran, dass jeder Soldat sein ganz persönliches Schicksal, eine vorgegebene Funktion im Krieg übernahm. Und wenn es seine Bestimmung war, bei der Reichskanzlei zu sterben, dann würde er sie im Glauben an den Führer und das Deutsche Reich mit Stolz erfüllen.

Nachdem Friedrich und Viktor die Hermann-Göring-Straße überquert und die Kasernen hinter sich gelassen hatten, liefen sie in den Garten der Reichskanzlei. Friedrich spürte die Hitze der brennenden Gebäude in seinem Gesicht. Faktisch kein Bauwerk blieb vom Dauerfeuer der sowjetischen Artillerie und den Luftangriffen der vergangenen Tage verschont. Die Rückseite der einst Respekt einflößenden Fassade der Alten Reichskanzlei war kaum wiederzuerkennen. Das im Zentrum des Areals gelegene filigrane Gewächshaus glich nur noch einem ausgebrannten Gerippe. Der ehemals gepflegte Garten der Reichskanzlei mit seinen symmetrisch angelegten Wegen, Grünanlagen und Bäumen hatte sich in eine anthrazitfarbene Kraterlandschaft verwandelt. Der dicke Qualm der sowjetischen Flammenölgeschosse machte das Atmen schwer. Weitere Granateinschläge zwangen Viktor und Friedrich immer wieder dazu, hinter Erdwällen Schutz zu suchen. Ein schnelles Vorrücken wurde wesentlich schwieriger, je näher sie der Reichskanzlei kamen. Im lodernden Feuerschein der brennenden Gebäude konnte Friedrich unzählige verstümmelte Leichen erkennen, die zwischen dem Schutt und den Kratern lagen und die man, anscheinend achtlos, in den kurzen Feuerpausen aus den angrenzenden Kellern und Bunkern heraustrug. Soldaten oder Angehörige des Reichssicherheitsdienstes, die für die Bewachung und Verteidigung der Reichskanzlei und der angrenzenden Regierungsgebäude zuständig waren, konnte er zu seiner Verwunderung nicht erkennen. Die Orientierung fiel beiden schwer, denn das gesamte Gebiet hatte sich in den vergangenen Tagen durch den massiven Beschuss stark verändert. In der Dunkelheit konnte er wegen des dichten Rauches lediglich einen der beiden sich im Bau befindlichen Belüftungstürme des Führerbunkers erkennen. Er verständigte sich mit Viktor per Handzeichen darauf, am nördlichen Turm vorbei weiter Richtung Alte Reichskanzlei vorzustoßen. Doch noch bevor sie losliefen, beobachtete Friedrich, wie in der Ferne einige Soldaten den Führerbunker durch den hinteren Notausgang verließen. Einer von ihnen blieb an der schweren Stahltür stehen und schien aufgeregt mit dem letzten Soldaten, der den Bunker verlassen hatte, zu diskutieren. Er hielt ihn kurz am Ärmel fest. Seine Gestik deutete darauf hin, dass er vergeblich versuchte, ihn zur Umkehr zu überreden. Friedrich zog Viktor zu sich heran und deutete auf den Notausgang. »Das ist die Chance!«, rief er. »Wir können hier nicht länger bleiben. Komm, wir versuchen, durch den Bunker in die Reichskan…« Doch die Explosion einer Artilleriegranate nur wenige Meter von ihnen entfernt unterbrach ihn mit einem ohrenbetäubenden Knall. Erde, Staub und Splitter schossen ihnen wie winzige Rasierklingen durch das Gesicht. Die Druckwelle der Explosion traf sie mit einem heißen und gewaltigen Schlag auf die Brust und warf beide rücklings zu Boden. Für einen kurzen Moment sah und spürte Friedrich nichts mehr, er blieb auf dem Rücken liegen und rang nach Luft. Dann versuchte er sich langsam aufzurichten. Benommen tastete er zunächst seinen Kopf und dann seinen Körper nach Verletzungen ab. Schmerzen spürte er nicht. Er sah zu Viktor, der sich unweit von ihm ebenfalls bemühte, auf die Knie zu kommen. Auch er hatte allem Anschein nach die Explosion schadlos überstanden. Friedrich versuchte aufzustehen, aber es fiel ihm schwer, das Gleichgewicht zu halten, und er geriet ins Wanken. Außer einem lauten Pfeifton in seinen Ohren hörte er nichts. Plötzlich packte ihn Viktor von hinten am Kragen und zog ihn hoch. Viktor schrie ihn an, aber Friedrich sah nur seine Mundbewegungen im hell leuchtenden Feuerschein. Mit seiner Hand deutete Viktor auf den Notausgang. Der Mann, der eben noch versucht hatte, die anderen Soldaten zur Umkehr in den Bunker zu überreden, hatte sie bemerkt und gab ihnen nun Handzeichen. Geduckt taumelten beide am hölzernen Baugerüst des nördlichen Turms vorbei und folgten dem Mann in den Führerbunker.

Als die stählerne Panzertür hinter ihnen ins Schloss fiel, war Friedrich froh, den umherfliegenden Schrapnells entkommen zu sein. Er ließ sich auf die obersten Stufen der Treppe fallen, die in den Bunker hinabführte. Noch immer fühlten sich seine Beine wackelig an. Im Treppenhaus des Bunkers war es dunkel und die Luft roch stickig und verbraucht, aber alles, was Friedrich spürte, war die Wärme, nach der er sich seit Tagen gesehnt hatte. Schwer atmend schauten sich die zwei Männer an und wussten, wie knapp sie dem Tod entkommen waren. Als der Pfeifton in seinem Ohr langsam abnahm, konnte Friedrich nach und nach die Geräusche in seiner Umgebung wieder wahrnehmen. Der brüllende Feuersturm und die berstenden Granatexplosionen waren nur noch dumpf durch die dicke Stahltür und die Betondecke des Bunkers zu hören.

»Ja, sind Sie denn völlig wahnsinnig? Da draußen ist die Hölle los! Sie wissen doch, dass die Russen schon seit Stunden die Reichskanzlei unter Beschuss nehmen. Was machen Sie überhaupt da draußen im Garten? Wo ist Ihre Einheit?« Im Gegenlicht der Deckenlampe konnte Friedrich nur die Silhouette des Mannes, der sie in den Bunker gelassen hatte, erkennen, nicht aber seine Uniform oder seinen Rang.

»Versprengt oder tot!«, antwortete Viktor, der immer noch außer Atem war. »Die Russen stehen schon fast an der Voßstraße. Die dringen jetzt von Norden und Westen in den Tiergarten ein. Einzige Rückzugsmöglichkeit war der Garten der Reichskanzlei. Einige von uns haben sich in Gebäuden verschanzt.« Er rieb sich mit dem Handrücken die Nase, die durch die Druckwelle der Explosion leicht blutete. »Einzelne MG-Nester. Ein paar Panzerfäuste, sonst ist da von uns nichts mehr.« Er zog die Nase hoch. »Wenn die wirklich wüssten, wie wenig Material und Soldaten wir noch haben, könnten die einfach durchspazieren.«

Nachdem sich Friedrichs Augen an das Licht des Bunkers gewöhnt hatten, erkannte er die SS-Uniform des Mannes. Instinktiv stand er auf und hob den Arm zum Führergruß. »Herr Obersturmbannführer, wir haben nicht mehr viel Zeit. Ist Kampfkommandant Mohnke zugegen? Wir müssen dringend mit ihm sprechen. Wenn wir uns nicht sofort neu formieren, ist der westlich an den Garten der Reichskanzlei grenzende Bereich in Gefahr, zu fallen. Der Feind ist teilweise nur noch 200 Meter entfernt.

Der SS-Obersturmbannführer schaute Friedrich und Viktor einen Moment lang schweigend an. Mit ruhiger Stimme, aus der Friedrich einen resignierten Unterton heraushörte, antwortete er: »Ja, Kampfkommandant Mohnke ist hier im Bunker. Kommen Sie!«

Sie stiegen die schmale Betontreppe des Notausgangs hinunter, passierten die Gasschleuse und den Wachraum, bis sie den zentralen Korridor des Bunkers betraten. Der untere Bunkerbereich war enger, als Friedrich ihn sich vorgestellt hatte. Den einzigen farbigen Kontrast zu den gräulichen Betonwänden bildete ein rotbrauner Teppich in dem sonst spartanisch eingerichteten Führerbunker. Es überraschte ihn, dass angesichts der bedrohlichen Lage keine hektischen Aktivitäten im Gange waren, sondern die Büros und Räume, die rechts und links des Korridors lagen, größtenteils leer standen. Nicht einmal der Wachposten des hinteren Notausgangs, den sie passiert hatten, war besetzt. Die wenigen Menschen, die er im Vorbeigehen im spärlichen Licht der Bunkerbeleuchtung erkennen konnte, wirkten abwesend und verstört. Gespräche hörte er nicht. Einzig das monotone Summen der Belüftungsanlage und die dumpfen Granateinschläge außerhalb des Bunkers unterbrachen die gespenstische Stille. Friedrich erinnerte sich, wie er vor einigen Wochen mit anderen SS-Offizieren zusammen an einer kurzen Besprechung im oberen Teil des Führerbunkers teilgenommen hatte. Sekretärinnen, SS-Wachsoldaten, Wehrmachtsoffiziere und Bedienstete waren dort geschäftig durch die Gänge geeilt. In den Büros waren unentwegt Fernschreiber gelaufen und Telefonistinnen hatten fieberhaft Leitungen verbunden. Damals war es ihm schwergefallen, seine Aufregung zu unterdrücken. Auch wenn er den unteren Bereich des Bunkers nicht zu sehen bekommen hatte, empfand er Stolz, den Mitgliedern der »Großen Lage«, wie intern die tägliche Lagebesprechung mit dem Führer genannt wurde, so nahe gewesen zu sein. Für Friedrich hatte sich an jenem Tag ein Traum erfüllt. Für ein paar Minuten war er im Zentrum der Macht angekommen und seinem Führer näher als je zuvor gewesen. Im Nachhinein schien es ihm, als hätte man ihm Zugang zum privatesten, ja intimsten Bereich Hitlers gewährt.

Als sie am Ende des Korridors angekommen waren, führte sie der Obersturmbannführer in den letzten Raum vor dem Aufgang zum oberen Teil des Bunkers. »Warten Sie hier, ich werde Kampfkommandant Mohnke benachrichtigen und ihn bitten, hierherzukommen. Bei uns unten herrscht zurzeit Chaos. Warten Sie hier im Maschinenraum und verhalten Sie sich unter allen Umständen ruhig. Wie

Sie wissen, sind auch Zivilisten im Bunker. Kämpfende Truppe mit Maschinenpistolen würden nur unnötig für noch mehr Unruhe sorgen. Es wird nur ein paar Minuten dauern!« Als er die Tür hinter sich zugezogen hatte, hörte Friedrich, wie von außen abgeschlossen wurde.

»Hat der uns gerade eingesperrt?« Friedrich sah Viktor ungläubig an. »Was soll das denn?« Er ging zur Tür und rüttelte an der Verriegelung. »Tatsächlich! Die ist zu!«

Viktor ging ebenfalls zur Tür und versuchte vergeblich, sie zu öffnen. »Wieso sollen wir überhaupt hier drinnen warten und warum nimmt er uns nicht gleich mit zu Mohnke?«, fragte Friedrich.

»Tja, ich schätze, weil das der Führerbunker ist! Hier laufen nun mal keine einfachen Untersturmführer rum«, antwortete Viktor und sah sich im Maschinenraum um. »Warum der uns einschließt, weiß ich zwar auch nicht, ist mir aber auch egal. Wir sollen warten, also warten wir.« Er lehnte sein Maschinengewehr an die Bunkerwand. »Sei froh, dass der uns überhaupt hier reingelassen hat. Der hätte uns auch gleich wieder rüber zu den Kasernen am Tiergarten schicken können. Ne, da warte ich lieber hier im Maschinenraum.« Er setzte sich auf eine kleine Bank neben einem großen brummenden Dieselgenerator. »Und glaub mir, es wird sich noch rausstellen, ob das so eine gute Idee war, nach Mohnke zu fragen.« Er verschränkte die Arme und sah zu Friedrich hinüber. »Warum hast du nicht gleich um eine persönliche Audienz beim Führer gebeten? Der wartet sicher nur darauf, dass ausgerechnet du ihm den Kladderadatsch da draußen erklärst.«

»Viktor, ich mein's ernst. Hier stimmt was nicht. Die Büros sind leer, der Konferenzraum, nicht mal die Telefonzentrale und die Wache sind besetzt! Wo sind die alle?« Er nahm seinen Stahlhelm ab und strich sich durchs feuchte Haar. »Auch wenn der Führer nicht mehr hier ist, sollten nicht Weidling oder Krebs da sein und alles koordinieren?«

»Keine Ahnung, Weidlings Gefechtsstand ist sowieso in der Bendlerstraße und nicht hier. Die anderen sind vielleicht oben im Bunker, unten ist ja eher der Privatbereich vom Hitler. Vielleicht sind die einfach schon längst weg!« Er grinste. »Du weißt doch, Wehrmacht!«

Friedrich rüttelte nochmals vergeblich an der Türverriegelung. »Ich trau dem Braten nicht! Warum passiert hier unten nichts? Seit zwölf Stunden haben wir schon keine klaren Befehle mehr bekommen und jetzt sitzen wir in diesem beschissenen Maschinenraum und werden auch noch eingeschlossen!« Wiederum fiel es Friedrich schwer, seine Wut zu kontrollieren.

»Also ich finde es hier zurzeit angenehmer als da oben, aber wenn du unbedingt willst, geh doch wieder hoch. Lass dir deinen Arsch ruhig abschießen! Ich hab da keine Lust mehr drauf.« Viktor stand auf und ging ein paar Schritte auf Friedrich zu. »Kapier es doch endlich, das Spiel ist aus hier in Berlin!«

Bei den Worten Viktors erinnerte sich Friedrich wieder an die glühenden Durchhalteparolen über Mut und germanisches Heldentum, die Viktor bei der morgendlichen Lagebesprechung an seine Kameraden und die Hitlerjugend gerichtet hatte. Mit leuchtenden Augen hatten sie ihn angesehen und ihm jedes Wort über das Pflichtbewusstsein von Soldaten, die Verantwortung, die jeder tragen müsse, und das persönliche Opfer, welches jeder für das deutsche Vaterland zu bringen habe, geglaubt. In diesem Moment verabscheute er Viktors Verlogenheit und

Feigheit. »Für dich vielleicht, aber nicht für mich! Ich werde dem Führer jedenfalls so viel Zeit verschaffen, wie es geht, damit er im Süden alles regeln kann. Du magst ihn und die Sache ja schon aufgegeben haben, ich aber nicht, klar? Glaubst du etwa, die Russen hören hier in Berlin auf? Die gehen weiter! Und du weißt doch, was die mit den Frauen und Kindern machen. Ist dir das etwa egal?«

»Sie vergessen sich, Untersturmführer Diehl! Achten Sie auf Ihren Ton! Stellen Sie etwa meine Soldatenehre und meine Loyalität zum Führer in Frage?« Er trat noch dichter an Friedrich heran und baute sich vor ihm auf. »Darf ich Sie daran erinnern, dass Sie mit einem ranghöheren Offizier sprechen?«

»Ja, ein ranghöherer Offizier, der lieber Kinder und alte Männer die Drecksarbeit machen lässt, als es selbst zu tun!«

Doch bevor Viktor etwas erwidern konnte, öffnete sich mit einem leisen Klicken die Tür und neben dem Obersturmbannführer, der sie in den Bunker gelassen hatte, betraten zwei weitere Männer in SS-Uniformen den Maschinenraum. »Meine Herren, da ich mich eben nicht vorgestellt habe, mein Name ist Heinz Linge, Ordonnanz des Führers.« Er schloss die Tür und deutete auf die SS-Offiziere neben sich. »Falls noch nicht bekannt, darf ich vorstellen SS-Brigadeführer und Generalmajor der Waffen-SS Wilhelm Mohnke und Sturmbannführer Otto Günsche, persönlicher Adjutant des Führers.« Friedrich und Viktor hoben den Arm zum Führergruß.

Der im Gegensatz zu Friedrich klein gewachsene Brigadeführer hatte auffallend schmale Lippen und ein leicht fliehendes Kinn. Er musterte sie kurz und verschränkte die Arme hinter seinem Rücken. »Soldaten, stehen Sie bequem. Wie mir Obersturmbannführer Linge mitteilte, sehen Sie die Situation draußen wenig erfreulich. Und in der Tat decken sich Ihre Aussagen mit anderen Meldungen, die uns hier erreichen. Was Sie noch nicht wissen können, der Feind hat in den vergangenen Stunden fast alle inneren Verteidigungsabschnitte Berlins eingenommen und ist in die Zitadelle eingebrochen. Volkssturm, Hitlerjugend, Weidlings 56. Panzerkorps und die 18. SS-Panzergrenadier-Division sind faktisch aufgerieben. Die Russen sind in den nördlichen Teil des Tiergartens eingedrungen und haben den Reichstag und den Potsdamer Platz im Süden bereits erreicht. Die Reste der Divisionen Nordland, Charlemagne und Münchsberg im Südosten sind faktisch nicht mehr existent. Unsere Kameraden von der Leibstandarte und das Führerbegleitkommando können den Feind noch etwa 15 Stunden im südlichen Regierungsviertel und rund um die Reichskanzlei halten. Aber das, was wir alle nie für möglich gehalten haben, ist nun Realität geworden. Berlin ist gefallen.« Er stockte, als ob ihn seine eigenen Worte überraschten. »Kommen Sie, ich möchte Ihnen jemanden vorstellen, denn wir haben nicht mehr viel Zeit.« Als er die Tür des Maschinenraums öffnete, hielt er einen Moment inne, als ob er etwas vergessen hätte. Er drehte sich noch einmal um und sah Friedrich an. Seine Augen wirkten müde und sein blasses Gesicht schimmerte im Kontrast zur schwarzgrauen Schirmmütze mit dem silbernen SS-Totenkopfabzeichen. »Soldat, glauben Sie an Vorsehung?« Seine Stimme klang gedämpft »An Schicksal? Denn wir stehen jetzt am Scheideweg. Entweder ergeben wir uns in unser Schicksal, oder wir nehmen es in unsere Hände.« Für einige Sekunden hielt er nochmals inne und sein Blick wanderte ins Leere. Dann fasste er sich und sagte: »Wir sind jetzt auf uns allein gestellt, Soldaten.« Er deutete auf Friedrichs Maschinenpistole. »Lassen Sie Ihre Waffen hier, Sie werden sie nicht mehr brauchen.« Flüchtig suchte Mohnke den Augenkontakt mit Linge und Günsche, die nur kurz nickten. Die Art, wie Mohnke Friedrich ansah und zu ihm sprach, bestärkte ihn in seinem Gefühl, dass im Bunker merkwürdige Dinge vor sich gingen. Nicht nur die fehlenden Aktivitäten machten ihn stutzig, sondern vor allem, dass selbst ein erfahrener Kommandeur wie Wilhelm Mohnke einen verwirrten Eindruck machte. Auch Linge schien geistig abwesend zu sein, denn als sie den Bunkerkorridor wieder in Richtung Notausgang zurückgingen, nahm der den lauten und direkten Artillerietreffer auf der Bunkerdecke, der das Licht kurz aufflackern ließ, offenbar nicht wahr.

»Jetzt schießen sie sich richtig ein«, flüsterte Viktor Friedrich zynisch zu. »Jetzt machen sie uns fertig!«

Sie gingen durch die letzte Tür, die rechts am Korridor lag. Günsche schloss sie, nachdem er sich vergewissert hatte, dass niemand sie auf dem Flur gesehen hatte. Durch die Tür des angrenzenden Raumes konnte Friedrich einen dicklichen Mann erkennen, der Zigarette rauchend am Schreibtisch saß. Sie betraten das kleine Zimmer. Der zähe Dunst des Rauches waberte in Schwaden durch die Luft, was dem Mann jedoch nichts auszumachen schien. Regungslos und ohne sie wahrzunehmen, saß er in einem braunen Schreibtischsessel und starrte auf eine kleine Hakenkreuzfahne, die wie ein farbiger roter Fleck an der sonst kahlen Bunkerwand hing. Linge ging zu ihm und flüsterte ihm etwas ins Ohr. Der Mann nickte und drehte sich langsam zu Friedrich und Viktor um. Sein Atmen ging schwer. Seine Haare waren mit Pomade glatt zurückgekämmt und auf seiner Stirn lag ein dünner Schweißfilm. Allem Anschein nach hatte er getrunken, denn seine Bewegungen wirkten schwerfällig und unbeholfen, sodass Linge ihm beim Aufstehen stützend zu Hilfe kam. Dann sagte er: »Meine Herren, darf ich vorstellen. Herr Reichsminister Martin Bormann.«

Bormann deutete auf ein kleines cremefarbenes Chaiselongue. »Nehmen Sie Platz, meine Herren, keine Formalitäten.« Er setzte sich auf die Ecke des Schreibtisches und drückte seine Zigarette behäbig in einem gläsernen Aschenbecher aus. Nachdem er sich aus einer halb vollen Flasche ein weiteres Glas Cognac eingeschenkt hatte, sah er zu Friedrich und Viktor. »Soldaten, wissen Sie schon, was sich hier in den vergangenen Stunden zugetragen hat?«

Viktor und Friedrich schüttelten den Kopf.

»Meine Herren, ich muss Ihnen leider eine traurige Mitteilung machen. Heute gegen halb vier hat sich unser geliebter Führer dazu entschlossen, für das deutsche Volk zu sterben. Adolf Hitler ist tot.«

KAPITEL 8

Schweiz, Zürich, Quartier Seefeld, Villa Vetterli, 4. Januar 2010, 23:04 Uhr

Die Lichter der Villa von Arno und Margarethe Vetterli waren bis auf die Außenbeleuchtung gelöscht. Das beeindruckende Haus aus dem 19. Jahrhundert lag im Zürcher Quartier Seefeld und war schon seit mehreren Generationen im Besitz der traditionsreichen Anwalts- und Notarsfamilie Vetterli. Von außerhalb war das Anwesen schwer einzusehen. Hohe Mauern, ein großer Park und alte Eichenbäume versperrten die Sicht. Obwohl die Vetterlis zu den wohlhabenden Familien Zürichs zählten, lebten sie stets zurückgezogen und zeigten sich nur selten auf gesellschaftlichen Anlässen. Vorzugsweise agierten sie im Hintergrund, spendeten regelmäßig große Summen für wohltätige Zwecke und beteiligten sich bei der Finanzierung von bedeutenden öffentlichen Kulturstätten. In gehobenen Kreisen und in der Politik machten sie sich deshalb einen guten Namen. Man schätzte sie als verlässliche und integre Mäzene und wenn irgendwo Geld fehlte, wusste man, an wen man sich wenden musste. Ihr zurückhaltender und gemeinwohlorientierter Lebensstil war zugleich das Geheimnis ihres Erfolges, denn wenn wirklich einmal jemand Rechtsbeistand oder sonstige diskrete Hilfe der besonderen Art brauchte, waren die Vetterlis die erste Adresse. Und sollten die Rechtsmittel nicht zum gewünschten Erfolg führen, so halfen im Zweifelsfall immer noch die guten politischen Verbindungen. Probleme zu lösen, war das Geschäft der Vetterlis, und das ließen sie sich gut bezahlen. Nun jedoch wurden ihnen ihre zurückgezogene Lebensweise und ihre Geschäftspraktiken zum Verhängnis.

Verängstigt beobachtete Margarethe Vetterli, wie der bullige Mann im Schein seiner Taschenlampe einen Ordner nach dem anderen aus dem Aktenschrank herausriss und durchblätterte. Plastikkabelbinder schnitten sich in ihre gefesselten Gelenke, sodass sie ihre Hände und Füße kaum noch spürte. Durch das dicke silberne Klebeband, mit dem sie der bullige Mann geknebelt hatte, hörte man leise ihr Wimmern. Eine Mischung aus Wimperntusche und Tränen hinterließ dünne schwarze Linien auf ihrem blassen Gesicht. Zusammengekauert saß sie auf einer ausladenden braunen Ledercouch im großzügigen Arbeitszimmer ihres Mannes, das im obersten Stockwerk der Villa lag. Sie hörte, wie jemand mit schnellen Schritten die alte hölzerne Mahagonitreppe heraufgelaufen kam. Verstört blickte sie zur Tür. Eine junge blonde Frau betrat das Zimmer. »Hast du die Unterlagen endlich gefunden?«, erkundigte sie sich ungeduldig. »Unten bei den anderen Akten waren sie jedenfalls nicht.«

»Nein, noch nicht«, entgegnete der bullige Mann genervt. »Hier sind so viele beschissene Akten, dass man gar nicht weiß, wo man anfangen soll. Warst du schon im Keller? Hier sind bis jetzt nur Unterlagen von noch lebenden Typen.«

»Ja, war ich, hab aber nichts gefunden«, erwiderte sie. »Die Akte muss definitiv hier oben sein. Oder es muss hier noch einen anderen Raum oder ein Archiv geben. Wir werden sehen. Lass uns hier erst mal alles gründlich durchsuchen.« Mit ihrer Taschenlampe strahlte sie Margarethe Vetterli direkt ins Gesicht, die daraufhin ihre Augen ängstlich zusammenkniff. »Was guckst du so blöd? Es wäre einfacher, wenn du uns gleich sagen würdest, wo die Unterlagen sind«, fuhr sie Margarethe Vetterli wütend an.

»Lass sie in Ruhe«, sagte der Mann und schmiss einen weiteren Aktenstapel auf den Boden. »Die weiß nichts, sonst hätte sie es uns schon längst gesagt. Du siehst doch, wie panisch die Alte ist.«

»Kümmere du dich lieber um die Unterlagen und lass das hier meine Sorge sein, klar?« Die blonde Frau wurde zornig. »Noch gebe *ich* hier die Anweisungen und nicht du!«

»Ja, ja, ist schon gut, reg dich ab«, beschwichtigte der Bullige. »Die Alte macht mich halt wahnsinnig mit ihrem Geheule. Kann die nicht mal aufhören damit?«

Die junge Frau, die von Kopf bis Fuß in Schwarz gekleidet war, setzte sich neben Margarethe Vetterli auf das Sofa. Die zu einem französischen Zopf zusammengebundenen blonden Haare ließen sie in Verbindung mit ihren mädchenhaften Gesichtszügen freundlich aussehen. Ihr Mund verzog sich zu einem Lächeln. »Liebe Frau Vetterli, vielleicht haben wir einfach keinen guten Start gehabt. Also noch mal in aller Ruhe.« Ihre Stimme klang nun lieblich. »Wir können das hier schnell beenden, denn auch ich würde es nicht sonderlich schätzen, wenn spät abends fremde Menschen in mein Haus eindringen würden und alles verwüsteten. Leider wurde uns jedoch keine andere Wahl gelassen. Um nun aber schnell wieder getrennter Wege zu gehen und ohne dass jemand zu Schaden kommt, wäre es besser, wenn Sie uns endlich sagen würden, wo wir bei Ihnen die Testamente ihrer Mandanten finden. Verstehen Sie uns nicht falsch. Wir haben absolut kein Interesse an Geld, Kunstwerken, Schmuck oder dergleichen. Das, was wir aber dringend benötigen, sind einige wichtige Informationen, die für uns, na sagen wir mal, eine gewisse Relevanz haben. Ich möchte Ihnen daher noch mal sehr deutlich sagen, dass wir alles tun werden, um ihrer habhaft zu werden. Ich hoffe, Sie haben mich verstanden.«

Margarethe Vetterli nickte verstört.

»Das ist gut. Sie werden dann auch sicher dafür Verständnis haben, dass es für mich und meinen Partner nicht akzeptabel ist, heute ohne diese Informationen Ihr Haus zu verlassen. Es liegt nun also ganz bei Ihnen: Geben Sie uns die Unterlagen, verschwinden wir und Sie werden uns im Leben nie wieder sehen. Ich verspreche Ihnen, dass die Informationen nie an die Öffentlichkeit gelangen werden. Das heißt, Ihr Unternehmen und Ihr Leumund werden nicht beschädigt. Es wird sein, als hätten wir uns nie getroffen. Also, wo sind die Testamente der verstorbenen Mandanten?«

Margarethe Vetterli nickte noch einmal zaghaft und deutete dann mit den zusammengebundenen Händen auf einen hölzernen Aktenschank in der anderen Ecke des Raumes.

»Na siehste, geht doch!« Die junge Frau grinste sie triumphierend an. »Haben Sie vielen Dank!« Sie stand vom Sofa auf, ging mit schnellen Schritten zum Aktenschrank und öffnete ihn. Mit ihrem Zeigefinger fuhr sie entlang des Aktenregisters, bis sie unter dem Buchstaben »M« die richtige Aktenmappe gefunden hatte. Sie zog einige Briefe und Unterlagen aus der Mappe heraus und las im Schein der Taschenlampe flüchtig über den Inhalt. Nach einem Moment der Stille schloss sie die Augen und legte ärgerlich ihren Kopf in den Nacken. »Es ist nicht hier! Verdammt noch mal, es ist nicht hier. Das gibt es doch nicht!« Frustriert warf sie die Unterlagen auf den Boden.

»Langsam, immer mit der Ruhe. Mann, bist du heute gereizt«, raunzte der bullige Mann und hob die Unterlagen wieder auf. »Auch wenn es nicht hier ist, dann finden wir vielleicht einen Hinweis, wo es sein könnte. Jetzt haben wir schon so viele Jahre danach gesucht, da machen doch ein paar Tage mehr auch nichts aus.«

Sie verschränkte trotzig die Arme und atmete tief ein. »Du hast recht.« Sie beruhigte sich wieder. »Ist wenigstes das Testament dabei?«, erkundigte sie sich.

Der bullige Mann sah in die Unterlagen. »Das hier vielleicht, ich kenn mich mit diesem Anwaltszeugs nicht aus.« Er reichte ihr ein mehrseitiges Schreiben. Sie nahm es, ging damit hinüber zum Schreibtisch, setzte sich in den schweren braunen Ledersessel und schaltete die Lampe ein.

Wiederum breitete sich Stille im Arbeitszimmer aus. Margarethe Vetterli saß immer noch wie versteinert auf dem Sofa und beobachtete die Szenerie. Der bullige Mann hatte sich hingekniet und die anderen Dokumente vor sich auf dem Boden ausgebreitet. Im Licht seiner Taschenlampe schaute er sich eins nach dem anderen an, bis er an einem kleinen Zettel hängen blieb. »Hier schau mal«, sagte er plötzlich. »Hier sind ein paar Anmerkungen oder so was. Könnte vielleicht wichtig sein.« Er stand auf und gab ihr das kleine Blatt Papier, auf dem sich handschriftliche Notizen befanden.

»Das ist, glaube ich, eine Vollstreckungsnotiz oder so was Ähnliches«, sagte sie und las laut vor:

»Letztwillige Verfügung von Charlotte Merzinger geb. Bloth (verstorben am 10. Juni 2009 in Genf) am 23. Juni 2009 um 16:30 Uhr nach Verlesung vor allen rechtmäßigen Erben (bis auf Frau Giesela Bloth,

verstorben am 15. Dezember 1990) durch alle Erben angenommen und unterzeichnet. Zusatz zur Letztwilligen Verfügung gemäß Auftrag der Verstorbenen (Anschreiben ungeöffnet und Päckchen ungeöffnet) ohne Kenntnis der Erben an Empfänger per Post übermittelt (Empfänger siehe Seite 2). Unterlagen weisungsgemäß aus offiziellen Akten und Ablage gelöscht. Unterzeichnet: Dr. Arno Vetterli.«

»Zusatz zur Letztwilligen Verfügung ohne Kenntnis der Erben?«, fragte der bullige Mann, »Was bedeutet das?«

»Das könnte es sein!«, stellte die junge Frau fest, ohne auf seine Frage einzugehen. Sie stand auf und wanderte nachdenklich durch den Raum. »Die alte Hexe war wahrscheinlich raffinierter, als wir dachten.« Sie sah ihn an. »In all den Jahren hat die Merzinger es ihren Töchtern verschwiegen und es nur dem Vetterli anvertraut.« Sie deutete auf die Unterlagen auf dem Boden. »Schau mal nach, da muss irgendwo eine zweite Seite sein!« Ihre Stimme klang überschwänglich.

»Eine zweite Seite, die zu dieser Notiz gehört?«

Gemeinsam suchten sie in den Unterlagen, bis die blonde Frau nach einigen Sekunden ein weiteres kleines Zettelchen fand. »Hier, ich glaub, das ist es.« Mit schnellen Schritten ging sie zurück zum Schreibtisch und hielt das Papier unter die kleine Lampe. »Du wirst es nicht glauben. Es ist beim ÖRF.«

»Wie bitte?«, fragte der bullige Mann erstaunt.

»Ja, beim Öffentlich Rechtlichen Fernsehen, du hast ganz richtig gehört! Es wurde an irgend so eine Geschichtsredaktion geschickt.« Sie ließ sich in den Schreibtischsessel fallen. »Die alte Merzinger hat den Vetterli testamentarisch damit beauftragt, es nach ihrem Tod ans Fernsehen zu schicken. Ich glaub es nicht. Dieses alte Miststück!«

»Und wozu?« Allem Anschein nach verstand der bullige Mann immer noch nicht, worum es ging.

»Keine Ahnung, aber offensichtlich wollte sie es vor ihren Töchtern verbergen. Es weiterhin geheim halten oder so was. Vielleicht um sie zu schützen.«

»Und was bedeutet das für uns? Was willst du jetzt tun?«

Sie überlegte einen Moment und leuchtete Margarethe Vetterli mit der Taschenlampe ins Gesicht. »Na, was wohl, du Idiot!« Ihre Stimme klang nun hart und kalt. »Ins ÖRF einbrechen, was sonst? Wir werden das vorher jedoch mit dem obersten Rat besprechen. Also müssen wir zurück nach Lubmin.« Sie stand auf und knipste die Taschenlampe aus. »Immerhin wissen wir jetzt definitiv, wo es ist, und vor allem, dass es existiert. Die Legende vom Tagebuch ist also wahr. Vater hatte all die Jahre recht. Jetzt ist es zum Greifen nah.« Sie ging zur Tür und sah noch einmal zur Couch, auf der Margarethe Vetterli mit weit aufgerissenen Augen zitternd in ihre Richtung blickte. »Erst mal hast du hier aber noch was zu erledigen.«

Der bullige Mann nickte und ein Lächeln umspielte seine Lippen. Als die junge Frau langsam die hölzerne Mahagonitreppe hinunterging, war sie bereits in ihre Gedanken versunken. Ihre Augen zeigten keinerlei Regung, als im dunklen Arbeitszimmer von Arno Vetterli zwei Schüsse fielen. Während nur Minuten später ein schwarzer Mercedes langsam durch das große eiserne Tor des Anwesens der Vetterlis durch den Schnee fuhr, flackerten im Arbeitszimmer von Arno Vetterli orangerote Flammen auf.

KAPITEL 9

Frankfurt (Lohrberg), ÖRF – Geschichtsredaktion, Süd 2, Büro von Ulrike Albus-Schriener, 4. Oktober 2010, 10:00 Uhr

»Kaffee?« Musternd blickte die Personalbeauftragte über den oberen Rand der an beiden Seiten spitz zulaufenden Brille hinweg, die Markus unweigerlich an die Karikaturen in Gary Larsons *Farside Calendar* erinnerten. Er nickte. »Mit Milch?« Wiederum nickte Markus. »Ja, Sie müssen schon sagen, was Sie wollen, Herr Weidenhall«, fuhr sie ihn an.

»Weidental«, korrigierte Markus und sah auf das Namensschild, das direkt vor ihm auf ihrem Schreibtisch stand, »Frau Albus-Schriener.«

Ulrike Albus-Schriener lehnte sich langsam in ihrem Schreibtischsessel zurück. Die Kleidung der hageren, vor ihm sitzenden Frau erinnerte Markus an die beste Freundin seiner Mutter, die sich stets in mehrere Lagen aus dünnen, mit viel Spitze verzierten Seidenschals wickelte. Mit Bedacht legte sie ihre Fingerkuppen aneinander und beäugte ihn kritisch. Als ihre zusammenliegenden Zeigefinger ihre Nasenspitze berührten, sodass sich eine gerade durchgehende Linie, angefangen von den hochgesteckten Haaren bis hinunter zu der überdimensionierten hölzernen Halskette ergab, seufzte sie nachdenklich. Die mit hellrotem Lippenstift bedeckten schmalen Lippen kräuselten sich zu einem spitzen Mund. »Also dann, Herr

Weidenhall, ich gehe davon aus, Sie möchten bei uns hospitieren? Waren Sie schon einmal beim Fernsehen oder verfügen Sie über irgendwelche nennenswerten Fähigkeiten, die Sie zum Wohl der Redaktion einsetzen können?«

»Nun ja«, antwortete Markus lächelnd und erleichtert, endlich etwas zur Konversation beitragen zu können. »Wie ich schon im Bewerbungsschreiben formuliert habe, würde ich gerne meine Kreativität und meinen Ideenreichtum mit in die Gestaltung und Genese von Dokumentationen und Send…«

»Ideenreichtum?«, unterbrach sie ihn. »Davon haben wir hier schon genügend, und auch bei der Kreativität brauchen wir hier gewiss keine Nachhilfestunden, mein lieber Herr Weidenhall!« Doch bevor Markus wiederum korrigierend Einspruch erheben konnte, stand sie auf und ging mit schnellen kurzen Schritten zur Kaffeemaschine. »Sie möchten sicher auch Zucker in Ihren Kaffee?« Aber ohne ernsthaft eine Antwort von Markus zu erwarten, fuhr sie fort: »Fernsehen, damit Sie es gleich lernen, besteht nur zu einem sehr geringen Teil aus Kreativität, vielmehr ist es harte und langwierige Arbeit. Insbesondere hier in der Geschichtsredaktion verbringen wir viel Zeit mit dem Studium von historischen Dokumenten und Geschichtsliteratur.« Sie hob ihren Zeigefinger, während sie Kaffee in eine vergilbte Tasse goss. »Die penible Recherche und Überprüfung noch so unwichtig erscheinender historischer Fakten ist die Grundlage, ja das unumgängliche intellektuelle Fundament unserer Arbeit.« Sie drehte sich zu ihm um. »Und das Kreative, das überlassen wir mal denen, die was davon verstehen, nicht wahr Herr Weidenhall?«

Markus nickte resigniert.

»Nun, wir haben hier aber schon viele an unsere Regeln und Arbeitsweisen gewöhnen können. Ihren Unterlagen entnehme ich, dass Sie – auch wenn es lange gedauert hat – ihr Studium beendet haben. Das ist gut. Es gibt also Hoffnung für Sie.« Sie gab ihm seine Kaffeetasse, setzte sich, nahm den Hörer des Telefons und tippe in einer kurzen Stakkato-Bewegung mit ihrem spitzen Zeigefinger eine Nummer ein.

»Hermann? Ja, ich bin es, Ulrike. Ja, danke! Das ist lieb von dir. Du, pass auf, ich hab nicht viel Zeit und brauche deine Hilfe.« Sie sah Markus mit einem strengen Blick an. »Wir haben hier wieder einen. Ein neuer Hospitant. Ist der Petersen nicht zurzeit alleine im Büro? Ich weiß, aber die können dir doch beide zuarbeiten.« Sie drehte das Telefonhörerkabel um ihren Zeigfinger. »Ja, nicht viel, glaub ich. Aber lass den Petersen ihm doch das Archiv zeigen, das würde gehen und er würde was lernen.« Sie lächelte, und zum ersten Mal schien es Markus so, als würde er in ihrer Stimme etwas Liebevolles hören »Oh, das ist aber nett. Danke dir vielmals für die Hilfe!« Sie legte den Hörer auf und ihr kurzes Lächeln wurde zwischen den schmalen Lippen zerquetscht. »Nun, Herr Weidenhall, ich glaube, wir haben etwas gefunden, bei dem wir Ihren Ideenreichtum benötigen könnten.«

Markus nickte und nippte an seinem Kaffee, der beißend nach rostigen Schrauben schmeckte.

»Ich werde natürlich alles Weitere veranlassen, sodass Sie in der Kantine Ihre Vergünstigungen in Anspruch nehmen können und neben Ihrem ÖRF-Ausweis auch die Zugangsberechtigungen für das Zentralarchiv im Studiogebäude bekommen.« Sie grinste ihn an, stand auf und reichte ihm ihre knochige dünne Hand. »Willkommen auf dem Lohrberg! Willkommen im Land des Fernsehens! Ich werde Ihnen nun Ihren Zimmergenossen vorstellen, der hier vor einigen Monaten wie Sie als Hospitant angefangen und es durch harte Arbeit schon weit gebracht hat. Gemeinsam werden Sie beide in den kommenden drei Wochen einem unserer besten und verdientesten Redakteure, Herrn Dr. Hermann Zauner, zuarbeiten und ihn bereitwillig unterstützen. Kommen Sie, Weidenhall!« Sie klatschte zweimal schnell in die Hände »Hopp Hopp, die Magie des Fernsehens wartet nicht darauf, dass Sie Ihren Kaffee austrinken.«

Markus nickte erneut, lächelte gequält und folgte Ulrike Albus-Schriener, die in zügigem Stechschritt ihm voraus ihr Büro verließ.

Als Markus der zielstrebig vor ihm gehenden Personalbeauftragen über den langen Flur ans andere Ende der Redaktion folgte, fielen ihm die zahlreichen eingerahmten Ehrungen und Preise, wie der Goldene Löwe, der Deutsche Fernsehpreis oder der Emmy Award auf, die die Redaktion für ihre unzähligen Dokumentationen bekommen hatte. Er erinnerte sich an den Tag vor einigen Wochen, als er vom ÖRF den positiven Bescheid für seine Hospitanz erhalten hatte. Noch am selben Tag hatte er beschlossen, Tübingen den Rücken zu kehren und dieses Mal alles anders zu machen. Er wollte sich nicht mehr nur auf sein Bauchgefühl verlassen. Wider seine Gewohnheit hatte er sich viel Zeit genommen, um sich ausführlich über das ÖRF und die Geschichtsredaktion zu informieren. Diesmal wollte er bestens vorbereitet sein, denn nichts erschien ihm schlimmer, als schon in den ersten Tagen dadurch unangenehm aufzufallen, nicht einmal zu wissen, wo er sich befand, geschweige denn, mit wem oder was er es zu tun hatte. Neben dem Internet erwies sich hierbei die Zeitungsartikelrecherche im Archiv der Universität erstmals als wirklich hilfreich. Beim Lesen der vielen Artikel über die Geschichtsredaktion erfuhr er, dass sie seit den 80er- und 90er-Jahren wegweisend in einer neuen Art der filmischen Auseinandersetzung mit der Zeit des Nationalsozialismus gewesen sein musste. Denn neben einigen kritischen Stimmen gab es überwiegend Lob für die auf der einen Seite behutsame, aber andererseits auch offene und ungeschönte Herangehensweise an das Tabuthema Zweiter Weltkrieg. Der Redaktion war es gelungen, die deutsche Öffentlichkeit für dieses schwierige Thema empfänglich zu machen. Erstmals wurden in den Dokumentationen die Geschehnisse von damals nicht einfach nur wiedergegeben, sondern vielmehr wurde Geschichte anhand persönlicher Erlebnisse von Zeitzeugen für die Zuschauer nachvollziehbar und verständlich erzählt. Gezeigt wurden normale Menschen, sowohl Opfer als auch Täter. Sie gaben den Geschichten etwas Lebendiges, etwas was den Zuschauern, die nach 1945 geboren waren, die Möglichkeit gab, die Geschehnisse von damals ansatzweise nachzuempfinden. Das Novum der persönlichen und menschlichen Komponente in den Dokumentationen war offenbar stilprägend für ein ganzes Fernsehgenre.

Als sie am Ende des Gebäudes angekommen waren, zögerte Ulrike Albus-Schriener keine Sekunde, die letzte Tür auf dem Gang aufzustoßen. »Guten Morgen, Herr Petersen, darf ich Ihnen Hospitant Weidenhall vorstellen? Er wird in den kommenden Wochen ihr Zimmergenosse sein und zusammen mit Ihnen Redakteur Zauner zuarbeiten. Da Sie sich hier ja bereits bestens auskennen, wäre ich Ihnen sehr verbunden, wenn Sie Herrn Weidenhall in alles einführen und ihm die Verhaltensregeln hier erklären würden. Einen zweiten Schreibtischstuhl und Computer wird ihm die Hausverwaltung noch heute zukommen lassen.« Sie schaute zu Markus. »Herr Weidenhall, ich wünsche frohes Schaffen, und denken Sie daran, heute um 16 Uhr bei Redakteur Zauner vorstellig zu werden. Pünktlich, wenn ich bitten darf!« Als sie die Tür hinter sich ebenso schnell schloss, wie sie sie aufgestoßen hatte, sahen Markus und Ingo Petersen sich an und mussten lachen.

»Nun, da du Ulrike bereits kennengelernt hast, möchte auch ich dich hier herzlich begrüßen. Und gleich vorweg: Es sind hier nicht alle so. Ich bin Ingo!«

»Markus, und danke, dass ich bei dir im Büro bleiben darf.«

»Kein Ding, das ist das sogenannte ›Hospitantenzimmer‹. Alle Hospitanten sitzen hier, und wenn du irgendwann wieder gehen solltest, kommt ein neuer oder eine neue. Ich bin hier quasi etwas hängen geblieben, hab aber mal genauso angefangen wie du.« Er sah Markus hämisch an. »Und, hat Ulrike dir schon den Vortrag übers Fernsehen gehalten? Vor allem, wie man hier was macht und nicht macht?«

Markus nickte lächelnd.

»Und auch ihren berühmten Kaffee angeboten?«

»Auch das!«, seufzte Markus.

»Aber ob du es glaubst oder nicht, wenn man ihr etwas Zeit gibt und hier ein paar Monate bleibt, hat sie echt nette Seiten. Aber bis sie dir die zeigt, ist es noch ein langer Weg. Bei mir hat es allein drei Wochen gedauert, bis sie meinen Nachnamen richtig ausgesprochen hat.« Er bot Markus einen Stuhl an. »Und ich schätze, das wird dir ähnlich gehen.«

Ingo Petersen war ein hochgewachsener, etwas dicklicher Mann um die 30, dessen Nickelbrille viel zu klein für sein rundes Gesicht war. Er strahlte Freundlichkeit, Wärme und Gelassenheit aus, sodass sich schon nach wenigen Minuten bei Markus ein gutes Gefühl einstellte. Hier hatte er es mit jemandem zu tun, der ganz und gar nicht zu jenen Menschen passte, mit denen Markus in den letzten Jahren in Tübingen verkehrt war. Von Ingo Petersen in seinem braunen Strickpullover und der gleichfarbigen Cordhose waren mit Sicherheit keine dummen Sprüche zu erwarten, die man mit noch dümmeren Sprüchen parieren musste, um seine Männlichkeit zu demonstrieren. Auch wenn man mit ihm sicher nicht frauennachjagend um die Häuser ziehen konnte, mochte Markus es, sich mit Ingo einfach nur ernsthaft zu unterhalten. Während er seinem neuen Kollegen zuhörte, spürte er, wie angenehm es war, dass hier keiner wusste, wie oft er sich im Suff schon danebenbenommen hatte. Hier war Markus ein unbeschriebenes Blatt, musste nicht ständig im Mittelpunkt stehen und sich stets aufs Neue beweisen. Das Ziel war nicht das Außergewöhnliche und Exzessive, sondern einfach Normalität.

KAPITEL 10

Berlin, Regierungsviertel, Untere Ebene des Führerbunkers, 30. April 1945, 22:19 Uhr

Friedrich fühlte sich benommen. Die seit Tagen andauernde Anspannung wich binnen Sekunden einer sich rasch ausdehnenden inneren Leere in seinem Körper. Zum ersten Mal seit Wochen reagierte er auf eine schlechte Nachricht nicht mit rasender Wut, sondern spürte, dass mit der Kenntnis von Hitlers Tod nun etwas über ihn gekommen war, was er nicht mit Hass und Aggression unter Kontrolle bringen konnte. Vielmehr zwang ihn sein Unterbewusstsein aus Selbstschutz, die Tatsachen zunächst einfach zu akzeptieren. Obwohl er in den vergangenen Kriegsjahren viele Leichen gesehen hatte, nahm er den Tod seit einigen Tagen gänzlich anders wahr. Er schien realer geworden und ihm ganz nah gekommen zu sein. So nah, dass er glaubte, ihn sogar fühlen zu können. Soldaten oder Partisanen im Kampf zu töten oder hinzurichten, erschien Friedrich als etwas Mechanisches und Eingeübtes. Sterben und Tod waren selbstverständlich und untrennbar mit dem Wesen des Krieges verknüpft. Jetzt aber nahm er in jeder Faser seines Körpers die unumkehrbare Endgültigkeit des Todes wahr, das Faktum der totalen Finalität. Die kalte und grausame Wirklichkeit, dass ein Mensch, wenn er stirbt, niemals zurückkehren wird und man die Zeit weder anhalten noch zurückdrehen kann. Der Tod erschien ihm plötzlich übermächtig, wie ein Feind, den er selbst mit den stärksten Waffen nicht besiegen würde.

Linge, Günsche und Mohnke berichteten abwechselnd über die Geschehnisse des Nachmittags, doch Friedrich fiel es schwer, ihnen zu folgen. Unzählige Gedanken durchströmten seinen Kopf. Viktor schien der Tod Hitlers weniger zu schockieren, denn er hörte den Ausführungen der drei SS-Offiziere aufmerksam und regungslos zu. Bormann beteiligte sich nicht mehr am Gespräch und verfiel wieder in die anfängliche alkoholisierte Apathie. Unentwegt starrte er auf einen schlammfarbenen Rucksack, der in der Ecke des Raumes stand. Mohnke bemerkte das Schweigen Bormanns ebenfalls. »Herr Reichsminister, reißen Sie sich zusammen«, fuhr er ihn barsch an. »Wir haben nicht mehr viel Zeit. Wenn wir Ihren Plan umsetzen sollen, dann müssen wir jetzt handeln.«

Bormann nickte nur, sah ihn aber nicht an. »Sie haben recht, Mohnke!«, antwortete er und wandte sich an Friedrich und Viktor. »Soldaten, nun wissen Sie, was sich heute Nachmittag hier abgespielt hat. Die ganze Wahrheit. Wie Sie beide, haben wir dem Führer stets die Treue gehalten und seine Befehle ordnungsgemäß erfüllt. Dies nicht nur, weil wir alle pflichtbewusste Soldaten sind, sondern weil wir an seine nationalsozialistische Vision glauben und weil er Deutschland zu Ruhm und Macht geführt hat. Aber einem Mann, der sein Leben als Opfer geben will, dem kann man den Wunsch zu sterben nicht verwehren und ihm nur den allerhöchsten Respekt zollen. Auch wenn der Verlust des Führers schmerzt und wir ihn nicht wahrhaben wollen, so ist es doch geschehen.« Ihm fiel das Sprechen sichtlich schwer. Alkohol und die Ereignisse der vergangenen Stunden hatten Bormann zugesetzt. Linge, der auf Friedrich wieder einen stabileren Eindruck als noch im Maschinenraum machte, übernahm daher das Gespräch.

»Der Geist des Führers lebt über seinen Tod hinaus, Kameraden. Auch wenn er körperlich nicht mehr unter uns weilt, leben seine Ideen und Ideale in uns weiter. Meine Herren, wir sind uns wohl alle einig, dass die Sache hier nicht enden darf. Nicht nur geht es darum, den Vormarsch der Roten Armee zu stoppen und das Reich zu verteidigen, sondern vor allem dafür zu sorgen, dass das Opfer des Führers nicht umsonst war. Die Sache muss mit aller Macht am Leben gehalten werden.«

Günsche fiel ihm ins Wort: »Die Schlacht um Berlin ist verloren, das müssen wir akzeptieren, aber der Krieg ist es nicht. Unsere Kameraden im Süden konnten sich in der Zeit, in der Sie und Ihre Kameraden die Russen in Berlin gebunden haben, vorbereiten. Schon am 24. April erteilte der Führer den Befehl, dass, falls der Feind im Westen und Osten nicht mehr aufzuhalten ist, alle kampftauglichen Einheiten der Wehrmacht und Waffen-SS sich in den oberbayerischen und westösterreichischen Alpen zu sammeln haben. Sie haben sicher schon von den Plänen einer Kernfestung in den Alpen gehört. Reichsverteidigungskommissar Hofer wurde beauftragt, in Tirol, im Salzburger Land und Kärnten alle Vorkehrungen dafür zu treffen, ein für den Feind unüberwindbares Bollwerk zu schaffen. Der Führer wusste um die Wichtigkeit dieser Festung, sah das Zentrum der Macht jedoch in Berlin. Niemals hätte er seine Soldaten hier im Stich gelassen. Er wollte bei ihnen bleiben, ihnen Kraft geben. Erst gestern sagte er, wenn er körperlich noch dazu in der Lage gewesen wäre, er wäre mit seinen Soldaten, wie damals 1914 bei der Flandernschlacht Seite an Seite in den Kampf gezogen.«

Mohnke schaltete sich ein. »Soldaten, ich will ehrlich sein. Die restlichen Truppen im Süddeutschen Raum werden den Westmächten und den Russen auf offenem Gelände nicht standhalten können. In den Bergen sieht das jedoch anders aus. Viele immer noch kampfstarke Verbände wie die 17. und 38. SS-Panzer-Grenadier-Division, Beckers Totenkopf-Division oder die Führer-Grenadier-Division sind bereits auf dem Weg in die Alpen oder schon vor Ort. Auch wenn Busses 9. im Südosten und die 12. von Wenck in Beelitz nicht die gewünschten Entlastungen in Berlin erzielen konnten, so sind sie immer noch handlungsfähig und können in Teilen ebenfalls in den Süden vorstoßen. Auch im äußersten Südosten Deutschlands und in Österreich befinden sind immer noch starke Kräfte. Generaloberst Rendulic hat aus den Resten der 2. und 6. Panzerarmee eine schlagkräftige neue Heeresgruppe Ostmark formiert. Gemeinsam können sie alle in der Kernfestung Stellung beziehen und sie verteidigen. Priorität liegt aber zunächst darauf, Zeit zu gewinnen. Zeit ist der Schlüssel, um die totale Niederlage Deutschlands abzuwenden.« Günsche übernahm wieder. »Es gibt auch Positives zu vermelden: Brigadeführer Meindl berichtete vor einigen Tagen, dass die unterirdische Anlage Bergkristall in Oberösterreich für die neuen Strahljäger binnen kürzester Zeit mit voller Leistung laufen wird. Es wird nicht mehr lange dauern, bis neue Jägerstaffeln die Luftüberlegenheit im süddeutschen Raum zurückerlangen können. Auch in Ebensee gibt es laut Obergruppenführer Kammler große Fortschritte bei der unterirdischen Raffinerie und der Forschung am Raketenaggregat 9. Viel wichtiger aber, die Verluste, die die Rote Armee in und um Berlin durch Sie und Ihre Kameraden verzeichnet hat, können nicht so schnell kompensiert werden. Der russische Bär ist angeschlagen.«

»Bei allem Respekt, Herr Sturmbannführer«, warf Viktor ein, »wie soll das vonstattengehen, wenn man den Gerüchten glauben darf und die Amerikaner und Russen schon an der Elbe stehen? Ist die jetzige Situation nicht schon fast aussichtslos.«

»Politik, Soldat, Politik!«, grunzte Bormann. »Auch wenn der Verräter Himmler sich zum Teufel scheren kann, hatte er in einem Punkt leider recht. Es wird nicht mehr ohne politische Zugeständnisse gehen. Wenn das nationalsozialistische Deutschland überleben will, wird es neue Wege gehen müssen. Dazu gehört es, zu akzeptieren, dass wir mit den Westmächten einen zeitlich befristeten Pakt gegen die Russen eingehen müssen. Wir werden nicht nur in den kommenden Stunden mit den Russen direkt über einen Waffenstillstand verhandeln, sondern erarbeiten zurzeit eine diplomatische Strategie, um endlich einen Keil zwischen die Westalliierten und die Russen zu treiben. Ein Sondergesandter wird dafür noch bestimmt werden. Andernfalls wird es schwierig. Die Zeichen stehen aber gut, denn die Differenzen zwischen den Amerikanern und den Bolschewisten nehmen zu. Wenn es gelingt, den russischen Vormarsch mithilfe der Amerikaner und Briten zu stoppen, können wir sogar unter Umständen verlorenes Territorium sofort zurückgewinnen.« Er schenkte sich ein weiteres Glas Cognac ein. »Aber selbst wenn nicht, wird der Nationalsozialismus nie untergehen. Und das Faustpfand dazu ist die Alpenfestung. Wenn die Westalliierten wirklich eine militärische Endlösung suchen, werden sie dieses Bollwerk erst mal überwinden müssen. Sie werden dann jedoch schnell erkennen, dass eine

Eroberung der Festung mit zu hohen Verlusten verbunden wäre. Letztlich müssten sie dann doch einen Waffenstillstand akzeptieren.« Er leerte sein Glas in einem Zug. »Ich war ja zuerst nicht so davon überzeugt, aber jetzt ist es die einzige Chance, die wir haben. Wir werden uns tief in die Berge zurückziehen und sie bis aufs Blut und den letzten Mann verteidigen. Wir werden abwarten und beobachten, und wenn die Zeit gekommen ist, werden wir die germanische Herrschaft wieder errichten. Selbst wenn das 100 Jahre dauern sollte.« Linge trat auf Friedrich zu, der immer noch wie versteinert auf dem Chaiselongue saß. »Noch können wir aber selbst über unser Schicksal bestimmen und das Schlimmste abwenden. Jedoch nur, wenn unsere Kameraden den Glauben an den Führer und seine Vision nicht verlieren.« Er hockte sich vor sie und senkte seine Stimme. »Kameraden, was unsere Soldaten und Werwölfe in den Widerstandsnestern und vor allem im Süden jetzt brauchen, ist ein Symbol, das das Feuer des Nationalsozialismus in ihren Seelen am Leben erhält und ihren Kampfgeist schürt. Und Sie werden hierbei eine Schlüsselrolle übernehmen. Sie werden das Symbol des Glaubens tief in die Alpenfestung tragen.« Linge sah zu Bormann, der zustimmend nickte, und fuhr fort: »Soldaten, was wir Ihnen nun mitteilen, darf diesen Raum unter keinen Umständen verlassen. Bis jetzt haben nur Kampfkommandant Mohnke, Reichsminister Bormann, Sturmbannführer Günsche und ich Kenntnis von der Sache. Nicht einmal Reichskanzler Goebbels oder Großadmiral Dönitz, der vom Führer testamentarisch zum Reichspräsidenten ernannt wurde, wissen hiervon.« Er stand auf und zündete sich eine Zigarette an. »Wie schon gesagt, konnten wir alle den Führer nicht von seinem Entschluss, für Deutschland zu sterben, abbringen oder ihn zum Verlassen Berlins bewegen. Bevor er sich gemeinsam mit seiner Frau selbst richtete, nahm er uns und einigen seiner engsten Mitarbeiter das Ehrenwort ab, seinen Leichnam und den seiner Gattin außerhalb des Bunkers zu verbrennen.« Er setzte sich in einen braunen Ledersessel. »Niemals, unter keinen Umständen sollten seine Überreste dem Feind in die Hände fallen. Wir haben seinem Wunsch natürlich Folge geleistet. Aber die offene Verbrennung der Leichname nur mit Benzin war problematisch.« Linge machte eine kurze Pause. »Die Einäscherung begann um etwa vier Uhr heute Nachmittag. Eine sorgfältigere Verbrennung mit Holz war aufgrund des Artilleriefeuers nicht möglich. Zwei Stunden später, so gegen 18 Uhr, haben Sturmbannführer Günsche und ich in einer kurzen Feuerpause nochmals oben nachgesehen, wie weit die Verbrennung schon fortgeschritten war.« Sein Blick wanderte ins Leere. »Es war ein schrecklicher Anblick. Wir waren gezwungen, Benzin nachzuschütten, denn die Leichen verbrannten nur sehr langsam. Erst vor etwa zwei Stunden, als ich kurz nach acht Uhr das letzte Mal alleine draußen war, waren vom Führer nur noch der Schädel und einige Knochen übrig.« Er schluckte. »Der Leichnam von Frau Hitler war entweder komplett verbrannt oder durch Granatexplosionen versprengt. Ich wusste ja, wo wir sie hingelegt hatten.« Wiederum schwieg er einen Moment. »Ich konnte den Führer nicht einfach so liegen lassen, Kameraden. Es war eher eine Reflexhandlung, wissen Sie. Niemand außer mir war da. Weiteres Benzin gab es nicht und die Zeit wurde knapp. Aus Sorge, dass der Feind die Überreste des Führers doch finden könnte, hob ich sie vorsichtig auf und verstaute sie in einem Rucksack. Niemand hat mich gesehen. Eine halbe Stunde später entschloss ich mich, die hier Anwesenden zu informieren. Wir diskutierten dann, was mit den Knochen passieren solle.«

Bormann unterbrach ihn. »Verstehen Sie uns nicht falsch, Soldaten, aber vorerst ist es besser, wenn so wenige Personen wie möglich darüber Kenntnis haben. Wer weiß, was noch alles auf uns zukommt. Wir haben uns darauf verständigt, dass es am besten sei, die Überreste an einen sicheren Ort nach Süddeutschland zu überführen. Wir einigten uns auf Innsbruck. Im Schutz der Alpenfestung sind die Überreste nicht nur vor dem Feind sicher, sondern können dort unseren Kameraden Hoffnung und Mut für die bevorstehenden Wochen geben, die über unser aller Schicksal entscheiden werden, meine Herren. Ihre Aufgabe wird es nun sein, die sterblichen Überreste des Führers dorthin zu bringen.« Dann schwieg er, und lediglich die sowjetischen Artillerieeinschläge waren wieder leise im Bunker zu hören.

Friedrich kämpfte immer noch gegen die Benommenheit, die ihn nach wie vor lähmte. Das, was Mohnke, Günsche, Linge und Bormann schilderten, schien ihm auf der einen Seite so unwirklich zu sein, dass er es nicht glauben wollte. Auf der anderen Seite saß er gerade vor einem Reichsminister, zwei SS-Offizieren aus dem Stab des Führers und einem hoch dekorierten Generalmajor der Waffen-SS. Warum sollte er also Zweifel an der Wahrheit der Geschehnisse haben?

Wiederum war es Viktor, der von beiden als Erster das Wort ergriff: »Herr Generalmajor, darf ich offen sprechen?«

Mohnke nickte.

»Wieso wir? Wenn die Frage gestattet ist. Nicht, dass

wir den Befehl nicht jederzeit ausführen würden, aber im oberen Teil des Bunkers gibt es viele Soldaten und SS-Spezialeinheiten, die aus militärischer Sicht diese Aufgabe ebenfalls übernehmen könnten.«

»Ganz einfach, Soldat, weil Sie beide bis jetzt von niemandem hier gesehen wurden«, antwortete Mohnke. »Wir waren gerade dabei, mögliche SS-Offiziere für die Mission auszuwählen, da sind Sie Obersturmbannführer Linge durch Zufall am Notausgang in die Arme gelaufen.«

»Ja, im Gegensatz zu den feigen Deserteuren, die wie Hasen weggelaufen sind, haben Sie sich durch das Artilleriefeuer hierher durchgeschlagen, um neue Befehle zu bekommen!«, fiel Linge ihm wütend ins Wort. »Soldaten wie Sie, mit der rechten Einstellung, mit Einsatz und Mut sind es, die wir in diesen schweren Stunden brauchen.«

Mohnke fuhr fort: »Als Sie im Maschinenraum gewartet haben, haben wir uns spontan für Sie beide entschieden, denn Sie sind bestens für die Mission geeignet. Erstens sind Sie loyale SS-Offiziere der Leibstandarte Adolf Hitler, die den Glauben an den Führer nicht verloren haben, Sie haben exzellente militärische Ausbildungen und sind in bester körperlicher Verfassung. Zweitens können wir für eine derartig wichtige Mission keine Frischlinge gebrauchen, sondern nur Männer, die Erfahrung am Feind haben. Immerhin ist Berlin eingekesselt. Sie wissen, wie es auf den Straßen zugeht und wie man sich durch russische Linien kämpft. Und drittens hat Sie, wie gesagt, niemand außer uns hier gesehen. Es hat sich bereits überall in der Reichskanzlei und in meinem Gefechtsstand herumgesprochen, dass der Führer restlos verbrannt wurde, und wir wollen vorerst alle in diesem Glauben lassen.« Bormann setzte sich wieder in seinen Schreibtischsessel. »Wenn Sie es bis nach Innsbruck schaffen, Soldaten, wird jeder für mein Handeln und meinen Plan vollstes Verständnis haben. Ich, beziehungsweise wir, haben ja dem Führer unser Ehrenwort gegeben und dafür gesorgt, dass seine Überreste niemals dem Feind in die Hände fallen. Sie werden als Helden des Nationalsozialismus gefeiert werden, Männer. Selber können wir die Mission selbstverständlich nicht übernehmen, denn zum einen sind wir dem Feind zu bekannt und zum anderen verfügen wir nicht über Ihre körperliche Verfassung.« Er sah zu Mohnke, als wollte er sich rückversichern. »Da wäre noch eine Sache. Die Mission, die vor Ihnen liegt, ist die wichtigste, die Sie je übernehmen werden. Natürlich können wir Ihnen dazu den Befehl erteilen, aber vielmehr bitte ich Sie im Namen des Deutschen Volkes, diese schwere Bürde für die Zukunft unseres Reiches auf sich zu nehmen. Ich will Ihnen nichts vormachen, denn Sie wissen besser als die meisten hier im Bunker, wie schwer es sein wird, aus dem Kessel zu gelangen. Auch wird es für Sie beide keinen Weg zurück geben.« Er sah Friedrich mit festem Blick an. »Werden Sie entdeckt, sind Sie gezwungen, nicht nur die Überreste des Führers zu vernichten, sondern auch sich selbst zu töten. Unter absolut keinen Umständen dürfen die Überreste des Führers oder das Wissen um ihre Existenz dem Feind bekannt werden. Der Schaden für die Moral der deutschen Truppen wäre unermesslich, falls der Feind dieses Wissen für seine Propaganda missbrauchen würde. Sollten Sie scheitern, würden wir alle bis zu unserem Tod stets behaupten, dass die Leiche des Führers zu Asche verbrannt sei und für immer unauffindbar bleibe. Soldaten, sind Sie daher bereit, einen heiligen Eid darauf zu schwören, dass Sie die Überreste des Führers mit Ihrem Leben verteidigen werden?«

Friedrich und Viktor reagierten instinktiv, als sie vom Chaiselongue aufstanden und in geübter Soldatenmanier die Frage Bormanns bejahten und den Arm zum Führergruß hoben.

»Gut, Deutschland wird es Ihnen ewig danken. Gehen Sie jetzt mit Sturmbannführer Günsche und Obersturmbannführer Linge, die Sie auf Ihre Mission vorbereiten werden. Wir haben nicht mehr viel Zeit.«

KAPITEL 11

Frankfurt (Lohrberg), ÖRF-Zentralarchiv im Studiogebäude, 4. Oktober 2010, 11:10 Uhr

Die kleine rote Lampe wechselte mit einem Summton ihre Farbe auf grün und ein schwerer Stahlriegel öffnete langsam die automatische Eingangstür zum ÖRF-Zentralarchiv, das sich direkt unterhalb des großen Studiogebäudes befand. Der Geruch, der Markus in die Nase stieg, als er und Ingo den kleinen Zugangstunnel entlanggingen, erinnerte ihn an die Bibliothek der Universität Tübingen. Es roch nach alten Büchern und verstaubten Akten, die seit Jahrzehnten nicht mehr gelesen worden waren. Ingo drehte sich kurz zu ihm um: »Jetzt wirst du was zu sehen bekommen, ein echter Augenöffner.« Sie betraten das Zentralarchiv, und vor Markus öffnete sich ein kreisrunder riesiger Raum, der sich über viele Stockwerke nach unten erstreckte. Jede Etage hatte eine Balustrade, von der man hinunter auf die unterste Ebene sehen konnte. Von jeder Ebene führten sternförmig angeordnete Gänge ab, die wiederum konzentrisch verlaufende tunnelähnliche Gänge miteinander verbanden.

»Das ist kein Archiv, Ingo, das ist ein Labyrinth!« Er sah ihn staunend an.

»Ja, so kam es mir beim ersten Mal auch vor.«

Markus lachte. »Das müssen ja Hunderttausende von Filmrollen, Büchern und Akten sein!«

Eine energische Stimme von der untersten Ebene unterbrach ihn. »Nicht zu vergessen Schallplatten, Zeitungen, Magazine, Atlanten, Bücher, Karten und … ach, manchmal weiß ich schon gar nicht mehr, was hier sonst noch alles rumliegt. Wenn ich nicht aufpasse, dann werde ich selbst bald dazugehören«, hallte es durch den großen Raum. »Mit wem hab ich denn die Ehre?« Neun Stockwerke unter sich erkannten Ingo und Markus auf der untersten Ebene einen kleinen Mann, der auf einer Leiter stand und einen Stapel alter Filmrollen zurück in ein Regal sortierte.

»Hallo, Gert, ich bin's Ingo! Ich habe einen neuen Kollegen mitgebracht, der ab heute bei uns hospitiert.«

Der Mann blickte nach oben, schien aber selbst durch seine überdimensioniert wirkende Brille nicht wirklich etwas erkennen zu können. »Na, da schau an, jetzt wird die gute Ulrike auf ihre alten Tage übermütig und verteilt Zugangsberechtigungen für mein Archiv nahezu inflationär.« Er lachte. »Gleich zwei junge Nachwuchskräfte aus der Geschichtsredaktion innerhalb von einem Jahr. Na, dann will ich mal meine besten Manieren an den Tag legen und mich vorstellen. Kommt runter, Jungs.«

Als sie unten angekommen waren, nahm sie ein freundlich lächelnder älterer Herr in Empfang, der Markus unweigerlich an die Zeichentrickfigur des Dr. Snuggles aus seiner Jugend erinnerte. Der Verwalter des zentralen Archivs war ein untersetzter Mann, dessen Glatze von einem schneeweißen Haarkranz umrandet wurde. Seine dicken Brillengläser zeugten davon, dass er mit fortschreitendem Alter offenbar an Sehkraft verloren hatte. In Verbindung mit seiner dunkelgrünen Stoffhose und seinem grau karierten Pullunder wirkte er auf Markus wie ein Bilderbuch-Opa, der stets Karamellbonbons für seine Enkel bereithielt. »Na dann, willkommen in *Barbarossas Berg*, wie ich das Archiv zu nennen pflege. Mein Name ist Gert Bohlender und ich freue mich hier über jeden Besuch.« Er wandte sich an Markus. »Wie ist denn Ihr werter Name junger Mann?« »Markus Weidental. Und es freut mich sehr Sie kennen zu lernen!« Doch bevor Markus die Chance bekam Gert Bohlender die Hand entgegenzustrecken, bemerkte er wie der Blick des alten Archivars plötzlich auf den Anhänger seiner silbernen Halskette fiel. Um ihn besser sehen zu können, hob er seine Brille leicht von der Nase und kam Markus etwas näher. »Das habe ich doch schon einmal gesehen!«, murmelte er überrascht und verharrte noch einen Moment den Anhänger betrachtend. Als er jedoch die langsam unangenehm werdende Situation bemerkte, lächelte er Markus zu. »Entschuldigen Sie bitte, aber Ihr Amulett kommt mir irgendwie bekannt vor. Es ist so als hätte ich es schon einmal gesehen. Es ist sehr schön. Ist es alt?« »Ja, ich glaube. Es ist so eine Art Familienerbstück. Wappen ist vielleicht etwas viel gesagt, eher so ein Familienzeichen.« entgegnete Markus freundlich, aber noch immer irritiert, über das plötzliche Interesse des Archivars an seiner Halskette. »Ich möchte nicht aufdringlich sein, aber würde es Ihnen etwas ausmachen, es mir einmal kurz zu geben. Sie müssen wissen, ich kann nicht mehr sehr gut sehen. Ich ... ich würde es mir gerne einmal aus der Nähe anschauen, da ich mir sicher bin es ... aber natürlich nur wenn Sie nichts dagegen haben.« Wiederholte er sich. Markus Blick wanderte kurz zu Ingo, der schräg hinter Gert Bohlender stand und ebenso fragend wie amüsiert eine Augenbraue hochzog. Nachdem Markus die Halskette abgenommen und sie Gert Bohlender gegeben hatte, ging dieser zu einem alten hölzernen Schreibtisch und setzte sich. Aus einer Schublade nahm er eine Lupe und betrachtete das Amulett eingehend. »Es ist jüdisch, nicht wahr?« fragte er plötzlich ohne seinen Blick davon abzuwenden. »Ein stilisierter Baum, wahrscheinlich eine Weide. Sehr fein gearbeitet. Und darunter ein Krug. Ein Zeichen der Leviten. Sind Sie jüdischen Glaubens, Herr Weidental?« »Nein, nicht wirklich!« antworte Markus. »Ich bin wie mein Vater Atheist, aber mein Großvater väterlicherseits hatte jüdische Vorfahren. Von ihm stammt auch das Amulett. Er schenkte es meinem Vater, der es dann wiederum zu meinem 18. Geburtstag an mich weitergegeben hat. Er erzählte mir einmal, dass in unserer Familie früher alle männlichen Weidentals zu ihrer Geburt dieses Amulett geschenkt bekommen haben. Es wurde nur für unsere Familie gefertigt. Heute gibt es diese Tradition aber schon nicht mehr. Wieso interessiert sie das so?« Gert Bohlender legte die Lupe auf die Schreibtischunterlage und stand auf. »Ich bin mir sicher, dass ich genau dieses Familienzeichen schon einmal irgendwo gesehen habe, aber kann mich verflixt noch mal nicht erinnern wo das war oder in welchem Zusammenhang. Dabei war ich einmal bekannt für mein Elefantengedächtnis.« Er ging zu Markus und gab ihm die Halskette zurück. Aber noch immer schien der betagte Archivar abwesend zu sein und in seinen Hirnwindungen vergeblich nach einer passenden Erklärung zu suchen. Dann aber besann er sich und schüttelte selbstkritisch mit dem Kopf. »Entschuldigen Sie bitte meine Indiskretion, Herr Weidental, das alles geht mich natürlich gar nichts an. So was! Mein Gott, wo ist nur mein Benehmen. Wie unhöflich von mir.« Dann deutete er wieder in Richtung seines Schreibtisches. »Darf ich euch denn erstmal ein Stück Marmorkuchen anbieten? Meine Frau hat ihn gestern gebacken, und glaubt mir, es lohnt sich sehr.« Ingo und Markus nickten.

Der hölzerne Schreibtisch, der genau in der Mitte der unteren Ebene auf einem verschlissenen roten Perserteppich stand, wirkte in Kombination mit der alten Messinglampe und dem großen ledernen Schreibtischsessel wie eine kleine gemütliche Insel in dem sonst grauen und stillen Archiv.

Markus blickte um sich. »Um ehrlich zu sein, Herr Bohlender, so richtig einladend sieht es auf den ersten Blick aber nicht aus. Ist es hier nicht ein bisschen einsam und unheimlich auf Dauer?«, fragte er und nahm sich ein Stück Kuchen.

»Och, wenn man hier so viele Jahre tagein, tagaus arbeitet, wird das zu einem zweiten Zuhause. Ich mache es mir halt schön. Zum Beispiel sind hier sämtliche Schallplatten seit 1958 bis zur Einführung der CD archiviert. Hin und wieder höre ich beim Arbeiten dann klassische Musik oder lasse nebenbei alte Filme laufen.«

Markus sah nach oben: »Ein wenig skurril ist die Vorstellung aber schon, dass zehn Stockwerke über uns Hunderte Redakteure wild durcheinandertelefonieren und in modernen Sitzungsräumen ÖRF-Nachrichten planen. Und direkt darunter ist so ein riesiger stiller Komplex, der nur von einem einzigen Mitarbeiter verwaltet wird.«

»Nicht genau darunter«, merkte Gert Bohlender an. »Zwischen uns und den Redaktionen liegt noch das neue Archiv. Dort wird das Film- und Tonmaterial aufbewahrt, das auf den gängigen technischen Formaten gespeichert ist. Darauf greifen die Redaktionen hauptsächlich zu. Dort arbeiten natürlich auch viel mehr Leute. Da sind Recherche, Dokumentation und die Programmbereitstellung angesiedelt. Es ist eine riesige Abteilung, in der täglich Hunderte von Filmkassetten von A nach B getragen werden. Oder glaubst du etwa, dass so ein alter Tattergreis und Haudegen wie ich alleine das gesamte ÖRF mit Bildmaterial versorgen kann? Wir können uns doch duzen oder?« Markus nickte zustimmend. »Ne, hier unten liegen nur die Sachen, die eigentlich keiner mehr haben will.«, fuhr Gert Bohlender fort. »Alte Filmrollen im 16- und 35-Millimeter-Format, für die es eh kaum noch funktionierende Abspielgeräte gibt. Alte Akten und Unterlagen, die nicht einmal mehr die ÖRF-Bibliothek haben möchte. Das alles liegt hier schon seit Jahren und wird von mir archiviert. Kommt mal mit.« Er winkte die beiden von seinem Schreibtisch weg und führte sie in einen der sternförmig verlaufenden Verbindungsgänge. »Weißt du Markus, ich hab das Ingo damals auch schon erzählt.

Das alles hier auf den Filmrollen war vor vielen Jahren mal brandaktuell und du würdest dich wundern, was da alles für verborgene Schätze drinstecken. Alte Nachrichten aus den 60er-Jahren, Dokumentationen und Tierfilme aus den 70ern, alte Unterhaltungsshows, oder wie hier ...« Er zog wahllos eine alte silberne Filmrolle aus dem Regal, *Pistolen und Petticoats* aus dem Jahr 1967 mit Ann Sheridan in der Hauptrolle«, er lächelte. »Tja, da waren Cowboys und Indianer noch die großen Stars. Vieles noch in Schwarz-Weiß. Hier liegt alles, was das ÖRF seit 1958 gedreht und gesendet hat. Aber die Technik schreitet halt schnell voran und viele der alten Schinken sind nicht so ohne Weiteres sendbar. Wir bemühen uns trotzdem, die alten Sachen Stück für Stück auf neue Formate zu überspielen. Das ist jedoch teuer und sehr zeitaufwendig.« Er legte die Filmrolle zurück. »Heutzutage liegen neu gedrehtes Filmmaterial und Sendungsmitschnitte schon digital auf Servern gespeichert. Und mal ehrlich, welcher Redakteur hat heute noch Zeit, hier runterzukommen und mal nachzusehen, ob man nicht was Altes für einen Beitrag finden könnte? Aber so ist das eben.« Sie gingen eine Etage höher. »Manchmal kommt hier wochenlang niemand vorbei. Deswegen freue ich mich umso mehr, dass ihr mich besucht. Was gibt's denn? Braucht die Geschichtsredaktion alte Unterlagen oder altes Filmmaterial?«

»Um ehrlich zu sein, leider nein, Gert«, antwortete Ingo. »Ich wollte euch nur bekannt machen und Markus dein Archiv zeigen. Was Markus nämlich noch nicht weiß, ist, dass ich hier beim ÖRF eventuell in einigen Wochen aufhören muss. Mein Vertag läuft aus und die Verlängerung ist noch unklar.« Er sah Markus mitfühlend an. »Naja, und wenn ich nicht mehr da bin, und die Herren Redakteure wieder etwas aus Gerts Archiv haben wollen, werden sie dich mit Sicherheit schicken. Das ist nun mal das Los der Hospitanten. Selber kommen die hier schon lange nicht mehr her. Ich bin mir nicht mal sicher, ob die überhaupt noch gültige Zugangsberechtigungen haben. Du kennst das Spiel ja, Gert.« Er nickte und sah zu Boden, da ihm diese Tatsache anscheinend unangenehm war. »Nun, in gewisser Weise würdest du mein Nachfolger werden und diese Hilfsdienste auch machen müssen.«

Markus lächelte, wusste aber nicht so richtig, ob ihm die Vorstellung gefiel, in den kommenden drei Wochen lediglich den Laufburschen für Redakteure zu spielen oder nach verstaubten Akten und Filmschnipseln suchen zu müssen. Fernsehen hatte er sich heute Morgen auf der Autobahn noch anders vorgestellt. »Kein Problem, das ist doch super interessant hier. Ich werde gerne für die Redaktion recherchieren und versuchen, die richtigen Sachen zu finden. Aber dazu werde ich sicher deine Erfahrung und Hilfe brauchen.«

Gert Bohlender war sichtlich erfreut darüber, dass jemand für sein Archiv ein gewisses Interesse zeigte oder dies zumindest vorgab. »Genau wie Ingo bist du hier jederzeit willkommen. Wie man sich hier zurechtfindet und mit dem Karteikartensuchsystem umgeht, zeige ich dir natürlich. Hier gibt es viel zu entdecken, glaub mir.«

Karteikartensuchsystem?, dachte Markus verstört, als er sich von Gert Bohlender verabschiedete und für das Stück Marmorkuchen bedankte. Selbst die Unibibliothek von Tübingen verfügte schon über computergestützte Suchsysteme. Dass das große ÖRF mit seiner neuen digitalen Sendetechnik immer noch mit derart antiquierten Methoden arbeitete, verwunderte ihn. Doch als er zusammen mit Ingo bei strahlendem Sonnenschein und blauem Himmel das

Studiogebäude verließ und durch eine der Verbindungsröhren Richtung ÖRF-Kantine ging, wich seine Ernüchterung über Ulrike Albus-Schriener und die Zukunft, die ihm als Botenjunge blühte. Vor allem war er stolz auf sich, nicht gleich die Flinte ins Korn geworfen zu haben, sondern seinen Vorsätzen treu geblieben zu sein. Er hatte seine gute Laune bewahrt und mit Ingo Petersen und Gert Bohlender zwei wirklich nette Menschen kennengelernt. Und er war hier im ÖRF, führte seit gefühlten drei Stunden ein normales Leben wie jeder andere Arbeitnehmer in Deutschland auch und lag nicht verkatert in Tübingen im Bett.

KAPITEL 12

Berlin, Regierungsviertel, Untere Ebene des Führerbunkers, 30. April 1945, 22:44 Uhr

Linge verriegelte die Tür, nachdem sie unbemerkt über den Flur zurück zum Maschinenraum gegangen waren. Günsche schaltete eine kleine Schreibtischlampe ein, legte mehrere Karten auf einen kleinen Tisch und öffnete eine Aktentasche, aus der er eine schwarze Ledermappe hervorzog. »Meine Herren, hier im Maschinenraum sind wir sicher, keiner wird uns bemerken. Wenn der Plan von Reichsminister Bormann funktionieren soll, dann wird dies nur mit sehr genauen Karten gelingen, denn zunächst müssen Sie beide aus dem Berliner Kessel ausbrechen.« Er deutete auf die Landkarten. »Das, was Sie hier sehen, sind die normalen Gelände- und Straßenkarten, die Wehrmacht und Waffen-SS in den vergangenen Tagen und Wochen genutzt haben, um sich in Berlin und im Umland zu orientieren.« Er sah zu Friedrich und Viktor. »Sie kennen diese Karten wahrscheinlich von den morgendlichen Einsatzbesprechungen mit Ihren Vorgesetzten. Auch hier bei der Großen Lage mit dem Führer wurden die gleichen verwendet. Sie sind sehr präzise, aber nicht vollständig.«

»Nicht vollständig? Wie meinen Sie das?«, fragte Friedrich, der sich langsam von seinem Schock über die Nachricht von Hitlers Tod erholte.

Günsche stützte sich mit beiden Fäusten auf den Tisch. »Nun, wie Sie sehen, zeigen die einen Karten die Stadtoberfläche Berlins – Straßen, Häuser, Brücken und so weiter. Die anderen Karten zeigen dazu passgenau das, was sich unter der Oberfläche befindet, die U-Bahntunnel oder die Kanalisation. Sie haben ja in den letzten Tagen mitbekommen, wie effizient wir die Russen in einen Hinterhalt locken konnten, wenn man sie mithilfe der Kanalisation oder den U-Bahntunneln unterwandert. Doch es gibt noch ein weiteres, drittes Kartenwerk von Berlin, das nicht einmal der Wehrmacht bekannt ist. Und von dem auch nur wenige hier im Bunker Kenntnis haben. Lediglich einige Auserwählte der Waffen-SS und der Leibstandarte des Führers sind mit diesem speziellen Kartenwerk vertraut. Da es unter keinen Umständen dem Feind in die Hände fallen darf, unterliegt es höchster Geheimhaltung.« Er nahm seine Mütze ab, richtete sich auf und rieb sich müde die Augen. »Machen wir uns nichts vor, Kameraden, es war nur eine Frage der Zeit, bis sich der Feind im Laufe der Kämpfe irgendwann eines unserer Kartensätze bemächtigten würde.« Er deutete wieder auf die Landkarten. »Sie haben in den Berichten der Kameraden ja gehört, dass sich die Russen seit einigen Tagen plötzlich bestens im U-Bahnsystem und in Teilen der Kanalisation zurechtfinden. Wir müssen also davon ausgehen, dass sie jetzt teilweise über die gleichen Karten verfügen wie wir. Von dem Kartenwerk, von dem ich spreche, sollten jedoch weder Sie noch der Feind je gehört haben. Dieses spezielle Kartenwerk basiert im Wesentlichen auf dem sogenannten *Hobrecht-Atlas.*« Er deutete auf die schwarze Aktenmappe, die vor ihm auf dem Tisch lag.

»Hobrecht-Atlas?«, wiederholte Viktor.

Linge, der sich auf der kleinen Bank neben dem Dieselgenerator niedergelassen hatte, schaltete sich ins Gespräch ein. »Ja, der Hobrecht-Atlas. James Friedrich Hobrecht, Ostpreuße. Der hat hier in Berlin in den 70er-Jahren die Kanalisation entworfen. Ein kluger Kopf, wissen Sie. Er hat damals ein weitverzweigtes Netz von Radialsystemen gebaut. Zwölf insgesamt. Das sind große Pumpwerke, die überall in Berlin stehen und Regen- und Abwässer in großen Kanälen und Druckleitungen aus der Stadt pumpen. Wirklich genial der Mann. Funktioniert bestens. Jedenfalls bis zu den Bombardierungen.« Er stand auf und ging zum Tisch. Günsche öffnete die schwarze Ledermappe und gab ihm ein kleines Buch, das aus vielen aneinandergereihten Karten bestand. Linge nahm das Buch und fuhr fort: »Im Großen und Ganzen ist der Hobrecht-Atlas eine überaus genaue Kartensammlung über den Verlauf der gesamten Berliner Kanalisation. Damit ist es möglich, sich in der Kanalisation und in den Regenwasserüberlaufsystemen von Berlin zurechtzufinden. Der Hobrecht-Atlas gibt nicht nur die Verläufe aller Kanäle im Urzustand seit 1873 wieder, sondern er zeigt auch genau, wo in der Stadt Zwischenpumpwerke oder Düker liegen und wo die großen Regenwasserüberlaufsysteme sind. Wichtiger aber noch, es sind alle baulichen Veränderungen seit den 70er-Jahren aufs Genaueste verzeichnet. Im Hobrecht-Atlas ist quasi jeder noch so kleine Gullideckel, Hauptstrang und Nebenarm verzeichnet. Viele Kanäle sind jedoch in den vergangenen 60 Jahren zugemauert oder stillgelegt worden, weil man sie entweder nicht mehr brauchte oder weil sie im Zuge des U-Bahn-Baus verlegt werden mussten. Ursprünglich gab es etwa 50 Exemplare des Hobrecht-Atlas. Einige waren im Besitz der Stadtentwässerung, die anderen bei der Städtischen Bauaufsicht.«

»Aber sagten Sie nicht eben, dass der Atlas geheim sei?« Viktor war leicht irritiert.

»Ja, das ist er auch, allerdings erst seit etwa vier Jahren«, erklärte Linge. »Im Dezember 1940 wurden alle Hobrecht-Atlanten von der Leibstandarte des Führers konfisziert. Die Kopien, die die Berliner Behörden ein paar Wochen später zurückbekamen, waren jedoch so verändert worden, dass sie lediglich den Ist-Zustand von 1940 wiedergaben, nicht aber einige bestimmte – für die SS – wichtige Röhrensysteme oder das, was von der Kanalisation bis dahin stillgelegt oder zugemauert worden war. Unter Berlin gibt es also weit mehr Tunnel, als Sie glauben.« Er deutete wieder auf die anderen Karten. »Die Wehrmachtskarten hier, die Sie von den Lagebesprechungen kennen, sind genau wie die veränderten Hobrecht-Atlanten der Wasserwerke ebenfalls unvollständig, auch sie geben nur den Ist-Zustand von 1940 wieder.«

»Und welchen Grund hatte die SS dafür, die Atlanten zu verändern?«, fragte Friedrich.

»Wissen Sie, ursprünglich war es die Idee unseres ehemaligen Reichsführers SS«, antwortete Günsche. »Im Rahmen des geplanten Umbaus Berlins zur Welthauptstadt Germania sollten für den Führer und seinen Stab Fluchttunnel aus der Stadt zur Verfügung stehen. Himmler hatte das angeordnet. Der Hobrecht-Atlas sollte im Dezember 1940 erste Anhaltspunkte liefern, wo der Verlauf dieser Tunnel am sinnvollsten sei. Die geplanten Fluchttunnel waren so geheim, dass nicht einmal die Berliner Wasserwerke oder die Wehrmacht etwas davon wissen sollten. Deswegen wurden die Hobrecht-Atlanten verändert. Als der Feind jedoch auf das Reichsgebiet vorrückte und die Pläne für den Umbau Berlins zurückgestellt wurden, sollte der letzte ursprüngliche Hobrecht-Atlas wenigstens aufzeigen, wo es Fluchtmöglichkeiten für die SS geben könnte, falls Berlin eingekesselt würde. Der Führer sollte im Falle einer Einkesselung Berlin eh schon verlassen haben.«

»Warum hat der Führer diese Fluchtmöglichkeit in den vergangenen Tagen nicht genutzt?«, fiel Friedrich ihm wütend ins Wort. Seine Enttäuschung war unüberhörbar.

Linge sah Friedrich an. Seine Stimme klang ruhig, als er antwortete: »Glauben Sie mir, Soldat. Alle hier haben versucht, ihn genau dazu zu überreden. Die Frau des Propagandaministers hat ihn sogar auf Knien angefleht. Wenn Sie gesehen hätten, was sich hier für Szenen abgespielt haben. Aber der Führer wollte lieber sterben, als wie eine feige Ratte durch die Kanalisation zu kriechen, um vor den Russen zu flüchten.« Einen Moment herrschte Schweigen.

»Wie gesagt, Soldaten, dieser letzte original Hobrecht-Atlas könnte der Schlüssel sein, um unerkannt und sicher die feindlichen Linien zu unterwandern«, fuhr Günsche fort, »aber es ist ein gewagtes Unterfangen. Wir wissen nicht, in welchem Zustand sich die Kanalisation und die Regenwassernotauslässe befinden. Sie könnten unter Umständen durch Bombenangriffe zerstört worden sein oder wurden durch den Feind vermint oder gesprengt. Feindkontakt kann selbst in geheimen Kanälen nicht ausgeschlossen werden.«

»Wie groß sind denn diese Röhren eigentlich?«, fragte Viktor und deutete auf die winzigen Angaben, die im Hobrecht-Atlas neben jedem Kanal verzeichnet waren.

»Kommt ganz darauf an, welche«, erwiderte Günsche. »Es gibt, glaube ich, elf verschiedene Typen. Schnelles Vorrücken ist aber nur in sogenannten Ei-Kanälen möglich, die sind mindestens 1,40 hoch oder höher. Sie heißen Ei-Kanäle, weil der Querschnitt aussieht wie ein umgedrehtes Ei. Natürlich kann man kurze Distanzen auch in kleineren Rohrleitungen mit bis zu 90 cm Durchmesser zurücklegen, aber das kostet Zeit und Kraft. Also sollte man, soweit es geht, an der Oberfläche auf der Straße vorwärtskommen und die Kanäle nur im Notfall benutzen. Am Sinnvollsten ist es jedoch, sich in den großen Regenwasserüberlaufsystemen zu bewegen, von denen ich gerade gesprochen habe. Im Hobrecht-Atlas werden diese Systeme als Notauslässe bezeichnet.«

»Und was genau sind diese Notauslässe?«

Günsche sah Viktor an. »Ich habe Ihnen ja schon von den Radialsystemen erzählt. Sie können sich das vereinfacht so vorstellen, dass alle Regenwasser- und Abwasserkanäle eines Stadtteils in einem großen Hauptstrang zusammenfließen, der zu einem der zwölf großen Hauptpumpwerke führt. Von dort wird dann alles auf die Rieselfelder vor der Stadt geführt. Wenn es aber heftig regnet, kann das Wasser in der Kanalisation schnell steigen, und damit es nicht durch die Gullideckel in die Straße gedrückt wird, hatte Hobrecht die geniale Idee, Notauslässe zu bauen. Das sind bis zu neun Meter breite und vier Meter hohe Tunnelsysteme, die im Notfall die Kanalisation entlasten können. Die Notauslässe münden in den tiefsten Punkt Berlins, in die Spree. Außer bei extrem starken Regenfällen haben sie sonst keine Funktion, deshalb weiß auch kaum jemand von ihnen. Die meisten sind schon sehr alt und wurden bereits Ende des vergangenen Jahrhunderts angelegt. Da sich einer dieser Notauslässe auch für einen der geplanten Fluchttunnel eignete, kommt er in den Hobrecht-Atlanten, die die SS verändert hat, gar nicht vor. Ziemlich sicher weiß auch der Feind somit nichts davon, denn auf den Wehrmachtskarten ist er ja auch nicht verzeichnet.«

»Und wo liegt dieser Notauslass oder besser gesagt, wo ist der Einstieg?«

»Der Einstieg liegt in der Kaimauer der Spree, direkt neben der Friedrichsbrücke, gegenüber der Nationalgalerie.« Günsche öffnete den Hobrecht-Atlas und blätterte, bis er die richtige Karte gefunden hatte. »Sehen Sie hier«, er deutete mit dem Finger auf den Beginn des Notauslasses.

»Das könnte aber problematisch werden«, wandte Friedrich ein. »Soweit ich weiß, wurden die Spreebrücken gesprengt, um den Russen den östlichen Zugang zum Regierungsviertel zu versperren. Der Einstieg liegt aber gegenüber der Museumsinsel, auf der Uferseite, wo die

Russen stehen. Ich hab gestern mit Kameraden gesprochen, die sich über die Spree hinweg Feuergefechte mit den Russen geliefert haben.« Er deutete auf die Karte, auf der die Gebäude der Museumsinsel und die Friedrichsbrücke eingezeichnet waren. »Mal angenommen, wir schaffen es von hier bis zur Nationalgalerie auf der Museumsinsel, dann gäbe es meiner Meinung nach nur eine Möglichkeit, den Einstieg am anderen Ufer zu erreichen. Wir müssten irgendwo bei den Kolonnaden direkt an der Brücke in die Spree und im Schutz der Nacht unterhalb der zerstörten Brückenbögen die Spree durchschwimmen. Das müssten etwa 40 Meter sein. Auch wenn die Russen die Ufer kontrollieren, ist das dennoch machbar.«

»Das mit dem Notauslass klingt durchaus plausibel«, fand Viktor, »aber was ich nicht verstehe: Warum sollen wir überhaupt Richtung Nordosten? Dann müssen wir ja noch mal um die ganze Stadt herum, um nach Süddeutschland zu gelangen.«

»Stimmt«, nickte Linge, »und dennoch ergibt es Sinn. Würden Sie versuchen, nach Süden auszubrechen, müssten Sie über 20 Kilometer durch bebautes Stadtgebiet, was fast komplett in russischer Hand ist. Richtung Nordosten sind es lediglich sieben Kilometer, von denen Sie allein fast fünf Kilometer relativ einfach und sicher durch den Notauslass zurücklegen können. Haben Sie Weißensee im Nordosten erreicht, beginnt schon das Umland. Obwohl auch dort die Gebiete durch die Rote Armee besetzt sind, können Sie sich, als Zivilisten getarnt, in den ländlichen Arealen schneller bewegen. Sie befinden sich dann bereits weit hinter der Front. Aber zurück zum Notauslass.« Er wandte sich Friedrich zu. »Sie haben recht, Soldat! Neben dem Problem mit der zerstörten Brücke gibt es leider noch viele weitere Unwägbarkeiten. Wir haben mehrere Wege in Betracht gezogen, um aus der Stadt zu gelangen. So ist es immer noch eine Option, mithilfe der U-Bahntunnel die feindlichen Linien zu unterwandern. Da die Russen aber Kenntnis über den Verlauf der U-Bahntunnel haben, ist es nicht sicher genug für Ihre Mission. Unserer Meinung nach ist der sinnvollste Weg, sich zunächst überirdisch über die Wilhelmstraße durch die Hinterhöfe zur Mauerstraße und dann entlang der Französischen Straße vorzuarbeiten. Bis dahin sollte das selbst jetzt noch ohne Feindkontakt möglich sein.« Linge fuhr mit dem Finger die Route entlang. »Haben Sie die U-Bahn-Station *Französische Straße* erreicht, könnten Sie zur Not die Kanalisation benutzen. Zu empfehlen ist das aber noch nicht, da die Profilhöhe der Kanäle hier erst 90 cm beträgt. Besser ist es, Sie versuchen sich im Schutz der Dunkelheit über die Schleusenbrücke durch den Lustgarten am Dom vorbei zur Friedrichsbrücke durchzuschlagen.« Er deutete auf die Museumsinsel. »Haben Sie es bis hier geschafft, steht Ihnen nur noch die Spree im Weg. Schlauchboote gibt es da nicht, die, wie Sie eben schon treffend anmerkten, sowieso zu auffällig wären. Somit bleibt nur das Durchschwimmen.« Er sah Friedrich und Viktor an. »Ich weiß, dass es nicht einfach wird, aber Sie werden es ganz bestimmt schaffen.« Günsche blätterte einige Seiten im Hobrecht-Atlas weiter. »Haben Sie erst den Einstieg des Notauslasses erreicht, ein Foto des Auslassbauwerkes liegt im Übrigen im Hobrecht-Atlas auf der entsprechenden Seite, werden Sie schnell an die Stadtgrenze gelangen. Der Notauslass endet im Sandfang des Pumpwerkes 11 an der Carmen-Sylva-Straße.« Günsche trat vom Tisch zurück und setzte sich wieder auf die kleine Bank. Er wirkte erschöpft und sein Gesichtsausdruck war von den anstrengenden vergangenen Stunden gezeichnet. Er rieb sich die Augen und legte seinen Kopf in den Nacken. »Denken Sie daran, Soldaten.« Seine Stimme klang schwach und leise. »Es hat auch etwas Gutes. Keiner von uns hier im Bunker und in der Reichskanzlei wird wie Sie einen so sicheren Weg aus dieser Hölle bekommen.« Er sah zu Friedrich: »Vergessen Sie nie, für diese Mission wird Ihnen zwar viel abverlangt, aber es ist auch eine Chance, hier lebend herauszukommen.«

Linge, dem die Strapazen der vergangenen Stunden und Tage ebenfalls anzusehen waren, fuhr fort. »Haben Sie das Pumpwerk verlassen, sind es nur noch ungefähr eineinhalb Kilometer, bis das Umland beginnt. Natürlich ist die Gefahr ständig gegeben, auch hier auf feindliche Truppen zu treffen, aber als Zivilisten haben sie bessere Chancen unentdeckt zu bleiben. Ziel ist es jetzt, die SS-Kommandantur in Innsbruck zu erreichen. Auch wenn die Flucht aus dem Berliner Kessel sicher das Schwierigste ist, werden Sie sich noch bis Süddeutschland durchschlagen müssen. Die Amerikaner stehen schon tief in Bayern und Thüringen und haben München mit großer Wahrscheinlichkeit bereits erreicht. Sie werden also nicht nur rund um Berlin, sondern auf der gesamten Strecke ständig der Gefahr ausgesetzt sein, vom Feind entdeckt zu werden.« Er zündete sich eine Zigarette an und deutete auf eine Deutschlandkarte. »Vermeiden Sie wenn möglich größere Städte. Nutzen Sie keinesfalls Ausfallstraßen oder Autobahnen, sondern bewegen Sie sich in den Wäldern oder auf dem Land. Ebenso wenig dürfen Sie in Kampfhandlungen treten. Halten Sie ihren Auftrag unter allen Umständen geheim.« Er aschte seine Zigarette ab. »Wenn

Sie es bis Innsbruck geschafft haben, nehmen Sie Kontakt zum Gauleiter von Tirol-Vorarlberg, Franz Hofer, auf und übergeben Sie ihm die Überreste des Führers. Obwohl wir momentan keine Verbindung nach außerhalb haben, geschweige denn in den Süden Deutschlands, werden wir versuchen, Hofer und die SS-Kommandantur in Kenntnis zu setzten, dass Sie beide zu einem unbestimmten Zeitpunkt mit einem Sonderauftrag höchster Priorität kommen. Natürlich werden wir Hofer und der SS nicht sagen, worum es geht.« Günsche stand auf und zog zwei Briefumschläge aus der Innentasche seiner Uniform und gab sie Linge, der sich an Viktor wandte.

»Noch etwas, Reichsminister Bormann hat einen Brief an Hofer aufgesetzt, indem er seine Beweggründe erläutert. Wenn Sie in Innsbruck eintreffen, übergeben Sie ihm den Brief. Falls es auf dem Weg zum Äußersten kommt, wissen Sie, dass Sie auch den Brief unter allen Umständen vernichten müssen. Obwohl Reichsminister Bormann eigentlich nicht zugestimmt hat, hat Ihnen Brigadeführer Mohnke für Notfälle trotzdem eine Sondervollmacht ausgestellt, die Ihnen, falls Sie von Wehrmacht oder SS kontrolliert werden sollten, freies Geleit bescheinigt und das Tragen von Zivilkleidung gestattet. Dennoch, verhalten Sie sich wie Zivilisten. Sie können Hilfe aus der Bevölkerung annehmen, jedoch sollten Sie Wehrmacht oder SS grundsätzlich meiden. Die Gefahr ist trotz der Sondervollmacht zu groß, als Deserteur verdächtigt und hingerichtet zu werden.« Er gab Viktor die Briefumschläge. »Sturmbannführer Günsche und ich werden Ihnen jetzt Zivilkleidung, Ausrüstung und Verpflegung besorgen. Die einzigen Waffen, die Sie beide tragen werden, werden jeweils eine Pistole und zwei Handgranaten sein, mit denen Sie im Notfall alles vernichten können.« Er schloss den Hobrecht-Atlas und faltete die anderen Karten zusammen. »Soldaten, es bleibt nicht viel Zeit. Sie werden schon in einer halben Stunde wieder durch den Notausgang nach oben gehen und sich in Richtung Notauslass begeben. Bis wir mit der Kleidung wieder hier sind, werden wir Sie im Maschinenraum einschließen, damit Sie keiner sieht. Beginnen Sie schon mal, sich mit der Route und dem Hobrecht-Altas vertraut zu machen.« Er gab Friedrich die Karten und den Atlas. »Da Sie jederzeit gezwungen sein könnten, in die Kanalisation auszuweichen, werden Sie es, ohne ihn zu benutzen, kaum schaffen.« Er trat vom Tisch zurück. »Kameraden, dies ist der letzte Auftrag, den ich Ihnen im Namen des Reichsministers und des Kampfkommandanten gebe. Die Parole, mit der Sie sich in der Alpenfestung bei Gauleiter Hofer und der SS identifizieren werden, lautet: ›Apotheose‹.«

KAPITEL 13

Frankfurt (Lohrberg), ÖRF–Kantinengebäude, 4. Oktober 2010, 12:15 Uhr

»Grüne Soße! – Was ist das denn?«, fragte Markus leicht angewidert, als er mit Ingo durch die große Verbindungsröhre ging, die vom Studiogebäude zum ÖRF-Kantinengebäude führte.

»Daran wirst du dich gewöhnen müssen. Du bist nicht mehr in Tübingen, hier in Hessen gibt's keine braune Soße zu Schweinsbraten, sondern grüne Kräutersoße zu hart gekochten Eiern. Es ist aber nicht so schwer verdaulich, wie es sich anhört. Selbst dein westfälischer Magen sollte sich schnell daran gewöhnen. Du bist doch gebürtiger Münsteraner? Oder hab ich das eben falsch verstanden?«

»Nein, ein waschechter Westfale«, antwortete Markus lachend.

Die ÖRF-Kantine und das dazugehörige kleine Café in ihren warmen Braun- und Orangetönen hatten ihren eigenen Charme und strahlten eine gewisse Gemütlichkeit aus. Markus fühlte sich auf Anhieb wohl und freute sich auf das Essen. Er verstand sich gut mit Ingo und hörte gerne dessen Erzählungen über die Eigenheiten des ÖRF. Nachdem sie die Essensausgabe passiert und an einem der vielen Tische Platz genommen hatten, fiel Markus auf, dass er noch keinem berühmten Showmaster oder bekannten Moderator über den Weg gelaufen war, so wie er es sich noch heute morgen vorgestellt hatte. »Gehen die Promis eigentlich auch in die Kantine?«, wollte er deshalb von Ingo wissen.

»Nö, die sieht man hier eher selten, hier verkehrt vor allem Fußvolk«, erklärte der, »die Gesichter, die du vom Bildschirm kennst, kommen oft nur zu den Moderationsaufzeichnungen oder Sendungen hierher und verschwinden dann meist schnell wieder. Die Vorarbeiten machen ja eh andere. Aber ab und zu sieht man hier schon ein paar Schwergewichte.« Er beugte sich vor und flüsterte leise: »Wer hier aber fast immer zu sehen ist, sind Redaktionsleiter, und glaub mir, die sind wichtiger für dich als die Promis. Jedenfalls dann, wenn du hier nach der Hospitanz beim ÖRF bleiben möchtest.« Mit seiner Gabel zerteilte er eins seiner beiden hart gekochten Eier, die in einem Teich aus hellgrüner Soße neben den Salzkartoffeln schwammen.

»Wie meinst du das?« Markus' Neugier war geweckt.

»Na ja, es ist wie in allen Unternehmen in der heutigen Zeit. Auch beim Fernsehen muss aufs Geld geschaut werden und Festanstellungen sind rar geworden. Früher, vor zehn oder 15 Jahren war der Quereinstieg über ein Praktikum oder eine Hospitanz einfacher, aber heute …« Er schob sich ein halbes Ei in den Mund. »Auch wir, ich als Geschichtswissenschaftler und du als Politologe, sind leider die Generation Praktikum. Da kann man nichts machen. Nur weil wir ein abgeschlossenes Studium haben, haben wir noch lange keine automatische Berechtigung auf einen festen Job.«

»Aber du hast es doch nach deiner Hospitanz hier geschafft?«

»Ja das stimmt! Ich zähle wohl zu den Glücklichen, die noch einen Zeitvertrag bekommen haben. Aber der gilt auch nur für ein halbes Jahr auf freier Basis. Und wie gesagt, die Tage sind bald aufgebraucht.«

»Und was machst du dann?«

»Arbeitslos werden, ein weiteres Praktikum woanders machen – wer weiß?« Er zuckte mit den Achseln. »Ernsthaft, ich weiß es noch nicht, erst mal hoffe ich, dass ich einen weiteren Zeitvertrag bekomme, aber das steht noch in den Sternen. Es ist ja auch nicht so, als würde es hier keine Arbeit geben. Die Geschichtsredaktion hat genug zu tun, aber wenn kein Geld für Personal da ist, kann man halt nichts machen. Es sei denn, du bist echt gut, dann geht immer was.«

»Gut in was?«

»Na, zum Beispiel in der Recherche, oder du bist im Schnitt ein Naturtalent und machst aus nichts einen sensationellen Beitrag. Wie lange dauert noch mal deine Hospitanz?«

»Drei Wochen«, gab Markus zurück und zerdrückte eine Kartoffel in der grünen Soße.

»Na, dann lass dir schon mal was einfallen, wie du auf dich aufmerksam machst. Drei Wochen sind nicht viel. Ich musste hier drei Monate lang täglich Kassetten und Akten schleppen, was nicht so dolle war, aber andererseits gab es mir in der Zwischenzeit die Möglichkeit, zu zeigen, dass ich mehr kann.« Er nippte an seiner Fanta. »Im Übrigen trage ich heute noch oft Kassetten ins Archiv, also glaub nicht, dass die Botendienste nach der Hospitanz aufhören.« Seufzend lehnte er sich zurück und verschränkte die Arme vor seinem Bauch. »Hier fängt jeder ganz unten an, aber das ist auch gut so. Alte Schule halt.«

Markus' Laune sank merklich angesichts der ernüchternden Zukunftsaussichten, die sich ihm boten. Dennoch wollte er sich nichts anmerken lassen und seinem Grundsatz treu bleiben, zunächst bei allem gute Miene zum bösen Spiel zu machen. Seine steile und glanzvolle Karriere im großen Öffentlich Rechtlichen Fernsehen, so wie er sie sich noch in den vergangenen Tagen ausgemalt hatte, schien sich jedoch schwieriger zu gestalten, als er angenommen hatte. »Und wie hast du auf dich aufmerksam gemacht, wenn ich fragen darf?«

»Du darfst.« Ingo war fertig mit dem Essen und schob das Tablett zur Seite. Er stützte sich mit seinem Ellenbogen auf den Tisch und sah nachdenklich aus dem Fenster. »Weißt du, unser ehemaliger Bundespräsident Johannes

Rau hat mal was gesagt, was so ein bisschen zu meinem Grundsatz geworden ist: ›Handel oder du wirst behandelt.‹ In dem Satz steckt meiner Meinung nach viel Wahrheit. Ich glaube, egal wo du bist oder was du machst, wenn du immer nur mitläufst und das tust, was dir die anderen auftragen, darfst du dich auch nicht beschweren, wenn du ausgenutzt wirst. Das gilt aber für alle, also auch für unsere Generation. Viele ehemalige Kommilitonen und Freunde von mir beschweren sich ständig über ihre Praktika, bei denen sie lediglich als billige Arbeitskraft benutzt werden und Dinge tun müssen, die einem Studienabsolventen ihrer Ansicht nach unwürdig sind. Und sicher trifft das auch auf viele Firmen zu.« Er lehnte sich wieder zurück und deutete mit dem Zeigefinger auf Markus. »Ich glaube aber, man sollte sich nicht über Ungerechtigkeiten beschweren, sondern handeln, damit das nicht passiert. Man kann ein Praktikum ja auch als Chance verstehen und Dinge für sich offensiv einfordern. Zu verlieren hat man ja eh nichts. Ich habe hier, wie alle anderen Hospitanten natürlich auch, Kaffee gekocht oder irgendwelche blöden Shotlisten erstellt, die niemals wieder jemand benötigen wird. Na und! Das gehört halt dazu.«

»Und wie hast du dabei deine Chance nutzen können?«

»Na ja, nach ein paar Wochen lernt man die Menschen immer besser kennen und weiß, wie sie ticken, wer es gut mit einem meint und wer nicht. Ich hab dann einen guten Draht zu einem der Redakteure bekommen und ihn einfach mal gefragt, ob ich nicht eine komplette Filmrecherche selbstständig für ihn machen dürfe. Da hab ich mich dann echt reingehängt, Tag und Nacht in Gerts Archiv gesessen, mit seiner Hilfe gesucht und unzählige Filmkassetten gesichtet. Das war echt 'ne Ochsentour. Hat sich aber am Ende gelohnt. Hätte ich immer nur über die Botengänge gemault, hätte er mich das bestimmt nicht machen lassen. Und so ist dann auch die Redaktionsleitung irgendwann auf mich aufmerksam geworden und ich hab meinen ersten kleinen Vertrag bekommen.« Er schwieg danach einen Moment. Dann sagte er: »Oh Mann, tut mir echt leid. Das war jetzt ganz schön viel Eigenlob! Aber ohne Hilfe ging das bei mir natürlich auch nicht. Ohne Gert und seine Erfahrung hätte ich das nicht geschafft.« Er drehte sich um und sah hinüber zu dem kleinen ÖRF-Café. »Im Moment ist die Schlange vor der Espresso-Maschine nicht so lang. Komm, ich lad dich auf einen Kaffee ein. Ich hab dich jetzt schon lange genug mit altklugem Zeugs vollgequatscht. Mach dir mal keine Sorgen. Wenn du wirklich hier beim ÖRF bleiben willst, dann wird uns schon was einfallen, ich helfe dir gern.«

KAPITEL 14

Ostseeküste (Greifswalder Bodden), zehn Kilometer westlich von Lubmin, 10. Januar 2010, 22:14 Uhr

Der bullige Mann versuchte sich im Schutz seiner Jacke eine Zigarette anzuzünden. Er brauchte mehrere Versuche, da der Wind die Flamme des Feuerzeugs immer wieder ausblies. Als sich endlich ein kleines Glutnest gebildet hatte, zog er mehrere Male kräftig an der Zigarette, um sie anzufachen. Danach sah er mit zusammengekniffenen Augen auf die schwarze Ostsee hinaus, in deren Wellen sich das weiße Mondlicht spiegelte. Die Nacht war sternenklar und ein eisiger Seewind wehte ihm ins Gesicht. »Wenigstes schneit es nicht!«, murmelte er missmutig und blies den warmen Rauch durch seine kalte Nase. Er setzte sich auf die Motorhaube des schwarzen Mercedes und zog seine Mütze tiefer ins Gesicht. Vor ihm, in etwa 20 Meter Entfernung, beobachtete er im Gegenlicht des Mondes, wie die blonde junge Frau mit einem hochgewachsenen Mann in einem langen Mantel vor einer hölzernen Bank sprach. Dass er aufgrund des starken Windes kaum etwas verstehen konnte, war ihm egal. Alles, was er wollte, war schnellstmöglich zurück in die Stadt zu fahren und in einer warmen Kneipe einige Gläser Bier zu trinken und endlich etwas zu essen. Lediglich ein paar Wortfetzen drangen ab und zu durch die Windböen und das Rauschen der Wellen.

»Endlich haben wir den Beweis, dass das Tagebuch existiert«, sagte die junge Frau, deren blaue Augen im Mondlicht hell aufleuchteten. »Nach all den Jahren, in denen mein Vater vergeblich danach gesucht hat, ist es nun zum Greifen nahe. Das ist das Zeichen, auf das wir alle so lange gewartet haben. Hast du dem Rat schon davon berichtet?«

»Natürlich nicht!«, antwortete der Mann schroff. »Wo denkst du hin? Wir haben schon viel zu oft in den vergangenen Jahren falschgelegen. Ich habe keine Lust, mich vor dem Rat schon wieder zu blamieren, nur weil du meinst, irgendetwas gefunden zu haben.« Er deutete auf die Akten, die ihm die blonde Frau gegeben hatte. »Außerdem belegen die Unterlagen dieses Schweizer Notars nur, dass die alte Merzinger ihm etwas anvertraut hat. Was genau das ist, weißt du doch noch gar nicht. Das könnte sonst was sein.«

»Was soll es denn außer dem Tagebuch sein?«, erwiderte sie energisch. »Sonst hat die Alte doch nur Geld gehabt, und das hat sie alles ihren Kindern vererbt.« Sie packte ihn am Arm: »Steffen, wir wissen doch, dass die Merzinger es all die Jahre in ihrem Besitz hatte, das hatte Vater 1990 nach der Wende doch schon aus der Schwester rausgequetscht, weißt du nicht mehr? Hab doch mal ein bisschen Vertrauen.«

Er drehte ihr den Rücken zu. »Ich weiß nicht, und außerdem warst du mal wieder viel zu voreilig.« Er schaute zum bulligen Mann hinüber, der immer noch auf der Motorhaube des Mercedes saß und rauchte. »Erik hat mir erzählt, was Silvester in der Schweiz auf dem See passiert ist!«

»Ach Erik, der Idiot!«, sie sah ihn verächtlich an, »Der war doch selbst schuld! Glaub mir, meine Idee, den alten Notar mit dem Loch in der Eisdecke gefügig zu machen, hätte funktioniert. Aber er musste den Vetterli ja gleich so tief ins Wasser drücken, dass der gleich einen Herzinfarkt bekommt und krepiert! So was passiert halt, und wenn wir nicht …«

»Trotzdem!«, unterbrach er sie, »Wärst du etwas behutsamer an die Sache rangegangen, hätte er euch vielleicht schon am See gesagt, wo das Tagebuch ist, und ihr hättet euch das ganze Theater in Zürich in seiner Villa sparen können. Mann, seine Frau einfach gleich abzuknallen und alles abzufackeln. Auffälliger ging's nun wirklich nicht. Wenn der Rat das hört, ist die Hölle los.« Er setzte sich auf die Bank und blickte aufs Meer. »Der Obergruppenführer hat schon so komische Fragen gestellt. Irgendjemand muss ihm was gesteckt haben, dass bei uns in der Einheit was aus dem Ruder läuft. Du musst einfach vorsichtiger sein, Julia. Der Zweck heiligt nicht immer die Mittel. Alle, auch der Rat, wünschen sich nichts mehr, als dass die Legende des Tagebuchs wahr ist und es nach so vielen Jahren endlich gefunden wird. Aber wir dürfen die Organisation nicht mit so dilettantischen Aktionen wie der am Silvaplanersee oder in Zürich gefährden. Kannst du dich daran erinnern, wie knapp das damals war, als dein Vater nach der Wende die Schwester der Merzinger gefoltert und erschossen hat? Dass die Polizei das nicht rausgefunden hat, war pures Glück.«

»Ja, ich weiß, das war knapp«, sagte sie, setzte sich neben ihn und verschränkte trotzig die Arme. »Aber Steffen, wir sind so knapp vor dem Ziel. Wir können jetzt nicht einfach aufhören. Wer weiß, was das ÖRF mit dem Tagebuch macht.«

»Von Aufhören spricht ja auch keiner, aber dennoch solltest du erst mal ein paar Monate die Füße stillhalten. Das mit dem Rat kläre ich schon irgendwie, oder zumindest mit unserem Standartenführer. Der vertraut mir und muss ja nicht alle Einzelheiten erfahren. Jedenfalls nicht die Details aus der Schweiz.« Er zündete sich eine Zigarette an. »Mal angenommen, es ist das Tagebuch, wie willst du überhaupt da rankommen?« Seine Stimme klang nun ruhiger. »Ins ÖRF spaziert man doch nicht einfach so rein oder fragt freundlich, ob man eins der wichtigsten historischen Dokumente Deutschlands geschenkt bekommt?«

Sie grinste ihn an. »Hab ich mir natürlich schon überlegt«, sagte sie mit lieblicher Stimme und legte ihren Arm um seine Schulter. »Ich werde in der ÖRF-Geschichtsredaktion ein ganz harmloses Praktikum machen, wie alle anderen x-beliebigen Studentenidioten auch. Und dann werde ich es suchen und mitnehmen, was sonst. Meinem Charme kann sowieso keiner widerstehen, oder, Steffen?« Sie fuhr ihm mit der Hand über die Wange.

»Lass das! Ich mein's ernst, Julia.« Er stieß sie von sich und stand auf. »Du musst mir versprechen, das ohne Aufsehen zu machen, keine Gewalt, klar?«

»Klar, Chef! Was immer du willst!«

»Und nochmal, warte bitte ein paar Monate damit. Mach das erst im Sommer oder im Herbst. Falls du dazu irgendwas benötigst, eine neue Identität oder Papiere, dann wende dich an Sturmscharführer Bienerfeld. Er ist in der Nordost-Division für so was der Beste. Die Nummer bekommst du wie immer über Helga. Und wenn du mich fragst, ist deine Sorge unbegründet. Wenn, wie du sagst, das Testament schon im Juni 2009 vollstreckt wurde, und das ÖRF die Brisanz des Tagebuches erkannt hätte, dann hätten sie schon längst etwas verlauten lassen.«

Hinter ihnen hatte der bullige Mann genug vom Warten und signalisierte mit der Hupe seinen Unmut.

»Wenn es wirklich das Tagebuch ist, dann liegt das wahrscheinlich in irgendeinem Archiv.« Er warf die Zigarette auf den Boden und trat sie aus. »Wenn du es tatsächlich schaffst, das Tagebuch aus dem ÖRF rauszuholen, ohne Aufsehen zu erregen, verspreche ich dir, wird uns der Rat zu Füßen liegen. Dann wirst du mit Sicherheit zur Oberscharführerin oder sogar zur Hauptscharführerin befördert. Was dann passiert, wird unfassbar sein, es wird Deutschland verändern. Dann ist alles möglich!«

KAPITEL 15

Berlin, Regierungsviertel, Untere Ebene des Führerbunkers, 1. Mai 1945, 00:10 Uhr

Lediglich die kleine Lampe der Notbeleuchtungsanlage erhellte den Maschinenraum mit spärlichem rotem Licht. Friedrich und Viktor saßen sich auf dem Betonboden gegenüber und schwiegen. Bis auf das monotone Summen des Generators herrschte absolute Stille. Es war schwül-warm und stickig. Dennoch spürte Friedrich eine undefinierbare Kälte, die sich in seinem Körper ausbreitete wie Wasser in einem trockenen Schwamm und von der er nicht genau wusste, woher sie kam. Von Zeit zu Zeit zitterte er leicht, schob es aber auf den Schlafentzug, den Hunger und den immer noch klammen Kampfanzug. Die Kälte aber hatte eine andere Ursache. Die anfängliche Leere, die er nach der Nachricht vom Tod Hitlers in sich gespürt hatte, füllte sich nun langsam mit Angst und Verzweiflung. Selbst seine Soldatendisziplin, die sich in den vergangenen Wochen immer wieder wie ein dicker Schutzschild um seine Seele legte, konnte nun seinen Emotionen nicht standhalten. Er hasste sich dafür, dass sein Unterbewusstsein seinen Willen derart bestimmen konnte. Jetzt bist du wie alle anderen, dachte er sich, unsicher wie ein Kind, von Gefühlen gesteuert und blind vor Angst! Er schloss den Hobrecht-Atlas, dessen Karten er seit einer Viertelstunde studierte. Aber es fiel ihm schwer, sich den Weg zum Notauslass einzuprägen. Tausende Gedanken und Gefühle durchfluteten seinen Kopf. Er sah zu Viktor, der vergeblich versuchte, eine einigermaßen bequeme Position zu finden, um wenigstens für ein paar Minuten zur Ruhe zu kommen. Seine Augen waren geschlossen und sein Gesichtsausdruck wirkte auf Friedrich, angesichts der Ereignisse der vergangenen Dreiviertelstunde, überraschend entspannt. Für einen kurzen Moment spürte Friedrich eine sonderbare Bewunderung für Viktors Gelassenheit und seine Fähigkeit, mit der momentanen Situation souveräner umgehen zu können als er selbst. Dennoch schwor er sich, Viktor niemals auch nur die kleinste Schwäche zu zeigen, komme, was wolle.

»Und, was hältst du nun von dem Ganzen?«, fragte Friedrich, Genugtuung darin verspürend, Viktor keine Ruhe zu gönnen und ihn zu provozieren.

Viktor öffnete kurz die Augen, reagierte aber nicht auf ihn.

»Also wenn du mich fragst, haben der Reichsminister und der Kampfkommandant recht«, fuhr Friedrich fort. »Die sterblichen Überreste in den Süden zu bringen, ist das Beste fürs Reich und das Andenken an den Führer. Na, ich meine, dass die Sache halt weitergeht.«

»So, so, meinst du das!«, antwortete Viktor mit ruhiger Stimme. »Und wie meinst du, werden wir es ohne Flugzeug oder Fahrzeuge über Feld, Wald und Wiesen zu Fuß 800 Kilometer durch vom Feind besetzte Gebiete schaffen?« Viktors Körperhaltung signalisierte Friedrich, dass es ihm nicht gelingen würde, ihn aus der Fassung zu bringen. »Selbst wenn wir es durch die Kanalisation aus Berlin herausschaffen, was sogar machbar wäre, haben wir danach doch noch das Gröbste vor uns.« Viktor stand langsam auf und streckte sich. »Ich hab's dir ja schon gesagt, aber du willst mir ja nicht glauben, Friedrich.« Er gähnte und hielt sich dabei den Handrücken vor den Mund. »Meinst du wirklich, es würde etwas ändern, wenn wir Hitler in die Alpen bringen? Berlin ist verloren, du hast doch Mohnke eben gehört. Die Amis und die Russen stehen an der Elbe und haben wahrscheinlich schon ganz Deutschland besetzt.« Er setzte sich auf die kleine Bank neben dem Generator und rieb sich müde die Augen. »Du warst ja nicht dabei bei den Seelower Höhen.« Er stützte sich mit den Ellenbogen auf seine Knie und sah Friedrich mit einem gleichgültigen Blick an. »Ich sag's dir, was die Russen da mit uns vor Berlin gemacht haben, war die reinste Feuerwalze. Die haben Tausende Panzer und Geschütze, unendlichen Nachschub und Alliierte, die auf der anderen Seite von Deutschland das gleiche mit uns machen. Selbst wenn wir es aus Berlin herausschaffen, würde es Wochen dauern, bis wir im Süden ankommen, und bis dahin ist der Spuk doch eh schon vorbei.« Er gähnte noch mal und lehnte sich zurück.

»Ja, einfach wird das sicher nicht, das weiß ich auch«, antwortete Friedrich gereizt. »Aber du hast doch den Reichsminister gehört! Was sie mit der Kernfestung in den Alpen vorhaben, ergibt Sinn, und wenn die neuen Waffentechnologien greifen, wird sich das Blatt vielleicht doch noch wenden. Willst du etwa einfach aufgeben und alles soll umsonst gewesen sein?«

»Kernfestung! Dass ich nicht lache.« Viktor zog mit seinem Zeigefinger das rechte untere Augenlid kurz herunter. »Du hast doch eine Waffen-SS-Ausbildung, oder? Dann solltest du wissen, dass so etwas heutzutage nicht mehr funktioniert. Lass doch den kümmerlichen Rest dieser Versager von der Wehrmacht und meinetwegen den kompletten Rest der Waffen-SS diese monströse Festung vom Hofer da unten bauen. Darf ich dich mal an Leningrad erinnern, Friedrich? Das konnten wir auch nicht von Anfang an einnehmen. Und, was hat die Wehrmacht gemacht? Alles dicht und den Russki einfach aushungern lassen. Irgendwann waren die Bolschewisten so am Ende, dass die sich gegenseitig gefressen haben. Es hat sich zum Schluss nicht mal mehr gelohnt, in die Stadt einzumarschieren, da gab es einfach gar nichts mehr. Warum sollten wir also den gleichen Mist in so einer Alpenfestung machen und sehenden Auges verrecken? Glaubst du etwa, die Amis und Tommis sind so blöd und rennen zu Tausenden dort in den Tod?« Er verschränkte die Arme und zog die Augenbrauen hoch. »Nee, die werden schön dasselbe machen, was wir in Leningrad gemacht haben.«

Friedrich spürte, wie seine Wut auf Viktor in ihm zunahm. »Ich finde jedenfalls, dass der Plan und das Kalkül vom Kampfkommandanten und vom Reichsminister aufgehen können. Es klingt plausibel. Ich glaub, es ist noch nicht alles verloren. Und außerdem empfinde ich es als Ehre, dass man mich dazu auserkoren hat, diese Mission zu übernehmen. Ich lass unsere SS-Kameraden, den Führer und das Reich jedenfalls nicht im Stich. Dafür würde ich durch die Hölle gehen. Falls du dich daran erinnern kannst, wir haben auf den Führer einen Eid geschworen.«

Viktor sah ihn verächtlich an, gab aber keine Antwort mehr.

»Ich schwöre dir, Viktor, ich werde einfach alles dafür tun, dass diese Bolschewisten-Schweine niemals weiter Richtung Westen vordringen. Und wenn der Preis dafür ist, den Führer in die Alpen zu bringen, werde ich das verdammt noch mal tun. Mit deiner Hilfe oder ohne dich, vollkommen egal!« Friedrich musste instinktiv an Charlotte denken, wo sie sich in diesem Moment aufhielt und wie es ihr ging. In den vergangenen Wochen hatte er oft Albträume, in denen er sich immer wieder in der gleichen Situation wiederfand, Charlotte nicht vor Übergriffen und Vergewaltigungen durch russische Soldaten beschützen zu können. In den ersten Nächten, als er schweißgebadet aufgewacht war, hatte er auf die Hilflosigkeit in seinen Träumen noch mit Aggression und Wut reagiert, aber mit jedem weiteren Albtraum mischten sich mehr und mehr Versagensängste und Hilflosigkeit in seinen Hass. Er spürte, wie ihn die Sorge um Charlotte langsam und stetig zermürbte, sie sich Nacht für Nacht tiefer in seine Seele fraß und ihn innerlich lähmte.

Das Schloss der Stahltür klickte leise und Günsche betrat den Maschinenraum. Er verriegelte die Tür und warf einen großen vollgestopften Seesack auf den Boden. »Soldaten, hier sind einige zivile Kleidungsstücke, die wir in der Reichskanzlei und im Bunker in der Kürze der Zeit organisieren konnten. Bitte probieren Sie die Kleider an. Wir haben vor allem darauf geachtet, dass sie warm halten, damit Sie unter Umständen auch eine Nacht im Freien verbringen können. Lange Unterhosen, Mützen und Schals, es ist alles dabei. Ich hoffe, sie passen.«

Zivilkleidung!, dachte Friedrich und sah verächtlich auf die Kleider, die Günsche aus dem Sack zog. Dass er in den letzten Stunden bei der Verteidigung der Reichskanzlei einen alten schwarzen Lodenmantel, eine dreckige braune Stoffhose und einen gehäkelten blauen Wollschal tragen musste, widerstrebte ihm. Er fühlte sich gedemütigt. Als wäre die Niederlage in Berlin nicht schon genug, empfand er das Ausziehen seines SS-Kampfanzuges wie den Verlust seiner Soldatenehre. Auch das aufmunternde Gerede Günsches von der langen heldenhaften Tradition verdeckter SS-Spezialeinsätze zeigte bei ihm keine Wirkung. Im Gegenteil, es bestärkte ihn vielmehr in seiner Überzeugung, dass nur Schwächlinge es nötig hätten, sich zu verkleiden, im Dunkeln durch die Kanalisation zu kriechen und einem direkten Kampf aus dem Weg zu gehen. Das einzig Positive, was Friedrich der neuen Kleidung abgewinnen konnte, waren die trockenen Socken und die warmen Lederstiefel. In diesem Punkt schien er erstmals auch mit Viktor einer Meinung zu sein, der beim Anziehen seiner Socken einen wohligen Seufzer von sich gab.

Nachdem Friedrich und Viktor sich umgezogen hatten, trat Günsche vor sie. »Meine Herren, es wird Zeit. Obersturmbannführer Linge hat den Rest ihrer Ausrüstung in zwei kleine Rucksäcke gepackt und wird sie Ihnen gleich oben am hinteren Bunkernotausgang geben. Wie besprochen dürfen Sie nur sehr wenig Gepäck mitnehmen, damit Sie sich, falls nötig, in der Kanalisation besser bewegen können.« Er sah Friedrich an. »Sie, Untersturmführer Diehl, werden den kleinen Rucksack mit der Ausrüstung tragen. Darin sind ein Kompass, Karten von Berlin sowie vom Reichsgebiet und natürlich der Hobrecht-Atlas. Des Weiteren geben wir Ihnen etwas Proviant, zwei kleine Taschenlampen mit Ersatzbatterien, zwei Handgranaten und kleine Metallhaken zum Öffnen der Gullideckel mit. Ich habe auf die Schnelle leider nur eine kleine Metalldose gefunden, in der Sie den Brief an Gauleiter Hofer und das Schreiben vom Kampfkommandanten vor Wasser schützen können, wenn Sie durch die Spree schwimmen.« Er reichte Friedrich die Dose. »Wenn Sie Fotos oder persönliche Schreiben haben, die Ihnen sehr wichtig sind, sollten Sie sie auch darin verstauen. Nachdem Sie die Stadtgrenze hinter sich gelassen haben, müssen Sie sich unterwegs selbst mit Trinkwasser und Nahrung versorgen. Als Waffe wird Ihnen Linge jeweils nur eine P38 mit einem Ersatzmagazin geben, die Sie am Körper tragen. Gewehre wären zu auffällig und sperrig.« Er wandte sich Viktor zu. »Sie, Obersturmführer Fischer, sind der Ranghöhere und werden die Gebeine des Führers tragen, die wir ebenfalls in einem kleinen Rucksack verstaut haben.« Er trat einen Schritt auf Viktor zu und sah ihm in die Augen. »Ich muss Ihnen ja wohl nicht klarmachen, was Sie für eine Verantwortung tragen und wie vorsichtig und umsichtig Sie damit umgehen müssen.« Er stockte einen Moment, als würde es ihm schwerfallen, das Folgende auszusprechen: »Es ist …«, er räusperte sich und zog seine Schirmmütze etwas tiefer ins Gesicht, um den Blickkontakt mit Viktor zu vermeiden. »… es ist ohnehin nicht viel vom Führer übrig geblieben.« Er musste schlucken und hielt sich kurz die Faust vor den Mund, um die Fassung nicht zu verlieren. »Es ist nur der Schädel.« Nach einem Moment des Schweigens drehte sich Günsche zu Friedrich. »Denken Sie immer daran, werden Sie entdeckt und können nicht mehr fliehen, wissen Sie, was zu tun ist! Wird einer von Ihnen verletzt, ist es Ihr Befehl, dafür Sorge zu tragen, dass der Verwundete niemals das Geheimnis preisgeben kann.« Friedrich und Viktor sahen sich an und nickten. »Wenn Sie keine weiteren Fragen haben, Soldaten, werden wir jetzt zum Notausgang zurückgehen.«

»Nein, wir sind bereit, Herr Sturmbannführer!«, antworteten Friedrich und Viktor gleichzeitig.

KAPITEL 16

Frankfurt (Lohrberg), ÖRF – Geschichtsredaktion, Süd 2, Büro von Dr. Hermann Zauner, 4. Oktober 2010, 16:00 Uhr

Als Markus das Büro mit der Nummer 1023 betrat, roch es nach Zwiebeln und Knoblauch. Dr. Hermann Zauner saß kauend an seinem Schreibtisch und hielt einen halb in Alufolie eingewickelten Döner in der Hand. »Ah, der neue Hospitant«, murmelte er mit vollem Mund, »kommen Sie, kommen Sie. Tut mir leid.« Er schluckte einen Bissen hinunter, der anscheinend deutlich zu groß für ihn war. »Aber ich hab wirklich Hunger. Ich habe es heute nicht in die Kantine geschafft und mir eben schnell einen Döner geholt. Ich hoffe, es stört Sie nicht, wenn ich gerade zu Ende esse. Setzen Sie sich doch, setzen Sie sich. Mein Name ist Hermann Zauner, aber meine schmierige Hand gebe ich Ihnen besser nicht.« Er lachte, sodass Markus die Fleischstückchen zwischen seinen Zähnen sehen konnte.

Hermann Zauner war ein schlanker, drahtiger Mann mit kantigen Gesichtszügen um die 50. Seine langen grauen Haare waren zu einem strengen Pferdeschwanz zusammengebunden, sodass seine Geheimratsecken in Gänze zum Vorschein kamen. Einen Dr. Hermann Zauner, der bei allen Mitarbeitern der Geschichtsredaktion als Koryphäe seines Metiers galt, hatte Markus sich vor ein paar Sekunden noch anders vorgestellt. Nach den Schilderungen von Ulrike Albus-Schriener hatte er die ganze Zeit an seinen alten Politik-Professor aus der Uni denken müssen. Dass jedoch ein Alt-Hippie-Redakteur das Herz der eisernen Personalbeauftragten erweichen konnte, hätte er nie zu glauben gewagt.

»Schauen Sie mal, was ich heute bekommen habe.« Hermann Zauner deutete auf einen Fernseher, der auf einem kleinen Schränkchen stand. »Und, was sagen Sie?«

Markus sah zum Fernseher, in dem historisches Filmmaterial in Schwarz-Weiß lief. »Nun, ich weiß nicht genau, was Sie meinen, aber ich glaube, das müssten Szenen von Häuserkämpfen sein, oder nicht? Vielleicht Zweiter Weltkrieg?«

»Genau, und das Besondere ist, sie stammen aus Breslau«, antwortete Hermann Zauner, in dessen Stimme der Stolz unüberhörbar war, »es sind wirklich seltene Aufnahmen, wissen Sie. Sie wurden in der sogenannten *Breslauer Festung* in den letzten Apriltagen '45 von einem deutschen Soldaten gedreht. Breslau war damals von sowjetischen Truppen eingekesselt und sollte bis zum letzten Mann verteidigt werden. Eine menschliche Tragödie hat sich da damals abgespielt. Schrecklich! Aber tolle Aufnahmen sind das, oder?« Er aß den letzten Bissen seines Döners und warf das mit Knoblauchsoße durchtränkte Papier mit spitzen Fingern in den Mülleimer.

»Na ja, auch wenn ich noch nicht alles davon gesehen habe, aber so richtig viel ist da nun auch nicht zu erkennen, finde ich!«, sagte Markus. »Auf diesen Schwarz-weiß-Filmaufnahmen ist alles immer recht schwer zu erkennen.«

Hermann Zauner, der zwischen den unzähligen Akten, Büchern und Filmkassetten, die auf seinem Schreibtisch lagen, nach einer Serviette oder etwas Vergleichbarem suchte, stutze. »Nun, mein junger Kollege, Sie scheinen die historische Bedeutung dieser Aufnahmen nicht ganz zu umreißen!« Entrüstet sah er Markus an. »Es gibt nur noch sehr wenige Aufnahmen, die Breslau in jenen Tagen zeigen. Dass bei den schweren Gefechten damals überhaupt etwas erhalten geblieben ist, kommt einem Wunder gleich. Also wirklich!« Er schüttelte den Kopf und sah sich weiter nach einer Serviette um.

»Nein nein, so hab ich das natürlich nicht gemeint, ich dachte nur, dass es vielleicht Material in etwas besserer Qualität geben könnte, vielleicht sogar in Farbe. Ich habe schon oft in den Dokumentationen über den Zweiten Weltkrieg Farbbilder gesehen und die waren wirklich beeindruckend.« Markus ärgerte sich über sich selbst, mit seiner Einschätzung zu forsch gewesen zu sein und Hermann Zauner schon in der ersten Minute vor den Kopf gestoßen zu haben.

»Ja ja, ich sag es ja immer wieder«, seufzte Hermann Zauner und wischte sich mangels Servietten seine fettigen Hände an seiner Jeans ab, »heutzutage achten alle nur darauf, möglichst spektakuläre Bilder zu zeigen. Auf historisch korrekte Zusammenhänge wird nur noch selten Wert gelegt. So ist das halt in der heutigen Zeit. Aber nun zu Ihnen. Ulrike sagte mir, Sie werden in den kommenden drei Wochen bei uns hospitieren und hätten Interesse daran, etwas über den Umgang mit dem Zentralarchiv zu lernen.«

»Äh ja, das würde mich schon interessieren«, log Markus, den das Gefühl beschlich, dass ihm überhaupt keine Wahl gelassen wurde, außer seine Zeit mit Gert Bohlender im staubigen Zentralarchiv zu verbringen. »Aber natürlich interessiere ich mich auch für andere Sachen. Zum Beispiel würde ich mich freuen, mal bei der konzeptionellen Vorarbeit zu einer Dokumentation mithelfen zu können oder zu sehen, wie sie später im Schnitt hergestellt wird.«

»Alles zu seiner Zeit, mein junger Freund«, erwiderte Hermann Zauner und lehnte sich in seinem Schreibtischsessel zurück. »Um eine Dokumentation zu planen, braucht man langjährige Erfahrung. So mal schnell eine Doku machen, geht nicht.« Er versuchte, mit dem Fingernagel seines kleinen Fingers etwas aus den Zähnen zu puhlen. »Die inhaltlichen Vorgaben werden eh durch die Redaktionsleitung festgelegt. Der Redakteur macht dann Vorschläge für die Ausgestaltung. Hierbei ist es allerdings wichtig, eine ausgewogene Abstimmung zwischen der Story und den historischen Fakten zu schaffen. Eine gewissenhafte Recherche sowohl beim Filmmaterial als auch der historischen Begebenheiten ist entscheidend. Ingo Petersen macht das bei den Recherchen gar nicht schlecht. Er hat auch die Aufnahmen aus Breslau im Zentralarchiv gefunden. Sie können ihn ja mal ins Archiv begleiten. Er und der Archivar, na, wie heißt der denn noch?«

»Bohlender«, warf Markus ein.

»Ja, genau – der alte Bohlender. Der wird Ihnen zeigen, wie man dort recherchiert.«

»Dort waren wir heute bereits«, erklärte Markus.

»Na, umso besser, vier Augen sehen mehr als zwei, und je mehr passendes Filmmaterial gefunden wird, umso weniger müssen wir mit Tricks arbeiten.«

»Was denn für Tricks?«, fragte Markus.

»Na ja, man findet schließlich nicht zu allen Ereignissen immer das passende Filmmaterial und deswegen muss man halt tricksen. Zum Beispiel kann man historische Szenen einfach durch Schauspieler nachstellen. Wir nennen das Reenactment, ist aber teuer. Oder man macht Nahaufnahmen von historischen Dokumenten und lässt den Off-Sprecher die Fakten dazu einfach erzählen. Beliebt ist es auch, Gegebenheiten einfach durch einen Zeitzeugen nacherzählen zu lassen. Es gibt viele Möglichkeiten. Da muss man halt kreativ sein.« Er sah auf die Uhr. »Aber ich muss jetzt in eine Sitzung mit dem Chef und hab leider keine Zeit mehr. Herr Petersen wird Ihnen sicher viele Ihrer Fragen beantworten können. Eine Liste mit Rechercheaufträgen hat er bereits, und da können Sie ihm gerne zur Hand gehen. Wie heißen Sie eigentlich, junger Mann?«

»Markus Weidental.«

»Na, dann willkommen hier.« Er stand auf und klemmte sich einige Unterlagen unter den Arm. »Ach, tun Sie mir doch bitte einen Gefallen, Herr Weidental, und kopieren Sie mir zuerst dieses Buch hier. Sie können es dann anschließend auch gleich in die ÖRF-Bibliothek zurückbringen. Ich glaube, die Ausleihfrist ist eh schon abgelaufen. Legen Sie mir die Kopie einfach auf den Schreibtisch, okay?«

»Ja, kein Problem, der Kopierraum ist am Ende des Ganges rechts, richtig?«

»Okidoki, Herr Weidental…«, er kniff ein Auge zusammen und deutete mit seinen Fingern einen Pistolenschuss an, »… aus Ihnen wird mal was, hab ich gleich gesehen!«

Nachdem Hermann Zauner mit einem breiten Grinsen die Tür hinter sich zugezogen hatte, blieb Markus noch einen Moment sitzen. Er fühlte sich müde und eine gewisse Ernüchterung stellte sich bei ihm ein. »Okidoki dich selbst. Du Arsch!«, sagte er leise. Markus lehnte sich in seinem Stuhl zurück und sah sich um. Das Büro von Hermann Zauner glich einer Bibliothek, in der sich ein Messie eingenistet hatte. Unzählige Bücher reihten sich in großen Regalen aneinander. Auf dem abgenutzten braunen Teppichboden stapelten sich duzende Aktenordner, Unmengen von alten Unterlagen, Fotokopien und kistenweise Filmkassetten. Von seinem Schreibtisch war nur noch die mit Telefonnummern und Notizen vollgeschriebene Unterlage zu sehen. Neben den vielen gebrauchten Kaffeetassen, die sich ihrem Aussehen nach schon seit Wochen stapelten, zeugte ein vertrockneter Benjamini davon, dass Hermann Zauner, egal was man von ihm halten wollte, wenig Zeit für nebensächliche Dinge verschwendete und viel zu arbeiten schien. Markus stand auf und ging zum Regal, das hinter dem Schreibtisch stand und sah sich einige Bücher an. Angefangen von der *Panzerschlacht im Kursk'er Bogen* bis hin zu *Hitler: Eine Biographie* von Joachim Fest hatten alle Bücher in irgendeiner Weise mit dem Zweiten Weltkrieg oder der Zeit des Nationalsozialismus zu tun. Als er am Ende des Regals angekommen war, sah er zahllose offene Briefumschläge, die im letzten Fach fein säuberlich aneinandergereiht standen. Markus zog wahllos einen der Briefe heraus und schaute ihn sich an. Er war an die Geschichtsredaktion adressiert. Er blickte zur geschlossenen Bürotür, denn erst jetzt fiel ihm auf, dass es sich eigentlich nicht gehörte, in fremden Sachen herumzuwühlen, aber irgendwie war es ihm jetzt egal. In einer Mischung aus Trotz und Neugier zog er das mehrseitige Anschreiben aus dem Umschlag und las flüchtig über die ersten Zeilen:

»Sehr geehrte Damen und Herren,
mein Name ist Kurt Stegmeier, ich bin 91 Jahre alt und wohnhaft in Nürnberg. Da bei mir vor einem halben Jahr Lymphknotenkrebs im fortgeschrittenen Stadium diagnostiziert wurde und mir laut den Ärzten nicht mehr viel Zeit bleibt, ist es nun nicht nur mein Wunsch, sondern, wie ich meine, auch meine Pflicht, 65 Jahre nach Ende des Krieges, Ihnen über meine Erlebnisse aus dem Jahr 1944 an der Westfront zu berichten. Viele meiner Kameraden, denen wie mir das Glück gegeben war, den Krieg unversehrt zu überleben, haben lange geschwiegen, vielleicht zu lange. Umso mehr ist es nun Zeit, dies nachzuholen, damit die Geschehnisse von damals nie in Vergessenheit geraten. Es sind grausame Geschichten über Tod, Schmerz und Leid. Geschichten über Jugendsünden, Verrat und Betrug an einer Generation, aber auch Geschichten über Kameradschaft und wahre Freundschaft. Erlebnisse, die keiner nachzuempfinden vermag, der sie nicht selbst erfahren hat. Dennoch hoffe ich, dass sie Ihnen helfen werden, Ihre Filme auch weiterhin realistischer zu machen, sodass die Jugend von heute aus unseren Fehlern lernen kann und sie sie hoffentlich nie wiederholen …«

Markus blätterte durch die Seiten, in denen offenbar die Kriegserlebnisse dieses ehemaligen Wehrmachtssoldaten bei der Ardennen-Offensive 1944 geschildert wurden. Er steckte den Brief wieder in den Umschlag und schob ihn zurück ins Regal. Er sah abermals zur Tür und lauschte, ob er Schritte oder Stimmen auf dem Flur hören konnte, aber alles war still. Er nahm einen weiteren Brief und öffnete ihn. Auch dieser Brief war an die Geschichtsredaktion gerichtet. Neben dem Anschreiben zog er ein altes Schwarz-weiß-Foto aus dem Umschlag, auf dem zwei junge deutsche Soldaten zu sehen waren. Sie posierten vor einem zerstörten Panzer und hoben triumphierend ihre Gewehre in die Luft. Auch bei diesem Brief ging es offensichtlich um die persönliche Geschichte eines deutschen Soldaten während des Krieges. Markus fühlte, dass noch etwas anderes, schwereres im Umschlag steckte. Er griff hinein und zog einen Orden hervor, der ihn vom Aussehen an den Orden seines verstobenen Großvaters mütterlicherseits erinnerte. Oft hatte sein Opa ihn und seine alte Offizierspistole voller Stolz seinem Enkelsohn gezeigt. Es war ein schwarzes Metallkreuz, in dem in der Mitte ein Hakenkreuz zu sehen war. Auch wenn Markus sich nicht genau mit den Insignien der Wehrmacht auskannte, war er sich sicher, dass es sich hierbei um ein *Eisernes Kreuz* handelte. Aber schon damals, als sein Großvater noch lebte, konnte er den Erinnerungsstücken aus den Kriegsjahren wenig abgewinnen. Damals wie heute waren es für ihn nur hässliche und langweilige Blechgegenstände, bei denen er nie ganz verstehen konnte, warum seinem Opa nach all den Jahren noch derart viel daran lag. Beim Anblick des silberschwarzen Ordens fiel Markus auf, wie lange er schon nicht mehr bewusst an seinen vor acht Jahren verstorbenen Großvater gedacht hatte. Er schaute sich das Kriegs-Relikt noch einen kurzen Moment nachdenklich an, schob dann alles zurück in den Umschlag. Blöder sentimentaler Schrott, dachte er sich, ging zum Schreibtisch, nahm das Buch von Hermann Zauner und machte sich auf den Weg zum Kopierraum.

KAPITEL 17

Berlin, Regierungsviertel, Untere Ebene des Führerbunkers, 1. Mai 1945, 00:32 Uhr

Als Friedrich zusammen mit Viktor und Günsche die Treppe des hinteren Bunkernotausgangs hochlief, fühlte er, wie das flaue und mulmige Gefühl wieder in ihn zurückkehrte. Er konnte sich die plötzlichen Angstgefühle nicht erklären und hatte keine Ahnung, wieso er nicht in der Lage war, sie zu kontrollieren. Er spürte, dass sich in den letzten Stunden etwas in ihm verändert hatte. Seine Unsicherheit und die Angst vor der Angst bahnten sich immer weiter ihren Weg in sein Unterbewusstsein. Mit jeder Treppenstufe, die sie der schweren Stahltür des Bunkers näher kamen, wurden die Geräusche der Granatexplosionen im Garten der Reichskanzlei lauter. Als sie oben angekommen waren, sah Friedrich, wie Linge bereits auf sie wartete. Sein Gesicht war im fahlen Licht der Bunkerbeleuchtung kaum zu erkennen, sodass seine Silhouette etwas Bedrohliches ausstrahlte. In seinen Händen hielt er zwei kleine Rucksäcke.

»Soldaten, hier beginnt für Sie das Unternehmen *Apotheose*. Untersturmführer Diehl, hier ist die Ausrüstung für Ihren Ausbruch, die Handgranaten, die Metalldose mit den Briefen und Ihre Pistole.« Friedrich nahm den Rucksack und steckte die Pistole und ein Ersatzmagazin in die Innentaschen seines Lodenmantels. »Ich wünsche Ihnen viel Glück. Möge der Geist des Führers Sie leiten.« Linge wandte sich an Viktor: »Obersturmführer Fischer, ich übergebe Ihnen hiermit die sterblichen Überreste unseres Führers Adolf Hitler. Tragen Sie die Gebeine mit Ehrfurcht, Gewissenhaftigkeit und Stolz. Bringen Sie den Führer in seine Heimat zurück.« Er reichte ihm den Rucksack und die Pistole. Friedrich starrte auf den schlammfarbenen Rucksack, den er schon in Bormanns Arbeitszimmer gesehen hatte. Die Situation erschien ihm surreal und unwirklich. Sollten sich in diesem kleinen und unscheinbaren Rucksack wirklich der verbrannte Schädel und die Knochen des Führers befinden? Jenem übermenschlichen und unerreichbaren Wesen, dem er nur einige Jahre zuvor zusammen mit Hunderttausenden auf dem Nürnberger Zeppelinfeld frenetisch zugejubelt hatte? Dem Mann, der ganz Europa im Sturm eroberte, dem er ewige Treue und Gehorsam geschworen und der den Deutschen ein 1.000 Jahre währendes Reich prophezeit hatte? Er spürte, wie ihn die Tragweite des Moments übermannte, wie Entsetzen und Übelkeit gleichzeitig in ihm aufstiegen, wie seine Finger und Arme plötzlich taub wurden und wie sein Herz zu pulsieren begann. Unbewusst nach Hilfe suchend, sah er zu Viktor. Doch die souveräne Gelassenheit Viktors, die dieser noch im Maschinenraum ausgestrahlt hatte, schien sich in Luft aufgelöst zu haben. Sein Gesicht schimmerte wachsweiß, und Friedrich erkannte die Angst, die Menschen dann überkommt, wenn sie erstmals den Ernst einer Situation realisieren.

Günsche ging zur Tür und öffnete langsam die schwere Verriegelung. »Und so beginnt es. Nun liegt es an Ihnen, Soldaten!« Aber Friedrich war zu sehr vom Anblick des Rucksacks gefesselt, um die Worte Günsches wirklich wahrzunehmen. Das Treppenhaus füllte sich schlagartig mit dem hellen orangeroten Feuerschein der brennenden Gebäude. Heiße Luft strömte in den Bunker wie in ein Vakuum. Friedrich drehte sich ein letztes Mal zu Linge um. Seine Augen wirkten im Schein des Feuers müde und auf eine sonderbare Weise hilflos und verzweifelt. Sie erinnerten Friedrich an den Ausdruck, den er in den Augen seiner Kameraden, die in seinen Armen gestorben waren, oft gesehen hatte. Sie alle hatten eine unumkehrbare Schwelle zum Tod überschritten. In diesen kurzen Momenten spürten sie keine Schmerzen mehr, hatten ihren inneren Überlebenskampf verloren und gaben sich nun willenlos etwas unbeschreiblich Erlösendem hin. Jedes Mal, wenn er diesen Blick sah, hatte Friedrich das Gefühl, über eine Grenze sehen zu können. Doch in den Augen Linges sah Friedrich einen Menschen, der diese Schwelle überschreiten wollte, es aber aus irgendeinem Grund nicht konnte. Jemanden, der mit dem Leben abgeschlossen hatte, es aber nicht beenden konnte. Er schien auf qualvolle Weise zwischen zwei Welten gefangen zu sein. Es fiel Friedrich schwer, seinen Blick von Linge zu lösen, bis Viktor ihn am Ärmel zog und sie hinaus in eine Mischung aus Feuer, Hitze und Rauch rannten. Als Friedrich nach einigen Metern noch einmal zurückblickte, erkannte er Günsche und Linge, wie sie im düsteren Bunkereingang standen und ihnen nachsahen. Im Schein der Flammen wirkten sie wie Gefangene in einer düsteren Gruft, der sie nicht entkommen konnten und die mit jedem Meter, den sich Friedrich und Viktor von ihr entfernten, langsam in der Dunkelheit zu verschwinden schien.

KAPITEL 18

Frankfurt (Lohrberg), ÖRF – Geschichtsredaktion, Süd 2, Kopierraum, 11. Oktober 2010, 9:02 Uhr

Wie jeden Morgen, seit seinem ersten Arbeitstag in der Geschichtsredaktion vor einer Woche, gab der Kopierer, nachdem Markus den Startknopf gedrückt hatte, eine Reihe von undefinierbaren Lauten von sich, die Markus als natürliches morgendliches Räkeln, Kratzen und Gähnen des Kopierers interpretierte. Warum sollte ein Kopierer nicht die gleichen Bedürfnisse haben wie jeder Mensch, der morgens aus dem Bett gekrochen kommt und im Halbschlaf versucht, seine Lebensgeister zu wecken? Nach einer Woche Bücher kopieren schien es Markus, als hätte er eine Beziehung zum Redaktionskopierer aufgebaut. Abgesehen von einigen kurzen Ausflügen in Gert Bohlenders Archiv war das Kopieren von Büchern zu seiner Hauptaufgabe geworden. Nichts von dem, was Ingo ihm letzten Montag bei Grüner Soße mit Ei in der ÖRF-Kantine erzählt hatte, war bisher eingetreten. Eine Chance, jemandem zu zeigen, was er konnte, hatte sich ihm nicht offenbart. »Wie auch, wenn man den ganzen Tag am scheiß Kopierer in der Abstellkammer steht!«, murmelte er genervt. Dennoch schwor er sich jeden Morgen, nicht aufzugeben, denn noch lagen zwei Wochen vor ihm. Und als überzeugter Optimist konnte er selbst dem Bücherkopieren etwas Positives abgewinnen. So überraschte es ihn, dass sich schon nach wenigen Stunden seine

Handgriffe beim Kopieren automatisiert hatten und er nach einigen Tagen sogar den Ehrgeiz entwickelt hatte, von jeder Buchseite in immer schnellerer Taktung noch perfektere Kopien herzustellen. Selbst bei einem Papierstau im Kopierer wusste er sofort, wo der Fehler lag und mit welchen Handgriffen das Problem umgehend zu beheben war. Auch sein anfänglicher Unmut über die nicht enden wollenden Kopieraufträge der Redakteure wich mit der Zeit einer resignativen Akzeptanz, was die Situation zwar nicht verbesserte, aber erträglicher machte. Fortan würden halt die Füllmenge des Toners und des Kopierpapiers in den Schubfächern sein Leben diktieren. Als er den Stapel der Bücher, die er heute zu kopieren hatte, auf einem kleinen Tisch abstellte, dachte er darüber nach, wie viele Bücher wohl über das Thema »Zweiter Weltkrieg« und »Nationalsozialismus« geschrieben worden waren. Es mussten Tausende sein, unzählige, zu jedem nur erdenklichen Teilaspekt des Krieges, zu jeder noch so unbedeutenden Person oder Soldaten und zu jedem politischen und psychologischen Hintergrund. Er nahm das oberste Buch vom Stapel und las den Titel: *ENIGMA entschlüsselt – Die Codebreaker.* »Wer liest all das Zeugs?«, seufzte er leise.

»Ich«, erklang eine Stimme aus dem Hintergrund. Markus drehte sich um und sah einen dunkelhaarigen hochgewachsenen Mann um die 40 mit einem freundlichen Lächeln im Gesicht. Der Mann nahm ihm das Buch aus der Hand und öffnete es. »Ah ja, das Standartwerk von Michael Smith. Ich bin immer noch nicht dazu gekommen, es zu lesen. Ich hab hier im Büro einfach keine Zeit, und darum brauche ich die Kopie, um es zu Hause durchzugehen.« Er sah Markus an. »Aber jemanden der sein Studium bereits erfolgreich abgeschlossen hat, brauche ich doch sicher nicht mehr erklären was die ENIGMA ist?«

»Nein, sicher nicht. Dass das die Verschlüsselungsmaschine der Deutschen im Zweiten Weltkrieg war, mit der militärische Nachrichten und Befehle chiffriert und dechiffriert wurden, gehört glaube ich zur Allgemeinbildung«, antwortete Markus.

»Ach, wenn Sie wüssten, wie wenig manche Studenten heutzutage noch wissen. Ich sag nur: Der Fluch des Bachelors. Aber natürlich stimmt was Sie sagen. Die ENIGMA war damals eines der modernsten Kommunikationssysteme. Die Alliierten haben Jahre gebraucht, um den Code zu knacken. Spannend ist vor allem die Geschichte, dass den Briten 1941 erstmals eine ENIGMA-Maschine aus einem deutschen U-Boot in die Hände gefallen ist. Seitdem konnten sie den Funkverkehr zwischen dem Oberkommando der Kriegsmarine und den deutschen U-Booten entschlüsseln. Das war damals ein entscheidender taktischer Vorteil und hat den U-Boot-Krieg zugunsten der Alliierten verändert. Eine tolle Geschichte. Wir recherchieren und planen gerade zu dem Thema eine Dokumentation.« Er gab Markus das Buch zurück. »Ich hab Sie hier schon letzte Woche die ganze Zeit am Kopierer gesehen. Sie sind Markus Weidental, stimmt's? Ingo hat mir von Ihnen erzählt.«

»Ja, nett Sie kennenzulernen.«

»Mein Name ist Bernd Mühlbauer. Ich bin Stellvertretender Redaktionsleiter der Geschichtsredaktion. Willkommen an Bord. Übrigens duzt man sich hier unter Kollegen, jedenfalls machen das die meisten. Ich hoffe das ist okay für Sie?« »Kein Problem und vielen Dank!«, erwiderte Markus. Sie gaben sich kurz die Hand. Danach deutete Bernd Mühlbauer auf den Kopierer. »Dass Hospitanten auch mal Bücher kopieren und Kassetten aus dem Archiv holen, ist ja bekannt, aber dass sie das hauptberuflich über Wochen tun, ist mir neu. Willst du deine gesamte Praktikumszeit damit vergeuden?«

»Nein, weiß Gott nicht!«, lächelte Markus gequält, »Aber ich soll Dr. Zauner zuarbeiten, und außer diese Bücher zu kopieren, hat er mir bisher leider nichts aufgetragen.«

»Ja, so ist er, der Zauner!«, Bernd Mühlbauer rollte kurz mit den Augen. »Aber nicht alle sind hier so wie Hermann. Ein Vorschlag: Du kopierst jetzt die Bücher vom Zauner noch so weit, wie du kommst, und bist um 16 Uhr in meinem Büro. Dort haben wir zu der ENIGMA-Sendung eine kleine Vorbesprechung. Wie wir das Thema storymäßig angehen, mit welchen Bildern und Geschichten wir arbeiten und so weiter. Hör dir das mal an und vielleicht kommt dir ja auch eine Idee, wie man die Geschichte etwas interessanter oder besser machen kann. Gelegentlich haben junge Außenstehende die besten Einfälle. Ihr seid halt noch nicht so betriebsblind wie wir. Also, was sagst du? Hast du Lust?«

»Klar! Genau genommen habe ich nur darauf gewartet, bei so was mal dabei sein zu können. Danke für das Angebot, ich komme gern. Aber was soll ich Dr. Zauner sagen, falls er fragt, wo ich war?«

»Das lass mal meine Sorge sein. Ich sehe Hermann eh gleich noch und außerdem hat er mit Ingo ja sowieso schon einen unserer besten Rechercheure. Und selbst ein Dr. Zauner braucht nicht zwei Assistenten.« Er lachte und ging zurück zu seinem Büro.

Na endlich!, dachte Markus, der zum ersten Mal seit einer Woche wieder Hoffnung schöpfte.

KAPITEL 19

Berlin, Regierungsviertel, Garten der Reichskanzlei, 1. Mai 1945, 00:43 Uhr

»Lass uns durch das Reichskanzleramt gehen und dann über die Wilhelmstraße erst mal Richtung Norden vorstoßen«, rief Friedrich Viktor zu, als sie an der Rückseite der Alten Reichskanzlei vorbeiliefen. Glühende Funken schwebten durch die heiße, mit Rauch erfüllte Luft. Trotz der grellen Flammen, die die Umgebung erhellten, waren viele der angrenzenden Gebäude durch die Zerstörungen nur schwer wiederzuerkennen. »Vielleicht schaffen wir es noch bis zu Unter den Linden.«

Viktor stoppte abrupt und drehte sich zu Friedrich um. »Wieso das denn? Hast du nicht gehört, was Mohnke gesagt hat? Die Russen sollen den Reichstag doch gestern schon erreicht haben. Die haben den mit Sicherheit jetzt schon eingenommen und stehen wahrscheinlich schon bald am Brandenburger Tor. Warum also nach Norden? Lass uns doch den Weg gehen, den Günsche und Linge uns genannt haben! Nach Osten entlang der Französischen Straße und dann Richtung Lustgarten und Dom. So gehen wir den Russen im Nordwesten aus dem Weg.«

»Ich weiß, Viktor«, antwortete Friedrich und zog eine der Wehrmachtskarten aus der Tasche seines Lodenmantels. Sie knieten sich hin. »Schau mal hier. Ich will doch gar nicht bis zum Brandenburger Tor, sondern nur bis zum Reichsministerium für Landwirtschaft an der Wilhelmstraße. Falls wir es bis dahin schaffen, können wir dort unbemerkt in die Kanalisation.« Friedrich holte den Hobrecht-Atlas aus der anderen Manteltasche, öffnete ihn und deutete auf die Wilhelmstraße Ecke Behrenstraße. »Hier, wenn wir dort durch den Einstieg in die Kanalisation gelangen, können wir unterirdisch bis zu Unter den Linden vorrücken und von dort fast 900 Meter unter der Straße bis zur Schlossbrücke an der Museumsinsel gelangen. Es wäre ein Großteil der Strecke, den wir so sicher und unbemerkt zurücklegen könnten. Von der Brücke sind es dann nur noch 450 Meter bis zum Notauslass«, er sah Viktor an. »Es geht mir doch nicht nur um die Russen. Wir sehen aus wie Zivilisten und deshalb sollten wir unseren SS-Kameraden lieber aus dem Weg gehen.«

Viktor nahm den Hobrecht-Atlas und schaute sich die Route genau an. »Stimmt, keine schlechte Idee, aber an der Stelle, wo du in die Kanalisation willst, ist sie nur 90 cm hoch. Das ist viel zu niedrig!«

»Schon, aber nur bis zu Unter den Linden, und das sind nur ungefähr 70 Meter«, antwortete Friedrich. »Hier«, er deutete auf einen kleinen Kanalisationsknotenpunkt, »wahrscheinlich münden da mehrere kleinere Hauszuleitungen in den Hauptkanal Unter den Linden und deswegen steigt die Profilhöhe im weiteren Verlauf auf 1,40 Meter an. Das würde von der Höhe her für den Rest der Strecke gehen. Und es hat den Vorteil, dass jeder, der das nicht weiß, den Kanal nicht nutzen wird, weil er davon ausgehen muss, er sei auf der ganzen Strecke nur 90 cm hoch. Egal ob Deutsche oder Russen.«

Viktor überlegte noch einen Moment und gab Friedrich den Atlas schließlich zurück. »Na gut, lass es uns versuchen. In einem Punkt gebe ich dir recht, wir sollten unseren SS-Kameraden besser nicht über den Weg laufen. Also lass uns bis zum Einstieg in die Kanalisation nach Möglichkeit durch die Hinterhöfe und Gebäude laufen. Werden wir auf der Straße erwischt, glauben die uns nie und nimmer, und auch auf die Sondervollmacht von Mohnke will ich mich lieber nicht verlassen.« Viktor sah sich um. »Ich habe keine Lust, als Deserteur mit Schild um den Hals an einer Laterne zu baumeln.«

Ohne zu antworten, steckte Friedrich den Hobrecht-Atlas und die Karten wieder in die Taschen seines Mantels.

Sie liefen los, kletterten über einige Schutthaufen entlang der Rückseite des Auswärtigen Amtes, bis sie durch die ausgebrannte Ruine des Reichskanzleramtes die Wilhelmstraße erreichten. Versteckt hinter einem kleinen Mauervorsprung sah Friedrich die Wilhelmstraße entlang in Richtung Brandenburger Tor. Es überraschte ihn, in der unmittelbaren Umgebung keine Soldaten oder Angehörige des Volksturms zu entdecken. Lediglich in der Ferne erkannte er einige Gestalten, die im Schutze der Dunkelheit aus der Deckung eines Kellereingangs heraus auf die andere Straßenseite liefen, um kurz darauf wieder in dicken Rauch- und Nebelschwaden zu verschwinden. Viele der einst prunkvollen Regierungsgebäude, wie das der Reichsleitung der NSDAP oder das Reichsjustizministerium ergossen sich nun in Lawinen aus Schutt und Asche über die mit Bombenkratern und Granattrichtern gesäumten Bürgersteige. Die ausgebrannten Gerippe zweier Kübelwagen zeugten von der vernichtenden Kraft der russischen Brandbomben. Das Artilleriefeuer schien jedoch erstmals seit Stunden etwas nachzulassen, sodass Friedrich nur vereinzelt Maschinengewehrsalven und Explosionen in der Ferne hören konnte. Anders als noch im Garten der Reichskanzlei herrschte auf der Wilhelm-Straße eine unwirkliche Stille, die nur von Zeit zu Zeit durch entfernte Schreie unterbrochen wurde.

»Mann, die Russen haben echt ganze Arbeit geleistet, obwohl sie diesen Bereich noch nicht mal eingenommen haben«, flüsterte Viktor und deutete auf ein Loch in der Fassade des Fernsprechamtes Mitte, das etwa 70 Meter vor ihnen lag. »Da, siehst du den Durchgang da drüben, schräg gegenüber des Eingangs des Reichspräsidentenpalais? Lass uns da rübergehen. Von dort aus müsste man den Einstieg in die Kanalisation schon sehen können. Ich kenne die Gegend hier. Wir haben in den letzten Tagen unzählige Durchgänge in die Wände zwischen den Gebäuden gesprengt, um uns schneller zwischen den Straßenzügen bewegen zu können. Wehrmacht und SS werden sich zur Kampflinie nach Norden und Süden hin orientieren. In den Gebäuden hier treffen wir, wenn überhaupt, nur noch auf vereinzelte Zivilisten oder Reste vom Volkssturm und können uns daher unentdeckt bewegen.«

»Ja, das ist gut«, erwiderte Friedrich. »Die Dunkelheit wird uns schützen, man kann die Hand kaum noch vor den Augen sehen. Wir sollten auf jeden Fall noch vor dem Morgengrauen den Einstieg in den Notauslass erreichen. Wer weiß, wo die Russen morgen schon stehen. Hoffentlich haben sie die Spree an der Museumsinsel noch nicht überquert.« Viktor nickte zustimmend.

Nachdem sie sich vergewissert hatten, dass niemand in der unmittelbaren Nähe zu sehen war, rannten sie los. Friedrich spürte, wie er sich mit jedem Meter, den er sich vom Bunker entfernte, wieder etwas besser fühlte. Der Würgegriff seines Unterbewusstseins schien sich ein wenig zu lockern, sodass er seine Gedanken wieder auf das richten konnte, was er am besten konnte und beherrschte. Hier in den umkämpften Straßen Berlins war Friedrich in seinem eigentlichen Element. Gemeinsam mit einem Feind, der real existierte, den er fixieren und wenn nötig auch angreifen konnte. Aber dennoch spürte er tief in seinem Inneren, dass sich etwas grundlegend verändert hatte. Ohne es genau benennen zu können, durchflutete ein unkontrollierbares Gefühl der Verunsicherung seinen Körper und Geist. Ein Gefühl, das er in dieser Form bisher noch nicht gekannt hatte und das sich wie Gift langsam in seiner Seele ausbreitete, ihn verstörte und lähmte.

Entlang der Schuttberge und vorbei an den ausgebrannten Fahrzeugen liefen sie geduckt in Richtung des Durchgangs. Bei jedem ihrer Schritte knirschten zerborstene Steine und zerbrochenes Glas unter ihren Stiefelsohlen. In einem Hauseingang suchten sie abermals Deckung und blickten in alle Richtungen.

Plötzlich bemerkte Friedrich ein leises und undefinierbares Geräusch. Er signalisierte Viktor, still zu sein. »Hörst du das?«, flüsterte er. Sie hielten den Atem an und lauschten in die Dunkelheit, aber aus der Richtung, aus der sie gekommen waren, sahen sie nur vorbeiziehende Nebel- und Rauchschwaden, in denen über den Dächern der orange Schein der Feuer im Garten der Reichskanzlei schimmerte. Allmählich wurde das Geräusch lauter, sodass auch Viktor es hören konnte. Instinktiv wusste Friedrich, dass es ein schweres Fahrzeug sein musste. Nur Sekunden später tauchten in der Ferne schemenhaft die weißlichen Kegel von Scheinwerfern auf. Eine schwarze Silhouette erschien im dichten Nebel. Jetzt war er sich sicher. Er stieß Viktor auf die Straße und zog ihn mit sich. Zu oft hatte er das markante keuchende Heulen des

Motors dieses Stahl-Ungetüms gehört. Ohne Zweifel gehörte es zu einem deutschen Panzerspähwagen.

»Lauf! Die dürfen uns hier nicht erwischen!«, rief er Viktor zu. Sie rannten, so schnell sie konnten, weiter in Richtung des Durchgangs. Friedrich hatte Mühe, bei dem Schutt und Staub auf der Straße nicht auszurutschen. Kurz bevor sie das Licht der Scheinwerfer erfasste, kletterten sie in den Durchbruch und stürzten danach in der Dunkelheit eine kleine enge Treppe hinunter, die in den Keller des Fernsprechamtes führte. Am Ende der Treppe tasteten sie sich einen kleinen Gang entlang, bis sie an eine geschlossene Tür stießen. Viktor zog Friedrich zu Boden. Nur Augenblicke später kam der Panzerspähwagen mit quietschenden Bremsen vor dem Durchgang zum Stehen. Stimmen von Soldaten wurden lauter. Ein drehbarer Scheinwerfer leuchtete durch das Loch in der Mauer und erfüllte das Treppenhaus mit grellem Licht. Einer der Soldaten stieg langsam durch den Durchgang und trat vorsichtig mit seinem Karabiner im Anschlag Schritt für Schritt in das Treppenhaus. Er sah sich um. Aus seinem Versteck heraus konnte Friedrich nur den oberen Rand seines Stahlhelms im grellen Gegenlicht des Scheinwerfers sehen.

»Paul, lass es, da war nichts und wir haben keine Zeit mehr!«, rief ein anderer Soldat vom Panzerspähwagen herunter. »Hier sind die Russen noch nicht. Komm, wir müssen weiter zum Brandenburger Tor!«

»Ja, ja, einen Moment noch!«, gab der Soldat zurück und schaltete seine Handlampe ein. Er leuchtete mit dem Lichtstrahl in die noch mit Schatten gefüllten Ecken des Treppenhauses. »Irgendjemand ist hier, da bin ich mir sicher!«, brummte er und richtete die Handlampe auf den Kellereingang. Friedrich versuchte, ruhig zu atmen. Langsam griff er nach seiner Pistole, die in der Innentasche seines Mantels steckte. Doch bevor er sie herausziehen konnte, packte Viktor sein Handgelenk. Er schüttelte langsam den Kopf und seine Lippen formten ein lautloses »Nein«.

»Paul, los jetzt, die anderen warten schon!«, rief der Soldat vom Panzerspähwagen genervt. »Ich sag's nicht noch mal. Selbst wenn da einer war, ist doch egal!«

»Ist ja schon gut. Reg dich ab!«, erwiderte der Soldat harsch und drehte sich kurz zum Panzerspähwagen um. »Ich komm ja schon!« Einige Sekunden verharrte er jedoch noch am oberen Rand der Kellertreppe und schien unschlüssig zu sein, ob er in die Dunkelheit hinuntergehen und sich genauer umsehen sollte. Dann schaltete er seine Handlampe aus und ging langsam rückwärts wieder in Richtung des Durchgangs. Als er durch das Loch zurück auf die Straße geklettert war, fuhr der Panzerspähwagen mit einem knarzenden Geräusch an und entfernte sich langsam. Dunkelheit breitete sich wieder im Treppenhaus aus. Friedrich und Viktor blieben noch eine Weile regungslos liegen, bis sie den keuchenden Motor des Panzerspähwagens nur noch in der Ferne hören konnten.

»Oh Mann, das war echt knapp!«, stieß Viktor hervor, ließ Friedrichs Handgelenk los, das er bis eben immer noch mit festem Griff umschlossen gehalten hatte, und legte seinen Kopf erschöpft in den Nacken.

Während Friedrich die Pistole wieder zurück in die Innentasche schob, wurde ihm bewusst, wie recht Viktor damit gehabt hatte, ihn vom Schießen abzuhalten. Eine Auseinandersetzung mit mehreren Soldaten und einer 5-cm-Kampfwagenkanone wäre aussichtslos gewesen. Es irritierte ihn, dass er sich in dieser Situation beinahe zu etwas so Leichtsinnigem hatte verleiten lassen. Wie schon zuvor im Maschinenraum des Bunkers schien Viktor der Besonnenere und Ruhigere von ihnen beiden zu sein, der die Situation besser einzuschätzen wusste. Es überraschte Friedrich, dass er in Kampfsituationen, in denen er bisher stets einen kühlen Kopf zu bewahren verstanden hatte, nun überstürzt, unsicher und unüberlegt handelte. Dennoch spürte er keinerlei Dankbarkeit gegenüber Viktor. Vielmehr projizierte er die Wut über sein eigenes Unvermögen auf ihn. »Fass nie wieder nach meiner Waffe, klar!«, giftete er Viktor an, während er eine der beiden Taschenlampen aus seinem Rucksack zog und einschaltete.

Viktor schwieg einen Moment, atmete dann hörbar tief ein und erhob sich. »Mann, Friedrich, reiß dich mal zusammen! Glaubst du etwa, wir hätten die alle erledigen können? Das sind unsere Leute, SS-Kameraden! Wolltest du die einfach abknallen?«

Friedrich richtete sich ebenfalls auf, stieß Viktor mit der Schulter aus dem Weg und stieg langsam die Kellertreppe hoch.

»Was ist eigentlich los mit dir, Mann?«, rief Viktor ihm verärgert nach. »Es interessiert mich nicht, ob du ein Problem mit mir hast! Wenn wir beide hier heil rauskommen wollen, müssen wir zusammenhalten. Das hat nichts mit Rang zu tun, aber …«

»Genau das ist das Problem!«, fiel Friedrich ihm ins Wort. Er drehte sich um und leuchtete Viktor mit der Taschenlampe ins Gesicht. »Du willst nur deinen eigenen Arsch retten! Der Auftrag ist dir aber egal! Dir geht es nur um deine eigene Haut, nicht mehr um die Sache. Nicht um Deutschland und nicht darum, dass wir die scheiß Bolschewisten aufhalten müssen!« Er stapfte die

Treppe wieder hinunter. »Das ist es. Das ist das Problem, das ich mit dir habe, Viktor! Du hast die SS verraten und den Führer schon lange aufgegeben und nutzt das hier nur, um dich feige aus der Stadt zu schleichen!«

»Ja, na und?«, brüllte Viktor. »Und wenn schon, der beschissene Krieg ist doch verloren! Hitler ist tot, Friedrich! Wir haben den Schädel des Führers hier im Rucksack. Schon vergessen? Was brauchst du noch, um zu kapieren, was hier gerade für ein Mist passiert? Wach auf, Mann! Glaubst du, ich wollte das so? Glaubst du wirklich, ich habe mir meine Zukunft und die Deutschlands so vorgestellt?« Er trat einen Schritt auf Friedrich zu. »Ich habe lange für den Führer und seine Ideale gekämpft! Wir sind durch die Hölle gegangen! Wenn du wüsstest, was wir in Warschau und Russland mit den Zivilisten alles haben machen müssen, dann würdest du weiß Gott nicht an meiner Loyalität zur SS zweifeln. Aber mein Leben gebe ich jetzt nicht mehr sinnlos her! Nein, nicht nach all dem, was passiert ist.« Seine Stimme brach etwas. »Nein, Mann, nicht mein Leben. Es ist das Einzige, was mir verdammt noch mal geblieben ist. Ich weiß nicht mal, ob mein Sohn, meine Frau oder meine Familie in Lubmin noch leben oder ob die Russen sie schon alle vergewaltigt und wie Vieh bestialisch abgeschlachtet haben. Und der Rest vom Reich liegt doch sowieso schon in Schutt und Asche.«

Er setzte sich auf die unterste Stufe der Treppe und für einen kurzen Moment schien es Friedrich so, als würde Viktor gegen die Tränen kämpfen. Zum ersten Mal hatte er das Gefühl, den verletzlichen, menschlichen Kern hinter der sonst so blasierten und arroganten Fassade, die Friedrich an Viktor hasste, erkennen zu können. Doch auch jetzt brachte er weder Mitgefühl noch Verständnis für Viktor auf. Im Gegenteil, er verachtete Viktors Schwäche mehr denn je, und für einen kurzen Moment fühlte er eine wohltuende Überlegenheit ihm gegenüber. Er dachte an Charlotte und wie egal es ihm war, was all den anderen Freundinnen, Frauen, Söhnen, Töchtern und Kindern noch zustoßen würde oder schon zugestoßen war. Alles, was für Friedrich zählte, war, den Auftrag zu erfüllen und dadurch Charlotte zu beschützen, koste es, was es wolle. Er sah auf Viktor hinab, der seinen Kopf erschöpft auf seine Hände stützte und die Beine eng an sich zog. Im schwachen Schein der Taschenlampe wirkten seine Umrisse wie die eines ängstlichen Kindes, das verlassen, mit dreckiger Kleidung, in einer Ecke saß und auf seine Mutter wartete. Er sah Viktor noch einen Moment lang schweigend an, bevor er sich umdrehte und die Kellertreppe hinaufstieg. Ohne sich umzudrehen und mit kalter und ruhiger Stimme forderte er ihn auf: »Los, steh auf, wir müssen weiter!«

KAPITEL 20

Frankfurt (Lohrberg), ÖRF – Geschichtsredaktion, Süd 2, Büro von Bernd Mühlbauer, 11. Oktober 2010, 16:00 Uhr

Markus öffnete vorsichtig die Tür von Bernd Mühlbauers Büro, nachdem er mehrere Male vergeblich angeklopft hatte. Das Büro war leer. Er blickte vorsichtshalber auf seine Uhr, aber es war bereits eine Minute nach vier. Also trat er ein.

Das Büro von Bernd Mühlbauer bildete schon auf den ersten Blick einen starken Kontrast zu dem von Dr. Hermann Zauner. Sonnenstrahlen durchfluteten den hellen Raum, dessen Einrichtung modern und aufeinander abgestimmt wirkte. Neben einem aufgeräumten Glasschreibtisch, auf dem lediglich ein zugeklapptes weißes Notebook lag, standen in der Ecke des Raumes zwei ausrangierte Flugzeug-Doppelsitze, die dem Design nach aus einer Lufthansamaschine der 70er-Jahre stammen mussten. Gegenüber dem großen Fenster, dessen Scheiben bis zum Boden reichten, hing ein übergroßes Ölgemälde von Duffy Duck, das dem Zimmer Freundlichkeit und Leichtigkeit verlieh. Das Büro passte zu dem sympathischen Eindruck, den Markus von Bernd Mühlbauer heute Morgen am Kopierer gewonnen hatte. Er ging zum Fenster und ließ die Sonne für einen Moment sein Gesicht wärmen. Seitdem Markus Bernd Mühlbauer heute Morgen kennengelernt hatte, freute er sich auf die Sitzung. Dennoch spürte er auch eine leichte Anspannung. Endlich schien die Chance gekommen zu sein, zu zeigen, dass auch er kreative Ideen hatte. Schon seit Stunden versuchte Markus, sich beim Kopieren der Bücher für Dr. Hermann Zauner vorzustellen, wie die Sitzung verlaufen würde, und was er wann und wie dazu beitragen würde. Um besser vorbereitet zu sein, gab er Ingo für die Kantine einen Korb und ging stattdessen in der Mittagspause in die ÖRF-Bibliothek, um alles über das Thema ENIGMA, Deutsche U-Boote und die Schlacht im Atlantik in Erfahrung zu bringen. Anders als noch in der Universität war es ihm jetzt aus irgendeinem Grund wichtig, so gut es nur ging, vorbereitet zu sein. Er kontrollierte nochmals die Zeit. Es war 16.06 Uhr und je länger Markus alleine in dem Büro wartete, umso unangenehmer wurde es ihm. Er entschied sich, lieber vor der Tür zu warten, und verließ das Büro wieder. Aber schon als er die Tür hinter sich zuzog, hörte er Bernd Mühlbauers markante Stimme aus dem Treppenhaus, wo er sich angeregt mit Ingo unterhielt.

»Moin, Markus!«, rief er ihm entgegen, als er ihn erblickte, »sorry, dass wir zu spät sind, aber wir waren noch kurz im Studiogebäude zu einer Sprachaufnahme.« Sie betraten das Büro und warfen ihre Jacken über die Lehne eines der Flugzeugsitze. »Wo ist denn Oliver? Sollte der nicht auch dabei sein?«, fragte Bernd Mühlbauer während er sich in seinen Schreibtischsessel fallen ließ.

»Ich weiß, dass Oli schon am Freitag krank war. Vermutlich ist er noch zu Hause. Zumindest war sein Büro heute Mittag noch abgeschlossen«, antwortete Ingo.

»Na, dann sprechen wir erst mal in kleiner Runde.« Mühlbauer wandte sich lächelnd Markus zu: »Und, junger Kollege? Sind die Kopierarbeiten für Zauner erledigt?«

»Alles fertig!« Markus setzte sich grinsend neben Ingo auf den Flugzeugsitz.

»Na, dann lasst uns mal anfangen.« Bernd Mühlbauer lehnte sich zurück, verschränkte die Hände hinter seinem Kopf und überlegte einen Moment. »Also«, er sah kurz zu Ingo, »ich habe Markus heute Morgen beim Kopierer schon kurz davon erzählt. Aber nun auch noch mal für dich, Ingo. Oliver und ich planen für das Weihnachtsprogramm eine Doku zur Geschichte der Entschlüsselung der ENIGMA. Ihr wisst ja beide im Groben, worum es dabei geht. Wir wollen aber nicht nur einfach die Geschichte der ENIGMA und die der Entschlüsselung des Codes nacherzählen, sondern vor allem die Story bringen, wie den Briten 1941 eine ENIGMA aus einem deutschen U-Boot in die Hände gefallen ist und wie sich dadurch der Kriegsverlauf im Atlantik veränderte. Wie euch bekannt sein dürfte, haben die Deutschen ab 1940 verstärkt mit U-Booten versucht, die Versorgungskonvois, die England mit Waffen, Rohstoffen und Nahrung von den USA aus belieferten, zu versenken. Alles in allem waren die deutschen U-Boot-Fahrer zunächst sehr erfolgreich. Ab Anfang '41 setzten die Briten dann jedoch erstmals Radargeräte und Kurzwellenpeilung bei der U-Boot-Ortung ein, was den Deutschen die Sache deutlich erschwerte. Die Wende in der Atlantik-Schlacht kam aber erst mit der Aufbringung des deutschen U-Bootes U 110 am 9. Mai 1941. Die Briten erbeuteten eine ENIGMA-Maschine, die dazugehörigen Schlüsseltafeln und Seekarten. In den folgenden Monaten war die Royal-Navy entsprechend in der Lage, alle Funksprüche zwischen dem Oberkommando der Kriegsmarine und den U-Booten zu entschlüsseln. Da die Engländer nun also wussten, wo sich die deutschen U-Boote befanden und welche Befehle sie erhielten, konnten sie ihre Konvois besser schützen. In den Monaten April und Mai '41 hatten die Deutschen gerade mal drei U-Boote verloren. Nach der Entschlüsselung der Funksprüche im November und Dezember waren es schon 15. Ihr könnt euch vorstellen, wie sich die U-Boot-Fahrer ab Ende '41 gefühlt haben müssen. Erst waren sie die Jäger, jetzt waren sie die Gejagten.« Er beugte sich vor, öffnete eine Schreibtischschublade, aus der er eine Videokassette zog. »Oliver hat in den vergangenen zwei Monaten einige tolle Zeitzeugeninterviews mit ehemaligen englischen und amerikanischen Matrosen geführt, die damals auf den Schiffen der Geleitzüge mitgefahren sind. Die sind echt gut geworden und geben sehr eindrücklich die Gefühle und Ängste der Matrosen wieder. Gleiches haben wir natürlich auch mit ehemaligen deutschen U-Boot-Fahrern gemacht. Wie immer werden wir passende Ausschnitte dieser Interviews einschneiden. Was wir aber noch brauchen, sind ein paar wirklich tolle Originalaufnahmen von deutschen U-Booten aus dieser Zeit und von den U-Boot-Basen zum Beispiel in La Rochelle. Darum möchte ich euch bitten, mal im Archiv bei Gert nach brauchbarem Material zu suchen. Wenn ihr da nichts findet, müssen wir im Bundesfilmarchiv in Koblenz recherchieren. Für die ENIGMA-Geschichte habe ich in den letzten Wochen selbst schon viel historisches Filmmaterial gefunden. Trotzdem sind Oliver und ich immer offen für neue Anregungen, wie wir die Doku noch spannender oder interessanter machen können. Hättet ihr eine Idee?«

»La Rochelle?«, fragte Markus. »Dort spielt doch der Film *Das Boot* von Wolfgang Petersen. Von dort aus sind sie auf Feindfahrt gegangen, und wenn ich mich richtig erinnere, dann hat Herbert Grönemeyer im Film einen Kriegsberichterstatter oder so was gespielt.«

»Worauf willst du hinaus, Markus?«, fragte Bernd Mühlbauer.

»Na ja, im Film hat er doch immer Briefe an seine Frau oder Freundin geschrieben, wie es ihm geht, wie sehr er sie vermisst und dass er große Angst hat, umzukommen.« Markus musste an die Briefe denken, die er bei Dr. Hermann Zauner im Büro gesehen hatte. »Es wäre doch vielleicht interessant, mit Zitaten aus echten Briefen ehemaliger U-Boot-Fahrer zu arbeiten. Im Büro von Dr.

Zauner habe ich die vielen Briefe gesehen, die ehemalige Soldaten an die Geschichtsredaktion geschickt haben, in denen sie von ihren Erlebnissen berichten. Vielleicht sind da ja auch Briefe von ehemaligen U-Boot-Fahrern dabei. Es wäre einen Versuch wert, mal nachzuschauen. Ich stelle mir das schon interessant vor, was den Jungs damals durch den Kopf gegangen ist, vor oder während so einer Feindfahrt.«

Markus sah Ingo und Bernd Mühlbauer an und hoffte auf eine positive Reaktion. Bernd Mühlbauer zog eine Augenbraue hoch und verschränkte die Arme vor seinem Bauch. »Hmm …, was meinst du, Ingo?«

»Och, warum nicht? Man könnte, wenn man so einen Brief wirklich finden würde, eine langsame Kamerafahrt im Close-up drübermachen und Textstellen von einem Off-Sprecher im Film vorlesen lassen. Das wäre schon ein dramatischer und vor allem emotionaler Moment.«

Bernd Mühlbauer nickte Markus zu: »Nicht schlecht für einen Neuling! Gute Idee! Einen Versuch ist es wert. Aber ich hoffe, du weißt, was da auf dich zukommt.«

Markus musste sich für einen Moment zusammenreißen und seine Freude unterdrücken, aber innerlich fiel ihm ein Stein vom Herzen. Endlich hatte er die Möglichkeit bekommen, zu zeigen, was in ihm steckte. »Ich werde mich morgen früh gleich auf die Suche machen. Wenn Dr. Zauner nichts dagegen hat, werde ich mit den Briefen in seinem Büro, na, ich schätze bis Mittag durch sein, und …«

Bernd Mühlbauer und Ingo mussten plötzlich lachen. »Bis Mittag? Das will ich sehen! Wetten, dass du das nie und nimmer schaffst?« Mühlbauer streckte Markus auffordernd seine Hand entgegen. Markus war verunsichert und wusste nicht, was er sagen sollte. Hilfesuchend sah er zu Ingo.

»Lass gut sein Bernd, woher soll er das wissen?«

»Ach, war doch nur Spaß!«, beruhigte ihn Bernd Mühlbauer. Er erhob sich, ging zu einem kleinen Aktenschank, der in der Ecke des Raumes stand, und öffnete eine Tür. Darin befanden sich, wie im Regal von Dr. Hermann Zauner, feinsäuberlich aneinandergereiht Dutzende von geöffneten Briefumschlägen. Er deutete auf sie und sah zu Markus. »Das alles sind Briefe von Menschen, die den Zweiten Weltkrieg miterlebt haben. Ich schätze, es müssten so um die 50 Stück sein. Und das sind nur Briefe, die das Redaktionssekretariat in den letzten fünf Monaten an mich weitergeleitet hat. Die anderen Kollegen haben mindestens ebenso viele Schreiben bekommen. Auch wenn es mit der Zeit weniger werden, die Redaktion hat in all den Jahren vermutlich Tausende dieser Briefe bekommen.« Er nahm einige Umschläge aus dem Schrank und betrachtete sie. »Weißt du, Markus, das alles hier sind aufgeschriebene Schicksale ehemaliger Soldaten und anderer Menschen. Sie schildern ihre Erlebnisse aus den Kriegsjahren. Es sind Geschichten von Flüchtlingen, die von den Qualen und dem Leid während ihrer Vertreibung erzählen, von Zivilisten, die Bombenangriffe schildern, oder Soldaten, die vom Krieg berichten.« Er reichte Markus einige Briefumschläge. »Sie alle werden hauptsächlich von dem Wunsch getrieben, dass ihre Geschichten nicht in Vergessenheit geraten. Sie schicken uns ihre Erzählungen in der Hoffnung, dass wir über ihre oft tragischen Lebenswege berichten, auch um jüngere Generationen davor zu warnen, nicht die gleichen Fehler zu begehen wie sie damals.« Er setzte sich wieder in seinen Schreibtischsessel.

Markus konnte seine Augen nicht von den Briefumschlägen wenden. »Und was macht ihr mit der ganzen Post?«, fragte er.

»Nun, im Prinzip das, was sich die Verfasser von uns erhoffen. Wir erzählen ihre Geschichten, indem wir sie thematisch in unsere Dokumentationen einbauen. Zunächst erhält jeder, der uns schreibt, eine Antwort, in der wir uns für den Brief und das in uns gesetzte Vertrauen bedanken. Danach prüfen die Redakteure die Geschichten, ob sie für eine Dokumentation brauchbar sind. Aufgrund der Vielzahl ist es schlichtweg unmöglich, jede Geschichte in einen Film einzubauen. Ehrlich gesagt taugen manche auch einfach nicht dazu. Nach der Prüfung übergeben wir alle Briefe an Gert Bohlender, der sammelt und archiviert sie für die Zukunft. Wer weiß, welche Dokumentation wir in fünf Jahren planen? Die Geschichtsredaktion versteht sich nicht nur als Fernsehredaktion, sondern auch als Bewahrer dieser Zeitzeugenberichte für kommende Generationen.«

»Ja, aber das ist doch super«, sagte Markus. »Wenn es so viele Briefe sind, dann ist die Wahrscheinlichkeit doch sehr hoch, dass auch die Erinnerungen oder Erlebnisse eines ehemaligen U-Boot-Fahrers dabei sind. Und so, wie ich Gert kennengelernt habe, hat der bestimmt ein perfektes Katalogsystem für all die Briefe.« Er drehte sich zu Ingo um: »Hat Gert dir mal was darüber erzählt?«

»Nein, bis jetzt hab ich immer nur nach Filmmaterial gesucht«, antwortete Ingo. »Ich bezweifle aber, dass Gert alleine in der Lage ist, die Masse dieser Briefe nach Inhalt zu katalogisieren. Ich muss sie ihm ja immer ins Archiv bringen. Der wird die zwar penibel aufbewahren, aber dass er die Briefe nach Themen oder sonst was sortiert, kann ich mir nicht vorstellen. Aber frag ihn einfach mal.«

Bernd Mühlbauer blickte auf seine Armbanduhr. »Gut«, sagte er schließlich, »das war doch mal eine echt produktive Sitzung.« Er sah Markus an. »Ich bin gespannt, ob du im Archiv was Interessantes bei den Briefen findest. Die Idee ist super! Aber denkt dran, Vorrang hat vor allem die Suche nach dem Filmmaterial. Da die Zeit mal wieder drängt, wäre es klasse, wenn ihr beiden erst mal dazu recherchieren und mir kommende Woche Rückmeldung geben würdet, ob wir uns doch noch an das Bundesfilmarchiv wenden müssen. Und bevor du fragst, Markus: Ich werde mit Hermann Zauner reden und ihm sagen, dass er ab morgen mal eine Woche ohne dich klarkommen muss.« Bernd Mühlbauer grinste schadenfroh. »Das ist halt der Vorteil, wenn man stellvertretender Redaktionsleiter ist. Da kann man sich seine Hospitanten aussuchen! Außerdem hab ich heute Mittag von Ulrike erfahren, dass wir in einer Woche eine weitere neue Hospitantin bekommen werden. Die kann ihm ja auch helfen.«

KAPITEL 21

Berlin, Regierungsviertel, Wilhelmstraße, Ecke Behrenstraße, 1. Mai 1945, 01:14 Uhr

Im Schutz des zerstörten Eingangsportals der Deutschen Rentenbank sah Viktor in Richtung der Kreuzung Unter den Linden/Wilhelmstraße. In der Dunkelheit konnte er jedoch wenig erkennen. Er hörte, dass der Gefechtslärm aus nördlicher Richtung lauter geworden war. »Die Russen haben den Reichstag längst überrollt, hab ich's doch gewusst!«, flüsterte er Friedrich zu. »Die stehen wahrscheinlich bald am Brandenburger Tor, das sind keine 300 Meter mehr von hier. Den Bahnhof Friedrichstraße haben sie mit Sicherheit auch schon eingenommen. Gut, dass wir nicht die U-Bahn-Tunnel genommen haben.« Er drehte sich zu ihm um. »Wir sollten uns beeilen! Oberirdisch werden wir ab hier kaum weiterkommen, ohne wie Hasen abgeknallt zu werden. Wo, hast du gesagt, geht es in die Kanalisation?

Friedrich saß zusammengekauert hinter einer zerborstenen Marmor-Fassade und überprüfte im Schein der abgedunkelten Taschenlampe mithilfe des Hobrecht-Atlasses noch einmal den Einstieg in die Kanalisation. »Entweder gehen wir bei Unter den Linden direkt in den größeren Kanal oder schon hier vorne, auf der Wilhelmstraße, in einen kleineren. Das wäre sicherer, aber wir müssten dann etwa 70 Meter durch eine 90 Zentimeter hohe Röhre kriechen, bevor wir auf das größere Profil treffen, das entlang Unter den Linden verläuft.«

»Lass uns lieber hier schon rein. Wenn die Russen bereits am Brandenburger Tor stehen, kommen wir da drüben direkt in deren Schussfeld. Außerdem wimmelt es da mit Sicherheit auch von Waffen-SS. Die schießen auf alles, was sich bewegt. Da kommen wir nicht mal dazu, den Schachtdeckel hochzuheben.« Er kroch im Schutze der Mauer zu Friedrich. »Im Übrigen haben Linge und Günsche etwas vergessen. Kannst du dich noch an die Lagebesprechungen erinnern und daran, dass schon vor

Tagen gesagt wurde, dass die innerste und letzte östliche Verteidigungslinie entlang der gesamten Friedrichstraße verlaufen soll? Da kommen wir als Zivilisten niemals durch, ohne festgenommen zu werden. Wir müssen also schon hier in die Kanalisation und versuchen, die Verteidigungslinie unbemerkt zu unterwandern. Du bist dir aber sicher, dass das da vorne der richtige Einstieg ist, oder?«

»So steht es jedenfalls hier im Hobrecht-Atlas!«, erwiderte Friedrich. »Gut, dann los, es bleibt uns ja eh nichts anderes übrig!« Friedrich steckte den Atlas zurück in seine Manteltasche, öffnete seinen Rucksack und holte die beiden Metallhaken heraus. Dann liefen sie geduckt zum Kanaldeckel, der über dem Einstiegsschacht in der Mitte der Straße lag, und öffneten ihn leise. Als sie den Deckel zur Seite gezogen hatten, leuchtete Friedrich mit der Taschenlampe hinein. Zu seiner Verwunderung war der Einstiegsschacht unterhalb des Randes breiter, als er ihn sich vorgestellt hatte. Metallsprossen, die in der Schachtwand eingemauert waren, führten in die Tiefe.

»Los, beeil dich! Du hast die Lampe, also du zuerst«, drängelte Viktor, der sich noch einmal in alle Richtungen umsah.

Friedrich kletterte die ersten Sprossen hinab und leuchtete entlang der Schachtwand, die aus kleinen roten Ziegelsteinen gemauert war, in die Tiefe. Anders, als er vermutet hatte, war der Geruch im Schacht erträglich. Etwa drei Meter unter sich konnte er den Grund des Kanals erkennen, der lediglich von einer flachen trüben Wasserschicht bedeckt war. Dann stieg er bis zum Boden des Schachts hinab. Als er unten angekommen war, sah er hinauf und signalisierte Viktor, ihm zu folgen. Sichtlich bemüht, nicht länger als nötig an der Straßenoberfläche zu bleiben, stieg Viktor in den Schacht und zog den Deckel hinter sich zurück in den Rahmen. Im Schein der Taschenlampe sah Friedrich sein Gesicht. Obwohl Viktor blass war, wirkte er auf gewisse Weise erleichtert, endlich in der Kanalisation zu sein. Aber auch Friedrich selbst schien kein anderer Ort in Berlin derzeit sicherer zu sein als der enge Kanalschacht.

»Und kannst du den großen Kanal am Ende schon sehen?«, flüsterte Viktor leise.

Friedrich kniete sich hin und leuchtete in die schmale Röhre, die in Richtung Unter den Linden führte. »Nein, der ist noch zu weit weg, aber es sieht so aus, als sei der Kanal intakt und leer.« Beim Anblick der kreisrunden Ziegelstein-Röhre, die, bedingt durch den schwachen Schein der Taschenlampe, schon nach wenigen Metern in einem schwarzen Loch zu enden schien, musste Friedrich kurz an seinen Vater und die anderen Weinbauern denken, die ihn im Alter von 11 Jahren zum ersten Mal in eins der großen hölzernen Genossenschaftsweinfässer geschickt hatten, um es von innen zu säubern. Auch wenn er sich damals vor der Enge, den Faulgasen und der Dunkelheit in den riesigen Eichenfässern gefürchtet hatte, wollte er sich vor allem vor seinem Vater beweisen und seinen Mann stehen. Als er das Fass nach der Reinigung verlassen hatte, hatte er den Triumph, seine Ängste überwunden zu haben, verspürt. Wer das geschafft hat, wird auch diese 70 Meter schaffen!, dachte er sich und befestigte die Taschenlampe am Gurt seines Rucksackes, den er sich vor die Brust gebunden hatte, um sich in der engen Röhre etwas besser bewegen zu können. Doch bevor er hineinkroch, schloss er kurz die Augen und versuchte, eine andere prägende Erinnerung aus seiner Jugend aus seinen Gedanken zu verdrängen. Dann atmete er noch einmal tief ein, kniete sich hin und schob sich auf allen vieren langsam in den Kanal.

Am Boden des Kanals fühlte er im Abwasser den schleimigen Sand, der sich dort angesammelt hatte. Mit jedem Meter, den er vorwärts kroch, schob er verfaulte Blätter, Dreck und Exkremente vor sich her. Er spürte, wie das kalte Brackwasser in seine Stiefel rann und wie es langsam seine Hosenbeine und Ärmel hinaufkroch. Schon nach ein paar Metern fühlte Friedrich, wie seine Beklemmung in der engen Röhre zunahm. Er zwang sich dazu, all seine Konzentration nur auf das Ende der Röhre zu fokussieren, keinesfalls in Panik zu verfallen und auf Unvorhergesehenes, wie Ratten, Kakerlaken oder sonstige Hindernisse, rational und mit Bedacht zu reagieren. Im Gegensatz zum Einstiegsschacht war der Gestank in der engen Röhre nun um ein Vielfaches intensiver, sodass er nur noch durch den Mund atmete.

Viktor folgte ihm durch den Kanal. Seine hektische Atmung hallte in der engen Röhre und schien für Friedrich aus allen Richtungen zu kommen. Als sie ungefähr die Hälfte der Strecke hinter sich gebracht hatten, hörte Friedrich die würgenden Geräusche, als sich Viktor übergab. »Mach schneller, Mann! Das ist ja nicht zum Aushalten!«, drängelte er.

Langsam krochen sie weiter, bis Friedrich schließlich in der Dunkelheit am Ende der Röhre den quer verlaufenden Kanal, der unter Unter den Linden von West nach Ost führte, sehen konnte.

»Da ist er, Viktor! Ich kann die Abzweigung sehen. Nur noch zehn Meter. Lass uns kurz still sein, ob man was hören kann.« Friedrich hielt an und zwang sich für einen kurzen Moment, leiser zu atmen, was ihm angesichts der Anstrengung jedoch nicht wirklich gelang. Außer einem leisen und monotonen Hintergrundrauschen konnte er nichts hören, was ihm verdächtig erschien. Dann schob er sich die letzten Meter weiter in Richtung der Kanalabzweigung. Als er fast am Ende der Röhre angekommen war, tastete er nach seiner Taschenlampe. Langsam steckte er seinen Kopf in den quer verlaufenden Kanal und leuchtete erst nach rechts und dann nach links in die im Querschnitt an ein umgedrehtes Ei erinnernde Röhre.

»Und? Kannst Du was erkennen?«, fragte Viktor von hinten.

»Nein, nichts zu sehen, alles genauso wie im Hobrecht-Atlas beschrieben.«

Nacheinander zwängten sie sich in den zwar immer noch engen, aber im Vergleich zu der zurückliegenden Strecke komfortabel wirkenden Kanal, der es ihnen nun wenigstens ermöglichen würde, sich in gehockter Haltung zu bewegen. Sie gönnten sich eine kurze Verschnaufpause. Im Schein der Taschenlampe, die Friedrich mit einer kleinen runden Metallklappe, die an der Oberseite der Lampe angebracht war, etwas abdunkelte, sah er, wie Viktor seinen Kopf in den Nacken legte und die Augen schloss. Er atmete schwer, aber trotz der Strapazen lief ihm für eine Sekunde der Hauch eines erleichterten Lächelns über die Lippen. Zum ersten Mal, seit sie sich gemeinsam auf den Weg zum Bunker gemacht hatten, empfand Friedrich eine gewisse Verbundenheit mit ihm. Auch wenn er Viktor nach wie vor nicht sonderlich schätzte, respektierte er seinen Mut, sich durch die enge Röhre und vor allem durch die Dunkelheit gezwungen zu haben.

»Und wie weit müssen wir jetzt?«, fragte Viktor, in dessen Gesicht Reste des Erbrochenen klebten.

Friedrich zog den Hobrecht-Atlas aus seiner Manteltasche und öffnete ihn im Schein der Taschenlampe. »In ungefähr 80 Metern müsste in östlicher Richtung ein weiterer Einstiegsschacht kommen. Wenn wir uns an dem orientieren, können wir abzählen, wie viele wir noch passieren müssen, um dann in die Kanalabzweigung bei der *Neuen Wache* zu steigen. Insgesamt müssten das laut Hobrecht-Atlas elf Schächte sein. Hoffen wir, dass der Kanal bis dahin noch intakt ist, sonst müssen wir mitten auf Unter den Linden raus aus der Kanalisation oder zurück durch die kleine Röhre.«

Viktor schüttelte den Kopf. »Nie wieder werde ich da durchkriechen!«

»Der von jetzt ab vierte Einstiegsschacht könnte problematisch werden, da er sich praktisch direkt auf der Kreuzung Unter den Linden/Friedrichstraße befindet. Also unmittelbar unter den deutschen Stellungen!«

Er blickte Viktor an, der nur kurz nickte. »Ich weiß! Trotzdem dürfen wir keine Zeit verlieren. Also los!«

KAPITEL 22

Frankfurt (Lohrberg), ÖRF, Parkplatz Süd 2, 11. Oktober 2010, 17:12 Uhr

Markus zog die Autotür zu, atmete tief durch und genoss für einen Moment die Ruhe. Er war erleichtert und seine Anspannung nach der Sitzung mit Bernd Mühlbauer und Ingo ließ ein wenig nach. Obwohl er müde war, war es noch zu früh, um jetzt schon in das kleine Hotel am Fuße des Lohrbergs zu fahren, wo er sich für die Dauer der Hospitanz ein kleines Zimmer gemietet hatte. Vielmehr spürte er einen unwiderstehlichen Drang, die letzten Sonnenstrahlen des Tages zu genießen, an der frischen Luft zu sein und etwas Musik zu hören. Er schob den Schlüssel in den Anlasser und drückte den Startknopf. Mit geübten Handgriffen öffnete er das elektrische Verdeck, legte den Anschnallgurt an und aktivierte seinen iPod. In diesem Moment konnte es ihm nicht schnell genug gehen, das ÖRF-Gelände endlich zu verlassen und in irgendeine Richtung, am besten über endlose Landstraßen mit wenig Verkehr, zu fahren und sich der Musik und seinen Gedanken hinzugeben. Bereits seit seinem Schüleraustauschjahr in den USA war Autofahren für Markus zu einer Art Kurztherapie geworden. Nirgendwo konnte er besser entspannen. Für Markus bedeutete Autofahren nicht einfach nur, von einem Ort zum anderen zu gelangen, vielmehr war es seine ganz eigene Art, Stress abzubauen und Ruhe zu finden. Nur in seinem Auto war es ihm wenigstens für einen kurzen Moment möglich, auf eine kleine Insel inmitten eines Ozeans aus wirren Gedanken und Emotionen zu flüchten. Nur hier konnte er, wie er es nannte, Gedanken zu Ende denken und Eindrücke Revue passieren lassen, um wieder einen klaren Kopf zu bekommen. Auch wenn es ihm nie jemand wirklich glauben wollte, war das Cabrio für Markus kein Statussymbol. Gerade in den letzten schwierigen Monaten war es für ihn zu einem der letzten Orte geworden, an dem er sich sicher und geborgen fühlte. Ein 218 PS starkes Fluchtfahrzeug aus der Realität seines Alltags, das ihn für kurze Zeit seinen inneren Frieden finden ließ.

Als er das ÖRF-Gelände verließ, schien ihm die warme, tief stehende Sonne ins Gesicht. Der laue Herbstwind wehte ihm durch die Haare und ein kleiner Schauer lief ihm über den Rücken. Da der Lohrberg am Rande von Frankfurt lag, dauerte es auch nicht lange, bis Markus von der ländlichen Idylle der Wetterau umgeben war. Die lang gezogenen Landstraßen und die monotonen Klänge von Mobys *Inside* ließen ihn schnell ruhiger werden.

Nachdem er einige kleine Dörfer durchquert hatte, sah er im Vorbeifahren an einer Bushaltestelle eine junge Frau, deren Aussehen ihn unweigerlich an Britta, seine letzte Freundin aus Tübingen, erinnerte. Er hatte Britta kurz nach seinem bestandenen Examen im *Muchacho* kennengelernt. Sie war damals erst 18, aber der Altersunterschied von fast acht Jahren war ihm egal gewesen. Vielmehr hatte er sogar die abwertenden Blicke und Kommentare seiner gleichaltrigen Kommilitoninnen genossen, die ihm im schlimmsten Fall Pädophilie unterstellt hatten. Die Ansichten seiner männlichen Freunde waren in Bezug auf Britta etwas heterogener und auch liberaler gewesen. Manche hatten zwar hinter seinem Rücken über ihn gelacht, andere hatten beim Anblick der eigenen gleichaltrigen Freundin durchaus Verständnis für Markus gezeigt und einige wenige hatten ihn insgeheim sogar beneidet. Er wusste damals genau, dass die Beziehung mit Britta nicht von Dauer sein würde und spätestens am Druck der gesellschaftlichen Norm irgendwann scheitern musste. Aber zu jener Zeit war die Affäre mit Britta seine ganz persönliche Rebellion gegen die Spießigkeit der Gesellschaft, die Monate andauernde Anbiederung an die Professoren und die Prüfungsverordnung, der er sich unterwerfen musste, gewesen. Sie war Ausdruck seiner nach dem bestandenen Studium eingebildeten neuen grenzenlosen Freiheit. Waren es anfangs vor allem ihre gute Figur und ihr süßes Gesicht gewesen, die ihn angemacht hatten, hatte er mit zunehmender Dauer der Beziehung wirkliche Gefühle für Britta entwickelt. Was er mochte, war das scheinbar Unkomplizierte an ihrer Person, die Leichtigkeit und Unbeschwertheit ihrer Gedanken. Im Gegensatz zu seinen vorherigen Freundinnen war Britta altersbedingt noch weit davon entfernt, sich Gedanken über private Zahnzusatzversicherungen oder Cellulitis zu machen. Sie verliebte sich in ihrer jugendlichen Arglosigkeit in das, was sie sah. Die Tatsache, dass er über mehr Lebenserfahrung als sie verfügte, gab ihm mit der Zeit allerdings weniger das Gefühl, ihr überlegen zu sein oder gebraucht zu werden, sondern es erzeugte die Illusion, gemeinsam mit ihr in einer naiveren, aber unbeschwerteren Realität leben zu dürfen. Doch mit dem Auftauchen seiner zweiten inneren Stimme, die auch seine berufliche Selbstständigkeit im *Muchacho* als Lüge entlarvte, war auch die Beziehung zu Britta in seinem Unterbewusstsein infrage gestellt worden. Und so kam es nach nur zweieinhalb Monaten zu einem theatralischen und tränenreichen Beziehungsende an einem lauen Sommerabend vor der Damentoilette des Neckarmüller Biergartens.

Beim Ortseingangsschild von Altenstadt setzte sich Markus' Müdigkeit langsam durch. An einer Bushaltestelle hielt er kurz an und gab seinem Navi den Befehl, ihn zurück zum Hotel zu lotsen. Doch bevor er losfuhr, suchte er in seinem iPod nach einem Lied, das er schon lange nicht mehr gehört hatte und das ihn an eine andere Frau, die er in Tübingen kennengelernt hatte, erinnerte. Nach einigen Sekunden hatte er es gefunden. Mit *You've lost that love in feeling* von den Rightous Brothers verband Markus vor allem eins: Jutta Assler. Markus musste kurz schmunzeln, als er die ersten Töne des Liedes hörte. Er legte den ersten Gang ein und fuhr Richtung Hotel.

Jutta war eine jener guten Freundinnen, bei der einem der beste Freund schnell prophezeite, dass es nur eine Frage der Zeit sei, bis aus der Freundschaft mehr entstehen würde. Echte dauerhafte Freundschaften zwischen beiden Geschlechtern gab es nach Einschätzung der meisten Männer ohnehin nicht. Doch genauso vorhersehbar wie die Warnung von Markus' bestem Freund Martin war auch seine Antwort darauf gewesen: »Jutta und ich? Niemals! Die ist nicht mal mein Typ!« Und allen Prophezeiungen und Unkenrufen zum Trotz hatte die platonische Freundschaft zwischen Markus und Jutta länger gehalten, als erwartet. Er hatte sie am Tag seiner Immatrikulation in der Uni kennengelernt, als sie ihm aus Mitleid mit seiner heillosen Überforderung bei den einfachsten Einschreibungsformalitäten zu Hilfe gekommen war. Für Markus war Jutta seit der ersten Sekunde die personifizierte Verantwortung, Strebsamkeit und höchste Moralinstanz, und somit das komplette Gegenteil seiner selbst. Auch äußerlich spiegelte sie das Bild wider, das Markus seit ihrer ersten Begegnung von ihr hatte. Jutta Assler verteufelte Make-up jeglicher Art, war nicht dick, aber auch nicht wirklich schlank. Dennoch schien es kein Problem darzustellen, dass sie beide grundsätzlich konträren Lebensphilosophien anhingen. Während er mit seinen Freunden samstags von Studentenparty zu Studentenparty zog und sich volllaufen lies, blieb Jutta zu Hause, trank Tee, las Bücher oder machte als Letzte das Licht in der Universitätsbibliothek aus. Erst am nächsten Tag, meist gegen 14:00 Uhr trafen sich beide im *Café Kowalski*, was spätestens nach einem Semester zu ihrem Sonntags-Ritual geworden war. Er saß verkatert vor einem Teller mit Weißwürsten und süßem Senf, um seinem Körper irgendwie die fehlenden Mineralien und Salze zurückzugeben, und sie mit einem Pfefferminztee und verschränkten Armen vor ihm. Die Gesprächsthemen waren anfangs immer dieselben. Jutta hielt ihm ihre Standardpredigt, dass sein Lebenswandel auf Dauer nicht gesund sei, er sich besser auf wichtigere Dinge im Leben konzentrieren sollte und dringend die Auswahl seiner One-Night-Stands überprüfen solle. Dennoch profitierten beide von den sonntäglichen Treffen. Er gab ihr das Gefühl, überhaupt in irgendeiner Form am sozialen Leben teilzunehmen, und sie gab ihm im Gegenzug die Möglichkeit, quasi eine Beichte ablegen zu können und somit für die kommende Woche geläutert zu sein. Lediglich die Tatsache, dass Markus sich für eine acht Jahre jüngere hauptberufliche Biergartenkellnerin als Freundin entschieden hatte, stellte ihre Freundschaft gegen Ende seines Studiums auf eine harte Bewährungsprobe. Doch eine Kombination aus Mitleid und seinem Charme ließen ihr Herz immer wieder aufs Neue erweichen. Hinzu kam, dass die unfehlbare Jutta doch eine Achillesferse besaß: Sie konnte rebellischen Chaoten, die wie kleine Lausbuben, nachdem sie die Keksdose geplündert hatten, mit Dackelblick um Verzeihung baten, einfach nicht widerstehen. Aber auch nachdem Markus' andere Freundinnen ihn wieder und wieder ermahnt hatten, Juttas Gutmütigkeit nicht auszunutzen, war er sich damals sicher gewesen, dass ein unausgesprochener Konsens über ihre platonische Beziehung und somit kein Grund zur Sorge bestand. Doch so, wie sich Markus in den Monaten nach seinem Examen verändert hatte, hatte sich auch die Beziehung zu Jutta verändert. Auf die sonntäglichen Moralpredigten hatte Markus zunehmend mürrisch und aggressiv reagiert, denn sie schienen den gleichen Inhalt und Duktus zu haben wie seine neue innere Stimme. So war es immer häufiger zu echten Streits zwischen beiden gekommen, nach denen sie tagelang nicht miteinander redeten. Zu allem Überfluss traf Markus an jenem besagten lauen Sommerabend, als er sich von Britta getrennt hatte, eine folgenschwere Entscheidung und klingelte nachts sturzbetrunken an Juttas Tür. Zu den Klängen von den *Righteous Brothers* passierte letztlich doch das, was nicht hätte passieren sollen … Am kommenden Morgen hätte Markus sich gewünscht, einen Filmriss zu haben, aber neben einem Kater bisher unbekannten Ausmaßes fand er eine scheinbar glückliche, sich an ihn schmiegende Jutta neben sich.

Als das Lied ausklang, entschloss Markus sich kurzfristig, doch noch nicht zum Hotel zurückzufahren, und so bog er von der Landstraße in einen kleinen betonierten Weg ab. Der Weg führte durch ein Waldstück, bis er auf einer kleinen Anhöhe endete, von der man weit ins Land sehen konnte. Markus stoppte den BMW, stieg aus und setzte sich auf die Motorhaube. Doch trotz der beeindruckenden Aussicht und des tiefroten Abendhimmels konnte er sich nicht wirklich entspannen. Zum ersten Mal seit jenem Tag schämte er sich für seine Feigheit, sich bei Jutta nach all den Monaten für den Fauxpas nicht einmal entschuldigt oder wenigstens mit ihr darüber geredet zu haben. Kurz entschlossen zog er sein iPhone aus der Hosentasche und betrachtete das Display. Sei ein Mann und ruf' sie einfach an! Du wirst schon sehen, was passiert, und außerdem ist sie genauso schuld an der Sache wie du. Wie oft kommt es vor, dass zwei im Suff in der Kiste landen? Jeden Tag, tausendmal! Also, wo ist das Problem? Doch irgendetwas hinderte ihn daran, ihre Nummer zu wählen, gerade jetzt, wo er ihr sogar vom ÖRF hätte erzählen können und dass er etwas Sinnvolles in seinem Leben tun würde. Einen Moment überlegte er noch, aber dann schob er das Telefon wieder in die Hosentasche und atmete tief ein. Er vermisste Jutta.

KAPITEL 23

Frankfurt (Lohrberg), ÖRF – Geschichtsredaktion, Süd 2, Büro von Ulrike Albus-Schriener, 18. Oktober 2010, 10:01 Uhr

Ulrike Albus-Schriener ließ es sich nicht anmerken, aber sie freute sich über den Anblick, den ihr die vor ihrem Schreibtisch sitzende adrett gekleidete junge Frau mit dem streng gebundenen französischen Zopf bot. »Zunächst einmal möchte ich Sie hier herzlich willkommen heißen, Frau Knecht. Und erlauben Sie mir gleich zu Beginn die persönliche Bemerkung, wie schön es ist, dass sich auch einmal eine junge Studentin für die ÖRF-Geschichtsredaktion interessiert. Vor allem, wenn sie mit so ausgezeichneten Bachelor-Noten brilliert wie Sie.« Ulrike Albus-Schriener streckte der jungen Frau ihre knöcherne Hand entgegen und lächelte. »Mein Name ist Albus-Schriener und ich bin die Personalbeauftragte der Redaktion.«

Die blonde Frau auf der anderen Seite des Schreibtisches ergriff ihre Hand. »Marie Knecht, und danke, dass Sie sich für mich Zeit nehmen. Auch ich möchte mich noch einmal herzlich dafür bedanken, hier eine Hospitanz machen zu dürfen. Da ich weiß, wie viele Studenten sich hierfür bewerben, ist das wirklich eine tolle Chance.«

Ulrike Albus-Schriener lehnte sich zufrieden in ihrem Schreibtischsessel zurück und faltete wie gewohnt ihre Hände ineinander. Sie strahlte über das ganze Gesicht und für einen kurzen Moment erwischte sie sich dabei, die vor ihr sitzende neue Hospitantin am liebsten umarmen zu wollen. Sie betrachtete die junge Frau wie ein fast vollkommenes Kunstwerk und vergaß für einige Sekunden die Zeit. Marie Knecht räusperte sich kurz, um auf die langsam unangenehm werdende Situation aufmerksam zu machen.

»Äh, ja!«, Ulrike Albus-Schriener besann sich und wechselte wieder zu ihrer gewohnten Professionalität. »Also, Frau Knecht, unsere Redaktion bietet viel für junge engagierte Studentinnen, die das Fernsehen kennenlernen möchten. Für jemanden wie Sie wäre es sicher sehr interessant, einmal zusammen mit einer Redakteurin in den Schnitt zu gehen oder bei einem Dreh zu assistieren. Aber es gibt natürlich auch noch andere Möglichkeiten, wie die Sprachaufnahmen, die Insertierungen, die Recherche oder das Archiv. Daher würde ich vorschlagen …«

»Das Archiv«, fiel ihr Marie Knecht fast zu energisch ins Wort, sie rutschte auf ihrem Stuhl unruhig hin und her, »das würde mich sehr interessieren!«

»Das Archiv?« Ulrike Albus-Schriener zog verwundert die Augenbrauen zusammen.

»Ich möchte natürlich nicht aufdringlich erscheinen, aber auch in der Universität macht mir die Literaturrecherche besonders viel Spaß und da die ÖRF-Geschichtsredaktion so bekannt für ihren wissenschaftlich korrekten Umgang mit historischen Quellen ist, dachte ich, dass ich quasi von den Profis noch viel lernen kann.« Marie lächelte Ulrike Albus-Schriener an, die immer noch mit einem ungläubigen Gesichtsausdruck vor ihr saß.

»Nun, um ehrlich zu sein, hat Ihr Wunsch Seltenheitswert. Ich bin es gewohnt, dass die meisten Studenten einen großen Bogen um das Archiv machen wollen und eher am

Fernsehen interessiert sind, als an der, natürlich wichtigen, aber manchmal auch etwas trockenen Vorrecherche. Aber natürlich gerne! Ich, ich weiß gar nicht, was ich sagen soll!« Ulrike Albus-Schrieners Herz schien aufzublühen, sodass sie ebenfalls begann, unruhig auf ihrem Stuhl hin und her zu rutschen. Nach Jahren der intellektuellen Entbehrung schien die alternde Personalbeauftragte nun erstmals eine akademische Perle in der Masse der, ihrer Meinung nach, allzu oft arroganten und im Großen und Ganzen unfähigen männlichen Hospitanten gefunden zu haben. Das Lächeln kehrte in ihre hageren Gesichtszüge zurück. Sie zog den Stuhl mit sichtbarer Anstrengung näher an den Schreibtisch heran und hob die Hand, um ihrem Gegenüber zu signalisieren, dass sie eine Idee habe. Sie setzte ihre an beiden Enden spitz zulaufende Brille, die an einem Bändchen baumelte, auf ihre Nase und öffnete den vor ihr liegenden Ordner. Mit ihrem langen dünnen Zeigefinger fuhr sie eine Namensliste entlang. Für einen Moment breitete sich Stille in Ulrike Albus-Schrieners Büro aus, die lediglich von dem leise gurgelnden Geräusch der alten Kaffeemaschine unterbrochen wurde. »Ah, da steht es!«, sagte sie. »Verflixt noch mal, hab ich es doch gewusst.« Sie sah zu Marie Knecht und nahm ihre Brille ab. »Tja, Frau Knecht, manchmal ist einfach der Wurm drin. Es wäre besser gewesen, wenn Sie schon vor zwei Wochen bei uns angefangen hätten, denn zurzeit haben wir schon einen Hospitanten, der uns im Archiv unterstützt, oder es zumindest versucht.« Bei dem Gedanken an Markus Weidental verfinsterte sich ihre Miene. Sie lehnte sich zurück und rieb sich die Augen. »Leider kann ich es vor der Redaktionsleitung nicht verantworten, gleichzeitig zwei Hospitanten mit Archivaufgaben zu betrauen. Auch sind die Zugangsberechtigungen für das ÖRF-Archiv limitiert. Es gibt immer nur zwei pro Redaktion und die sind, wie gesagt, bereits vergeben. So was Dummes auch!«

»Ist doch kein Problem, Frau Albus-Schriener. Ich bin froh, überhaupt hier zu sein, und natürlich interessiere ich mich auch brennend für alles andere, was Sie hier in der Redaktion machen.« Marie Knecht stellte ihre Handtasche auf die Knie, sodass ihre Haltung noch devoter wirkte. »Vielleicht ist es ja auch möglich, das Archiv nur einmal zu besuchen. Ich könnte doch mit einem der anderen Hospitanten mitgehen und es mir zeigen lassen. Natürlich nur, wenn es die Arbeit zeitlich zulässt.«

Ulrike Albus-Schriener blickte sie skeptisch an. »Es ist leider nur ein anderer Hospitant da und von dem werden Sie kaum etwas lernen können…«, äußerte sie schnippisch, »… glauben Sie mir! Da halten Sie sich besser an Herrn Petersen.« Ihre Stimme klang kalt. »Der ist kein Hospitant mehr und hat bereits einige Erfahrung im Umgang mit dem Archiv.« Sie seufzte. »Ich verspreche Ihnen aber, noch mal mit einigen Redakteuren zu reden, ob außer Dr. Zauner nicht noch jemand eine kompetente Archivrechercheurin wie Sie benötigt. Vielleicht können wir dann doch eine Ausnahme für Sie machen. Erst mal würde ich Sie aber der Kollegin Starrosta zuteilen. Beate ist gerade mit einer Dokumentation über »Hitlers Machtergreifung« beschäftigt. Sie ist sehr nett und von ihr können Sie wirklich viel lernen. Ich gebe Beate Bescheid, damit Sie sich heute im Laufe des Tages kennenlernen können. Tja, und mit dem Archiv müssten Sie wie gesagt mit Herrn Petersen oder dem Weidental, das ist der andere Hospitant, sprechen. Einer der beiden wird Ihnen sicher das

Archiv zeigen. Sie müssten sich dann nur einen Ausweis ausleihen, um Zugang zum Archiv zu bekommen.« Sie sah Marie Knecht noch mal für einen Moment über den Rand ihrer Brille hinweg an und lächelte zufrieden. »Ich kann es immer noch nicht glauben! Endlich eine junge Nachwuchskraft, die sich für die wahre Geschichtsforschung interessiert. Dass ich das noch erleben darf! Oje, wie unhöflich von mir – jetzt hab ich glatt vergessen, Ihnen eine Tasse Kaffee anzubieten!« Ulrike Albus-Schriener freute sich sichtlich, stand auf und klatschte zweimal in die Hände. »Kommen Sie, das mit dem Kaffee holen wir sofort zusammen nach und erledigen nebenbei noch ein paar Formalitäten. Dann zeige ich Ihnen Ihr Büro.«

KAPITEL 24

Berlin, Kanalisation unter Unter den Linden, 1. Mai 1945, 01:51 Uhr

Langsam schoben sich Friedrich und Viktor in gebückter Haltung durch den aus roten Ziegelsteinen gemauerten Kanal. Der Gestank in diesem Teil war etwas erträglicher als zuvor. Das Abwasser der Kanalisation hatte Friedrichs Lederstiefel bereits durchdrungen und drückte sich bei jedem Schritt mit einem unangenehmen Gefühl durch seine Zehen. Wie eine schwere Schleppe zog er den nassen Mantel hinter sich her, und seine Hose und sein Hemd klebten feucht auf seiner Haut. Das Vorankommen in dem nur 1,40 Meter hohen Kanal war anstrengend und beschwerlich. Schweiß lief ihm an Stirn und Schläfe herunter und sammelte sich in regelmäßigen Abständen in dicken Tropfen an seiner Nasenspitze. Wie schon im kleinen Zugangskanal, den sie zuvor durchkrochen hatten, waren ihr Keuchen und ihre Schritte im Abwasser ungewöhnlich laut zu hören. Sie einigten sich darauf, alle 40 Schritte anzuhalten, die Taschenlampe kurz auszuschalten und in völliger Dunkelheit zu überprüfen, ob etwas in der Kanalröhre zu hören war. Um sich abzulenken, zählte Friedrich nicht nur seine Schritte, sondern auch die kleinen Regenwasserzuleitungen, die von den Gully-Deckeln an der Straßenoberfläche alle 15 Meter seitlich in den Kanal führten. Ratten streckten, angelockt vom Schein der Taschenlampe, von Zeit zu Zeit ihre Köpfe kurz aus den kleinen Abwasserzuleitungen der Häuser. Immer noch zwang sich Friedrich dazu, sich ausschließlich auf das schwarze Nichts am Ende des Lichtkegels zu konzentrieren. Alles, was direkt vor ihm im Abwasser trieb, versuchte er zu ignorieren, doch der Kanal war zu niedrig, um den Dreck und die Exkremente zwischen den verrottenden Blättern nicht wahrzunehmen. Die Strecke bis zum dritten Einstiegsschacht konnten sie bis auf einige angestaute Dreckhaufen und Ziegelsteine, die sich durch die Erschütterungen der Bomben gelöst hatten, und die sie aus dem Weg räumen mussten, relativ problemlos passieren. Jeweils einige Meter vor den Einstiegsschächten löschten sie das Licht, tasteten sich in der Dunkelheit leise und vorsichtig an den Schachtdeckeln vorbei, um zu vermeiden, dass von außen jemand den Lichtschein in der Kanalisation sehen konnte. Doch mit jeder Minute, die Friedrich länger in der engen Kanalisation verbringen musste, stieg seine Beklemmung. Ohne dass es ihm bewusst auffiel, ließen die Dunkelheit und die Enge der Röhre scheinbar vergessene Erinnerungen aus seiner Kindheit langsam wieder in ihm aufsteigen.

Nach weiteren 40 Schritten hielten sie erneut an und horchten in den Kanal. Doch diesmal konnte Friedrich neben dem Hintergrundrauschen noch etwas anderes in der Ferne ausmachen. Ein deutliches Plätschern, das sich wie ein kleines Rinnsal anhörte, welches von der Straßenoberfläche in den Kanal zu laufen schien. Ohne Viktor zu warnen, schaltete Friedrich abrupt die Taschenlampe aus. »Hörst du das?«, flüsterte er ihm zu.

»Nein, was denn?«

»Ich glaube, es hat wieder angefangen zu regnen. Das muss Wasser sein, das von der Straße in den Kanal läuft. Außerdem müsste da vorne der vierte Einstiegsschacht liegen. Wenn ich mich nicht verzählt habe, ist das der Schacht direkt unter den Verteidigungsstellungen an der Friedrichsstraße.«

»Ja, jetzt kann ich es auch hören. Lass uns ab hier lieber ohne Licht weitergehen!«, flüsterte Viktor zurück. »Wenn die den Lichtschein im Kanal sehen, sind wir erledigt!«

Friedrich zögerte einen Moment. »Schon ab hier? Das sind dann aber mindestens 30 Meter!«

»Ja, ich weiß, aber lass uns auf Nummer sicher gehen! Oder ist das ein Problem?

»Nein, nein! Kein Problem! Ich …« Plötzlich erinnerte sich Friedrich wieder an seine Kindertage in Bockenheim, und er konnte das unangenehme Gefühl der Beklemmung, das ihn schon die ganze Zeit in der Kanalisation begleitete, endlich zuordnen. Obwohl sein Körper mit einem flauen Gefühl im Magen erste Warnsignale aussendete, wollte er sich vor Viktor nicht die Blöße geben und ignorierte sie. Dann löschte er die Taschenlampe und sie tasteten sich in völliger Dunkelheit weiter in Richtung des Einstiegsschachtes vor. Auch wenn Friedrich nichts erkennen konnte, war er sich schon nach wenigen Metern sicher, dem Schacht ganz nahe zu sein. Nach ein paar weiteren Schritten hörte er das Plätschern des Rinnsals direkt vor sich. Langsam streckte er seine Hand aus und spürte, wie ihm das kalte Wasser, das von der Straßenoberfläche heruntertropfte, über den Handrücken lief. Er fuhr prüfend mit den Händen über die Wand, bis er die Öffnung zum Schacht an der Oberseite des Kanals fühlen konnte. Langsam und bemüht, keine verräterischen Geräusche zu machen, richtete er sich auf, bis er zur Hälfte mit seinem Oberkörper im Einstiegsschacht stand. Mit zusammengekniffenen Augen sah er nach oben, doch durch die Dunkelheit, die ihn wie schwarzes Pech umgab, drang nicht das geringste Licht. Er spürte das kalte Wasser, das von der Unterseite des Schachtdeckels auf ihn herabtropfte, in seinem Gesicht. Er hielt den Atem an und verharrte reglos in seiner Position. Im Hintergrund nahm er den dumpfen Gefechtslärm wahr, der die Straßen Berlins immer noch erfüllte. Dann, für einen kurzen Moment, konnte er ganz leises Stimmengemurmel in der Nähe des Schachtes hören. Er spürte, wie sein Herz schneller zu schlagen begann. Offenbar sprachen einige deutsche Soldaten direkt über ihm miteinander. Über was sie sich unterhielten, konnte er nicht verstehen, aber dem ruhigen Klang ihrer Stimmen nach befanden sie sich nicht in Kampfhandlungen. Langsam ging Friedrich in die Hocke. Er drehte sich zu seinem

Begleiter, tastete in der Dunkelheit nach dessen Mantel und zog ihn vorsichtig zu sich, bis er Viktors Kopf an seiner Wange spürte. »Ich glaube, die sind direkt über uns«, raunte er ihm tonlos ins Ohr. »Lass uns weitergehen!«

Er fühlte, wie Viktor nickte. Langsam schlichen sie weiter. Obwohl es ihm schwergefallen war, hatte Friedrich sich dazu entschlossen, die Taschenlampe erst ein gutes Stück vom Einstiegsschacht entfernt wieder einzuschalten, doch die Beklemmung in der völligen Dunkelheit wurde ihm nun schier unerträglich.

Stück für Stück schob er seinen Stiefel vorwärts, bis er plötzlich gegen einen kleinen harten Gegenstand am Boden des Kanals stieß. Sofort schossen ihm Günsches Warnungen von Sprengfallen und Mienen durch den Kopf. Sein Magen zog sich zusammen. Dann wähnte er in der Dunkelheit direkt vor sich einen Schatten. Einen schemenhaften Umriss. Er streckte die Hand aus, griff aber ins Leere. Trotzdem war er sich sicher, dass sich vor ihm etwas befand. Der Schatten schien kurz von ihm zurückzuweichen, dann aber wieder auf ihn zuzukommen. Sein Herz schlug ihm nun bis zum Hals und ein Gefühl der Panik stieg in ihm empor. Er versuchte sich dagegen zu wehren, aber sein Unterbewusstsein war stärker. Kraftlos fiel er auf die Knie. Um Halt zu finden, versuchte er sich mit den Unterarmen fest gegen die Kanalwand zu stemmen.

Jetzt merkte auch Viktor, dass etwas mit Friedrich nicht stimmte. »Was ist? Was hast du?«, murmelte er und versuchte Friedrich von hinten an die Schulter zu fassen. Er verfehlte ihn jedoch und streifte stattdessen leicht sein Ohr. Abermals zuckte Friedrich zusammen und fuhr panisch herum. Rückwärts stieß er sich von Viktor weg und fiel auf den Rücken. Für einen kurzen Moment verlor er die Orientierung. Hektische Atemgeräusche und das Plätschern des Regenwassers schienen für Friedrich nun aus allen Richtungen gleichzeitig zu kommen. Mit zitternder Hand griff er nach der Taschenlampe und schaltete sie ein.

»Spinnst du, mach das Licht sofort aus!«, zischte ihm Viktor leise zu.

Friedrich nahm seine Worte kaum wahr. Hektisch drehte er sich um. Doch vor ihm im Kanal konnte er bis auf einige Ziegelsteine, die aus der Decke gefallen waren, nichts erkennen, weder eine Sprengfalle noch etwas, was den Schatten hätte erklären können.

»Beruhig dich, Friedrich!«, wisperte Viktor mit leiser, aber fester Stimme, »da ist nichts!«

»All… alles in Ordnung!«, stammelte Friedrich und versuchte sich zu fassen. »Ich dachte, ich hätte was gesehen.« Im Abwasser liegend, drehte er sich langsam zu Viktor um und fuhr sich mit der Hand über sein nasses Gesicht. »Es ist die Dunkelheit! Ich kann, ich kann nicht …«, flüsterte Friedrich und sah Viktor an. Der nickte, antwortete aber nicht. Er kniete sich erschöpft vor ihn hin.

Friedrich schloss die Augen, um sich für einen Moment zu sammeln. Noch immer atmete er hektisch. Er war froh, nicht mehr der Dunkelheit ausgeliefert zu sein. Als er die Augen wieder öffnete, sah er, wie Viktor ihm die Hand hilfsbereit entgegenstreckte. »Wir müssen jetzt weiter, Friedrich!«, sagte er mit ruhiger Stimme. Friedrich zögerte einen Augenblick, ließ sich dann aber von seinem Kameraden wieder auf die Beine ziehen. Auch wenn er das nie für möglich gehalten hätte, war er froh, dass Viktor in diesem Moment bei ihm war. Trotzdem konnte er sich nicht einmal ein knappes »Danke« abringen.

Als sie sich schließlich auf den Weg zum nächsten Einstiegsschacht machten, strömten Friedrich unzählige Gedanken und Erinnerungen durch den Kopf.

Niemals!« Friedrich lachte höhnisch auf und warf einen Stein in den kleinen Weiher, der am Dorfrand von Bockenheim gelegen war. »Du glaubst doch nicht wirklich, dass dass die Fürther die Fußballmeister werden. Ich wette, Kirsei und Ruch werden morgen jeweils ein Tor machen und Hertha wird Meister.« Friedrich sah, wie sich die Wellen, die der Stein im Wasser aufgeworfen hatte, langsam ringförmig ausbreiteten. Die Holzplanken des Stegs, auf dem er mit seinem besten Freund Walter saß, waren durch die Junisonne aufgeheizt. Friedrich spürte die angenehme und wohltuende Wärme durch seine kurzen Lederhosen. Seine Füße baumelten über den Rand des Steges und berührten leicht die kühle Wasseroberfläche.

»Glaub ich nicht!«, erwiderte Walter und warf ebenfalls einen Stein ins Wasser. »Willy Ascherl wird das schon richten. Der hat auch schon drei Tore geschossen. Ich glaub, Fürth macht das dieses Jahr. Schade ist aber, dass Dresden schon ausgeschieden ist.«

»Wieso denn Dresden?«, erkundigte sich Friedrich verwundert. »Seit wann bist du denn Anhänger von denen?«

»Na, Vati kommt doch aus Dresden, wusstest du das nicht? Als ich noch klein war, sind meine Eltern als Heuerlinge zu Bauer Glabeck in der Stiegelgasse gezogen.«

»Aber Dresden war doch die letzten Jahre auch schon so schlecht!«

»Ja, das stimmt, leider!«, seufzte Walter und stand auf. Er sah sich um. Der idyllisch gelegene Bockenheimer Weiher wurde auf einer Seite von hohem Schilf und dicken Trauerweiden gesäumt, deren weit herabhängende Zweige und Blätter im Wind ein beruhigendes Rauschen erzeugten. Um nicht von der tief stehenden Sonne geblendet zu werden, hielt er sich die Hand über die Augen und sah auf die Uhr der Martinskirche, deren weißer Turm über die Kuppel der Weinberge ragte. »Es ist schon 20 vor sechs. Komm, ich muss nach Hause! Ich bin schon ganz ausgehungert und heute gibt es zur Abwechslung mal keine Graupensuppe.« Er nahm seine aus einem abgebrochenen Zweig selbst gebaute Angelrute und leerte die restlichen Regenwürmer aus einer alten Blechbüchse ins Wasser. »Komm endlich, oder willst du hierbleiben? Es ist schon spät.«

Aber Friedrich antwortete ihm nicht und blieb regungslos sitzen. Mit gesenktem Kopf starrte er aufs Wasser.

»Was ist? Du bist heute schon den ganzen Tag so komisch. Hat das immer noch mit deiner Prügelei mit Heinrich zu tun?«, fragte Walter und hockte sich neben ihn zurück auf den Steg.

Friedrich zuckte mit den Achseln.

»Na, nun komm schon!«, animierte ihn Walter. »Ich bin's, der Walle, dein bester Kumpel! Schon vergessen? Mir kannst du alles erzählen.« Er versuchte Friedrich in die Augen zu schauen, aber der wendete sich ab. »Hattest du wieder Ärger mit deinem Vater? Hat er dir wegen der Sache mit Heinrich auch noch mal eine Tracht Prügel verpasst?«

Friedrich schüttelte den Kopf. Er biss die Zähne zusammen und kämpfte gegen die Tränen an, die ihm langsam in die Augen stiegen.

Walter seufzte und legte die Hand auf die Schulter seines besten Freundes. »Aber es hat schon mit deinem Vater zu tun, oder?«

»Ja«, antwortete Friedrich mit gebrochener Stimme.

»Und das ist auch der Grund, warum du nicht heimgehen willst, stimmt's?«

Friedrich nickte und rieb sich schniefend mit dem Handrücken den Rotz von der Nase. Sie schwiegen einen Moment, bis Friedrich Walter ansah. Sein rechtes Auge war leicht blau angelaufen und seine Oberlippe an einer Stelle eingerissen. »Ich weiß einfach nicht mehr, was ich tun soll. Ständig hackt Vater auf mir herum.« Er zog die Nase hoch. »Nichts kann ich ihm recht machen. Ich soll endlich ein richtiger Mann werden. Das sagt er ständig!«

»Hat das etwa immer noch was mit dem doofen Weinfass zu tun, dass du von innen putzen solltest? Du hast doch gesagt, dass du da jetzt doch reingeklettert bist? So, wie er es wollte!«

»Ja, aber trotzdem sagt er immer noch, ich sei ein Schwächling und hätte vor allem Angst.«

»Und nur deswegen hat er dich verhauen?«

»Nein, aber gestern haben Vater, Mutter und ich nachmittags in der Kirche des ersten Todestages von Urgroßmutter Elisabeth gedacht.« Friedrich stand auf und ging ein paar Schritte über den Steg. Er drehte Walter den Rücken zu, um ihm nicht in die Augen sehen zu müssen. Ein warmer Windstoß wehte ihm durch seine kurzen blonden Haare. Er sah zum Horizont, der in der Ferne, entlang der flachen Hügel der Pfalz verlief. Dunkelblaue bis lilafarbene Wolken, die einen starken Kontrast zu den in der Sonne goldgelb leuchtenden Feldern bildeten, kündigten mit einem leisen Grollen ein Sommergewitter an. Friedrich steckte die Hände in seine Lederhose und sah zu Boden. Verlegen schubste er mit dem Fuß einige Steine vom Steg ins Wasser.

»Na, nun lass dir nicht alles aus der Nase ziehen!«, forderte ihn Walter auf.

Friedrich schüttelte den Kopf, aber nach einem Moment der Stille entschloss er sich, seinem besten Freund doch alles zu erzählen. »Nach der Andacht bat Mutti Vater und mich in der Familiengruft noch einen Blumenstrauß auf den Sarg von Urgroßmama zu legen, da sie schon heimwollte. Wegen ihrer Krankheit kann sie ja nicht mehr so lange.«

Walter stand auf, ging zu Friedrich und legte seinen Arm tröstend um dessen Schulter.

»Was ist passiert?«

»Wir sind dann aber nach der Kirche nicht zum Friedhof gegangen, jedenfalls nicht gleich. Vater wollte erst noch auf einen Wein im Gasthof in der Hollergasse vorbeischauen.« Friedrichs Stimme klang nun härter. »Du weißt schon, wie er es immer tut. Als wir ankamen, waren da der alte Gassner, der Neumüller und zwei andere Gutsbesitzer aus Neustadt.« Friedrich hob seinen Kopf, aber sein Blick wanderte ins Leere. Vor seinem inneren Auge sah er wieder alles vor sich. »Ich hasse diese Kerle! Die tun immer so, als seien sie Vaters beste Freunde, aber in Wirklichkeit lachen sie hinter seinem Rücken über ihn. Charlotte hat mir erzählt, was der Neumüller über Vater redet, wenn er nicht dabei ist. Sie sagen, dass er ein dummer Taugenichts sei, dass er das Familienerbe durchgebracht habe und er sowieso ein Trunkenbold sei. Sie haben Vater dann einen Wein nach dem anderen spendiert. Und was soll er auch machen? Sie sind ja die Gutsbesitzer und Vater nur der Knecht, da kann man nicht ablehnen. Erst haben sie so getan, als würden sie alles bezahlen, aber zum Schluss – obwohl sie genau wussten, dass Vater sich das nicht leisten kann – haben sie ihn vor allen laut aufgefordert, wenigstens eine Runde zu bezahlen. Als er das nicht konnte, haben sie ihn ausgelacht.« Er sah Walter mit zornigem Blick an. »Aber da konnte er schon nichts mehr sagen und lallte nur noch, wie leid ihm alles tut und dass er nächste Woche die Zeche bezahlen würde. Zum Schluss hat er sogar selbst mitgelacht. Als er dann endlich gehen wollte, sagte der Gassner zu allem Überfluss noch, dass vielleicht wenigstes aus mir etwas werden würde, da ich ja schon genau wüsste, wie man mit Mädchen aus gutem Hause spielt.«

»Oh nein, ich weiß, was jetzt kommt!«, seufzte Walter.

»Das hat das Fass zum Überlaufen gebracht. Du weißt ja, wie sehr Vater Charlotte hasst! Schon als wir die Schenke verlassen hatten, fasste er mich fest am Ohr und zerrte mich die Straße entlang. Es tut heute noch ganz doll weh. Er schlug mir immer wieder auf den Hinterkopf und schrie mich den ganzen Weg zum Friedhof an. Er sagte, ich sei ein elender Versager und eine Schande für die Familie und solle doch besser gleich Mädchenkleider tragen. Es war schon dunkel, als wir am Friedhof ankamen. Wir gingen zur Gruft und Vater öffnete die Holztür. Aber er ging nicht hinein, sondern hielt mir Mutters Blumenstrauß hin. Er griff mir in die Haare und zog mich ganz nah zu sich. Er drohte, wenn ich nicht sofort beweisen würde, dass ich ein echter Kerl sei und die Blumen auf Urgroßmutters Sarg legte, würde er …« Friedrich spürte, wie sich seine Augen langsam wieder mit Tränen füllten und er in einer Mischung aus Wut, Scham und Enttäuschung seine Hände zu Fäusten ballte, »… mich grün und blau schlagen.« Er schluckte und schwieg einen Augenblick, um gegen die Tränen anzukämpfen. »Ich wollte ihn daran erinnern, dass ich nun doch schon in das Weinfass geklettert bin, ich aber trotzdem immer noch Angst in dunklen geschlossenen Räumen habe. Aber er stieß mich einfach in die Gruft und schloss die Tür hinter mir.«

Walter merkte, dass Friedrich, sosehr er sich auch bemühte, seine Tränen nicht mehr zurückhalten konnte. Ohne dass er eine Miene verzog, liefen sie ihm über das Gesicht. Schnell wischte er sie mit seinem Ärmel ab. »Ich hab mir echt Mühe gegeben, Walle, aber du weißt ja, was mit mir da passiert. Ich hab es wirklich versucht. Aber es war da so dunkel und eng. Ich konnte nichts sehen und hab versucht, mich zum Sarg von Großmama vorzutasten. Ich hab ihn aber nicht gefunden. Der Geruch da drin war schrecklich. Nach ein paar Schritten muss ich wohl gegen einen der Holzsärge gestoßen sein. Als ich das dumpfe Geräusch hörte, konnte ich plötzlich das Wasser nicht mehr halten. Ich hatte einfach nur panische Angst.«

Walter spürte, wie Friedrich leicht zu zittern begann. »Alles gut!«, versuchte er ihn zu beruhigen und streichelte ihm leicht über den Rücken.

Friedrich schluchzte. »Ich kann mich erst wieder daran erinnern, dass Vater mich an den Füßen aus der Gruft gezogen hat. Noch auf dem Friedhof hat er mir dann eine Tracht Prügel verpasst, wie ich sie bisher noch nie erlebt habe.«

»Also hattest du gar keine Keilerei mit Heinrich?«

»Nein, ich hab dich angeflunkert, tut mir leid. Aber ich hab mich so geschämt. Als wir dann zu Hause waren, hat Mutter natürlich gesehen, wie geschwollen mein Gesicht war und dass meine Lippe und Nase geblutet hatten. Sie hat mich sofort ins Bett geschickt. Als ich oben war, habe ich gehört, wie sie sich wegen mir gestritten haben. Und dann hat er Mutter ebenfalls verprügelt. Das war so schrecklich. Sie hat wie am Spieß geschrien und bitterlich geweint.« Friedrich senkte den Kopf und wischte sich erneut die Tränen aus dem Gesicht. »Ich verstehe einfach nicht, warum er mich und Mutti nicht lieb hat. Ich versuche immer alles richtig zu machen! Aber egal, was ich tue, alles scheint falsch zu sein, und dafür schlägt er auch sie.« Für einen Moment standen sie schweigend auf dem Holzsteg. Walter drückte Friedrich fest an sich, wusste aber nicht, was er sagen oder wie er seinen besten Freund trösten sollte. Der Wind frischte leicht auf und das Rauschen in Blättern und Schilf nahm zu. In der Ferne schlug die Turmuhr der Martinskirsche sechsmal und erinnerte Walter daran, dass er nach Hause gehen musste. »Friedrich, komm, wir müssen!«, sagte er mit ruhiger Stimme. »Außerdem zieht das Gewitter in unsere Richtung und du kannst nicht ewig hierbleiben.«

Friedrich nickte langsam. Walter ließ ihn los, nahm seine Angel und die leere Blechdose wieder auf, bevor er über den Steg langsam Richtung Uferböschung ging. Als er bemerkte, dass Friedrich immer noch wie versteinert auf dem Steg stand, dreht er sich noch einmal zu ihm um. Er bemerkte seinen Gesichtsausdruck und erschrak. Die Augen seines Freundes waren nun hasserfüllt. Seine Trauer schien sich innerhalb von Sekunden in rasende Wut verwandelt zu haben. Friedrich ballte die Fäuste so fest zusammen, dass die Knöchel weiß unter der Haut hervortraten. Hinter ihm zuckte in der Ferne ein erster Blitz aus den dunkel heranziehenden Wolken und kurz darauf rollte das tiefe Grollen des Donners über die Felder. »Ich schwöre dir bei Gott, Walle! Ich werde nie wieder ein Schwächling sein! Es ist mir egal, wie oft er mich noch in meinem Leben verprügeln wird, aber ich werde nie wieder zulassen, dass er meinetwegen Mutter schlägt! Du kannst dir nicht vorstellen, wie sehr ich ihn dafür hasse! Einfach nur hasse, hasse, hasse!«

Das Licht der Taschenlampe flackerte plötzlich leicht, doch Friedrich war noch zu sehr in seine Erinnerungen versunken, um zu erkennen, dass die Batterie der Taschenlampe langsam an Kraft verlor und das Licht schwächer wurde. Unbeholfen bahnte er sich weiter seinen Weg durch die dunkle und stinkende Ziegelsteinröhre. Auch wenn er sich in den vergangenen Minuten wieder etwas gefangen hatte, spürte er noch die Nachwirkungen seiner Panikattacke. Seine Arme und Beine fühlten sich schwach und übersäuert an. Zusehends fiel es ihm jetzt auch schwerer, sich gegen seine Müdigkeit zu behaupten. Das Zählen der Schritte zwischen den Einstiegsschächten hatte er aufgegeben. Er konnte sich kaum länger als ein paar Sekunden konzentrieren, geschweige denn einen klaren Gedanken fassen. Mit Viktor im Schlepptau gelang es ihm dennoch, auch die letzten sechs Einstiegsschächte unentdeckt zu passieren. Ohne dass er es wirklich wahrgenommen hatte, war der Kanalpegel durch den Regen in der vergangenen Dreiviertelstunde kontinuierlich gestiegen, sodass seine Stiefel bereits zur Hälfte im Wasser standen.

»Friedrich, ich sehe nichts mehr«, keuchte Viktor leise von hinten. »Hast du die Lampe wieder ausgemacht?«

»Nein, wir müssen die Batterie wechseln. Lass uns aber erst mal die andere Lampe nehmen. Wir dürfen keine Zeit verlieren, das Wasser steigt schnell!« Friedrich hielt an und öffnete seinen Rucksack, den er immer noch vor der Brust trug. Er holte die zweite Taschenlampe heraus und schaltete sie ein. Ihr Lichtschein war deutlich heller, als Friedrich es erwartet hatte. Schnell klappte er die kleine runde

Metallklappe herunter, um sie abzudunkeln. Dennoch war der Schein immer noch hell genug, um die Abzweigung vor ihnen erkennen zu lassen, die in den Kanal unterhalb der Straße zwischen dem Zeughaus und der Neuen Wache in Richtung zur Museumsinsel führte.

KAPITEL 25

Frankfurt (Lohrberg), ÖRF, Parkplatz Süd 2, 18. Oktober 2010, 13:41 Uhr

Als Markus über den großen Parkplatz in Richtung Studiogebäude ging, erklang hinter ihm eine helle Frauenstimme. »Entschuldigung! Hallo?«

Markus blieb stehen, zögerte einen Moment, drehte sich dann aber um. Eine junge Frau winkte ihm zu und lief mit schnellen Schritten in seine Richtung.

»Warte bitte mal!« Als sie vor ihm zum Stehen kam, war sie etwas außer Atem. »Na, da hab ich dich ja gerade noch erwischt!« Sie lächelte und streckte ihm ihre Hand entgegen. »Du musst Markus sein, stimmt's? Ich bin Marie, die neue Hospitantin der Geschichtsredaktion.«

Markus stellte den Pappkarton mit Filmkassetten, den er ins Archiv bringen wollte, auf den Kofferraum eines der parkenden Autos. »Hi, ich bin Markus.« Sie schüttelten sich kurz die Hände.

»Ich habe eben Ingo Petersen im Hospitantenzimmer kennengelernt. Er sagte mir, dass du gerade auf dem Weg ins Zentralarchiv bist. Und wenn es dir nichts ausmacht, würde ich gerne mitkommen und es mir mal ansehen.« Ihre Stimme klang freundlich, sodass Markus, selbst wenn er ein Problem damit gehabt hätte, ihr nur schwerlich einen Korb hätte geben können. »Ingo hat mir netterweise dafür auch seine Zugangsberechtigung ausgeliehen. Ist das okay für dich?«

Markus benötigte einen Moment, um ihr zu antworten. Zu sehr war er von ihren großen blauen Augen und ihrem hübschen Gesicht beeindruckt. Er spürte einen leichten Anflug von Erregung, so wie er es schon lange nicht mehr bei einer Frau erlebt hatte. »Ja, äh, warum nicht!«, antwortete er. Um ihrem Blick auszuweichen und die Situation nicht unangenehm werden zu lassen, blickte er auf seine Uhr. »Dann bleibt uns aber nicht mehr viel Zeit, denn ich würde dir bei der Gelegenheit gerne Gert Bohlender vorstellen, den Leiter des Archivs. Er ist sehr nett und kann dir alle Fragen beantworten. Allerdings nur, wenn du Marmorkuchen magst!«

»Marmorkuchen?« Marie sah ihn mit fragendem Blick an.

»Das wirst du schon sehen!« Markus merkte, dass sein Versuch, die Situation etwas aufzulockern, nicht wirklich geglückt war, und lachte, um von der weniger gelungenen Pointe abzulenken. Er wunderte sich über seine plötzliche Unsicherheit. Irgendwie schien ihn Marie aus dem Konzept gebracht zu haben. Zu allem Überfluss spürte er einen unwiderstehlichen Drang, der blonden jungen Frau auf ihr Dekolleté zu starren, zwang sich aber, seinen Blick nicht von ihren Augen abzuwenden. Um sich selbst vor der Versuchung zu bewahren, deutete er auf das Studiogebäude. »Das Archiv ist dort drüben, in dem großen hellblauen Gebäudekomplex, gleich hinter dem Technikgebäude. Gehen wir?«

Sie nickte und erinnerte ihn nach einigen Metern mit einem vieldeutigen Grinsen im Gesicht daran, doch besser seinen Karton mitzunehmen, der noch auf dem Kofferraum abgestellt stand.

Nachdem sie ihren Weg fortgesetzt hatten, unterhielten sich kurz darüber, wo und was sie studierten oder studiert hatten und wie unterschiedlich doch der erste Eindruck von Ulrike Albus-Schriener war, den die Personalbeauftragte bei beiden hinterlassen hatte. Nach ein paar Minuten kamen sie zu einer schmalen Metalltreppe, die vom Parkplatz hinauf zum Vorplatz des Studiogebäudes führte. Markus ließ Marie den Vortritt. Allerdings tat er das weniger aus Höflichkeit. Vielmehr nutzte er die Gelegenheit, ihre Figur ausführlicher zu begutachten. Über den Rand des Pappkartons hinweg sah er ihre langen trainierten Beine. Ihre hautenge Jeans passte sich ihrem knackigen und durchaus weiblich geformten Po perfekt an. Während er seinen Blick über ihre Kehrseite wandern ließ, spürte er ein leichtes Kribbeln im Bauch. Ihm gefiel die junge Hospitantin mit ihren etwas zu weit auseinanderliegenden großen, leuchtenden Augen. Er genoss die Aussicht auf ihre grazile Taille und die schulterfreie weiße Bluse, die am Rücken kreuzweise fest geschnürt war und deren mit Spitzen gesäumte Ärmel ein wenig an bayerische Tracht erinnerten. Das Weiß ihrer Bluse bildete einen Kontrast zu ihrer sommergebräunten samtig glänzenden Haut, die einen leichten Vanilleduft verströmte. Ihr französischer Zopf und die kleinen perlmuttfarbenen

Ohrringe rundeten das unschuldige, aber zugleich aufregende Gesamtbild ab.

»Was machst du denn eigentlich in der Geschichtsredaktion?«, fragte Marie, als sie durch die schwere Drehtür gingen, die in das Studiogebäude führte.

»Also hauptberuflich bin ich wohl Bücherkopierer und im Nebenberuf versuche ich, für eine Sendung Kriegsberichte oder persönliche Briefe von ehemaligen Soldaten aus dem Zweiten Weltkrieg zu finden.«

»Und was hast du mit den Briefen dann vor?«

»Na ja, es ist erst mal nur ein Versuch, aber vielleicht, wenn die Texte und Erzählungen thematisch passen, kann man sie in die Doku einbauen, um den Zuschauern einen Eindruck zu vermitteln, wie sich die Soldaten damals gefühlt haben.«

»Und diese Briefe liegen im Zentralarchiv?«

Markus nickte.

»Gibt es viele davon?«

»Viel zu viele. Ich hab erst den Fehler gemacht und geglaubt, dass es nur ein paar sind, vielleicht ein paar Hundert. Aber es sind Tausende.«

Marie machte ein erstauntes Gesicht. »Tausende!«

»Ja, Tausende«, seufzte Markus. »Da muss man lange suchen, wenn man was finden will. Du wirst die Briefe ja gleich sehen. Ich bin auch erst letzten Freitag dazu gekommen, mal einen Blick drüberzuwerfen. Im Archiv sind ganze Regalwände voll damit. Sieht beeindruckend aus, aber Gert kann dir dazu sicher viel mehr erzählen als ich. Wenn dich das überhaupt interessiert, denn wenn ich du wäre, würde ich vielmehr versuchen, mal mit in den Schnitt zu gehen oder bei einem Dreh dabei zu sein.«

Marie nickte abwesend.

Sie gingen in einen der kreisrunden konzentrisch verlaufenden Gänge. Um das langsam unangenehm werdende Schweigen zwischen ihnen zu brechen, gab Markus die Informationen über das Studiogebäude wieder, die er in den vergangenen zwei Wochen von Ingo erhalten hatte. »Weißt du, wenn man hier abends langgeht, kann das ganz schön gruselig sein. Diese Rundgänge sind endlos. Wenn man immer weitergeht, kommt man wieder auf der anderen Seite des Foyers beim Haupteingang raus. Wenn das Foyer nicht wäre, wüsste man gar nicht mehr, wo man ist. Er sah Marie an, die aber immer noch keine Miene verzog und stumm neben ihm herging. Ihre anfängliche Unbeschwertheit hatte sie aus irgendeinem Grund verloren. »Hier sieht quasi jedes Stockwerk gleich aus. Fast wie in einem Labyrinth. In der Mitte befinden sich die Studios und in den untersten neun Stockwerken des Kellers liegt das Archiv.« Sie betraten einen Fahrstuhl. Markus drückte auf den Knopf U3. »Im dritten Untergeschoss liegt der Eingang zum Archiv. Es gibt nur einen und, wie du weißt, braucht jeder, der da rein will, eine Zugangsberechtigung.« Die Tür schloss sich und mit einem leichten Ruck setzte sich der Fahrstuhl in Bewegung. »Also wenn das ÖRF mal einen spannenden Krimi drehen möchte, würde sich das Studiogebäude bei Nacht gut als Kulisse eignen.« Markus hoffte, mit einem kleinen Witz die Situation etwas auflockern zu können, aber Marie schwieg weiter und starrte, ohne eine Regung zu zeigen, lediglich auf die rote Leuchtanzeige des Fahrstuhls. Sie verschränkte ihre Arme und lehnte sich an die Wand. Als der Lift mit einem leisen »Ping« in U3 zum Stehen kam, gingen sie den schmalen Flur entlang, bis sie die gesicherte Zugangstür erreichten. »Das geht ganz einfach«, erläuterte Markus,

»du hältst die Zugangsberechtigungskarte hier vor den Sensor und dann öffnet sich die Tür automatisch. Gleiches machst du dann später von der anderen Seite.«

»Gibt's denn irgendwo noch einen anderen Eingang?«

»Ich glaube nicht. Soweit ich weiß, ist das der einzige, hab aber noch nie gefragt.«

Nacheinander betraten sie das Archiv und sofort stieg Markus wieder der archiveigene Geruch nach alten Büchern und staubigen Akten in die Nase.

Als sie die Balustrade erreichten, sah Marie nach unten. Beim Anblick der Weite des Raumes fand sie endlich ihr Lachen wieder. »Das ist ja der Wahnsinn, wie groß das ist!«

Markus musste schmunzeln und an den Tag vor zwei Wochen denken, an dem er mit Ingo erstmals das Archiv betreten hatte. »Ja, es ist riesig! Mir ging es genauso wie dir, als ich das erste Mal hier hereinkam. Ist beeindruckend, oder?«

Sie sah ihn lächelnd an und nickte eifrig: »Der Hammer.«

Markus lehnte sich über die Balustrade und spähte hinunter zum Schreibtisch von Gert Bohlender. In der Tiefe konnte er ihn jedoch nicht erkennen. »Hmm, ist Gert gar nicht da? Er sitzt doch sonst immer da unten …« Suchend ließ er seine Augen über das unter ihnen liegende Stockwerk wandern, gab es aber bald auf und begann stattdessen, laut nach Gert zu rufen.

Einen Augenblick später hörten sie, wie ihnen aus einem der unter ihnen liegenden Seitengänge eine dumpfe Stimme antwortete. »Ich bin hier! Bist du es Markus? Ich bin in Sektion 5-C Gang 2.«

Markus lachte auf. »Und wo bitte soll 5-C Gang 2 sein, Gert?«

»Na, wo wohl, fünfter Stock von unten, Sektion C im äußeren zweiten Gang. Bei den Schallplatten. Ist doch einfach zu finden!«

Marie und Markus sahen sich amüsiert an. »Gert, hast du mal was von Methusalem gehört?«, rief Markus wieder hinunter.

»Ja, wieso?«, fragte die dumpfe Stimme aus der Tiefe zurück.

»Nicht mal der hätte dich in seiner Lebenszeit hier im Archiv gefunden. Keine Ahnung, wo hier welche Sektion ist. Außerdem habe ich Besuch mitgebracht, der dich sehr gerne kennenlernen möchte! Und ein Gentleman lässt eine Dame doch nicht warten.«

»Damenbesuch! Hier bei mir! Oh Gott!« Die dumpfe Stimme klang leicht überfordert. »Entschuldigt bitte, ich komme schon.« Nach ein paar Sekunden tauchte einige Stockwerke unter ihnen der weiße Haarschopf Gert Bohlenders aus einem der dunklen Gänge auf. Er sah nach oben und winkte ihnen zu. »Kommt runter, wir treffen uns an meinem Schreibtisch!«

Als sie auf der untersten Ebene angekommen waren und Gert Bohlender Marie erblickte, strahlte er über das gesamte Gesicht. »Nun, das ist doch mal eine wirklich angenehme Überraschung! Nichts für ungut, Markus, aber dass eine so attraktive junge Dame mich hier im alten Archiv beehrt, hätte ich nicht für möglich gehalten. Herzlich willkommen! Mein Name ist Gert Bohlender und ich freue mich sehr über Ihren Besuch!«

Für einen kurzen Moment war Markus die übertriebene Freundlichkeit, die Gert Bohlender an den Tag legte, etwas unangenehm, aber zu seiner Verwunderung genoss Marie sogar den affektierten Handkuss des Archivars.

Vielleicht konnte man von dem alten Charmeur Bohlender doch noch etwas lernen, überlegte Markus und lehnte sich schmunzelnd an den hölzernen Schreibtisch.

In der folgenden Dreiviertelstunde präsentierte Gert Bohlender bereitwillig der freundlichen und überaus interessierten Hospitantin das ÖRF-Zentralarchiv. Obwohl Markus das Archiv aus den nicht enden wollenden Geschichten Gert Bohlenders bereits zur Genüge kannte, konnte und wollte er sich von Marie nicht lösen. Anstatt seine Recherche nach Berichten ehemaliger U-Boot-Soldaten voranzutreiben, zog er es vor, den beiden schweigend hinterherzulaufen, hin und wieder Blickkontakt zu Marie zu suchen und die Ausschweifungen und Erklärungen des sichtlich stolzen Archivleiters ein zweites Mal über sich ergehen zu lassen. Erst als sich die Witze, die er bei seiner eigenen Archiveinführung vor zwei Wochen bereits gehört hatte, anfingen, eins zu eins zu wiederholen, nutzte er eine der kurzen und seltenen Redepausen, um sich von Marie und Gert Bohlender zu verabschieden. Als Markus einige Minuten später sechs Stockwerke höher eine kleine graue Metalllampe einschaltete, die auf einem winzigen hölzernen Tisch in einem der schmalen Gänge zwischen den Regalen stand, seufzte er beim Anblick der Massen feinsäuberlich aneinandergereihter Briefumschläge.

KAPITEL 26

Berlin, Kanalisation unter Hinter dem Gießhaus, 1. Mai 1945, 04:21 Uhr

»Und was machen wir jetzt?«, flüsterte Viktor leise.

»Ich weiß nicht, aber uns bleibt nichts anderes übrig, laut Hobrecht-Atlas müssen wir durch den nächsten Schacht raus aus der Kanalisation«, antwortete Friedrich. »Nach diesem Schacht mündet der Kanal in eine nur 40 Zentimeter hohe Röhre. Hier ist also definitiv Ende!«

In der vergangenen halben Stunde war es Friedrich und Viktor gelungen, auch die letzten Meter des Kanals, der von Unter den Linden seitwärts in die kleine Straße Hinter dem Gießhaus führte, zu durchqueren. Vor ihnen lag in etwa 20 Meter Entfernung der letzte Einstiegsschacht, der sie unmittelbar vor den Eisernen Steg an die Museumsinsel führte.

»Und wenn uns einer sieht?« Viktors Stimme klang erschöpft, aber zugleich angespannt.

Im schwachen Schein der Taschenlampe sah Friedrich auf seine Armbanduhr. »Ich weiß es nicht, Viktor, aber es ist bereits 20 nach vier. Wir müssen es jetzt probieren. Jedenfalls wenn wir noch vor Tagesanbruch den Notauslass erreichen wollen!« Er hielt Viktor den aufgeschlagenen Hobrecht-Atlas hin, dessen Seiten schon ganz aufgeweicht waren. »Wenn wir aus dem Schacht steigen, müssen wir uns beeilen.« Mit dem Finger fuhr Friedrich entlang der im Hobrecht-Atlas verzeichneten Gebäude der Museumsinsel. »Hier an der Westseite des Zeughauses kommen wir raus. Wir müssen dann so schnell es geht über den Eisernen Steg, zwischen dem Neuen und dem Alten Museum durch und dann zu den Kolonnaden. Die liegen an der Vorderseite der Nationalgalerie. Am Ende des Säulenganges liegt dann die Friedrichsbrücke. Da sind mit Sicherheit deutsche Scharfschützen und auf der anderen Spreeseite liegen die Russen.« Friedrich blickte in Viktors Gesicht. Es war bleich und schimmerte weiß im Schein der Taschenlampe. »Jetzt brauchen wir eine gehörige Portion Glück!«

Viktor nickte stumm und lehnte seinen Kopf gegen die Kanalwand.

»Denk dran«, warnte ihn Friedrich, »ich kenne die Stelle, wo wir in die Spree müssen. Es sind mindestens drei Meter von der Kaimauer bis zum Wasser. Die Mauer besteht aus großen Steinen mit dicken Fugen. Vielleicht kann man die als Tritt verwenden. Wenn nicht, müssen wir springen. An der Stelle kann man in der Spree mit Sicherheit nicht stehen, also halt dich, wenn du im Wasser bist, an den Mauerfugen fest, damit du in der ganzen Kleidung nicht absäufst. Ich meine mich auch erinnern zu können, dass die Wehrmacht nur den mittleren der drei Brückenbögen sprengen konnte. Lass uns also unterhalb der beiden noch intakten Bögen die Spree durchqueren. Vielleicht kann man sich ja an den Brückentrümmern irgendwie entlanghangeln. Sonst müssen wir schwimmen!«

»Wie sieht denn der Eingang zum Notauslass überhaupt aus?«, keuchte Viktor, »hatten Günsche oder Linge nicht was von einem Foto gesagt?«

Friedrich blätterte einige Seiten weiter bis zu einer kleinen eingeklebten Abbildung. »Siehst du, die Schächte des Notauslasses liegen direkt links von der Brücke.«

Viktor beugte sich behäbig vor und sah sich das Foto an.

»Da sind drei viereckige Öffnungen, die vom Notauslass seitlich in die Spree führen und die zur Hälfte im Wasser liegen«, fuhr Friedrich fort, »dort müssen wir rein.« Er blätterte noch einmal ein paar Seiten im Hobrecht-Atlas zurück und versuchte, sich den Weg bis zur Friedrichsbrücke genau einzuprägen. Aber er hatte Mühe, sich zu konzentrieren. Er war müde und rieb sich die brennenden Augen. Noch immer fühlte er die Nachwehen seiner Panikattacke. Nach wie vor durchströmten ihn Angstgefühle, die ihn fahrig und unsicher machten. Er fühlte wieder die innere Kälte, die er schon zuvor im Maschinenraum des Führerbunkers gespürt hatte. Von Stunde zu Stunde wurden sein Wille und sein Durchhaltevermögen schwächer. Da er die feinen Linien und Eintragungen im nass gewordenen Hobrecht-Atlas nur noch schwer erkennen konnte, gab er auf und steckte ihn zurück in seine Manteltasche. Er öffnete seinen Rucksack, zog die zweite Taschenlampe hervor und öffnete mit zitternden Händen das Metallgehäuse. Er sah zu Viktor, der apathisch ins Leere stierte. »Ich will erst noch die Batterie wechseln. Ohne Licht kommen wir nie durch den Notauslass. Es ist jetzt schon alles nass, hoffentlich funktionieren die Dinger auch noch, nachdem wir in der Spree waren.« Er tauschte die kleine Blockbatterie und schaltete die Lampe kurz ein, um sie zu testen. »Du musst jetzt die zweite Lampe nehmen, falls ich es nicht schaffe«, murmelte er und hielt Viktor die Taschenlampe hin, der aber nicht reagierte. »Hast du gehört, Viktor?«

Mit einiger Verzögerung nickte dieser und griff mühevoll nach der Lampe.

»Hast du noch etwas, was ich in die Metalldose stecken soll, um es vor dem Wasser zu schützten? Fotos, Briefe oder so? Viel passt da allerdings nicht rein.«

Viktor schüttelte wortlos den Kopf, während er die Taschenlampe in seiner Manteltasche verschwinden ließ. »Na dann mal los!«, raunte er schließlich. »Ein Gutes hat es ja, jetzt kommen wir wenigstens aus dieser stinkenden Röhre raus!«

Friedrich atmete noch einmal tief durch und löschte das Licht.

Nach einigen Metern hatten sie den Einstieg zum Schacht erreicht. Friedrich tastete die Kanalwand ab, bis er den untersten Metalltritt gefunden hatte. Vorsichtig zog er sich Sprosse um Sprosse bis zum Deckel hinauf. Er spürte, wie Viktor dicht hinter ihm ebenfalls den Schacht hinaufstieg. In völliger Dunkelheit hielt er erneut inne und lauschte, ob er etwas von der Straße hören konnte. Im direkten Umfeld des Einstiegsschachtes schien es jedoch ruhig zu sein. Obwohl es Friedrich schwerfiel, von unten Distanzen an der Oberfläche richtig einschätzen zu können, konnte er deutlich lauten Gefechtslärm wahrnehmen. Dumpf wechselten sich in rascher Folge Maschinengewehrsalven und Granatexplosionen ab. Er schätzte, dass die Kämpfe weniger als 150 Meter von ihrer Position entfernt stattfanden. Da er jedoch weder Stimmen noch Geschrei ausmachen konnte, entschied er sich, einen Blick zu riskieren. Bevor er den Deckel anhob, überlegte er kurz, wie die Straße über ihm verlief, sodass er den Deckel zunächst nur an einer Seite anheben musste, um trotzdem die Straße in beide Richtungen einsehen zu können. So würde ihm das schwere Metall im Zweifelsfall wenigstens nach hinten einen gewissen Schutz bieten. Sein Herz hämmerte in seiner Brust, als er langsam den Deckel um einige Zentimeter anhob. Vorsichtig sah er über den Rand des Schachtes. Zu seiner Erleichterung war es auch an der Straßenoberfläche sehr dunkel. Selbst hier in der kleinen Seitenstraße, die zwischen dem Zeughaus und dem Palais am Festungsgraben verlief, erschwerten Nebel und Rauchschwaden die Sicht auf die umliegenden Gebäude. In Richtung der Museumsinsel konnte er in der Dunkelheit keine Gefahr ausmachen. Auf der anderen Seite, schräg gegenüber, erkannte er schemenhaft die Rückseite der Neuen Wache und in einiger Distanz aus Richtung Unter den Linden einen orangeroten Feuerschein, der vom Stadtschloss und dem Berliner Dom herüberdrang. In rascher Folge reflektierte die helle Sandsteinfassade des Prinzessinnen-Palais die Blitze der Mündungsfeuer und der Explosionen. Der Geruch von Pulverdampf stieg Friedrich in der kalten Nachtluft beißend in die Nase. Langsam und so leise es ihm möglich war, schob Friedrich den schweren Metalldeckel komplett neben den Einstieg. Nun steckte er seinen Kopf ganz aus dem Schacht. Noch einmal sah er sich in alle Richtungen um. Da er keine Soldaten erkennen konnte, stieg er schnell hinaus auf die Straße und lief geduckt in Richtung eines Mauervorsprungs an der Westseite des Zeughauses. Er biss die Zähne zusammen, um im Zweifelsfall besser auf den stechenden Schmerz vorbereitet zu sein, falls ihn plötzlich eine Kugel treffen würde. Aber es geschah nichts. Am Mauervorsprung angekommen, kauerte er sich hinter einen großen Sandsteinsockel und blickte zurück zum Schachteinstieg. Er sah Viktors Kopf aus dem Schacht auftauchen und wie er sich ebenfalls kurz umsah. Er signalisierte seinem Kameraden, zu ihm herüberzukommen.

Nur mit Anstrengung konnte sich Viktor auf den Beinen halten, als er loslief. Unbeholfen schleppte er sich zu Friedrich und ließ sich neben ihn auf den Boden fallen.

»Los, lass uns gleich weiterlaufen, wir dürfen keine Zeit verlieren!«, raunte Friedrich.

»Ja, aber lass mich erst den Rucksack wieder auf den Rücken nehmen. Ich kann mich sonst kaum bewegen, wenn er mir vor der Brust hängt.«

Als Viktor fertig war, rannten sie geduckt entlang der Außenfassade des Zeughauses, überquerten die kleine Seitengasse Hinter dem Zeughaus, bis sie nach etwa 30 Metern an eine Biegung kamen, von der aus sie die Eiserne Brücke und die dahinterliegende Museumsinsel erkennen konnten.

Viktor hielt Friedrich zurück und zog ihn runter. »Nicht zusammen über die Brücke laufen!«, flüsterte er. »Da sind wir wie auf dem Präsentierteller. Falls es einen von uns erwischt, kann der andere wenigstes weitermachen oder alles vernichten. Los, du zuerst!«

Friedrich nickte, sah sich noch einmal um und lief, so leise, wie es ihm möglich war, weiter, bis er zum Eingangsportal an der Seite der Preußischen Genossenschaftskasse kam, die direkt an der Eisernen Brücke lag. Dort verharrte er nochmals einen Moment, blickte sich erneut in alle Richtungen um und rannte dann, so schnell er konnte, über die Brücke, bis er die Rückseite des Alten Museums erreichte. Viktor beobachtete, wie Friedrich in der Dunkelheit verschwand, und folgte ihm kurz darauf. Als er die Mitte der Brücke erreicht hatte, hörte er plötzlich das typische kurze sirren einer Gewehrkugel, die seinen Kopf nur um wenige Zentimeter verfehlte. Viktor zuckte zusammen und warf sich zu Boden. Weitere Projektile trafen kurz darauf in rascher Folge die Brücke. Lediglich die flache steinerne Brückenmauer bot ihm jetzt noch Schutz. Er spürte, wie ihn kleine Stein- und Metallsplitter, die durch die Geschosse vom Mauerwerk und den darin eingelassenen Bronzeverzierungen abplatzten, an Armen und Beinen trafen. Abprallende Kugeln schwirrten pfeifend über seinen Kopf hinweg. In der Ferne konnte er aus südlicher Richtung das knatternde Geräusch eines Maschinengewehrs hören. Hektisch kroch er die letzten Meter im Schutz der Mauer weiter, bis er das Ende der Brücke erreicht hatte. Dort kauerte er sich hinter einen Mauervorsprung und verharrte so einige Sekunden. Eine weitere Maschinengewehrsalve traf mit einem lauten Prasseln den Mauervorsprung, der gerade groß genug war, dass er Viktor vor den Kugeln schützte. Er sah zu Friedrich, der ihm Handzeichen gab, wo er hinrennen sollte. Dann, in einer kurzen Feuerpause, stürzte Viktor nach vorne und rannte weiter, bis er ebenfalls zur Rückseite des Alten Museums gelangte. Kurz bevor er Friedrich erreicht hatte, geriet er ins Taumeln und fiel zu Boden. Friedrich, der sich hinter den Trümmern der zerborstenen Übergangsbrücke zwischen dem Alten und Neuen Museum versteckt hatte, zog ihn zu sich. Viktor atmete schwer und rang nach Luft.

»Hast du was abbekommen?«, fragte Friedrich hektisch.

»Nein, nein, alles in Ordnung. Aber das war echt knapp!«, stammelte Viktor. »Das waren Deutsche, von da aus können das keine Russen gewesen sein. Die schießen einfach auf alles, was sich bewegt, und machen keinen Unterschied zwischen …«

»Sei still!«, unterbrach ihn Friedrich. Er deutete stumm in die Richtung, aus der sie gekommen waren. »Dort, auf der anderen Seite der Brücke«, flüsterte er weiter, »da sind gerade Soldaten, in Richtung des Einstiegsschachtes gelaufen. Die werden sehen, dass er offen ist, und eventuell nach uns suchen! Wir müssen sofort weiter. Hier finden sie uns garantiert!«

Als sie sicher waren, dass die Soldaten hinter den Gebäuden verschwunden waren, liefen sie quer über die Museumsstraße zum Seiteneingang des Neuen Museums, der am Beginn der Kolonnaden lag. Dort angekommen, suchten sie abermals Schutz in einer dunklen Ecke. Friedrich legte sich auf den Bauch und robbte langsam bis zum Ende der Südfassade des Museums. Vorsichtig spähte er um die Mauerecke auf den Vorplatz der Nationalgalerie. Der untere Teil des Gebäudes lag im Dunkeln, sodass er nur die große steinerne Freitreppe, die hinauf zum Eingang der Galerie führte, erkennen konnte. An der Oberseite der Nationalgalerie zeichnete sich ein schaurigschönes Spiel aus Licht, Schatten, Rauch und glühenden Funken ab, das der orangerote Feuerschein des brennenden Stadtschlosses an die Fassade zeichnete. Deutsche Soldaten, die das gegenüberliegende Spreeufer beobachteten, konnte er jedoch weder hinter Mauern noch auf den Dächern ausmachen. Nach einigen Sekunden bewegte er sich zurück zu Viktor.

»Siehst du das Ende der Kolonnaden da drüben? Dort beginnt die Friedrichsbrücke. Lass uns direkt durch den Säulengang laufen. Die Kolonnaden geben uns nach Süden und Norden etwas Schutz. Ich kann keine Deutschen erkennen, aber sie sind da, glaub mir. Und pass bloß auf, noch können uns die Russen in der Dunkelheit nicht sehen, aber je näher wir der Spree kommen, desto mehr geraten wir in deren Schussfeld!«

Viktor nickte und sah Friedrich an. »Jetzt kommt es drauf an, Kamerad!«, sagte er.

Sie standen auf und rannten los. Nachdem sie ungefähr die Hälfte des Säulenganges hinter sich gelassen hatten, hörte Friedrich in seinem Rücken plötzlich einen Schrei: »Halt! Stehen bleiben!«

Er fuhr herum, konnte aber im ersten Moment in der Dunkelheit nichts erkennen.

»Stehen bleiben oder wir schießen!«

Erst jetzt erkannte er in der Ferne schemenhaft fünf Soldaten, die im Begriff waren, über die Eiserne Brücke in ihre Richtung zu laufen. Er erkannte die charakteristische Form deutscher Stahlhelme. Zwei Soldaten hoben ihre Karabiner und zielten in seine Richtung. »Versteck dich hinter den Säulen«, rief er Viktor zu, »wenn die uns hier erwischen, ist es aus!«

»Rauskommen oder wir schießen!«, hallte es erneut aus Richtung der Eisernen Brücke herüber. Friedrich dachte fieberhaft darüber nach, was nun am besten zu tun sei. Zur Spree weiterlaufen oder kämpfen? Zwei Schüsse fielen und die Kugeln schlugen nur knapp neben ihm in eine der Sandsteinsäulen ein. Friedrich griff nach seiner Pistole, zog sie aus der Manteltasche und spannte sie. Dann richtete er die Waffe auf die Soldaten, die bereits die Mitte der Brücke erreicht hatten, jedoch zu weit entfernt waren, als dass er eine realistische Chance gehabt hätte, einen von ihnen zu treffen. Aus den Augenwinkeln sah Friedrich, dass auch Viktor seine Pistole gezogen hatte und sie auf die Soldaten richtete. Doch kurz bevor Friedrich auf den ersten Soldaten schießen wollte, hörte er plötzlich Maschinengewehrfeuer. Projektile schlugen auf der Brücke ein. Staub wirbelte auf und vier Soldaten sackten in sich zusammen. Der fünfte versuchte, auf dem Boden weiter Richtung Museumsinsel zu kriechen. Aber dieses Mal wiederholte der Schütze den Fehler, den er kurz zuvor bei Viktor begangen hatte, nicht. In einer kurzen Feuerpause nahm er Maß, und bevor der Soldat die rettende Museumsinsel erreicht hatte, traf ihn ein kurzer Feuerstoß direkt am Kopf. Teile seines Stahlhelms und seines Schädels flogen durch die Luft und verteilten sich über die Brücke. Selbst als er keine Regung mehr zeigte, schoss der Angreifer weiter auf den leblosen Körper.

Der will sich seiner Sache sicher sein!, dachte Friedrich und steckte seine Pistole zurück in die Innentasche des Mantels. Ohne ein Wort zu sagen, drehten sich Friedrich und Viktor um und rannten weiter Richtung Ende der Kolonnaden. Als sie die Kaimauer beinahe erreicht hatten, hörten sie, wie nun auch aus südlicher Richtung auf sie geschossen wurde. Kugeln pfiffen über sie hinweg und schlugen mit einem lauten Knall in die steinernen Säulen ein. Sie warfen sich zu Boden und krochen das letzte Stück bis zur Kaimauer, wo sie sich hinter einem kleinen Mauervorsprung versteckten. »Hier sind wir sicher und außerhalb ihres Schussfeldes«, flüsterte Friedrich atemlos, »jetzt wissen wir wenigstens, woher der Gefechtslärm die ganze Zeit kommt. Die kämpfen wahrscheinlich schon an der Vorderseite des Alten Museums.« Er deutete in Richtung des Doms. »Da drüben, siehst du die Leuchtstoffmunition? So weit sind die Russen schon gekommen.«

»Uns bleibt hier nicht viel Zeit, bis andere Soldaten kommen«, warf Viktor leise ein, »wir haben es überhaupt nur so weit geschafft, weil die sich alle nach Süden orientieren. Das hat von uns abgelenkt.«

Friedrich drehte sich um und spähte vorsichtig über die

Kaimauer. Viel sehen konnte er jedoch nicht. »Kannst du was erkennen?«

»Nein«, antwortete Viktor, »aber sie sind da, glaub mir!«

Friedrich deutete auf das linke untere Ende der Friedrichsbrücke. »Dort drüben in der Mauer, genau an der Wasserlinie, ist der Einstieg zum Notauslass: Die drei schwarzen Vierecke, siehst du sie?«

»Ja! Also los! Bloß weg hier!«

Vorsichtig beugten sie sich über die Kaimauer und blickten zur Spree hinunter. Die Stelle, an der sie in den Fluss steigen wollten, lag direkt am vorderen Ende der zerstörten Friedrichsbrücke und schien verhältnismäßig gut geschützt zu sein. Lediglich aus nordöstlicher Richtung war die Stelle vom ausgebrannten Schloss Monbijou aus einzusehen. Auch auf der Seite der Museumsinsel gab es kaum Plätze, von denen aus sie von deutschen Soldaten hätten entdeckt werden können. Durch den Feuerschein der Gefechte im Süden entstand in der Mauerecke ein zusätzlicher Schatten, der sie schützen würde. Friedrich konnte die Wasseroberfläche, die in der Dunkelheit wie schwarze Tinte aussah, kaum erkennen. Langsam schwang er ein Bein über die Kaimauer und versuchte, mit der Sohle seiner Stiefelspitze in eine Fuge zwischen den Steinen zu treten. Nachdem er Halt gefunden hatte, zog er das andere Bein nach und kletterte die Kaimauer langsam Stück für Stück hinunter. Viktor folgte ihm. Friedrich fühlte, wie sein Herz schneller schlug, denn er wusste genau, dass, wenn sie jetzt entdeckt würden, dies ihr sicherer Tod wäre. Seine klammen und steifen Finger zitterten vor Schmerz und es gelang ihm nicht, seinen Fuß in die unterste Fuge zu setzen. Als seine Kräfte ihn verließen, rutschte er ab und fiel in den Fluss. Das eiskalte Wasser der Spree raubte ihm augenblicklich den Atem. Hektisch versuchte er, wieder an die Oberfläche zu gelangen und sich an der Kaimauer festzuhalten. Ohne dass er sie sehen konnte, bekam er eine schmale Fuge in der Mauer zu fassen, an der er sich festklammerte. Als er die Orientierung wiedergefunden hatte, erkannte er, dass Viktor, nicht weit von ihm entfernt, ebenfalls in die Spree gesprungen war. Auch er klammerte sich an die Mauer und rang nach Luft. Um schnell aus dem Schussfeld der russischen Soldaten zu gelangen, hangelten sie sich bis unter den ersten Brückenbogen, der ihnen mehr Schutz bot. Von dort aus schwammen sie ohne zu zögern unterhalb der Brücke zum ersten der beiden Pfeiler in der Mitte des Flusses. Auch wenn es sich um nur etwa 15 Meter handelte, war das Schwimmen mit Kleidung und Schuhen anstrengender, als Friedrich es sich noch in der Kanalisation vorgestellt hatte. Wie Blei zog ihn die nasse Kleidung in die Tiefe, sodass er Mühe hatte, seinen Kopf über Wasser zu halten. Dennoch schaffte er es, und zu seiner Erleichterung spürte er unter Wasser direkt am Pfeiler eine Art Absatz, auf den er sich mit einem Fuß stellen konnte. Er drehte sich zu Viktor um und streckte ihm helfend seine Hand entgegen. Nachdem er ihn zu sich gezogen hatte, klammerten sie sich eng an den Brückenpfeiler und versuchten, auf dem kleinen Absatz stehend, kurz Kräfte für das nächste Stück bis zum zweiten Brückenpfeiler zu sammeln. Doch bevor Friedrich losschwamm, hangelte er sich vorsichtig am Pfeiler entlang, bis er an ihm vorbeisehen konnte. Er blickte nach oben. Schräg über ihm klaffte ein riesiges Loch in der Brücke. Der komplette mittlere Brückenbogen war über die gesamte Länge herausgesprengt worden. Große Stücke der zerborstenen Fahrbahn und Teile der Straßenbahnschienen hingen von den beiden Pfeilern herunter. Anders als Friedrich es vermutet hatte, ragten jedoch keine Trümmer über die Wasseroberfläche hinaus. Sie mussten auf den Grund des Flusses gesunken sein. »Komm, weiter!«, stammelte er mit zitterndem Unterkiefer. Damit möglichst wenig von seinem Körper zu sehen war, glitt er vorsichtig zurück ins kalte Wasser. So leise er konnte, schwamm er in Richtung des zweiten Brückenpfeilers, der ihnen zwar besseren Sichtschutz gegenüber dem östlichen Ufer bieten würde, nicht aber gegenüber der Museumsinsel. Als Friedrich ihn erreichte, blickte er kurz zurück. Er wunderte sich, dass sie bisher weder von der einen noch von der anderen Seite des Ufers entdeckt worden waren. Dann tastete er sich vorsichtig entlang des zweiten Brückenpfeilers, bis er den Einstieg des Notauslasses auf der Kaimauer erkennen konnte. Schon jetzt waren Viktor und er dem Ostufer so nahe gekommen, dass es für russische Soldaten aufgrund des Winkels fast unmöglich war, sie zu entdecken. Nur noch etwa 20 Meter trennten sie nun vom rettenden Ufer. Er sah zu Viktor, dessen Lippen heftig bebten. Aber auch Friedrich war nicht mehr in der Lage, etwas von sich zu geben, und so schwamm er einfach weiter. Auf halber Strecke spürte er, wie seine Beine mehr und mehr übersäuerten und zu brennen begannen. Nur mit hektischem Strampeln gelang es ihm noch, sich mühsam über Wasser zu halten. Seine Atmung verwandelte sich in panisches Röcheln. Immer wieder tauchte er mit seinem Kopf unter und schluckte Wasser. Als er den Notauslass endlich erreichte und in die düstere Öffnung hineinschwamm, spürte er kurz Boden unter den Füßen, der aber noch zu tief lag, um schon stehen zu können. Abermals wurde er nach unten gezogen, schluckte erneut Wasser und hatte das Gefühl zu ersticken. Nur unter größter Kraftanstrengung gelang es ihm, die letzten Meter zu überwinden. Im Inneren angelangt, tastete er sich weiter vor, bis er zu einer Art Spundwand gelangte, die den Notauslass von der Spree trennte. Er zog sich hinüber und spürte auf der anderen Seite den rettenden Boden unter seinen Füßen. Da ihm die Kraft fehlte, sich auf den Beinen zu halten, kroch er auf allen vieren den wie eine Rampe ansteigenden Auslauf des Notauslasses hoch. Kaum hatte er das Wasser verlassen, übergab er sich vor Anstrengung. Hustend krümmte er sich auf dem kalten Boden zusammen und blieb dann reglos vor Erschöpfung liegen.

KAPITEL 27

Frankfurt (Bergen-Enkheim), Hotel Becker, 19. Oktober 2010, 21:47 Uhr

»Ja, hallo?«

»Und? Was macht deine Fernsehkarriere, Julia?«

»Sehr witzig, Steffen! Glaubst du etwa, es macht mir Spaß, so zu tun, als würde ich mich für den Scheiß interessieren? Mann, endlich rufst du zurück! Ich warte schon seit zwei Stunden.«

»Ich hab es leider nicht früher geschafft, entschuldige! Aber leg los, wie war's?«

»Seit zehn Monaten warte ich darauf und gestern hat es gleich am ersten Tag geklappt: Ich bin im ÖRF-Archiv gewesen. Du hattest übrigens recht. Es war gut, mich direkt bei der Geschichtsredaktion um ein Praktikum oder, wie es hier so hochtrabend heißt, eine ›Hospitanz‹ zu bewerben. Dadurch war es viel einfacher reinzukommen.«

»Und? Hast du das Tagebuch gefunden?«

»Nun mal langsam! Dafür, dass du die letzten Monate so skeptisch warst, bist du jetzt ganz schön ungeduldig. Ich hab jedenfalls schon Mal herausgefunden, dass alle Briefe mit Zeitzeugenberichten oder allem, was mit dem Zweiten Weltkrieg zu tun hat, im Zentralarchiv lagern. Da sind Tausende von Schriftstücken! So ein tattriger Archivar hat sie mir gezeigt. Es gibt riesige Regale voll damit. Das sind so viele, dass die Redaktion sich gar nicht richtig mit jedem einzelnen Brief auseinandersetzen kann.«

»Und wie willst du das Tagebuch finden? Willst du all diese Schreiben durchsuchen?«

»Nein, natürlich nicht. Der Archivar erzählte mir, dass die Briefe samt Umschlägen und allen Anlagen aus Kapazitätsgründen nicht nach Themen geordnet werden, sondern immer nur nach Poststempeldatum einfach aneinandergereiht ins Regal gestellt werden.«

»Ja, und?«

»Na, du erinnerst dich doch noch an die Notiz vom Vetterli bei den Testamentsunterlagen der Merzinger. Wenn ihr Testament am 23. Juni 2009 von ihm verlesen wurde, muss der Brief innerhalb der vergangenen 16 Monate beim ÖRF eingegangen sein. Da stand doch drin, dass der Vetterli alles an die Geschichtsredaktion versendet hat. Damit reduziert sich die Anzahl der Briefe drastisch.

»Und wenn es gar nicht in diesem Archiv liegt?«

»Wird es, vertrau mir! Hier läuft so ein Hiwi rum, der irgendetwas für eine Dokumentation über deutsche U-Boote und über so eine Ergima …«

»… das Ding heißt ›Enigma‹!«

»… wie auch immer! Der sucht jedenfalls was über dieses Ding in den Dokumenten. Er hat mir gestern erzählt, dass er alle Briefe, die noch in den Büros der Geschichtsredaktion rumlagen, eingesammelt und ins Archiv gebracht hat. Somit sind alle dort!«

»Und wann gehst du wieder ins Archiv und suchst das Tagebuch?«

»Das ist leider das Problem! Das Archiv ist besser abgeschirmt als ein Hochsicherheitstrakt im Gefängnis. Um da reinzukommen, braucht man eine Zugangsberechtigung. So eine Chipkarte, die ich aber nicht bekommen konnte. Ich kann sie mir auch nicht ständig von den anderen Hospitanten ausleihen, da ich eigentlich im Archiv gar nichts zu suchen habe. Das würde auffallen und dann ist da ja auch noch diese Kellerassel von Archivar, der da ständig rumhängt.«

»Kann man nicht abends oder nachts rein? Sag doch einfach, du musst Überstunden machen und gehst dann heimlich später hin, wenn schon alle Feierabend haben!«

»Ja, so würde ich es auch machen, du Schlaumeier, aber ohne eine Zugangsberechtigung komme ich nicht durch die Panzertür.«

»Soll ich Erik zu dir schicken? Der kann überall einbrechen!«

»Gott bewahre! Nein, bloß den nicht! Der Trampel

würde alles auffliegen lassen. Nein, ich weiß schon, wie ich an eine dieser Chipkarten komme, ohne dass einer etwas merken wird.«

»Und wie?«

»Na, du selbst sagst ja immer, dass man mir nicht widerstehen kann, oder? Der U-Boot-Hospitant, von dem ich eben sprach, hat, glaube ich, ein Auge auf mich geworfen. Bei jeder Gelegenheit sucht er Blickkontakt zu mir. Frauen merken so was, vertrau mir! Und um ehrlich zu sein, er sieht gar nicht schlecht aus. Ich hab gesehen, dass der seine Zugangsberechtigung immer in seinem Portemonnaie mit sich herumträgt. Na, und nun rate mal, mit wem sich die gute Marie Knecht Donnerstag zu einem Date treffen wird.«

»Wer ist Marie Knecht?«

»Steffen! Du hörst mir einfach nie zu! Kannst du dich nicht mehr erinnern? Marie Knecht ist mein Deckname hier im ÖRF.«

»Oh ja, stimmt! Ich erinnere mich. Und bei deinem Date, wie willst du dem Typen die Zugangsberechtigung abnehmen?«

»Na, dann, wenn sich eine Gelegenheit dazu bietet! Und es wird sich eine Gelegenheit bieten.«

»Das wird aber nicht wieder so eine Nummer wie in Zürich. Das verbiete ich dir, klar? Keine Gewalt!«

»Wo denkst du hin? Die Waffen einer Frau sind mächtiger, als du glaubst. Der Gute wird am nächsten Morgen lediglich einen kleinen Kater haben und irgendwann feststellen, dass er seine Zugangsberechtigung leider verloren hat. Den Tag darauf werde ich dann, wie du sagst, dringend Überstunden machen müssen und nachts ins Archiv gehen.«

»Darfst du denn nachts einfach auf dem ÖRF-Gelände rumlaufen?«

»Ja, im ÖRF ist rund um die Uhr was los, das fällt nicht auf. Das Archiv und die Geschichtsredaktion arbeiten aber nur zu normalen Zeiten, insofern ist da spätestens ab 19 Uhr keiner mehr.

»Klingt gut!

»Ich weiß! Ach, bevor ich es vergesse: Du warst doch letzte Woche beim Rat und hast vorgesprochen. Hast du von unseren Fortschritten berichtet?«

»Ja, natürlich!«

»Und? Erzähl schon!«

»Die sind immer noch skeptisch und nach der Sache in Zürich sehr vorsichtig geworden. Es hat mich in den letzten Monaten überhaupt viel Überredungskunst gekostet, dass sie uns weiterhin unterstützen. Du weißt, die Spuren verschwinden zu lassen, die Zeugnisse zu fälschen und dir eine neue Identität für das ÖRF zu verpassen, hat alles viel Geld gekostet. Als Gegenleistung verlangt der Rat, dass wir das Tagebuch sofort abliefern, sobald du es gefunden hast. Sie wollen dann mit mir zusammen entscheiden, wie es weitergeht.«

»Mit dir! Hast du denen auch mal meinen Namen genannt?«

»Ja, hab ich, reg dich ab! Du nervst ganz schön mit deinem Ehrgeiz!«

»Und besteht die Chance, dass ich bald zur Oberscharführerin befördert werde?«

»Immer langsam, Julia! Das hängt auch davon ab, wie du das im ÖRF regelst. Also, bau keinen Scheiß! Die Chancen stehen aber gut. Trotz der Sache in Zürich wurdest du lobend erwähnt!«

»Sehr gut!«

»Wie verbleiben wir?«

»Ich schreib dir eine SMS, wie es mit dem Hospitanten läuft und wenn ich ihm die Zugangsberechtigung abgenommen habe. Aber lass uns spätestens am Samstag telefonieren.«

»Okay, viel Glück!«

KAPITEL 28

Frankfurt (Lohrberg), ÖRF – Zentralarchiv im Studiogebäude, 20. Oktober 2010, 20:12 Uhr

»Mach heute nicht zu lange, mein Junge!« Schnaufend stieg Gert Bohlender die letzten Stufen der schmalen Treppe hinauf, die zur Sektion 6A führte. In seiner Hand hielt er einen kleinen Teller. »Ich hab dir den restlichen Marmorkuchen mitgebracht, denn dein Gesichtsausdruck von eben sagte mir, dass du heute länger bleiben wirst, hab ich recht?« Er stellte den Teller mit dem Kuchen auf den kleinen Holztisch, an dem Markus die Briefe durchsuchte. »Und, hast du schon was Passendes gefunden?«

»Nein, nicht wirklich. Ich hab einfach nicht genug Zeit. Den ganzen Tag hab ich damit verbracht, Filmkassetten nach Aufnahmen von deutschen U-Boot-Basen durchzuschauen. Das hat ewig gedauert. Ach, bevor ich's vergesse, hast du die Filmkassetten unten auf deinem Schreibtisch gesehen? Die bräuchte ich bitte!«

»Alles schon vermerkt, ausgeliehen und in der Hauspost! Wenn Bernd Mühlbauer morgen ins Büro kommt, liegen sie schon auf seinem Schreibtisch parat!« Gert Bohlender ließ sich auf einen Hocker neben dem Tisch nieder und sah Markus mitfühlend an. »Kopf hoch. Du wirst schon noch was finden!«

»Ich hoffe es! Und danke für die Bänder!«, seufzte Markus. Er lehnte sich zurück und rieb sich die Augen.

»Du stehst ganz schön unter Druck, was?«, fragte Gert Bohlender nachdenklich.

»Na ja, du weißt doch, wie schwer es heutzutage ist, einen Vertag hier im ÖRF zu bekommen. Ich will halt die Chance nutzen, die mir Bernd Mühlbauer gegeben hat.«

»Aber du hast doch schon was gefunden. Was ist denn mit den ganzen Filmkassetten, ist das etwa nichts?«

»Schon, aber das kann doch jeder x-beliebige Hospitant! Ich muss mich mit etwas Besonderem beweisen, sonst werden die mir nie einen Vertrag geben, verstehst du?« Frustriert warf Markus seinen Stift auf den Tisch und stand auf. »Weißt du, Gert, bis jetzt ist das alles einfach zu wenig und ich bin nur noch diese Woche hier!«

»Na, ich glaube, jetzt bist du etwas zu streng mit dir. Nicht mal Ingo hat es geschafft, nach nur zwei Wochen ohne fremde Hilfe passende Filmausschnitte für eine Dokumentation hier im Archiv zu finden. Und so, wie du mir das erzählt hast, sind die Geschichten aus Briefen der U-Bootfahrer doch nur eine Sache, die schön wäre, wenn sie klappt, aber kein Muss.«

»Das ist richtig, aber ich hab eben noch nichts in der

Hand und Bernd Mühlbauer wollte eigentlich schon heute ein Feedback von mir.«

Gert Bohlender verschränkte die Arme vor seinem Bauch und lehnte sich mit dem Rücken an das Regal. »Weißt du, Markus, ich bin schon lange hier im Sender und habe viele Menschen kommen und gehen sehen. Eine Menge hat sich über die Jahre im Haus verändert, manches zum Positiven und manches zum Negativen, aber eins, und das kannst du mir glauben, ist immer gleich geblieben.«

»Und das wäre?«, fragte Markus mürrisch.

»Dass sich Arbeit und Fleiß auszahlen, mein Junge!« Gert Bohlender stand langsam auf und signalisierte Markus mitzukommen. Sie liefen den Gang entlang, bis sie zur Balustrade kamen. Er deutete mit seinem Finger auf die Decke. »Ich weiß, dass viele dort oben über mich lachen und glauben, dass ich nur noch ein altes Fossil sei, das sein staubiges Archiv aus einem vergangenen Zeitalter verwaltet, bis es endlich in Rente geht. Und um ganz ehrlich zu sein, zum Teil stimmt das auch, jedenfalls das mit dem alt sein!« Er sah Markus an und kniff lächelnd ein Auge zusammen. »Aber glaub mir, Markus, viele, die jetzt im ÖRF eine Redaktion leiten oder bekannte Moderatoren sind, haben mal wie du als Hospitant hier angefangen. Und einige standen, so wie du heute, vor mir und haben sich um ihre Zukunft gesorgt.«

»Und was hast du ihnen gesagt?«, wollte Markus wissen.

»Tja, ich kann natürlich nicht Hellsehen und somit konnte ich ihnen keine Antwort geben, was im Leben das Beste für sie sei. Aber fast alle, aus denen später mal was Großes geworden ist, hatten, als sie angefangen haben, dasselbe Problem wie du.«

»Und was war das?«

Gert Bohlender sah Markus über den Rand seiner Brille an. »Sie hatten noch kein Vertrauen in sich und ihre Fähigkeiten. Und das, Markus, merkt man auch dir an!« Gert Bohlender drehte sich um und ging die Balustrade entlang. »Über die Jahre hab ich einen siebten Sinn dafür entwickelt, und du hast alle Voraussetzungen, einmal weit zu kommen. Du musst aber auch im Grunde deines Herzens an dich und deine Stärken glauben. Hab keine Angst vor dem, was kommt, und mach dein Ding, dann wird auch der Erfolg nicht ausbleiben. So simpel ist das!«

»Danke! Mal ein Lob zu bekommen, tut echt gut«, entgegnete Markus, der sich geschmeichelt fühlte, aber trotzdem nicht so recht wusste, was er von Gert Bohlenders Weisheiten halten sollte.

»Wenn ich aber ganz ehrlich bin ...«, fuhr Gert Bohlender fort, »... so, wie ich dich in den letzten zwei Wochen kennengelernt habe, glaube ich nicht, dass die Geschichtsredaktion auf Dauer das Richtige für dich ist. Du bist kein Historiker wie Ingo, der sich tagelang mit staubigen Akten beschäftigt, in Büchern recherchiert oder alte Filmrollen sichtet.« Vor einer kleinen Metalltreppe, die in das nächste Stockwerk nach oben führte, hielt er noch einmal kurz an und blinzelte Markus mit einem verschmitzten Lächeln an. »Jetzt im Moment aber ist die Geschichtsredaktion genau der passende Ort für dich, denn nirgendwo lernt man besser, wie anstrengend es sein kann, die Nadel im Heuhaufen finden zu müssen, und wie wichtig es im Leben ist, bei der Stange zu bleiben.«

Markus musste lachen. »Sag mal, Gert, wohin gehen wir eigentlich?«

»Och, ich will dir eigentlich nur zeigen, wo hier das

Licht wieder angeht, wenn die Zeitschaltuhr um Mitternacht das Licht löscht!« Kichernd stieg er die Treppe hinauf. »Ach, und noch was: Rate mal, wer vor vielen Jahren hier bei mir angefangen hat und mit wem ich morgen zum Mittagessen verabredet bin?«

Markus schüttelte den Kopf. »Keine Ahnung, aber du wirst es mir sicher gleich sagen, Gert!«

»Na, der gute Bernd Mühlbauer, der damals im Übrigen viel mit dir gemeinsam hatte! Ach und noch was. Ich habe noch eine Überraschung für Dich, aber die wird nicht verraten.«

»Na komm, Gert! Wenigstens einen kleinen Hinweis?«

Gert Bohlender blieb stehen, drehte sich nochmals um und hob den Zeigefinger.

»Na gut. Einen Hinweis, aber nur einen! Es hat lange gedauert, aber ob du es glaubst oder nicht, ich habe mich endlich entsinnen können, wo ich dein Amulett schon mal gesehen habe. Du kannst dich doch noch an deinen ersten Tag hier im Archiv erinnern, als wir uns kennengelernt haben und ich es mir so genau ansehen wollte.« Markus nickte. »Ich wusste doch, dass ich mich auf mein Elefantengedächtnis verlassen kann, auch wenn es diesmal zugegeben etwas gedauert hat. Ich werde dir alles sagen, aber erst am Freitag. Ich hoffe, dass bis dahin alles da ist. Ich bin schon so aufgeregt. Es ist, na sagen wir, eine Art Abschiedsgeschenk, auch wenn ich mir sehr sicher bin dich hier bald wieder begrüßen zu dürfen.« Er legte Markus die Hand auf die Schulter. »Hab Vertrauen, Markus! Egal was auch immer passiert, alles wird gut!«

Nachdem Gert Bohlender sich verabschiedet und das Archiv verlassen hatte, machte sich Markus wieder auf den Weg zur Sektion 6A. Jetzt, da er alleine im Zentralarchiv war, spürte er die Stille. Die Bauform des Archivs schien Schall und Geräusche ungewöhnlich stark zu absorbieren, was dazu führte, dass er ständig das Gefühl hatte, lauter sprechen zu müssen, wenn er mit Ingo oder Gert Bohlender redete. Das dumpfe und monotone Rauschen der Lüftungsanlage war nun das einzige Geräusch, das Markus leise im Hintergrund wahrnahm. Er ging zurück zur Balustrade und sah hinunter auf die unterste Ebene, wo Gert Bohlenders Schreibtisch stand. Sie war in ein ungewöhnliches Zwielicht gehüllt. Die Gänge, die auf jeder Etage sternförmig von der großen Halle wegführten, wirkten auf Markus nun wie dunkle Höhlen, in denen man nicht wusste, was sich dort im Verborgenen abspielte. Beim Anblick der Szenerie lief ihm plötzlich ein Schauer den Rücken herunter. Verwundert über seine eigene Hasenfüßigkeit, schüttelte er irritiert den Kopf und ging zügig weiter, bis er wieder zum kleinen Holztisch inmitten der Regale kam. Er setzte sich und betrachtete im Schein der kleinen Schreibtischlampe den vor ihm liegenden Stapel mit Briefen. Seufzend nahm er den obersten Umschlag, öffnete ihn und zog den Brief heraus. Doch bevor er zu lesen begann, verspürte er noch einmal den Drang, in Richtung Balustrade zu schauen, um sich zu vergewissern, ob dort nicht doch etwas Verdächtiges zu sehen sein könnte. Nicht zu wissen, was sich in den zahllosen düsteren Archivgängen unter ihm tat, verunsicherte ihn, und für einen Moment kam es ihm so vor, als würde dieses Labyrinth zu dieser späten Stunde eher Katakomben gleichen als einem Archiv. »Mann, jetzt reiß dich mal zusammen, du Schisshase! Du bist ja schlimmer als ein kleines Kind!«, murmelte er genervt vor sich hin und zwang sich dazu, von nun ab konzentriert die Briefe durchzuarbeiten.

Etwa drei Stunden später schaute Markus auf seine Armbanduhr. Die Zeit schien ihm wie im Flug vergangen zu sein. Es war bereits 23:21 Uhr. Markus blickte links neben den Tisch. Dahin hatte er die Briefe sortiert, deren Inhalte im weiteren Sinne mit U-Bootfahrern aus dem Zweiten Weltkrieg zu tun hatte. Er hob sie auf und zählte lediglich sechs Umschläge. »Na, was für eine gnadenlose Ausbeute!«, grummelte er frustriert. »Und richtige Erlebnisberichte sind auch nicht dabei!« Er dreht sich um und schaute auf das Regal, das in seinem Rücken stand. Er schätzte, insgesamt etwa 300 Briefe in den vergangenen Stunden durchgesehen zu haben. »Dann kommen ja nur noch 15.000 weitere infrage!«, seufzte er zynisch und stand auf, um sich zu strecken. Er war müde geworden und musste gähnen. Wieder wanderte sein Blick durch den schmalen Gang in Richtung Balustrade. Er erinnerte sich an Gerts Bohlenders Worte, dass in gut einer halben Stunde die Zeitschaltuhr des Archivs das Licht löschen würde. Für einen Moment überlegte er, ob er zum Schaltkasten hochgehen sollte, um das Licht, nachdem es ausgegangen wäre, wieder einzuschalten und dann ein oder zwei weitere Stunden zu arbeiten. Er entschied sich aber dagegen und zog es vor, bei McDonalds noch etwas zu essen, bevor er zurück ins Hotel fahren würde. Um jedoch in Gert Bohlenders Archiv keine Unordnung zu hinterlassen, raffte er sich auf, wenigstens die liegen gebliebenen Briefe und die restlichen Umschläge, die er vor einigen Tagen in den Redaktionsbüros eingesammelt hatte und die immer noch in einem kleinen Pappkarton neben dem Tisch lagen, in das Regal einzusortieren. Beim Anblick der Briefe fiel ihm auf, wie lange er schon nichts mehr von seinen Eltern gehört hatte. Er vermisste sie und den

Sommerwohnsitz in Cannes, an dem sich die Familie jedes Jahr um diese Zeit versammelte, um gemeinsam Zeit miteinander zu verbringen. Markus liebte diese Tradition, denn sie gab ihm Jahr für Jahr das Gefühl, in ein sicheres Nest zurückkehren zu können. Eine Trutzburg, die ihm Geborgenheit gab und deren Tore sein Leben lang für ihn geöffnet wären, egal, was passierte. Alles schien ihm dort für die Ewigkeit gemacht worden zu sein. Ein Ort, an dem Geldsorgen und Zukunftsängste nicht existierten. Insbesondere während der ersten Semester an der Uni hatte er den Aufenthalt an der Côte d'Azur genossen, der ihm wie eine Rückkehr in seine, seit der Kindheit gewohnte, von Luxus geprägte Normalität vorkam. Am Pool unter den Palmen mit Blick auf das blaue, glitzernde Meer wirkte das biedere Leben in seiner kleinen Studentenwohnung nur wie ein notwendiges Übel, das es lediglich für eine gewisse Zeit zu tolerieren galt. Er hatte seit jeher ein gutes Verhältnis zu seinen Eltern. Der Status des Nesthäkchens kam ihm hierbei oft zu Hilfe. Insbesondere bei seiner Mutter genoss Markus einen ungewöhnlich langen Welpenschutz, den er mit seinem Charme gekonnt zu seinen Gunsten nutzte. Zur Verärgerung seiner Schwester, von der Markus stets behauptete, sie sei schon mit einem Maximum an Verantwortungsbewusstsein auf die Welt gekommen, gelang es ihm stets, mit schlechten Noten oder einem überzogenen Konto davonzukommen. »Aber er ist doch noch so jung, Hans-Peter!«, war einer der Sätze, die Markus seine Mutter oft nach einem Streit zu seinem Vater durch seine verschlossene Zimmertür hatte sagen hören. Erst in den vergangenen Monaten hatte er gespürt, dass die Nachgiebigkeit seiner Mutter merklich nachgelassen hatte. Immer häufiger kam es sogar zu kleinen Auseinandersetzungen mit ihr, die in der Konsequenz sogar dazu geführt hatten, dass Markus oft nicht mehr ans Telefon ging und selbst nicht mehr anrief. Umso mehr hatte er es vor einigen Wochen dann aber genossen, seinen Eltern in minutenlangen selbstherrlichen Monologen ausführlich zu berichten, dass er nun beim ÖRF sein Glück finden und bald auf eigenen Beinen stehen würde. Doch beim Anblick der vielen Tausend Briefe, die vor ihm im Regal standen, kamen ihm nun Zweifel, dieses Versprechen tatsächlich halten zu können. Vielmehr schämte er sich nun dafür, sich bei seinem letzten Gespräch mit seinen Eltern so aufgeplustert und derart weit aus dem Fenster gelehnt zu haben.

Markus löste sich von seinen Gedanken an zu Hause, öffnete den Karton und nahm die Briefe heraus. In einem größeren Umschlag spürte er einen harten kleinen Gegenstand, der sofort seine Neugier weckte. Als er die anderen Umschläge auf dem Tisch ablegen wollte, rutschte der Gegenstand aus dem Kuvert und fiel vor seinen Füßen auf den Boden. Es sah aus wie ein kleines Notizbuch, das kaum größer war als eine Zigarettenschachtel. Markus hob es auf und sah es sich im Schein der Schreibtischlampe genauer an. Das Notizbuch hatte einen dünnen, dunkelbraunen, fast schwarzen Ledereinband, der an einigen Stellen altersbedingt porös geworden war und Risse bekommen hatte. Es war flach und lediglich fingerdick. Auf der Vorderseite des Buches erkannte Markus im Leder eingestanzte SS-Runen, die leicht mattgold glänzten. Vorsichtig, um es nicht zu beschädigen, öffnete er es und sah sich die erste Seite an. Mit einiger Mühe konnte er den stark verblichenen Namen des Besitzers entziffern: »Friedrich Balthasar Diehl« las er leise vor. Er blätterte einige Seiten weiter und sah, dass auf den Seiten kleine, mit Datum versehene Einträge gemacht worden waren. Scheinbar handelte es sich bei dem Notizbuch um eine Art Tagebuch eines deutschen Soldaten aus den letzten Kriegstagen. Auf einer der vorderen Seiten las Markus das Datum »3. Januar 1945«. Beim Weiterblättern zeigte sich, dass der Besitzer nur sehr unregelmäßig Eintragungen in das Buch vorgenommen hatte. Ungefähr in der Mitte des Tagebuches überflog er flüchtig einen der Texte:

»5. April 1945

Liebe Charlotte,
es ist schon spät, aber es fällt mir schwer, einzuschlafen. In Gedanken bin ich die ganze Zeit bei dir. Du wirst es ja wahrscheinlich auch schon von zuhause erfahren haben. Es war so schrecklich, aus dem Brief seiner Mutter erfahren zu müssen, dass Walle im Januar mit seinem U-Boot auf See geblieben ist. Ich kann und will es noch immer nicht glauben, dass er nie zurückkommen wird. Auch wenn ich weiß, dass er für eine gute und gerechte Sache, für den Führer und unser Deutsches Reich im Kampf gestorben ist, vermisse ich ihn sehr. Doch der Krieg ist noch nicht vorbei und wir dürfen keine Schwäche zeigen.

Unsere Kompanie wurde vor einigen Tagen nach Berlin abkommandiert. Das OKW geht wohl davon aus, dass der finale Angriff der Bolschewisten auf unsere Hauptstadt und das Reich unmittelbar bevorsteht. Auch wenn meine Kameraden und ich die Entwicklung mit Sorge betrachten, erfüllt es mich mit Stolz, dass unser Führer die Verteidigung Berlins und des

innersten Bereiches des Regierungsviertels seiner eigenen Leibstandarte anvertraut. Ich bin frohen Mutes und voller Zuversicht, dass sich mit seiner Weitsicht das Blatt bald zu unseren Gunsten wenden wird. Leider habe ich von dir auch in den vergangenen Wochen keine Briefe mehr erhalten. Daher gehe ich davon aus, dass die Feldpost nach und von Süden nicht mehr durchkommt. Ich schreibe dir daher dieses Tagebuch, in der Hoffnung, es dir eines Tages, wenn bessere Zeiten anbrechen, geben zu können. Ich hoffe, dir geht es gut im fernen München und dass dein Germanistik-Studium so verläuft, wie du es dir immer gewünscht hast. Ich vermisse dich sehr! Pass auf dich auf und denk an mich!
Dein dich immer liebender und beschützender Friedrich.«

Markus blätterte weiter, merkte aber, dass ihm nicht mehr viel Zeit bleiben würde, bevor die Zeitschaltuhr das Licht im Archiv löschen würde. Er sah abermals auf die Uhr. Es war 23:46 Uhr. Da die Zeit nicht ausreichen würde um die restlichen Briefe einzusortieren, stellte er den Karton einfach ins Regal, zog seine Jacke an und nahm die Briefe über die U-Boot-Fahrer, die er aussortiert hatte. Als er das Licht der Schreibtischlampe löschen wollte, fiel sein Blick noch einmal auf das kleine Tagebuch, das samt Umschlag noch auf dem Holztisch lag. Er überlegte einen Moment, schob das Tagebuch zurück in den Briefumschlag und steckte ihn in die Innentasche seiner Jacke. Aus irgendeinem Grund hatten das Tagebuch und die Aufzeichnungen seine Neugier geweckt und vielleicht würde es nach dem Besuch bei McDonalds eine interessante Bettlektüre sein.

Markus löschte das Licht der Schreibtischlampe und ging mit zügigen Schritten Richtung Ausgang des in Zwielicht gehüllten Archivs.

KAPITEL 29

Berlin, Notauslass nahe der Mündung in die Spree, 1. Mai 1945, 08:38 Uhr

Friedrich öffnete die Augen, wusste aber nicht, wo er war. Alles, was er in der Dunkelheit verschwommen erkennen konnte, war ein schwacher grauer Lichtschein, der sich nicht weit von ihm entfernt auf einer schwarzen Wasseroberfläche spiegelte. Er spürte, wie er am ganzen Körper zitterte und wie seine Kleidung kalt und nass auf seiner Haut klebte. Erschöpft schloss er erneut die Augen. Sein trockener Mund schmeckte leicht säuerlich nach Erbrochenem. Mühsam drehte er sich auf die Seite und blieb für einen weiteren Moment regungslos liegen. Erst jetzt erinnerte er sich daran, wo er sich befand. Die Geschehnisse der vergangenen Stunden durchdrangen ihn, und sein Magen zog sich mit einem flauen Gefühl zusammen. Vorsichtig richtete er sich auf und tastete mit steifen Fingern nach der Taschenlampe in seiner Mantelinnentasche. Er zog sie hervor, verdeckte das Lampenglas unbeholfen mit seiner Hand und schaltete sie ein. Er war erleichtert, dass sie trotz der Nässe noch funktionierte. Durch die Haut seiner Finger schimmerte warmes rotes Licht. Langsam zog er die Hand beiseite und sah sich um. Im Gegensatz zur Kanalisation wirkte der Notauslass riesig und glich einer großen dunklen Höhle. Friedrich schätzte die Röhre auf bis zu vier Meter in der Höhe und fünf Meter in der Breite. Er spürte die kalte feuchte Luft in seinen Lungen. Im Schein der Taschenlampe sah er, wie sich sein Atem als weißer Dampf ausbreitete. Langsam drehte er sich um und leuchtete in die Richtung, in der der Notauslass in die Spree mündete. Doch das Licht der Taschenlampe drang nur wenige Meter in die Dunkelheit und verlor sich in scheinbar stillstehenden Nebelschwaden, die dicht über dem aus roten Ziegeln gemauerten Kanalboden schwebten. Direkt neben ihm bahnte sich ein etwa zwei Meter breites Abwasserrinnsal leise plätschernd in geschwungenen Linien seinen Weg durch den Notauslass in Richtung Spree. Linkerhand, nicht weit von sich entfernt, erahnte Friedrich einen schwarzen Umriss, der auf dem Boden lag und die Form eines menschlichen Körpers hatte.

»Viktor?«, keuchte er leise und spürte einen kaum zu unterdrückenden Hustenreiz in seinen Lungen. »Viktor, bist du das?«, flüsterte er mit schwacher Stimme. Aber der dunkle Körper blieb regungslos liegen und gab keinen Laut von sich. Friedrich versuchte, auf die Knie zu kommen. Bei jeder Bewegung spürte er Schmerzen in seinen Armen und Beinen. Langsam kroch er zu Viktor hinüber, der ihm den Rücken zugewandt auf der Seite lag. Er dreht ihn an der Schulter zu sich. Im Licht der Taschenlampe sah Friedrich Viktors bleiches Gesicht und seine blau angelaufenen Lippen. Entlang seiner rechten Wange verlief ein blutiger Streifen, der sich vom Ohrläppchen bis fast zur Nase erstreckte, und Friedrich an einen Peitschenstriemen erinnerte. Verkrustetes Blut bedeckte seine gesamte rechte Gesichtshälfte. Anscheinend hatte Viktor einen Streifschuss abbekommen. Friedrich schüttelte ihn vorsichtig. »Viktor, wach auf. Los, sag was!«

Ein leises Stöhnen drang aus Viktors Mund. Sonst zeigte er keinerlei Regung. Erst nachdem Friedrich ihn nochmals geschüttelt hatte, öffnete Viktor kurz seine Augen, kniff sie aber sofort wieder zusammen. »Mann, nimm die Lampe weg!«, röchelte er, »Das blendet!«

Friedrich klappte die kleine Verdunkelungskappe vor das Glas der Taschenlampe und legte sie neben sich auf den Boden. Er war erleichtert, dass auch Viktor es bis auf kleine Blessuren heil durch die Spree geschafft hatte, und legte seinen Kopf in den Nacken. Er schloss die Augen und trotz der Strapazen spürte er für einen kurzen Moment den Triumph darüber, bis in den Notauslass vorgedrungen zu sein und sowohl den eigenen Truppen als auch den Russen ein Schnippchen geschlagen zu haben.

Nun richtete sich auch Viktor langsam auf. »Wie lange haben wir geschlafen?«, fragte er seine Hände betrachtend.

Friedrich warf einen Blick auf seine Armbanduhr: »Es ist 8:40 Uhr in der früh. Etwa vier Stunden.«

»Mir ist arschkalt!«, fluchte Viktor leise, aber dennoch laut genug, um ein schwaches Echo im Notauslass zu erzeugen.

»Leise!«, Friedrich hielt sich den Zeigerfinger vor die Lippen. »Denk dran, über uns sind die Russen. Noch haben wir es nicht geschafft.«

Viktor nickte genervt und sah nach oben. »Sind denn in diesem Notauslass auch Einstiegsschächte wie in der Kanalisation?«, fragte er.

»Ja, ich meine mich erinnern zu können, im Hobrecht-Atlas welche gesehen zu haben. Aber nur wenige, also wird es einfacher sein, sich hier drin zu bewegen. Wir sollten jetzt zügig weitergehen, um von der Front und dem Regierungsviertel wegzukommen. Je weiter wir uns von der Spree entfernen, desto unwahrscheinlicher wird es, dass die Russen etwas hier unten vermuten.« Friedrich hustete leise und zog die Nase hoch: »Schaffst du es noch weiter?«

Viktor überlegte einen kurzen Moment, nickte dann aber. »Wie viele Kilometer waren das noch mal bis zu diesem Kanalwerk, wo der Notauslass endet?«, fragte er.

»Ich hab nicht nachgesehen, aber Linge sprach von ungefähr fünf Kilometern. Dann müssten wir das Entlastungsbauwerk am Pumpwerk erreicht haben!«

»Entlastungsbauwerk, genau, so hieß dieses Scheißding!« Viktor grinste schief: »Du Neunmalklug!«

Überrascht, dass Viktor angesichts der Situation fähig war, Humor zu zeigen, flog auch Friedrich ein kurzes Lächeln über die Lippen. »Wir sollten aber noch etwas essen, um wieder zu Kräften zu kommen und um die Müdigkeit zu bekämpfen«, flüsterte Friedrich und nahm seinen Rucksack vom Rücken.

»Ja, du hast recht, ich hoffe sie haben uns Kaviar mitgegeben!«

Friedrich lächelte erneut und deutete auf Viktors rechte Wange. »Du hast übrigens einen Streifschuss abbekommen. Tut's weh?«

Viktor tastete vorsichtig seine Wange ab. »Nein, nicht wirklich! Ist mir ehrlich gesagt gar nicht aufgefallen, aber bei der Kälte spür ich sowieso nichts mehr.«

Friedrich griff in den Rucksack und zog eine flache, rot-weiße Dose heraus. »Ich muss dich enttäuschen, kein

Kaviar, sondern Scho-Ka-Kola.« »Na wie großzügig von den Herren. Geben uns so einen wichtigen Auftrag und speisen uns dann mit so einem Mist ab! Nix anderes dabei?« Friedrich schüttelte mit dem Kopf. »Naja …«, seufzte Viktor »… Kacke am Stock ist auch ein Bukett, also gib schon her!«

Als Friedrich sich ebenfalls ein Stück in den Mund schob, fiel ihm auf, dass er sich in den vergangenen Tagen fast ausschließlich von der bitterschmeckenden koffeinhaltigen Schokolade ernährt hatte und sich dabei stets aufs Neue schwor, sie nie wieder anzurühren. Jetzt aber war er froh, überhaupt etwas zu Essen zu haben, das ihn noch einige weitere Stunden mit Energie versorgen würde. Er blickte nochmals zu Viktor, der mit geschlossenen Augen kauend vor ihm saß. Bei seinem Anblick merkte Friedrich, dass er zum ersten Mal, seitdem er Viktor kennengelernt hatte, nun einen gewissen Respekt vor ihm und seiner Leistung, es so weit geschafft zu haben, empfand. Auf eine für ihn selbst unerklärliche Weise war er sogar froh, dass Viktor jetzt bei ihm war und bei seiner Panikattacke in der Kanalisation so besonnen reagiert hatte. Vielleicht hatte er Viktor falsch eingeschätzt. Dennoch fiel es Friedrich schwer, seine Anerkennung seinem Kameraden gegenüber in Worte zu fassen.

Nachdem sie auch die restlichen Schokoladenstücke schweigend aufgegessen hatten, schnallte er seinen Rucksack wieder auf den Rücken und nahm seine Taschenlampe. Mühsam erhob er sich, trat einen Schritt auf Viktor zu und streckte ihm helfend seine Hand entgegen. Im Schein der Lampe sahen sie sich länger als nur einen flüchtigen Moment fest in die Augen. Ohne ein Wort zu sagen, ergriff Viktor Friedrichs ausgestreckte Hand.

Langsam machten sie sich entlang des Abwasserrinnsals auf den Weg in Richtung des Pumpwerkes und verschwanden in der Dunkelheit.

KAPITEL 30

Frankfurt (Seckbach), Hotel am Lohrberg, 21. Oktober 2010, 01:07 Uhr

Markus stürzte in sein Hotelzimmer. Hektisch und unter lautem Fluchen schmiss er Schlüssel und Portemonnaie aufs Bett und rannte tänzelnd in Richtung Badezimmer. Ohne seine Jacke auszuziehen, öffnete er den Gürtel und zerrte seine Hose herunter. Als er es geschafft hatte, ließ er sich auf den Toilettensitz fallen, und nur Sekunden später seufzte er erleichtert auf und schwor sich, abends im Büro nie wieder zwei Tassen Kaffee und eineinhalb Liter Mineralwasser hintereinanderweg zu trinken. Während der Druck auf seine Blase endlich nachließ, stützte er sich stöhnend auf seine Knie und atmete tief durch. Er war müde, aber noch zu aufgekratzt, um jetzt schlafen zu können. Also zog er es vor, zunächst einfach auf der Toilette sitzen zu bleiben und die Wärme der Heizung des kleinen Badezimmers in sich aufzusaugen. Um sich selbst auf andere Gedanken zu bringen, sah er sich nach etwas Lesbarem um. Da er nichts finden konnte, nahm er gelangweilt eine Shampooflasche vom Badewannenrand und begann, die Informationstexte auf der Rückseite zu überfliegen. Aber weder die Zutatenliste noch die Nummer der Servicehotline interessierten ihn wirklich. So schweiften seine Gedanken bereits nach einigen Augenblicken wieder ab und er dachte noch einmal über Gert Bohlenders Worte vom heutigen Abend nach. Bei dem Gedanken an das Archiv erinnerte sich Markus plötzlich wieder an das Tagebuch des Soldaten. Er warf die Shampooflasche in die Badewanne und zog den Umschlag aus der Innentasche seiner Jacke. Doch bevor er ihn öffnete, hielt er einen Moment inne und betrachtete das Briefkuvert genauer. Wie alle Briefe, die er im Archiv gesehen hatte, war auch dieser an die ÖRF-Geschichtsredaktion adressiert. Ein großer roter Posteingangsstempel dokumentierte, dass der Brief bereits Ende Juni 2009 bei der Redaktionsleitung eingegangen sein musste. In der linken oberen Ecke des Umschlags befand sich ein Absenderstempel: »Rechtsanwaltskanzlei und Notar Dr. Dr. Arno Eugen Vetterli« las er laut vor. Ein Rechtsanwalt aus der Schweiz schickt der ÖRF-Geschichtsredaktion ein Tagebuch eines SS-Soldaten?, überlegte Markus verwundert. Er öffnete den Umschlag und zog neben dem Tagebuch zwei mehrseitige Anschreiben, die jeweils an der linken oberen Ecke zusammengeheftet waren, heraus. Markus hielt sie kurz in der Hand und legte sie dann, ohne sie zu lesen, auf das kleine Schränkchen unter dem Waschbecken. Sein Interesse galt dem Tagebuch. Wie schon zuvor im Archiv blätterte er zunächst willkürlich im Tagebuch, bis er bei einem Eintrag vom 19. Dezember 1944 hängen blieb.

»Meine allerliebste Charlotte,
es ist jetzt bereits acht Monate und sechszehn Tage her, dass wir uns in München gesehen haben. Ich hoffe nicht, dass du nach unserem Streit noch immer über mich verärgert bist. Nichts von dir zu hören, ist schier unerträglich. Ich vermisse dich unendlich und in meinen Gedanken bin ich stets bei dir. Ich hoffe sehr, dass es dir in München gut geht und dass du auch weiterhin vom Krieg verschont bleibst. Die Berichte über die Bombardierungen von München vor zwei Tagen stimmen mich sorgenvoll. Aber du musst mir glauben, zusammen mit meinen tapferen Kameraden von der SS werde ich alles nur Erdenkliche tun, um dich, den Führer und das Reich vor den Feinden zu schützen. Täglich erreichen uns neue Meldungen, die davon berichten, dass der Vormarsch der Bolschewisten ins Stocken gerät. Es ist nur noch eine Frage der Zeit, bis unsere Kameraden an der Ostfront sie endgültig zermürbt haben. Spätestens an der Oder werden sie, wie wir hier im Westen in den Ardennen, zum entscheidenden Gegenangriff übergehen. Ich würde mich im Übrigen viel besser fühlen, wenn du aufs Land nach Bockenheim zurückkehren würdest, um dort dem Gröbsten auszuweichen. München ist nicht mehr sicher. Ich darf gar nicht daran denken, wie schön es wäre, dich in der Heimat zum Heiligen Fest sehen zu können und in den Armen zu halten. Gemeinsam mit Walle könnten wir, wie früher, in der Christmette Oh Du Fröhliche singen und durch den Schnee nach Hause stapfen. Aber um dich zu beschützen, bin ich hier an der Front besser aufgehoben. Wie ich es dir damals geschworen habe, werde ich dich

nicht enttäuschen, und wenn es nötig ist, durch die Hölle und zurückgehen, damit dir nichts geschieht. Du sollst immer stolz auf mich sein können, hörst du?
In ewiger Liebe!
Dein liebster Friedrich«

»Die Alte hat dich abgeschossen, Friedrich!«, kommentierte Markus zynisch den Brief und schloss das Tagebuch. »Acht Monate Sendepause! Die hat einen Neuen! Deutlicher geht's doch nicht, oder?« Genervt legte er das Tagebuch auf den Badewannenrand und rieb sich erschöpft die Augen. Es ärgerte ihn, dass sich trotz des Essens bei McDonalds, bei dem er normalerweise immer zur Ruhe kam, einfach keine Entspannung einstellen wollte. Zu sehr war er in Gedanken schon bei seinem morgigen Termin mit Bernd Mühlbauer, wo er nicht nur über seine Rechercheergebnisse berichten wollte, sondern bei dem er Mühlbauer auch auf die Möglichkeit eines Zeitvertrages im Anschluss an seine Hospitanz ansprechen wollte. Schon seit Tagen spürte er bei dem Gedanken, unter Umständen keinen Vertrag zu bekommen, Versagens- und Zukunftsängste. Seinen Eltern nach all den Geschichten über seine große ÖRF-Karriere nun offenbaren zu müssen, wieder vor dem beruflichen Nichts zu stehen, wäre eine Demütigung. Ernüchtert schloss er die Augen und blieb regungslos auf der Toilette sitzen. Als seine Beine im Begriff waren, einzuschlafen, und langsam zu kribbeln begannen, stand er auf, zog seine Hose hoch und trat vor den Spiegel. Mit beiden Händen stützte er sich auf den Waschbeckenrand und betrachtete für einen Moment sein Spiegelbild. »Du siehst scheiße aus! Und zugenommen hast du auch!«, bemerkte er in einem abfälligen und vorwurfsvollen Ton. »Na, dann lass uns doch mal eine Bilanz ziehen, Markus!« Ohne sich selbst aus den Augen zu lassen, richtete sich Markus auf und deutete mit dem Zeigefinger auf sein Spiegelbild. »Seit geschlagenen drei Wochen versuchst du, den Fuzzis im ÖRF einen vorzumachen. Spielst den Historiker, der du gar nicht bist und auch gar nicht sein willst. Du erzählst der Welt von deinem ach so tollen Job beim Fernsehen, hast es aber eigentlich nur zu einem Buchkopierer und Altbriefleser geschafft, der, wenn man es mal ganz genau nimmt, arbeitslos ist. Hängst mit 26 noch am Tropf der Eltern und hast nicht einmal die Eier in der Hose, dich bei deiner besten Freundin zu entschuldigen.« Nach einem Moment der Stille, in dem nur das leise Summen des Luftabzuges über der Toilette zu hören war, senkte er seinen Kopf. Oh Mann, was bist du nur für ein Versager!, dachte er sich, ohne es jedoch laut aussprechen zu wollen. Noch eine ganze Weile blieb Markus im Badezimmer stehen und starrte wieder auf sein Spiegelbild. Dann drehte er sich langsam um, nahm das Tagebuch vom Badewannenrand und ging ins Schlafzimmer. Er legte das Büchlein auf den kleinen Nachttisch und zog sich aus. Nachdem er, bis auf eine kleine Leselampe, das übrige Licht im Zimmer gelöscht hatte, setzte er sich auf die Bettkante und stellte seinen Radiowecker auf viertel nach acht. Er legte sich hin, zog sich die Decke bis unter das Kinn und starrte für einige weitere Minuten nachdenklich an die mit dunklem Holz vertäfelte Decke des Raumes. Er fühlte sich niedergeschlagen, mut- und vor allem ratlos. Wie konnte das alles nur passieren? Was ist falsch gelaufen, fragte er sich wieder und wieder, doch je länger er über sein bisheriges Leben, seine Zukunft und den morgigen

Tag nachdachte, desto wilder drehten sich seine Gedanken und Emotionen im Kreis. Nervös wälzte er sich eine weitere halbe Stunde hin und her, bis er frustriert aufgab und sich wieder aufrecht ins Bett setzte. Er war müde, aber gleichzeitig fühlte er sich zu aufgekratzt, um einschlafen zu können. Da er ohnehin keinen klaren Gedanken fassen konnte, beschloss er, nicht mehr über Probleme nachzudenken, sondern sich irgendwie abzulenken. Er dachte darüber nach, noch ein wenig fernzusehen, war aber zu faul, um aufzustehen und die Fernbedienung zu holen. Dann fiel sein Blick auf das Tagebuch, das neben ihm auf dem Nachttisch lag. Er nahm es und legte sich wieder hin. Im Schein der Nachttischlampe betrachtete er noch einmal den schwarzen rissigen Einband und fuhr vorsichtig mit dem Daumen über die in das Leder eingestanzten SS-Runen. Dann öffnete er es und begann wieder willkürlich die kurzen Eintragungen zu lesen. Nach etwa einer Dreiviertelstunde war er schließlich am Ende des Tagebuches angekommen. Aufgrund des schlechten Schriftbildes war sich Markus sicher, dass der Autor den letzten Eintrag mit zitternder Hand geschrieben haben musste. Der Eintrag war datiert auf den 3. Mai 1945.

»Meine allerliebste Charlotte,
in den vergangenen Tagen haben wir die ganze Grausamkeit des Krieges gesehen, den Abgrund, der zu einer dunklen Finsternis führt. Dinge, die man nicht mit Worten beschreiben kann und die mich und meine Kameraden an die Grenze der Verzweiflung geführt haben. Doch selbst in dieser düsteren Stunde, an diesem gottlosen Ort, hat uns unser Führer ein letztes Geschenk gegeben. Ein Symbol für den unzer-

störbaren Überlebenswillen unseres Volkes. Eine Flamme der Hoffnung, die uns Mut macht, niemals aufzugeben, aber die uns hilft, wenn die Stunde doch kommen wird, voller Stolz unser Leben für unser Vaterland zu geben. Charlotte, ich bin mir sicher, dass es Gottes Wille war, dass mir vor zwei Tagen die große Ehre zuteil wurde, dieses Geschenk unseres Führers zu bewahren, es mit meinem Leben zu verteidigen und an einen Ort zu bringen, von dem es seine Strahlkraft in die Herzen unserer Soldaten und unserer Landsleute entfalten kann. Charlotte, ich schwöre dir, dass ich es mit all meinen Kräften versucht habe, ich aber dennoch gescheitert bin. Meine Verletzungen von den gestrigen Kämpfen sind zu groß und werden mich mit großer Wahrscheinlich bald mein Leben kosten. Ich spüre, wie mich meine Kräfte bereits verlassen. Dennoch möchte ich über meinen eigenen Tod hinaus nichts unversucht lassen, um meinen Auftrag trotzdem zu erfüllen, und lege daher das Geschenk des Führers, das das Schicksal aller Deutschen bestimmen wird, in die Hände desjenigen, dem ich stets vertraut habe. Ich gebe es einem Menschen, dessen reines Gewissen, Güte und Unschuld alles darstellt, wofür meine Kameraden und ich in Berlin gekämpft haben und gestorben sind. Dieser jemand bist du, Charlotte. Auch wenn ich weiß, welche Bürde ich dir damit auferlege, zwingt mich meine Treue zum Führer und die Liebe zum Deutschen Volk dazu, dir nichts weniger als die sterblichen Überreste Adolf Hitlers anzuvertrauen. Nun wird es an dir liegen, über das Erbe, aber auch die Zukunft des Dritten Reiches und aller Deutschen zu entscheiden. Ich werde die Bäuerin, die mich in ihrer Herzensgüte notversorgt und nach bestem Können und Möglichkeiten pflegt, bitten, dir meine Aufzeichnungen zuzusenden, sobald der Krieg vorüber ist und bessere Tage anbrechen. Da ich dennoch nicht weiß, wem das Tagebuch außer dir in die Hände fallen könnte, kann ich dir nur einen Hinweis geben, um seine wenigen Gebeine, die uns geblieben sind, zu finden.

Die Knochenreste befinden sich in dem kleinen Dorf Berlin-Malchow. Dort gibt es ein Kinderheim. Sicher und trocken in einen Metalleimer verstaut, liegen die Gebeine nur etwa einen halben Meter tief vergraben, direkt am Fuße jenes Ortes, an dem wir uns das erste Mal in Bockenheim geküsst haben.

Auch wenn es Jahre dauern sollte, wenn die Zeit gekommen ist, mache dich auf die Suche. Wenn du die Gebeine gefunden hast, dann halte sie in Ehren und vertraue sie nur demjenigen an, der es würdig ist, sie als Reliquie an der Spitze einer Armee zu tragen, die das Deutsche Volk wieder in die Freiheit führt.

Ab diesem bitteren Moment, meine liebe Charlotte, wird es mir nicht mehr möglich sein, dich vor der drohenden Dunkelheit zu beschützen und dich zu verteidigen. Bitte glaube mir, dass ich alles versucht habe, was in meiner Macht stand, aber auch hier habe ich kläglich versagt. Wenn ich es könnte, würde ich vor dir niederknien, um dich dafür um Verzeihung zu bitten. Aber es ist mir nicht möglich, mehr als mein Leben zu geben. Schlimmer aber noch als der Tod ist die Gewissheit, dich nie wieder in den Armen halten zu dürfen, deine Wärme zu spüren und dein

Lachen zu hören. Alles, was ich je wollte, war, dich stolz zu machen und dir eines Tages ein guter Ehemann zu sein. Daher möchte ich dir jetzt, wo ich dich für immer gehen lassen muss, versichern, dass ich dir immer, in guten wie in bösen Tagen, in Gesundheit und Krankheit die Treue gehalten hätte. Ich hätte dich geliebt, geachtet und in Ehren gehalten bis in alle Unendlichkeit.

In ewiger Liebe!

Dein Friedrich«

»Oh Mann!«, stieß Markus leise hervor und wusste im ersten Moment nicht, was er von dem Inhalt des Eintrages halten sollte. Er blätterte noch einmal zum Beginn des Textes zurück, um das Datum zu überprüfen. »3. Mai 1945«, brummte er vor sich hin. Er versuchte, sich an den Todestag von Adolf Hitler zu erinnern, war sich nicht mehr sicher, ob es der 30. April oder der 1. Mai 1945 gewesen war. Es musste aber auf jeden Fall vor dem 3. Mai gewesen sein. »Hitlers Gebeine?« Ungläubig schloss er das Tagebuch und schüttelte den Kopf. Dann fiel Markus ein, wie er vor einigen Jahren Bernd Eichingers *Der Untergang* im Kino gesehen hatte. Auch wenn ihn die Geschichte vom Ende des 3. Reiches, Hitlers Tod und seine Verbrennung nie sonderlich interessiert hatten, hatte der Film bei ihm einen nachhaltigen Eindruck hinterlassen. So konnte er sich schemenhaft daran erinnern, dass trotz vieler Verschwörungstheorien nie wissenschaftlich bestätigt werden konnte, dass irgendwelche Überreste der Leiche Hitlers oder Eva Brauns jemals gefunden worden waren. Für einen Moment überlegte er, aufzustehen und sich bei Wikipedia noch einmal über die Todesumstände

Hitlers zu informieren, spürte aber, dass nun endlich die Müdigkeit von ihm Besitz ergriff. Es war bereits zehn vor drei, als er auf seinen Wecker sah. Er legte das Tagebuch in die Schublade seines Nachttischs und löschte das Licht. Dann drehte er sich auf die Seite und dachte noch einmal über den Text im Tagebuch nach. Aber die Geschichte schien ihm einfach zu fantastisch, als dass er sie wirklich glauben oder ernst nehmen konnte oder wollte. »Alles Spinner!«, sagte er leise, blickte noch einige Minuten aus dem Fenster in das kalte milchige Licht einer mit toten Insekten verdreckten Straßenlaterne und schlief ein.

KAPITEL 31

Berlin, Notauslass nahe Kreuzung Dragoner-Straße/Rochstraße, 1. Mai 1945, 09:23 Uhr

Meter für Meter schleppten sich Friedrich und Viktor durch den dunklen Notauslass. Im Unterschied zu den kleinen Kanälen die sie zuvor durchquert hatten, roch es nun nicht mehr nach Fäkalien, sondern nur leicht muffig nach abgestandener Luft und brackigem Wasser. Der Geruch erinnerte Friedrich an das alte Gewölbe des Weinkellers unter dem Winzerhof, auf dem sein Vater in Bockenheim gearbeitet hatte. Mehr noch als zuvor in der Kanalisation erzeugten Form und Größe des Notauslasses einen starken Hall, der weit in die Tiefe des Tunnels zu dringen schien. Neben dem knirschenden Geräusch, das durch ihre Schritte auf dem leicht mit Sand bedeckten Ziegelsteinboden entstand, konnte Friedrich wieder das monotone Hintergrundrauschen wahrnehmen, dessen Ursprung er sich schon in der Kanalisation unter Unter den Linden nicht erklären konnte. Von Zeit zu Zeit spürte Friedrich einen Hustenreiz, unterdrücke ihn aber. Auch wenn die Gefahr, durch russische Soldaten entdeckt zu werden, mit jedem Schritt abnahm, mit dem sie sich weiter von der Mündung des Notauslasses in die Spree entfernten, bemühte er sich dennoch, so leise wie möglich zu sein. Trotz des Zuckers und des Koffeins der bitter schmeckenden Schokolade fiel es Friedrich nach wie vor schwer, sich zu konzentrieren und gegen seine Müdigkeit anzukämpfen. Die nasse Kleidung kühlte seinen Körper weiter aus, sodass er am ganzen Körper zitterte. Da er wusste, dass der Notauslass beim Pumpwerk enden würde, sah er keinen Sinn mehr darin, die wenigen Versorgungsschächte, die von der Oberfläche herunterführten, zu zählen, geschweige denn sie mit den Karten im Hobrecht-Atlas abzugleichen. Wie weit sie bereits gekommen waren, konnte er nicht mehr einschätzen. Er hatte das Gefühl für Zeit und Raum komplett verloren. Im Schein der Taschenlampe starrte er wie in Trance nur noch auf die direkt vor ihm liegenden Meter. Außer dass Viktor ihm dicht folgte, nahm er kaum noch wahr, was um ihn herum passierte.

Nach einer Weile änderte der sonst relativ gerade verlaufende Notauslass seine Richtung und bog scharf nach rechts ab. Als sie die Biegung passiert hatten, hörte Friedrich plötzlich ganz in der Nähe ein stärkeres Rauschen von Wasser. Er blieb stehen und suchte mit der Taschenlampe vorsichtig die Umgebung ab, bis er auf der linken Seite in einiger Entfernung auf eine Kanalmündung stieß, die seitlich in den Notauslass führte. Beim Näherkommen erkannte er, dass es sich um einen größeren, etwa 1,50 Meter breiten Seitenstrang der Kanalisation handelte. Er leuchtete in die Röhre, doch außer dem aus den typischen roten Ziegelsteinen gemauerten Kanal konnte er nichts Ungewöhnliches erkennen. Einzig die etwas andere Form des Kanals machte ihn stutzig. Im Gegensatz zu den eiförmigen Profilen der Abwasserleitungen war dieser Kanal in der Horizontalen oval geformt und um einiges breiter als die bisherigen Zuläufe, die er gesehen hatte. Friedrich drehte sich zu Viktor um und deutete auf den Kanal. »Siehst du«, flüsterte er mit schwacher Stimme, »das müsste ein kleinerer Sammler oder Notauslass sein, der in diesen mündet. Ich meine, den auf einer Zeichnung im Hobrecht-Atlas gesehen zu haben. Wenn das stimmt, müssten wir uns jetzt unter der Kreuzung Dragonerstraße/Rochstraße befinden.«

»Gut, dass wir durch das enge Ding nicht mehr durchmüssen!«, raunte Viktor beim Anblick des niedrigen Kanals.

Friedrich nickte zustimmend und überlegte danach einen Moment. »Wenn mich nicht alles täuscht, dann heißt das aber auch, dass der Notauslass bald unter der U-Bahn an der Ecke Hirtenstraße und Kaiser-Wilhelm-Straße durchführen wird.«

»Hirtenstraße! Das ist doch schon am südlichen Rand vom Prenzlauer-Berg. Dann haben wir Berlin-Mitte und die Front doch schon hinter uns gelassen, oder?«, fragte Viktor, dessen Erleichterung in seiner Stimme unüberhörbar war. »Das heißt, die Russen sind zwar über uns, aber sie werden uns hier kaum noch suchen. Schon gar nicht im Notauslass!«

»Ja, das glaube ich auch, aber geschafft haben wir es noch nicht! Erst wenn wir das Pumpwerk erreicht haben, sollten wir wirklich sicher sein. Komm, lass uns weitergehen.« Doch als Friedrich losgehen wollte, wurde ihm für einen Moment schwindelig. Um nicht das Gleichgewicht zu verlieren, stützte er sich kurz an der Kanalwand ab, ohne dass es Viktor sehen konnte. Er spürte, dass ihn seine Kräfte nun doch schneller verließen, als er es sich eingestehen wollte. Wiederum zwang er sich dazu, durchzuhalten, aber Kälte, Hunger und Schlafentzug forderten nun zusehends ihren Tribut. Es dauerte einige Sekunden, bis er sich gefangen hatte und er sich hinter Viktor her weiter durch den dunklen Notauslass schleppte.

Ohne besondere Vorkommnisse verging eine weitere Viertelstunde, bis sich der Notauslass plötzlich vor ihnen in zwei parallel verlaufende Profile teilte. Friedrich und Viktor blieben stehen und betrachteten schweigend die vor ihnen liegende Abzweigung. Um mehr erkennen zu können, öffnete Friedrich die Verdunkelungsklappe seiner Taschenlampe.

»Was ist das?«, fragte Viktor leise.

»Wir sind an der Unterführung der U-Bahn-Gleise angekommen. Ab hier teilt sich der Notauslass für ungefähr 25 Meter und hat nur noch etwas mehr als zwei Meter Deckenhöhe.«

»Warum das denn?«, fragte Viktor alarmiert.

»Weiß ich auch nicht so genau. Das wird ›Düker-System‹ genannt und wohl verwendet, um den Notauslass unter den Gleisen durchzuführen.«

»Düker-System?

»Ja, so steht es zumindest im Atlas.« Friedrich griff in seine Manteltasche und zog ihn heraus. Im Schein der Lampe blätterte er bis zu der Seite vor, auf der die Unterführung abgebildet war. Er deutete mit dem Finger auf eine der kleinen Zeichnungen. »Siehst du, hier verläuft der Notauslass unter den U-Bahn-Gleisen.«

Viktor nahm den Atlas an sich und sah sich den Verlauf der Unterführung genauer an. »Laut dieser Zeichnung liegt die Sohle des Notauslasses in der Senke eineinhalb Meter tiefer als sonst.«

»Ja, und?«

»Na, ist doch klar! Wenn das Wasser hier schon bei normaler Höhe durch den Notauslass läuft, dann muss die Unterführung auf der gesamten Länge vollgelaufen sein. Heißt das etwa, wir müssen da im Dunkeln durchtauchen?« Viktors Stimme begann bei der Vorstellung leicht zu beben.

»Unsinn! Selbst an der tiefsten Stelle bleiben uns immer noch 80 Zentimeter Luft bis zur Decke.«

»Na dann!« Viktor reichte den Hobrecht-Atlas zurück an Friedrich, der seinen Rucksack abnahm und ihn darin verstaute. »Das ist im Übrigen das letzte Hindernis. Nach der Unterführung können wir ohne Probleme bis zum Entlastungsbauwerk am Pumpwerk weitergehen. Hier müssen wir aber noch durch, ob wir wollen oder nicht. Lass uns nur die Rucksäcke hochhalten, dass sie nicht wieder nass werden. Der Atlas ist jetzt schon ganz aufgeweicht.«

Viktor nickte und nahm seinen Rucksack ebenfalls vom Rücken.

Geduckt gingen sie in den rechten der beiden Kanäle des Notauslasses. Als Friedrich nach einigen Metern an der Unterführung angekommen war, sah er im Schein der Taschenlampe das schwarze Abwasser, das sich in der Senke gesammelt hatte. Er trat vorsichtig hinein und spürte, wie das kalte, dreckige Wasser in seine Stiefel drang und es mit jedem weiteren Schritt langsam seine Beine hochkroch. Unter seinen Sohlen fühlte er eine schleimige Masse aus Sand und Ablagerungen, die sich am Grund angesammelt hatten. Langsam wateten beide mit erhobenen Händen durch die Unterführung. Nach etwa einem Drittel der Strecke reichte Friedrich das Wasser bereits bis über den Bauch. Je tiefer er in das Wasser vordrang, umso mehr spürte er die Kälte, die ihm das Atmen erschwerte. Viktor folgte ihm dicht auf den Fersen. Als sie etwa die Mitte erreicht hatten, stieg Friedrich ein zunächst schwacher, aber doch unverkennbar unangenehmer, fauliger Geruch in die Nase, den er bislang weder in der Kanalisation noch im Notauslass wahrgenommen hatte.

»Riechst du das, Viktor?«, flüsterte er und blieb stehen.

»Ja, irgendwas stinkt hier, aber was ist das?«

Für einen Moment war sich Friedrich nicht sicher, aber dann erkannte er den Geruch. »Das ist Menschenfleisch, Viktor! Verbranntes Menschenfleisch, das verfault!«

Nach einigen Sekunden konnte auch Viktor den unangenehmen, leicht süßlichen Geruch deutlich wahrnehmen. »Oh, Gott! Du hast recht, jetzt erkenne ich es auch. Ich kenn das aus den Lagern. Das muss von da vorne kommen.«

Dicht aneinandergedrängt verharrten sie einen weiteren Moment regungslos im Wasser und versuchten, in der Dunkelheit etwas zu erkennen oder zu hören. Wie schon in der Kanalisation Unter den Linden spürte Friedrich, wie sich sein Körper plötzlich wieder anspannte, ihm die

Hitze ins Gesicht stieg und sein Herz schneller zu schlagen begann.

»Was machen wir jetzt?«, stammelte Viktor leise.

»Wir können nicht zurück. Wir müssen da durch. Einen anderen Weg gibt es nicht!«, entgegnete Friedrich mit fester Stimme. Vorsichtig gingen sie einige Schritte weiter, bis nach ein paar Metern im Schein der Taschenlampe vor ihnen zwei dunkle größere Gegenstände an der Wasseroberfläche auftauchten. Friedrich biss die Zähne aufeinander, als er erkannte, um was es sich handelte. Dennoch gab er dem Impuls, einfach umzukehren, nicht nach, sondern watete unbeirrt weiter Richtung Ende der Unterführung. Da er in der einen Hand die Taschenlampe hielt und mit der anderen Hand den Rucksack auf der Schulter trug, blieb ihm nichts anderes übrig, als die verwesenden Leichen, die mit dem Gesicht nach unten im Wasser vor ihm trieben, mit seinem Oberkörper zur Seite zu drücken. Als auch Viktor die leblosen Körper passierte, hörte Friedrich, wie er angewidert zu stöhnen und gleich darauf zu würgen begann. Der faulige Geruch war nun so intensiv, dass Friedrich begann, durch den Mund zu atmen, um zu vermeiden, sich übergeben zu müssen. Dann spürte er, wie der Boden des Kanals unter seinen Füßen langsam wieder anstieg und sie das Ende der Senke fast erreicht hatten. Außerdem stellte er fest, dass sich die beiden Röhren auf seiner linken Seite wieder zu einem großen Kanal vereinigten.

Als sie das Wasser verließen, schnallte sich Friedrich seinen Rucksack so schnell wie möglich wieder auf den Rücken, um eine freie Hand zu bekommen. Er verdunkelte die Taschenlampe hastig mit der Metallklappe und griff nach seiner Pistole in der Mantelinnentasche. Mit zitternder Hand richtete er die Waffe vor sich in die Dunkelheit. Langsam schlich er mit Viktor im Schlepptau weiter, bis er auf der rechten Seite der Kanalwand das Ende einer Treppe erspähen konnte. Offenbar führte sie seitlich durch einen kleinen Tunnel von den über ihnen liegenden U-Bahn-Gleisen schräg in den Notauslass hinunter. Friedrich deutete auf die Treppe, um Viktor auf sie aufmerksam zu machen. Eng an die Kanalwand gedrückt, schlichen sie weiter auf sie zu. Kurz bevor sie den Treppenschacht erreicht hatten, blieben sie abermals stehen und lauschten, ob sie im Schacht etwas Verdächtiges hören konnten. Nach einigen Sekunden der Stille drang plötzlich ein leises Stöhnen aus dem Schacht zu ihnen. Friedrich spürte, wie seine Adern am Hals heftig zu pulsieren begannen. Doch als er weitergehen wollte, hielt ihn Viktor von hinten zurück. Friedrich drehte sich um und sah kurz in Viktors bleiches Gesicht. Mit weit aufgerissenen Augen deutete der auf den Boden vor sich. Friedrich richtete die Taschenlampe vorsichtig nach unten und sah, dass er mit seinen Stiefeln in einer riesigen Lache aus zähflüssigem dunkelrotem, fast schwarzem Blut stand, die sich mehrere Meter erstreckte und die durch ein kleines Rinnsal, das aus dem Treppenschacht tropfte, gespeist wurde. Vorsichtig leuchtete Friedrich mit der Taschenlampe um die Ecke in den Treppenschacht. Es dauerte einen Augenblick, bis er begriff, was sich ihm da für ein Anblick bot. Soweit der Schein der Taschenlampe reichte, lagen unzählige bis zur Unkenntlichkeit verbrannte Leichen auf den Treppenstufen. Aus Rissen in den aufgedunsenen Leibern quoll eine dunkelrote Masse aus halb geronnenem Blut und Gedärmen. Verschmorte Kleiderfetzen hingen an den grausam entstellten und verstümmelten Körpern herunter.

Obwohl viele der Leichen vollkommen verkohlt oder zerfetzt waren, erahnte Friedrich, dass es sich um Zivilisten handeln musste. Inmitten der verwesenden Körper alter Männer und Frauen lagen sogar die Leichname von Kindern, jedoch befanden sich offenbar keine Soldaten unter den Toten. Der Gestank war so unerträglich, dass Friedrich sich den Mantelkragen vor Mund und Nase hielt.

»Oh Gott!«, würgte Viktor beim Anblick der Leichen angewidert hervor. »Was ist das denn für ein Mist?«

Friedrich war jedoch von dem Anblick derart gebannt, dass er nicht antwortete und für einen Moment sogar das leise Stöhnen vergaß, das sie zuvor im Treppenschacht gehört hatten. Plötzlich bemerkte er inmitten der Leichen einen mit Blut, Dreck und Ruß verschmierten Mann, der eine verkohlte Frauenleiche in seinen Armen hielt. Instinktiv richtete Friedrich seine Pistole auf den Mann, der jedoch keinerlei Reaktion zeigte. Das Weiß seiner apathisch aufgerissenen Augen bildete den einzigen Kontrast zu dem sonst rotbraunen dunklen Fleischhaufen um ihn herum. Dann begann der Mann, seinen Oberkörper langsam hin und her zu schaukeln, als ob er die tote Frau in seinen Armen in den Schlaf wiegen wollte. Geblendet vom Licht der Taschenlampe hatte er seinen Blick nach unten gerichtet und blickte der Frau ins Gesicht. Schädel und Körper waren derart verbrannt, dass lediglich ihre dunklen Augenhöhlen und ihre freiliegenden Zähne zu sehen waren. Fleisch- und Hautfetzen hingen von ihren hervortretenden Knochen herunter. Dann versuchte der Mann, Worte zu formulieren, was ihm jedoch erst beim zweiten Anlauf gelang.

»Ist sie nicht schön?«, flüsterte er mit sanfter, aber leicht zitternder Stimme. »Wir werden bald heiraten!«

Fast zärtlich wiegte er den leblosen Körper weiter in seinen Armen. Dann legte er der toten Frau schützend eine Hand auf den Kopf, als wollte er sie so von dem Licht der Taschenlampe abschirmen. Langsam hob er dann wieder den Blick und sah zu Friedrich, der wie versteinert vor ihm stand. »Ich habe sie und die anderen hier gestern gefunden. Sie schläft schon die ganze Zeit. Schon vor Tagen haben sie sich hier im U-Bahn-Tunnel versteckt. Hier unten sind wir jetzt alle sicher. Sie können auch bleiben, wenn Sie wollen.« Langsam hob er seine Hand und hielt sich einen blutigen Zeigefinger vor die Lippen. »Aber bitte seien Sie leise. Sie ist so furchtbar müde, wissen Sie. So furchtbar müde.« Ohne die Worte des Mannes wirklich zu verstehen, starrte Friedrich entsetzt auf den entstellten Körper der jungen Frau. Nach einem Moment der Stille senkte Friedrich langsam seine Pistole und spürte, wie ihm ein kalter Schauer über den Rücken lief. Als Viktor von hinten seinen Oberarm ergriff, erschrak er und fuhr herum.

»Friedrich, komm! Der hat den Verstand verloren. Dem können wir nicht mehr helfen.« Seine Stimme klang ruhig, aber bestimmt. »Das waren Russen, mit Granaten und Flammenwerfern. Ich hab das schon mal gesehen. Komm, lass uns einfach weitergehen!«

Aber Friedrich war nicht imstande, sich zu bewegen oder etwas zu sagen. Er drehte sich wieder zu dem Mann um, der seine Augen nun geschlossen hatte und leise mit bebenden Lippen begann, ein Schlaflied zu summen. Über seine Wangen rannen Tränen, die helle Spuren auf dem blut- und dreckverschmierten Gesicht hinterließen. Erst als Viktor ihn erneut am Ärmel zog, schaffte Friedrich es, sich von der Szene zu lösen und langsam von der Treppe zurückzuweichen, bis sie in der Dunkelheit verschwand, und ihn nur noch das Summen des Mannes leise in den Notauslass verfolgte.

KAPITEL 32

Frankfurt (Lohrberg), ÖRF, Parkplatz Süd 2, 21. Oktober 2010, 09:48 Uhr

Nur mit Mühe gelang es Markus, sich die depressive Stimmung der vergangenen Nacht nicht anmerken zu lassen, als er vom Parkplatz in Richtung des Redaktionsgebäudes ging. Gequält lächelte er einigen Kollegen zu, die gemeinsam mit ihm Süd 2 betraten. Er ärgerte sich über sich selbst, denn wieder einmal konnte er seine Anspannung und Nervosität, die er immer vor unangenehmen Gesprächen verspürte, nicht in den Griff bekommen. Nur im Auto auf dem Weg zum ÖRF war es ihm wenigstens für einen kurzen Moment gelungen, sich mithilfe von David Lee Roths *Just Like Paradise* Mut zu machen. Doch mit jeder Stufe, die er das Treppenhaus hinaufstieg, schwand eben jener und seine Zweifel wurden größer. Als er im zweiten Stockwerk angekommen war und in den langen Flur blickte, der zu Bernd Mühlbauers Büro führte, blieb er für einen kurzen Moment stehen und atmete tief durch. Die Situation erinnerte ihn an den Tag seiner mündlichen Abschlussprüfung an der Uni und das mulmige Gefühl, das er empfunden hatte, kurz bevor er das Zimmer seines Professors betrat. »Na los, schlimmer als damals kann's nicht werden!«, versuchte er sich aufzumuntern und machte sich seufzend auf den Weg. Doch schon nach wenigen Schritten streckte Ulrike Albus-Schriener plötzlich den Kopf aus ihrer Bürotür, und ohne Markus auch nur die geringste Chance zu geben, sich umzudrehen oder gar wegzulaufen, schallte es ihm in ihrem unverkennbar schnippischen Ton entgegen.

»Herr Weidenhall, ich habe Sie schon erwartet. Hätten Sie die Güte, kurz zu mir ins Büro zu kommen? Ich versichere Ihnen, dass es auch nicht lange dauern wird.«

Um einen gewissen Sicherheitsabstand zu wahren, blieb Markus abrupt stehen und suchte nach einer plausiblen Ausrede, warum er jetzt auf keinen Fall mit der Personalbeauftragten sprechen konnte. »Tja, das würde ich sehr gerne, aber leider habe ich einen Termin mit Herrn Mühlbauer, der nicht warten kann und der um 10:00 Uhr beginnt. Danach …«

»Ich weiß!«, unterbrach sie ihn schroff. Sie kniff die Augen zusammen und sah auf ihre kleine goldene Armbanduhr. »Es ist aber erst 9:52 Uhr. Wir haben also noch acht Minuten. Das reicht, und dann haben wir das hinter uns. Kommen Sie!«

Ulrike Albus-Schriener drehte sich um und stolzierte zurück hinter ihren Schreibtisch. Nur widerwillig folgte Markus ihr und setzte sich auf den Stuhl, auf dem er schon am ersten Tag seiner Hospitanz gesessen hatte.

»Da ja Ihre Zeit bei uns nun endet, möchte ich Sie noch kurz über einige Formalitäten informieren, die Sie bitte morgen erledigen müssten.« Sie setzte sich in ihren

Schreibtischsessel und sah Markus triumphierend an. Dann beugte sie sich leicht schmunzelnd nach vorne und öffnete einen dünnen Aktenordner, der vor ihr auf dem Schreibtisch lag. »Also zur Sache! Morgen um 16:30 Uhr bitte ich Sie, Ihren ÖRF-Ausweis und Ihre Zugangsberechtigung für das Zentralarchiv im Sekretariat der Redaktionsleitung abzugeben. Die Übergabe wird Ihnen Frau Dingelreiter schriftlich bestätigen. Ein Zeugnis über Ihre Hospitanz wird Ihnen natürlich zeitnah zugeschickt werden. Ihr Tätigkeitsprofil, welches für das Zeugnis benötigt wird, werde ich Anfang der kommenden Woche von Herrn Mühlbauer anfordern …«, sie hob ihren Kopf und sah Markus mit einem vorwurfsvollen Blick über ihren Brillenrand an, »… der Sie ja in den vergangenen drei Wochen mehr gesehen hat als Dr. Zauner, dem ich Sie ursprünglich zugeteilt hatte.« Sie zog ihre Augenbrauen hoch, schob ihre Brille mit dem spitzen Zeigefinger vor ihre Augen und sah wieder hinunter auf den Aktenordner. »Aber das ist ja jetzt auch egal.«

Markus spürte, dass Ulrike Albus-Schriener ihn provozieren wollte, reagierte aber nicht auf sie. Hatte er in den vergangenen Wochen noch bei jeder sich bietenden Gelegenheit versucht, nett und zuvorkommend zu der Personalbeauftragten zu sein, um überhaupt ein nennenswertes Verhältnis zu ihr aufzubauen, war es ihm nun schlichtweg egal, was sie über ihn dachte oder wie sie ihn nannte. Er lehnte sich zurück, verschränkte die Arme und sah sie gleichgültig an. Nach einem Moment des Schweigens sagte sie: »Eins muss man Ihnen im Übrigen lassen, Herr Weidenhall. Ich habe bereits gestern mit Herrn Mühlbauer kurz sprechen können, der – ehrlich gesagt zu meiner Überraschung – viel Positives über Ihre

Arbeit in den vergangenen Wochen bei uns zu berichten hatte. Somit: Ehre, wem Ehre gebührt. Sie haben sich anscheinend wirklich gut in das Archiv von Herrn Bohlender eingearbeitet. Glückwunsch dazu!« Markus war über das unerwartete Kompliment überrascht, reagierte aber nicht darauf und schwieg. »Nun, Herr Weidenhall, wenn Sie keine Fragen mehr haben, dann trennen sich unsere Wege hier.«

Markus presste die Lippen zusammen und schüttelte langsam den Kopf. Ulrike Albus-Schriener schloss den Aktenordner, stand auf und sah Markus verkniffen lächelnd an. »Na dann!« Sie ging zur Bürotür, drehte sich aber auf halbem Wege noch mal zu ihm um. »Ah, da wäre noch eine Kleinigkeit. Ich habe gestern in weiser Voraussicht schon mit Bernd Mühlbauer über einen möglichen Folgevertrag für Sie hier in der Geschichtsredaktion gesprochen. Da ich davon ausgehe, dass Sie bei ihrem Termin gleich auch darauf zu sprechen kommen werden, möchte ich Ihnen, damit Sie auf das Gespräch besser vorbereitet sind und sich keine falschen Hoffnungen machen, gleich sagen, dass das leider nicht möglich sein wird. Aber die Gründe dafür lassen Sie sich am besten von Herrn Mühlbauer erläutern.« Sie streckte Markus ihre Hand entgegen. »Ich wünsche Ihnen für Ihre weitere berufliche Zukunft alles Gute!«

Wortlos schüttelte Markus kurz die knochige kalte Hand der Personalbeauftragten und verließ das Zimmer.

Als Markus durch die offene Tür in das noch leere Büro von Bernd Mühlbauer ging, war er froh, dass er einen kurzen Moment dafür haben würde, seine Wut über Ulrike Albus-Schriener abklingen zu lassen. Selbst wenn er keinen Vertrag bekommen würde, war es ihm wichtig, das

Gespräch mit Bernd Mühlbauer mit Anstand zu führen und die Hospitanz mit Würde zu beenden. Frustriert ließ er sich in einen der beiden Flugzeugsitze fallen und sah aus dem Fenster. Wenigstens einen positiven Aspekt konnte er dem Gespräch mit der Personalbeauftragten abgewinnen. Nun, da er wusste, was auf ihn zukommen würde, ließ seine Nervosität merklich nach und eine Mischung aus Resignation und Gleichgültigkeit machte sich in ihm breit. Es dauerte nicht lange, bis er schnelle Schritte auf dem Gang hörte und Bernd Mühlbauer kurz darauf sein Büro betrat.

»Du siehst müde aus, Markus! Hast du schlecht geschlafen?«, fragte er und warf seinen hellen Trenchcoat neben Markus auf den anderen Flugzeugsitz. »Sorry, dass ich mal wieder zu spät bin, aber mein Sohnemann wollte heute partout nicht in den Kindergarten.« Er setzte sich seufzend an seinen Schreibtisch und sah Markus für einen Moment kritisch an. »Hattest du schon einen Kaffee? Du siehst so aus, als könntest du einen gebrauchen.«

»Um ehrlich zu sein, ja! Kaffee könnte heute nicht schaden«, antwortete Markus, ohne eine Miene zu verziehen.

Bernd Mühlbauer stand auf und ging zu seiner Kaffeemaschine. »Stark oder schwach?«

»Wenn du hast, einen starken, ohne alles!«

»Ah … capisco, tipo Ristretto!«, sagte Bernd Mühlbauer in einem witzig gemeinten italienischen Akzent. Er drehte sich kurz zu Markus um, der jedoch auf seinen misslungenen Versuch, ihn aufzuheitern, nicht reagierte. Obwohl er es sich fest vorgenommen hatte, gelang es Markus nicht, seine Enttäuschung zu verbergen. »Oh oh, ich sehe schon, da hat einer schlechte Laune! Was'n los?«

»Ach nichts, eigentlich ist alles okay, aber gestern im

Archiv war ich doch nicht so erfolgreich wie erhofft und …« Markus zögerte einen Moment, entschloss sich aber, vorläufig noch nicht von seinem Gespräch mit Ulrike Albus-Schriener zu berichten.

»Und was?«, hakte Bernd Mühlbauer nach und stellte eine Tasse unter die Kaffeemaschine. »Na, nun lass dir nicht alles aus der Nase ziehen! So schlimm kann's im Archiv doch nicht gewesen sein. Die Kassetten da auf dem Tisch sind doch von dir, oder? Die sehen schon vielversprechend aus. Oder hast du keine passenden U-Bootfahrer-Briefe gefunden?«

»Ja und nein!«, antworte Markus zögerlich, immer noch unentschlossen, ob er das Vertragsthema offen ansprechen sollte oder nicht.

»Du hast also Briefe gefunden?«

»Ja, aber so ganz passen die Inhalte nicht zur ENIGMA-Story. Nur ein Erlebnisbericht war dabei, der von einem U-Bootfahrer stammt, aber der hat eher positive Erinnerungen an damals. Also nicht wirklich das, was wir suchen.«

»Mhm!«, brummte Bernd Mühlbauer, als sich die Nespresso-Maschine knatternd in Gang setzte

»Na ja, und das Durchsuchen der Briefe war doch aufwendiger, als ich erwartet habe. Es gibt tatsächlich Tausende im Archiv.«

Bernd Mühlbauer überreichte Markus die volle Kaffeetasse und setzte sich schmunzelnd wieder an seinen Schreibtisch. »Ich hab's dir ja gesagt! Wie viele Briefe hast du denn überhaupt durchschauen können?«

»Keine Ahnung, in den letzten Tagen vielleicht 600. Natürlich hab ich nicht alle gelesen, aber man sieht ja recht schnell, worum es in den Briefen geht. Wie gesagt, hat aber eigentlich nur dieser eine thematisch einigermaßen gepasst. Insgesamt habe ich sechs Briefe gefunden.« Markus öffnete seine Tasche, holte die Umschläge heraus und legt sie auf den Schreibtisch. Bernd Mühlbauer nahm die Umschläge und schaute sie sich an. »Du hast es also nicht nur geschafft, die Originalaufnahmen von den U-Boot-Basen im Archiv zu finden, sondern auch Briefe von U-Bootfahrern aufgetan. Respekt!«

»Ja, die Aufnahmen zu finden, war eigentlich recht einfach. Wenn man erst mal Gerts Karteikartensuchsystem verstanden hat, geht's relativ schnell.«

»Relativ schnell!« Ungläubig zog Bernd Mühlbauer eine Augenbraue hoch und legte die Briefe wieder hin. Er faltete die Hände vor seinem Gesicht und runzelte argwöhnisch die Stirn. »Und deshalb hast du schlechte Laune? Ich glaube, dir ist gar nicht klar, was du da eigentlich geleistet hast. Außer dir und vielleicht Ingo kann ich mich an keinen Hospitanten erinnern, der sich in so kurzer Zeit im Zentralarchiv zurechtgefunden hat. Da du noch nicht lange im Geschäft bist, lass dir gesagt sein, dass es schon an ein Wunder grenzt, dass du überhaupt Filmmaterial zu den U-Boot-Basen gefunden hast. Meistens muss man dafür die Hilfe des Bundesfilmarchivs in Anspruch nehmen. Und ganz ehrlich …«, er tippte mit dem Zeigefinger auf eine der Kassettenhüllen, »… ich hätte sogar Verständnis gehabt, wenn du nichts im Archiv gefunden hättest. Gert hat mir im Übrigen schon vor einigen Tagen erzählt, dass du dir da unten die Nächte um die Ohren geschlagen hast. Nicht nur Gert, sondern auch ich bin davon beeindruckt. Glaub mir, das ist nicht selbstverständlich für Hospitanten. Also stell dein Licht mal nicht zu sehr unter den Scheffel. Und wegen der Briefe, selbst wenn du keinen gefunden hättest, na und! Es wäre zwar schön gewesen, ja das stimmt, aber nicht ausschlaggebend für das Projekt. Wie ich es dir und Ingo schon vor einer Woche gesagt habe, wichtig waren die Filmausschnitte und die hast du ja anscheinend gefunden.« Bernd Mühlbauer lehnte sich zurück, legte die Hände hinter seinen Kopf und betrachtete Markus. »Also, was ist jetzt der wahre Grund für deine schlechte Laune? So kenn' ich dich gar nicht und mit der Recherche im Archiv hat das nichts zu tun, das kannst du mir nicht erzählen.«

Markus merkte, wie gut ihm die Komplimente taten und wie ihm ein Stein vom Herzen fiel. Er überlegte noch einen Moment, wie er das Vertragsthema am besten ansprechen sollte, und sagte dann: »Ach, so wichtig ist es auch nicht, aber meine Hospitanz endet ja morgen und natürlich hab ich auch über meine Chancen nachgedacht, eventuell hier in der Redaktion bleiben zu können und vielleicht einen kleinen Vertrag zu bekommen. Ich weiß ja, dass die Verträge hier nicht auf den Bäumen wachsen und dass das ÖRF sparen muss. Aber mir haben die letzten drei Wochen echt Spaß gemacht und es wäre schön gewesen, nach der Uni nun einen Job zu bekommen.«

»Und wo ist nun das Problem? Nach getaner Arbeit ist es doch nur rechtens, mal nachzufragen, wie die Chancen stehen. Deswegen brauchst du doch keine schlechte Laune zu haben.«

»Deswegen hab ich ja auch keine schlechte Laune«, unterbrach ihn Markus, »ich bin nur etwas enttäuscht, da mir die Albus-Schriener eben zwischen Tür und Angel schon gesteckt hat, dass die Hoffnung auf einen Vertrag aussichtslos ist.«

Bernd Mühlbauer rollte mit den Augen und seufzte. »Das gibt's doch nicht! Sie kann es einfach nicht lassen«, raunte er. »Markus, jetzt pass mal auf! Ulrike ist Personalbeauftragte und daher natürlich zuständig für alle vertraglichen Angelegenheiten unserer Mitarbeiter. Die Entscheidung aber, ob wir jemanden einstellen oder nicht, trifft die Redaktionsleitung in Abstimmung mit der Personalabteilung. Folglich entscheidet zunächst einmal die Redaktionsleitung – zu der auch ich gehöre – darüber, ob du die Möglichkeit bekommst, bei uns zu bleiben, nicht aber Ulrike Albus-Schriener. Die ist, wie sie ist, und wird sich wahrscheinlich auf ihre alten Tage auch nicht mehr ändern. Sie mag halt junge intelligente Frauen, die Karriere machen wollen. So wie die neue Hospitantin. Diese Marie. Männer, die von der Uni kommen, will sie aus irgendeinem Grund erst mal einnordnen und macht ihnen deshalb das Leben schwer. Die hat dir einfach mal einen reingewürgt.« Er stand auf und öffnete das Fenster. »Dass das nicht so angenehm ist, weiß ich aus eigener Erfahrung mit ihr, als ich hier vor Jahren angefangen habe. Aber daran solltest du dich schon mal gewöhnen und lernen, drüberzustehen. Es sind nun mal nicht alle nett zu einem.« Er lehnte sich mit dem Rücken an die Wand neben das Duffy Duck-Bild und verschränkte die Arme vor seinem Oberkörper. »Ich sag's ganz frei raus. Ich könnte dich bei dem ENIGMA-Projekt wirklich gebrauchen. Du hast gute Arbeit geleistet und bist schon im Thema drin. Das Problem ist aber, und das wird dir Ulrike sicher gesagt haben, dass wir im Moment keine vakanten Stellen in der Redaktion haben und dich daher nicht so ohne Weiteres einstellen können. Da hat sie durchaus recht. Was sie dir aber sicher nicht gesagt hat, ist, dass wir dir eventuell einen befristeten Projektvertrag anbieten können. Das müssten wir aber erst mit der Personalabteilung klären. Ich kann dir auch nicht versprechen, dass das wirklich klappt, werde aber alles versuchen. Du wirst dich jedoch noch einige Tage gedulden müssen. Ich kann dir erst Ende der Woche etwas Definitives sagen. Wäre das okay für dich?«

»Ja, das ist doch super!« Markus versuchte, seine Freude über das Angebot von Bernd Mühlbauer zu unterdrücken, um nicht zu überschwänglich zu wirken. »Klar, ist das okay! Vielen Dank!«

»Bist du denn finanziell einigermaßen abgesichert? Denn selbst wenn das mit dem Vertrag klappen sollte, wird es noch mindesten fünf Wochen dauern, bis du zum ersten Mal Geld aufs Konto bekommst.«

»Ja, das müsste klappen. Ich habe etwas gespart, um so eine Zeit überbrücken zu können«, log Markus, dem es unangenehm war, zuzugeben, dass er weiterhin Geld von seinen Eltern bekam.

»Also gut, dann machen wir es so! Offiziell endet deine Hospitanz morgen, richtig?«

Markus nickte.

»Dann versuche ich, gleich morgen mit dem Redaktionsleiter zu sprechen, und wenn der sein Okay gegeben hat, Anfang der kommenden Woche einen Antrag bei der Personalabteilung einzureichen. Aber noch mal, freu dich nicht zu früh. Es kann genauso passieren, dass der Antrag abgelehnt wird.«

»Klar, aber trotzdem ist es eine Chance und das ist schon mehr, als ich gehofft hatte. Vielleicht klappt's ja. Ich würde mich jedenfalls echt freuen.«

»Und was wirst du in der Zwischenzeit machen? Ins ÖRF kannst du ja ab morgen Abend erst mal nicht mehr«, erkundigte sich Bernd Mühlbauer und nahm die Filmkassetten von seinem Schreibtisch.

»Na ja, nach Münster oder Tübingen zu fahren, lohnt sich für die paar Tage nicht. Insofern werde ich hier in Frankfurt bleiben und die Gegend etwas erkunden. Mal sehen.«

Bernd Mühlbauer klopfte auf die Plastikhülle einer der Filmkassetten und sah Markus grinsend an. »So, und jetzt wollen wir mal sehen, was du im Archiv gefunden hast. Vielleicht ist das Filmmaterial ja eh so schlecht, dass ich mir das mit deinem Vertag noch mal überlege.«

KAPITEL 33

Berlin, Notauslass am Entlastungsbauwerk unter dem Pumpwerk 11, Carmen-Sylva-Straße, 1. Mai 1945, 12:35 Uhr

Friedrich signalisierte Viktor, stehen zu bleiben, als er in der Ferne ein diffuses Licht im Notauslass wahrnahm. Mit klammen Fingern löschte er hastig die Taschenlampe. »Das muss das Entlastungsbauwerk sein!«, flüsterte er Viktor zu. »Siehst du das Licht da drüben?«

Viktor nickte. Sie verharrten noch einen Moment schweigend in der Dunkelheit und warteten, ob sie etwas Verdächtiges hören konnten. Dann schlichen sie entlang der Kanalwand langsam weiter, bis sich nach kurzer Zeit ein großes Gewölbe vor ihnen auftat. Sie knieten sich hinter einen kleinen Mauervorsprung am Ende des Notauslasses und spähten hinein. Das etwa zwei Stockwerk hohe Gewölbe erinnerte Friedrich an eine Zeichnung der Katakomben Venedigs, die er vor Jahren in der Schule gesehen hatte. Aus der kuppelförmigen Decke über ihnen drang durch die Schlitze mehrerer Gullideckel fahles Tageslicht zu ihnen herunter, das den Raum in ein gespenstisches Zwielicht tauchte. Rechts an der Wand befanden sich mehrere gusseiserne Rohrleitungen und Abwasserkanäle, die in der Mitte des Raumes in ein großes offenes, etwa zehn Meter breites Sammelbecken mündeten. Da über die gesamte Länge des Beckenrandes trübes Abwasser in den Notauslass rann, folgerte Friedrich, dass es nicht mehr abgesaugt wurde und das Pumpwerk somit außer Betrieb sein musste. In einem breiten Bach floss es über den Boden des Notauslasses an seinen Füßen vorbei Richtung Spree. An der gegenüberliegenden Seite, neben der Stelle, an der das Sammelbecken an die hintere Wand des Gewölbes stieß, führte eine schmale Metalltreppe zu einer höher gelegenen schweren Metallluke. Die ovale Form der Luke ähnelte jenen, die in Schiffsschotten verbaut wurden. In der Mitte der Luke lag ein schwerer Drehmechanismus, der jedoch, seinem Zustand nach zu schließen, schon lange nicht mehr benutzt wurde. Durch die Größe des Raumes war das Plätschern des Regenwassers, das durch die Kanaldeckel von der Decke heruntertropfte, ungewöhnlich laut zu hören. Friedrich beugte sich vorsichtig über die Mauer und spähte um die Ecke zur linken Seite des Raumes. Nicht weit von sich entfernt sah er einen Treppenschacht, der etwa 15 Meter schräg nach oben zur Oberfläche hinaufführte. Am Ende des Tunnels vermutete er eine weitere geschlossene Einstiegsluke, da durch längliche Lüftungsschlitze von dort ebenfalls etwas Tageslicht zu ihnen herunterdrang.

»Und was machen wir jetzt?«, fragte Viktor. »Wir sollten versuchen, in das Gebäude des Pumpwerks zu gelangen, um uns dort bis zum Einbruch der Nacht zu verstecken. Ich glaub nicht, dass es während der Kämpfe in den vergangenen Wochen in Betrieb war. Vielleicht finden wir in Aufenthaltsräumen Decken oder sogar trockene Sachen. Wenn wir in der Nacht die Stadtgrenze Berlins erreichen wollen, müssen wir uns ausruhen, um wieder zu Kräften zu kommen.«

»Und wie gelangen wir in das Gebäude? Hast du nicht was von einem Sandfang gesagt?«

»Ja, aber woher soll ich wissen, was ein Sandfang ist oder wie man von dort ins Gebäude kommt? Im Hobrecht-Atlas gibt es dazu weder einen Hinweis noch eine Zeichnung. Lass uns erst mal schauen, was hinter der Metalltür da drüben ist. Vielleicht führt die direkt ins Gebäude. Wenn nicht, müssen wir den Treppenschacht hoch und von der Straße aus ins Pumpwerk.«

Sie durchquerten den Raum und stiegen die schmale Metalltreppe hinauf. An der Tür angelangt, deutete Viktor auf ein kleines verrostetes Schild an der Wand auf dem »Zugang zum Pumpensumpf« stand. Mit klammen Händen umfasste Friedrich den Schließmechanismus der Tür und versuchte vergeblich, ihn zu drehen. Noch einmal zog er mit aller Kraft daran, aber wiederum ließ sich die Tür nicht öffnen.

»Lass mich mal versuchen«, sagte Viktor ungeduldig, scheiterte aber ebenso in seinem Bemühen. »Verdammt, die ist festgerostet. Das hat keinen Zweck!«

»Das heißt, entweder warten wir hier, bis es draußen dunkel ist, oder wir müssen bei Tageslicht rauf zur Oberfläche. Wir haben nur die beiden Möglichkeiten!«

Viktor sah Friedrich gereizt an. »Ich weiß ja nicht, was du machen willst, Friedrich, aber ich lass mich lieber erschießen, als noch länger in diesen stinkenden Röhren rumzukriechen und hier elendig zu erfrieren. Ich geh jetzt nachschauen, wohin diese Stufen überhaupt führen.« Mit schnellen Schritten, sodass Friedrich ihm kaum folgen konnte, durchschritt Viktor den Raum erneut und stieg den Schacht hinauf. Oben angekommen, setzten sie sich direkt unter der Einstiegsluke auf die oberste Stufe und lauschten, ob sich an der Oberfläche etwas tat.

»Ich hör nichts …«, flüsterte Viktor leise, »… und du?«

»Auch nichts!«

»Gut, dann versuchen wir es?« Viktor stand auf und drückte mit seinem Rücken vorsichtig gegen die schwere Einstiegsluke, die sich jedoch nicht bewegte. Erst als er sich ein zweites Mal mit mehr Kraft dagegenstemmte, öffnete sie sich einige Zentimeter. Friedrich war erleichtert, als Tageslicht und ein kurzer kalter Windstoß in den Treppenschacht drangen. Viktor hob die Luke weiter an, sodass sie durch einen schmalen Spalt nach draußen spähen konnten. »Das ist keine Straße, Friedrich, das ist ein Innenhof. Siehst du die Mauern da drüben?«

»Ja! Aber wo ist das Pumpwerk?«

Viktor öffnete die Luke nun ganz und kletterte langsam hinaus. Dann kroch auch Friedrich aus dem Treppenschacht und sah sich mit zusammengekniffenen Augen um. Obwohl der Himmel über Berlin immer noch von einer grauen Wolkendecke verhangen war, blendete ihn das helle Tageslicht. Er atmete einige Male tief ein und spürte die wohltuende frische Luft in seinen Lungen. Als sich seine Augen langsam an die Helligkeit gewöhnten, sah er, dass der Einstieg zum Notauslass in der Mitte eines großen Hofes lag, der auf allen Seiten von hohen Mauern umgeben war. Die Form des Hofes erinnerte Friedrich an ein typisches Werksgelände, das zu seiner Erleichterung von außen kaum einzusehen war. Ein großes eisernes Tor, das dem russischen Bombardement wehrhaft standgehalten hatte, schottete die Außenwelt ab. Von den umliegenden Gebäuden waren jedoch nur noch die Grundmauern und einige ausgebrannte Dachstühle stehen geblieben. Eine der Ruinen schien früher eine große Industriehalle gewesen zu sein, an deren Seite Friedrich die Überreste eines in sich zusammengefallenen Schornsteins erkennen konnte.

»Hier ist ja kein Stein auf dem anderen geblieben«, bemerkte Viktor und deutete auf einige dunkle Rauchsäulen, die in der Ferne über der Mauer am Himmel zu sehen waren. »Siehst du den Rauch im Westen? Das muss das Regierungsviertel sein.«

»Ja, man kann sogar den Gefechtslärm noch bis hierher hören. Ich glaube im Übrigen, dass das da drüben das Pumpenhaus gewesen sein muss. Von der Größe her könnte das hinhauen.« Friedrich lief zu der Ruine, kletterte einen kleinen Schuttberg hinauf und sah durch eins der zerborstenen Fenster in das zerstörte Gebäude. »Tatsächlich, da sind die Überreste der alten Kolbenpumpen. Ich habe diese riesigen schwarzen Ungetüme auf einem Foto im Hobrecht-Atlas gesehen.«

»Hier können wir aber nicht bleiben und auf die Dunkelheit warten, hier ist alles im Arsch«, erwiderte Viktor, der ihm gefolgt war, und deutete auf das andere Ende des

Werksgeländes, »siehst du da drüben die hohen Büsche neben den Tannen? Wenn wir an der Stelle über die Mauer klettern und das Werksgelände verlassen, wird uns kaum einer sehen können. Auf der anderen Seite scheint ein weiterer Innenhof oder was Ähnliches zu liegen. Wir suchen uns dann dort einfach ein verlassenes Haus, in dem wir uns verstecken und ausruhen können.«

Friedrich war einverstanden. Ohne zu zögern, liefen sie quer über den Innenhof. Im Schutz der Büsche und Bäume kletterten sie über die Werksmauer und versteckten sich auf der anderen Seite im Dickicht einiger Büsche. Vor ihnen stand ein länglicher, etwa 30 Meter langer Holzschuppen. Im Gegensatz zu den umliegenden Wohnhäusern war der Schuppen von den Luftangriffen einigermaßen verschont geblieben. Lediglich an einer Stelle war das Dach eingefallen. Geduckt rannten sie zur Rückseite und blickten vorsichtig durch ein dreckiges Fester in das Gebäudeinnere.

»Das ist eine Tischlerei«, sagte Friedrich, als er im Inneren des Gebäudes eine große Bandsäge, eine Dickte und eine Hobelbank erkennen konnte. Auf den Tischen und auf dem Boden lagen Holzwerkzeuge und alte Farbdosen, die von dichten Spinnweben überzogen waren, in denen sich Staub und Sägemehl verfangen hatten. Entlang der Rückseite schlichen sie weiter, bis sie zu einer kleinen Holztür kamen, an deren Außenseite ein Türknauf aus Messing angebracht war. Friedrich versuchte, die Tür zu öffnen, aber sie war verschlossen. Er überlegte einen Moment, streifte erst seinen Rucksack von der Schulter und legte danach seinen Mantel ab. Dann hielt er ihn vor eine der kleinen Glasscheiben in der Tür.

»Was machst du da?«, fragte Viktor.

»Na, was wohl? Da einbrechen. Im Gegensatz zu den anderen Häusern hat der Schuppen wenigstens noch ein intaktes Dach. Was Besseres werden wir kaum finden. Und ich glaube nicht, dass sich hier irgendjemand über eine weitere zerbrochene Glasscheibe aufregen wird!« Friedrich schaute sich noch einmal kurz nach allen Seiten um, ob er jemanden sehen konnte, holte aus und schlug mit seiner Faust gegen die Scheibe. Klirrend zersplitterte das Glas. Er zog die restlichen Scherben aus dem Rahmen, griff durch die entstandene Öffnung und drückte die innen liegende Klinke herunter. Mit einem leisen Klicken sprang die Tür auf. Friedrich sah Viktor an, dem ein kurzes, erleichtertes Lächeln über das Gesicht huschte. Als sie das Gebäude betraten und die Tür hinter sich geschlossen hatten, drang Friedrich der typische Geruch von Holz in die Nase. Er hielt sich den Zeigefinger vor den Mund und signalisierte Viktor, zunächst still zu sein. Wortlos gingen sie vorbei an den Maschinen, bis sie zu einem Durchgang kamen, der sie in einen Flur führte.

»Ich glaube, hier war schon lange niemand mehr«, bemerkte Friedrich. »Scheint verlassen zu sein! Ich würde vorschlagen, wir verstecken uns einfach in einem der Aufenthaltsräume hier und ruhen uns aus. Ich kann mich kaum noch auf den Beinen halten und muss endlich aus den nassen Klamotten raus!«

Auch Viktor freute sich auf ein ruhiges, trockenes Plätzchen. »Da vorne an der Tür ist ein rotes Kreuz. Vielleicht war das mal eine Art Krankenzimmer oder so. Vielleicht gibt es dort sogar Decken oder eine Liege!«

Friedrich nickte zustimmend. »Ich schaue mich nach einem geeigneten Raum um. Das Zimmer am Ende des Flurs sieht gut aus.« Er spürte, wie seine Anspannung etwas nachließ, ihn nun jedoch Erschöpfung und Müdigkeit mehr und mehr übermannten. Auch wenn es in der Tischlerei etwas wärmer war als in der Kanalisation, zitterte er noch immer am ganzen Körper. Prüfend betrachtete er seine Hände, die von der Feuchtigkeit der vergangenen Stunden aufgequollen und von den scharfkantigen Ziegelsteinen der Kanalisation an einigen Stellen aufgerissen waren. Sosehr er sich auch bemühte, konnte er das Zittern nicht unterdrücken. Obwohl er seit Stunden außer der Scho-Ka-Kola nichts Richtiges mehr gegessen hatte, verspürte er dennoch keinen Hunger. Auf seiner Zunge lag immer noch der ekelerregende Geschmack aus einer Mischung von Erbrochenem, bitterer Schokolade und dem Abwasser der Kanalisation. Er ging weiter, bis er am Ende des Flurs ein kleines Büro erreichte. Vorsichtig öffnete er die Tür und betrat das Zimmer. Es roch muffig nach kaltem Zigarettenrauch und altem Bohnerwachs. Die spartanische Ausstattung entsprach der Funktionalität einer einfachen Tischlerei. Außer einem hölzernen Schreibtisch, der in der Mitte des Raumes stand, und einem umgefallenen Regal war es sonst leer. Aktenordner und ein zerbrochener Aschenbecher lagen auf dem rissigen gelblichen Linoleumboden. An der Wand des Büros hing ein Kalender aus dem Jahr 1943. Gegenüber der Tür gab es zwei kleinere Fenster, durch die Friedrich jedoch nur die zerbombte Rückwand eines der anliegenden Wohnhäuser erkennen konnte. Zu seiner Verwunderung hatten sie den Druckwellen der Bomben standgehalten. Nachdem er sich sicher war, dass ihn von außen niemand sehen konnte, zog er die staubigen rostroten Vorhänge vorsichtig zu. Eine gespenstische Stille und ein seltsam diffuses Licht breiteten sich nun im Zimmer aus.

Er schob den Schreibtisch etwas zur Seite, um genügend Platz zu schaffen, dass Viktor und er sich hinlegen konnten. Dann hörte er, wie Viktor die Tür des Krankenzimmers hinter sich schloss und kurz darauf ebenfalls das Büro betrat.

Triumphierend hielt er einige graue Wolldecken in die Höhe. »Acht Decken und vier Kissen! Hätte nie geglaubt, dass ich mich mal so sehr über ein paar staubige Stofffetzen freuen würde! Und, hast du draußen was erkennen können?«

»Nein nichts!«, antwortete Friedrich knapp. »Alles still, keine Menschenseele zu sehen! Wir sollten hierbleiben. Und falls doch jemand kommt, können wir im Zweifelsfall noch aus dem Fenster flüchten.«

Viktor nickte und warf die Decken und Kissen auf den Boden. Danach nahm er seinen Rucksack vom Rücken und legte ihn vorsichtig auf den Schreibtisch. Als Friedrich das schlammfarbene Gepäckstück sah, fiel ihm schlagartig auf, dass er, seitdem er den Führerbunker verlassen hatte, nicht mehr über die eigentliche Aufgabe der Mission nachgedacht hatte. Immer noch konnte er nicht begreifen, was sich dort, nur einen Meter von ihm entfernt, im Rucksack befinden sollte. Augenblicklich schossen ihm die Bilder der Ereignisse der vergangenen Stunden durch den Kopf. Wie in einem Film sah er plötzlich wieder Günsches tote Augen, die Flammen im Garten der Reichskanzlei und die verwesenden verstümmelten Leichen im Notauslass vor sich. Heftig nahm er nun auch wieder den ekelerregenden Geruch seiner Kleidung nach den Fäkalien der Kanalisation wahr und erinnerte sich an die Enge der dunklen Röhren. Dann, ganz plötzlich schien sein Herz in den Magen zu sacken. Augenblicklich wurde ihm schwindelig und sein Mund füllte sich mit Speichel. Aber diesmal gelang es ihm nicht mehr, gegen den Würgereiz anzukämpfen. Hektisch stürzte er an Viktor vorbei aus dem Büro heraus und taumelte den Flur entlang. Dann fiel er auf die Knie und übergab sich. War es ihm in den vergangenen Stunden bei ähnlichen Situationen stets aufs Neue geglückt, seine Gefühle wieder unter Kontrolle zu bringen, war er nun nicht mehr Herr seiner Emotionen. Wimmernd kauerte er sich an eine Wand und vergrub das Gesicht in seinen Händen. Sosehr er sich auch dagegen wehrte, durchströmten nun blanke Angst und Panik unaufhaltsam jede Faser seines Körpers. Er presste seine Hände vor den weit aufgerissenen Mund, während er von einem hemmungslosen Schluchzen geschüttelt wurde.

KAPITEL 34

Frankfurt (Lohrberg), ÖRF – Geschichtsredaktion, Süd 2, Hospitantenzimmer, 21. Oktober 2009, 14:43 Uhr

Um den für Ende Oktober ungewöhnlich warmen Tag zu genießen, entschieden sich Markus und Ingo spontan dazu, in der Mittagspause zum nahe gelegenen Riederwald zu fahren, um dort Pizza essen zu gehen. Obwohl Markus einen unwiderstehlichen Drang verspürte, Ingo von seinem Gespräch mit Bernd Mühlbauer und der möglichen Chance auf einen Zeitvertrag zu erzählen, entschloss er sich aus gleich zwei Gründen dagegen. Erstens wusste er nicht, wie Ingo auf die Neuigkeiten reagieren würde, da seine eigene Vertragsverlängerung noch ausstand. Und zweites erinnerte seine innere Stimme ihn unentwegt an einen der Lebensgrundsätze seines Vaters, der da lautete: »Das Geld erst dann ausgeben, wenn es auf dem Konto ist.« Dennoch fiel es Markus schwer, seine Euphorie im Zaum zu halten. Erstmals seit dem Beginn seiner Hospitanz vor drei Wochen verspürte er wieder Zuversicht und eine gewisse Leichtigkeit. Daher wusste er auch nicht recht, was er mit sich anfangen sollte, nachdem sie wieder in der Redaktion angekommen waren und Ingo sich in Richtung ÖRF-Bibliothek verabschiedet hatte. Doch anstatt die noch verbleibende Zeit bis zum Feierabend sinnvoll zu nutzen und im Zentralarchiv nach weiteren Erinnerungen von U-Boot-Fahrern zu recherchieren, entschloss Markus sich dazu, lieber alleine im Hospitantenzimmer sitzen zu bleiben und sich seinen Gedanken hinzugeben. Er legte die Beine auf den Tisch, lehnte sich zufrieden zurück und sah aus dem geöffneten Fenster auf die sich leicht im Wind wiegenden goldgelben Wiesen am Rande des ÖRF-Geländes.

Nach einigen Minuten, in denen er still vor sich hin geträumt hatte, setzte er sich auf, rückte näher an den Schreibtisch heran und öffnete aus Gewohnheit sein E-Mail-Postfach. Er überflog einige kurze Mails von Ingo und Bernd Mühlbauer, blieb dann aber an einer Nachricht hängen, die er nicht erwartet hatte. Sie kam von Marie Knecht. Ungläubig überflog er den Betreff. »Heute Abend schon was vor?« Er stutzte, spürte dann aber für einen kurzen Augenblick ein leichtes Kribbeln in seinem Bauch. Er öffnete die Mail und las den Inhalt:

»Hallo Markus!
Ich hoffe, die Suche im Archiv war erfolgreich und du hast deine Briefe finden können. Habe heute Abend nichts vor und wollte fragen, ob du Lust hast, in Frankfurt mit mir was trinken zu gehen? Um 20:00 Uhr in der Trinidad-Bar? Der Mai-Tai soll super sein! Oder soll ich dir lieber Nachhilfestunden beim Recherchieren im Archiv geben? Lieben Gruß aus der Sprachaufnahme im Studiogebäude! Marie«

Da er nicht recht glauben wollte, was er da las, überflog er den kurzen Text ein zweites Mal. Danach rutschte er mit dem Schreibtischstuhl ein Stück zurück und überlegte einen Moment. Von der kühlen Marie Knecht eine derart offensive Nachricht zu bekommen, überraschte ihn, zumal sie, nachdem sie am ersten Tag ihrer Hospitanz gemeinsam ins Archiv gegangen waren, kaum noch nennenswerten Kontakt gehabt hatten. Mehr noch hatte ihn in einigen Situationen sogar das Gefühl beschlichen, sie ginge ihm bewusst aus dem Weg. Warum sie ihm jedoch die kalte Schulter zeigte, konnte er sich ebenso wenig erklären, wie die Tatsache, dass die blonde Hospitantin ausgerechnet bei Ingo Petersen aufzutauen schien, der unter den weiblichen Redaktionsmitgliedern nun wahrlich nicht den Ruf eines Gigolos, sondern allenfalls den eines liebenswerten Teddybären genoss. Oft, wenn Markus in den vergangen anderthalb Wochen das Hospitantenzimmer betrat, saß Marie mit übereinandergeschlagenen Beinen auf Ingos Schreibtisch, schaute ihn mit großen Augen an und unterhielt sich angeregt mit ihm. Ingos Flirtversuche waren dabei allerdings eher unbeholfen, was Markus einerseits amüsierte, andererseits aber auch etwas ärgerte, da er selbst von Marie lediglich ignoriert wurde. Wagte er dennoch den Versuch, sich in ihre Gespräche einzubringen, schaltete sie auf Stumm, sodass selbst Ingo die unangenehme Situation bemerkte und versuchte, sie zu überspielen. Seine anfängliche Vermutung, dass es sich bei Marie bloß um eine typische Geschichtswissenschaftlerin handelte, die naturgemäß nur mit ihresgleichen kommunizierte, bestätigte sich allerdings nicht wirklich, da sie fast mit der gesamten Redaktion einen ebenso lockeren Umgang pflegte. So war es auch nicht verwunderlich, dass bereits eine Woche, nachdem Marie Knecht ihre Hospitanz begonnen hatte, neben Ulrike Albus-Schriener auch andere Kolleginnen und Kollegen bei einem gelegentlichen Schwätzchen in der Teeküche ihre Bewunderung für die junge Nachwuchshistorikerin kundtaten. Lediglich Dr. Hermann Zauner ließ gelegentlich Vorbehalte gegenüber Marie Knechts geschichtswissenschaftlichen Kompetenzen durchblicken, was aber in der allgemeinen Begeisterung für die engagierte Hospitantin unterging und mit abfälligen Blicken der Personalbeauftragten gerügt wurde. Woher aber der plötzliche Wandel in Maries Einstellung ihm gegenüber kam, erschloss sich ihm nicht. Letztlich war es ihm aber auch egal, denn nun spürte er eine Mischung aus gewecktem Jagdinstinkt und später Genugtuung, auch gegenüber Ingo, der ihm – jedes Mal, wenn Marie das Hospitantenzimmer verlassen hatte – ein ironisches »Entweder man kann es oder man kann es nicht!« über den Schreibtisch zugeworfen hatte. Da Markus ohnehin in Feierlaune war, klickte er, ohne weiter darüber nachzudenken, in der Menü-Leiste auf »Antworten« und begann zu schreiben:

»... von dir Nachhilfe zu bekommen, klingt interessant! Muss heute am frühen Abend aber noch was Dringendes in der Stadt erledigen und kann erst etwas später kommen. Könnte um 20:30 Uhr da sein! Trinidad-Bar klingt gut! Markus«

Markus log, um Marie nicht das Gefühl zu geben, zu sehr über ihn und seine Zeit verfügen zu können. Bevor er die E-Mail abschickte, las er die kurze Nachricht vorsichtshalber noch einige Male durch, um sicherzugehen, keine Rechtschreibfehler gemacht zu haben. Dann drückte er auf »Senden« und spürte wieder das leichte Kribbeln im Bauch. Er blickte auf seine Uhr. Es war zehn nach drei, also noch zu früh, um jetzt schon zum Hotel zu fahren. Da es sich aber auch nicht mehr wirklich lohnte, im Zentralarchiv nach weiteren Briefen zu suchen, beschloss Markus, die kommende Dreiviertelstunde mit einem Kaffee zu überbrücken. Immer noch über Maries E-Mail sinnierend, machte er sich auf den Weg Richtung Teeküche. Dort angekommen, sah er, dass noch ein kleiner Rest Kaffee in der Gemeinschaftsmaschine war. Auch wenn er nicht nachvollziehen konnte, dass es in Zeiten von Pad- und Kapselmaschinenkaffee immer noch Verfechter von nach rostigen Schrauben schmeckendem Kaffee aus 90er-Jahre-Aufgusskaffeemaschinen gab, war er froh, nicht noch neuen kochen zu müssen. Im Wandschrank der Teeküche suchte er nach einer Kaffeetasse. Gerade als er eine einigermaßen saubere gefunden hatte und die Schranktür wieder schloss, fuhr er leicht zusammen, da in seinem

Augenwinkel Dr. Hermann Zauner aufgetaucht war, der sich lautlos zur Teeküche geschlichen hatte und nun mit einem künstlichen Grinsen vor ihm stand.

»Ganz ruhig, Herr Weidental! Warum denn so schreckhaft?« Er lehnte sich mit verschränkten Armen in den Türrahmen der Teeküche, sodass Markus das Gefühl bekam, er wolle ihm den Weg versperren. »Ich habe gehört, dass Sie einige bemerkenswerte Farbaufnahmen von Deutschen U-Boot-Basen an der Atlantikküste im Archiv vom alten Bohlender gefunden haben. Der Mühlbauer war ja geradezu aus dem Häuschen, als er das heute Mittag in der Redaktionssitzung erzählte. Respekt! Wer hätte das gedacht?« Markus bemerkte wohl den provozierenden Unterton, ignorierte ihn aber und schenkte sich in aller Ruhe einen Kaffee ein. »Ist ja schon schade, dass Ihre Hospitanz morgen endet und ich Ihre bisher unentdeckten Talente noch gar nicht für meine Breslau-Dokumentation habe nutzen können. Und das, obwohl Ulrike Sie ja eigentlich mir zugeordnet hatte. Aber sich gegen den Willen von Bernd Mühlbauer zu stellen, ist halt zwecklos.«

Markus nippte an seinem Kaffee, dessen säuerlicher Geschmack seine Vorurteile gegenüber Aufgusskaffeemaschinen bestätigte und ihn an den Kaffee erinnerte, den er an seinem ersten Tag im Büro von Ulrike Albus-Schriener getrunken hatte. »Na, ich bin mir sicher, dass Sie mit Ingo ebenso gut, wenn nicht sogar besser bedient sind. Außerdem hat Sie doch auch Marie Knecht unterstützt – und so, wie ich das mitbekommen habe, ist doch die ganze Redaktion hellauf begeistert von ihrem Können. Glauben Sie wirklich, dass meine bescheidende Mitarbeit da noch den Kohl fett gemacht hätte?«

Hermann Zauner schwieg einen Moment und es schien, als hätte ihm Markus mit seiner Antwort überraschend schnell den Wind aus den Segeln genommen. »Nein, wahrscheinlich nicht!«, erwiderte er patzig und ging an Markus vorbei zur Spülmaschine. Er nahm sich eine Tasse heraus und goss sich den letzten Rest Kaffee ein, der sich noch in der Kanne befand. Ohne Markus anzusehen, platzte es dann trotzig aus ihm heraus: »Dennoch ist es nicht gut, wenn Hospitanten ständig zwischen den Projekten hin- und herwechseln. Sie lernen dabei nichts!« Seufzend ließ er sich auf einem kleinen Stuhl neben einem überdimensionierten verbeulten Metallmülleimer nieder und schlug die Beine übereinander. Unter seiner weißen Stoffhose, die Markus an die Leinenanzüge von Don Johnson aus *Miami Vice* erinnerte, offenbarten sich hellgelbe Socken, deren oberer Saum mit kleinen Nilpferden bedruckt war. »Zwischen Redakteur und Rechercheur muss eine Einheit entstehen, verstehen Sie? Sie müssen sich aufeinander einstellen können, sodass der Assistent ein Gefühl dafür bekommt, was der Künstler für Material braucht. Das geht aber nicht, wenn hier alle machen, was sie wollen. Auch Frau Knecht war gleich mehreren Redakteuren zugeteilt.« Er schüttelte entrüstet den Kopf und schwenkte ärgerlich den Kaffee in seiner Tasse herum. »Es ist einfach nicht mehr so wie früher. Heute bekommen hier manche Redakteure eben ihre kleinen fettigen Extra-Würstchen gebraten und können sich die Hospitanten aussuchen. Das ist einfach nicht richtig. Dabei hat der Mühlbauer alles, was er kann, von mir gelernt.«

Es wunderte Markus, dass sich Dr. Zauner ausgerechnet ihn ausgesucht hatte, um sich seinen Frust von der Seele zu reden, aber da der heutige Tag fast stündlich Unerwartetes zu bieten hatte, überraschte ihn nichts mehr und er spielte das Spiel mit. »Haben Ingo und Marie denn nicht das gefunden, was Sie für die Dokumentation brauchten?«

»Doch schon, jedenfalls war das, was Ingo rausgesucht hat, durchaus brauchbar, aber …«, er signalisierte Markus, still zu sein, und stellte seine Kaffeetasse auf die Küchenzeile. Dann stand er auf und ging mit leisen Schritten zur Tür, um sich kurz im Flur umzusehen. Danach drehte er sich zu Markus um und flüsterte: »Bei der ganzen Lobhudelei für diese Marie Knecht muss man ja schon aufpassen, was man hier sagt, aber wenn ich ehrlich sein soll, kann ich das ganze Bohai um die junge Dame nicht verstehen.« Prüfend sah er noch einmal kurz zur Tür und schob Markus darauf in die Ecke der Teeküche. Seine Stimme wurde nun noch leiser, sodass er mehr zischte als flüsterte: »Also, Beate – Sie wissen ja, dass Frau Knecht auch Frau Starrosta zuarbeitet – Beate hat mir gegenüber auch schon einige Zweifel an der Kompetenz von Frau Knecht geäußert.« Markus schob seinen Kopf so weit es ging nach hinten, um wenigstens etwas Abstand zwischen sein Gesicht und das Hermann Zauners zu bekommen. »Entweder hat sie in der Universität einige fundamentale historische Fakten nicht richtig vermittelt bekommen oder ihre Gesinnung ist, na, sagen wir mal nicht ganz redaktionskonform.«

»Redaktionskonform?«

»Sie hat des Öfteren mal so Andeutungen gemacht, dass vieles aus der Zeit des Nationalsozialismus heutzutage falsch interpretiert und zu unrecht negativ ausgelegt werde.«

»Nicht wirklich!«, heuchelte Markus.

»Schscht! Nicht so laut!«, zischte Hermann Zauner und hielt sich die Hand schützend neben den Mund. »Frau

Knecht und ich hatten vor einigen Tagen die Gelegenheit, uns etwas ausführlicher zu unterhalten, und sind im Laufe des Gespräches durch Zufall auf das Standardwerk *Die Wehrmacht im Zweiten Weltkrieg* gekommen. Das kennen Sie ja sicher!«

Markus nickte zustimmend, als sei es eine Selbstverständlichkeit, das Buch gelesen zu haben, wusste aber nicht im Geringsten, wovon Hermann Zauner sprach.

»Wir haben uns dann ganz allgemein über die Rolle der Wehrmacht im Dritten Reich unterhalten.«

»Ja, und?«

»Na ja, nicht nur, dass Frau Knecht versucht hat, einige der Kriegsverbrechen der Wehrmacht zu rechtfertigen, was an sich schon auf eine sehr fragwürdige Einstellung schließen lässt, sie kannte zudem den Autor des Buches nicht …«

»Aber über historische Gegebenheiten zu debattieren oder auch mal eine polarisierende Meinung zu vertreten, ist doch als angehende Historikerin nicht per se verwerflich, oder?«

»Nein, nein, natürlich nicht.« Hermann Zauner schüttelte missverstanden den Kopf. »Aber ich finde es schon verwunderlich, dass sie den Inhalt des Buches zwar recht genau kennt, den Autor jedoch nicht.«

»Aber was ist daran so ungewöhnlich? Studenten müssen doch zig Bücher lesen. Sich dabei alle Autoren-Namen zu merken, schafft keiner.«

»Aber der Autor ist doch Prof. Dr. Spremberg!«

»Hm, der Name würde mir jetzt aber so auch nichts sagen!«

»Also Herr Weidental, Sie enttäuschen mich! Spremberg ist nicht nur eine wissenschaftliche Koryphäe auf dem Gebiet der Wehrmachts-Historie, sondern auch Lehrbeauftragter an der Albert-Ludwigs-Universität in Freiburg. Das Entscheidende ist, dass Frau Knecht dort am Lehrstuhl studiert.« Er zog bedeutungsvoll die Augenbrauen hoch und sah noch einmal zur Tür der Teeküche. »Wie kann sie ihren Bachelor mit Bestnoten bestehen und dabei einen ihrer eigenen Professoren nicht mal namentlich kennen? Ich sag Ihnen, da stimmt was nicht. Ich bin höchst misstrauisch.«

Markus drückte sich an Hermann Zauner vorbei, kippte seinen restlichen Kaffee in die Spüle und stellte die Tasse auf die Anrichte. Sosehr er sich auch für alle Informationen über Marie Knecht interessierte, gingen ihm Zauners Mutmaßungen doch etwas zu weit und zudem war es ihm äußerst unangenehm, dass er ihm dermaßen auf die Pelle rückte. Markus ging zur Tür, um dem immer noch skeptisch dreinschauenden grauhaarigen Redakteur zu signalisieren, dass er zurück ins Büro gehen wollte. »Wissen Sie, ich würde das jetzt nicht überbewerten, auch wenn Sie sicherlich recht haben, dass es ungewöhnlich ist, den eigenen Professor nicht zu kennen. Aber vielleicht ist alles nur ein Missverständnis! Wenn Sie Zweifel haben, warum fragen Sie sie nicht einfach?« Hermann Zauner sah Markus verächtlich an.

»Für wen halten Sie mich? So wichtig ist mir diese Hospitantin nun auch nicht«, fauchte er. »Ich denke mir halt nur meinen Teil und kann diesen Wirbel um Frau Knecht einfach nicht nachvollziehen. Das ist alles. Ach, und ich zähle natürlich auf Ihre Verschwiegenheit, Herr Weidental!«

Markus nickte, verabschiedete sich mit einer kurzen Handbewegung von Hermann Zauner und schlenderte schmunzelnd wieder Richtung Hospitantenzimmer. Auch wenn er das Gerede des langhaarigen Redakteurs nicht wirklich ernst nahm, gefiel es ihm, dass ausgerechnet Zauner ihm für seine Archiv-Recherche Anerkennung gezollt hatte. Das Gespräch hatte sein Gefühl verstärkt, dass er – drei Wochen nach Beginn seiner Hospitanz – in der Redaktion angekommen war und er nicht mehr bloß als Kopier- und Botenjunge herhalten musste. Wenngleich Ulrike Albus-Schriener ihn nach wie vor ignorierte, so mehrten sich doch die typischen Flurgespräche mit Kollegen über geschichtliche Themen oder die Quoten des Vorabend-Programms. Markus musste dabei stets an die Worte seiner Mutter denken, die – geschult durch jahrelanges Training belangloser und oberflächlicher Unterhaltungen auf Charity-Events – stets behauptete, erst dann wirklich dazuzugehören, wenn man auch beim Lästern eingebunden wurde. Und dieser Grundsatz schien auch hier in der Redaktion zu gelten. Mehrmals am Tag trafen sich zu unregelmäßigen Zeiten kleine Zufallsgrüppchen in der Teeküche und begannen bei abgestandenem Kaffee und trockenen dänischen Butterkeksen zunächst über unverfängliche Themen zu debattieren. Diese Einstiegsthemen waren jedoch je nach Konstellation der Runde lediglich Ausgangspunkt für kleine oder größere Lästereien über nicht anwesende Kolleginnen oder Kollegen, die, wenn sie just in dem Moment an der Teeküche vorbeigingen, natürlich freundlich von allen begrüßt wurden. Die Themenpalette schien bei diesen kurzen Kaffeepausen grenzenlos zu sein und reichte von simplen menschlichen Verfehlungen wie zu lautem Kauen in Doppelbüros bis hin zur Aberkennung jeglicher geschichtswissenschaftlicher Kenntnisse. Waren anfangs diese Gespräche noch abrupt verstummt, sobald Markus die Küche betreten hatte, wurde er in Woche drei schon in die Lästereien miteinbezogen. Dass der Integrationsprozess jedoch darin gipfeln würde, dass er von Dr. Hermann Zauner höchstpersönlich in dessen Spekulationen und Verschwörungstheorien eingeweiht würde, hätte Markus sich nicht träumen lassen.

Als Markus das Hospitantenzimmer wieder betrat, wurde seine Hoffnung auf einige weitere Minuten Ruhe zerstört, denn er blickte in das Gesicht eines bis über beide Ohren grinsenden Ingo Petersen.

»Da ist ja Casanova!«

»Casanova? Was meinst du damit?« Markus schloss die Tür und setzte sich an seinen Schreibtisch.

»Marie hat eben aus der Sprachaufnahme angerufen und ich soll dir von ihr ausrichten, dass 20:30 Uhr okay ist. Und O-Ton: ›Sie freut sich sehr!‹ Hat mir da etwa jemand was verheimlicht?«

»Glaub mir, Ingo, ich war von allen am meisten überrascht.« Markus stützte sich mit den Ellenbogen auf den Schreibtisch. »Sie hat mir erst vor einer halben Stunde eine E-Mail geschrieben und mich wegen heute Abend gefragt. Ich weiß selbst nicht, was ich davon halten soll.«

»Also an deiner Stelle würde ich mich freuen, Markus! Marie ist einfach klasse, aber nimm dich in Acht!«

»Wovor denn?«

»Die hat es faustdick hinter den Ohren. Die tut immer so lieb, weiß aber genau, was sie will und vor allem wie sie es bekommt. Das habe ich schon am eigenen Leibe erfahren. Ihr Charme ist einfach überwältigend. Sie ist definitiv die schärfste Hospitantin und ungewöhnlichste Geschichtsstudentin, die ich je getroffen habe.

»Wie meinst du das?«, fragte Markus argwöhnisch.

Ingo beugte sich vor. »Das fragst du noch? Für eine Geschichtswissenschaftlerin ist sie so, ja, wie soll ich sagen, so rebellisch. Auch wenn sie einige radikalere Ansichten vertritt. Aber das verzeihe ich ihr gerne. Das meine ich mit ›ungewöhnlich‹! Ich weiß gar nicht, wie ich sie besser beschreiben soll. Die ist nicht nur sexy, sondern hat auch was … Dominantes. So emotionslos und streng. Irgendwie geil halt.«

Markus fing laut an zu lachen und auch Ingo konnte sich angesichts seiner eigenen Worte ein Lächeln nicht verkneifen. Adjektive wie »sexy« und »dominant« in einem Atemzug und mit solcher Begeisterung aus dem Munde von Ingo Petersen zu hören, hatte Markus dem stets zuvorkommenden und höflichen Nickelbrillenträger nicht zugetraut. Dass es ausgerechnet Ingo war, der endlich das aussprach, was wahrscheinlich alle männlichen Kollegen in der Redaktion über Marie dachten, erheiterte Markus umso mehr. Auch wenn Ingo es bisher stets abgestritten hatte, bestand nun kein Zweifel mehr daran, dass auch er sich in Marie verguckt hatte.

»Morgen musst du mir erzählen, wie es war! Versprochen?«, forderte Ingo mit einer Spur Eifersucht in der Stimme.

»Versprochen!«, erwiderte Markus. »Kann ich dir noch eine Frage zu Marie stellen?«

»Klar, schieß los!«

»Was hast du eben damit gemeint, dass sie etwas radikalere Ansichten hat, die du ihr aber verzeihst?«

»Na ja, wie du weißt, dreht sich hier in der Redaktion ja immer alles nur um das Thema des Nationalsozialismus.« Markus nickte seufzend. »Aber auch wenn hier oft kontrovers diskutiert wird, vertreten unter historischen

Gesichtspunkten eigentlich immer alle dieselbe Meinung. Vor allem, wenn es um so Themen geht wie die Verbrechen der SS oder der Wehrmacht. Marie vertritt aber manchmal auch andere Thesen, die für eine angehende Historikerin ... na, sagen wir mal ... gewagt sind.«

»Was denn zum Beispiel?«

»Dass Kulturen oder Nationen derselben evolutionären Selektion – oder besser gesagt demselben Kampf – unterliegen wie alle Lebewesen. Sie leitet daraus beispielsweise ab, dass die Methoden der SS, wenn man es aus dieser rein darwinistischen Perspektive betrachtet, sehr effektiv waren.«

»Wie bitte?«

»Ich habe genauso reagiert wie du, aber wie schon gesagt, Marie betrachtet die Dinge oft sehr kalt. Dass die SS nichts anderes als eine menschenverachtende Organisation von Massenmördern war, kann sie aus einer emotionalen und humanistisch geprägten Perspektive zwar nachvollziehen, sei aber im Prozess der natürlichen Selektion ohne Bedeutung. Auch in der Natur würde sich letztlich nur der Stärkere durchsetzen. Wie oder mit welchen Methoden dies geschehe, sei vollkommen irrelevant. Sie meint, dass nur die Effektivität der Methoden und das Erreichen der Ziele selbst entscheidend seien. Was hat sie noch mal für ein Beispiel gebracht? Ah ja, die Gottesanbeterin würde ja ihrem Handeln auch keine Ethik oder Moral zugrundelegen, wenn sie ihr Männchen bei der Paarung bei lebendigem Leibe auffrisst.«

»Über so abgedrehtes Zeugs habt ihr euch unterhalten?

»Ja, sicher politisch nicht ganz korrekt, aber schon irgendwie aufregend, jedenfalls wenn es aus ihrem Munde kommt!« Ingo musste nochmals lachen. »Warum fragst du überhaupt?«

»Ach, ich hab eben mit dem Zauner in der Teeküche gesprochen und der hat mir auch so einige Sachen über sie erzählt.«

»Was denn?«

»Nichts Wichtiges, du kennst ihn ja, der sieht doch in allem sofort eine Verschwörung. Er sagte mir so was Ähnliches wie du, dass sie manchmal komische Ansichten habe, sonst nichts. Hat sie dir mal was von ihrem Studium erzählt?«

»Nein, nur dass sie in Freiburg studiert. Und Ulrike läuft die ganze Zeit rum und erzählt, wie gut ihre Bachelornoten waren. Ach, da mach dir mal keine Sorgen, die ist schon okay. Sicherlich etwas übermotiviert, aber deswegen gleich ihre demokratische Gesinnung infrage zu stellen, geht, glaube ich, zu weit. Bin mal gespannt, was du morgen zu berichten hast!«

»Ja, glaub mir, ich auch!«

KAPITEL 35

Italien, Lago Maggiore, 23. September 1943, 00:30 Uhr

»Oh Mann, die Federung bei Büssing ist echt Schrott. Die hatten das in den 30er-Jahren schon nicht im Griff! Die neuen LKWs von Magirus sind da einfach besser«, sagte der Fahrer des Lastwagens sichtlich genervt. Im Licht der schwachen Scheinwerfer bemühte er sich, den Schlaglöchern und Baumwurzeln, die den schmalen steinigen Waldweg säumten, auszuweichen. Durch die offenen Seitenfenster des altersschwachen Burglöwen 150D drang lauwarme, aber im Verhältnis zur Hitze des Tages angenehm kühle Sommernachtsluft, die intensiv nach dem süßlichen Harz der Pinien und nach trockenem Waldboden duftete. Das monotone Wummern des Dieselmotors übertönte das Zirpen der Grillen, die sich im dunklen Dickicht der verschlungenen Büsche und niedrig wachsenden Kiefern versteckten. Je tiefer sich der rostige Lastwagen quietschend und schwankend seinen Weg in den Wald bahnte, desto dunkler wurde es in der Fahrerkabine.

Ungeduldig saß Friedrich auf dem Beifahrersitz des Wagens und starrte angestrengt durch die staubige Windschutzscheibe. Seitdem er und seine drei Kameraden der 4. Kompanie das Grand Hotel in Meina am späten Abend verlassen hatten, lag eine gewisse Anspannung in der Luft. Er spürte, wie mit jedem Meter, den sie ihrem Ziel näher kamen, das mulmige Gefühl in der Magengegend zunahm. Friedrich sah auf seine Armbanduhr. Es war bereits eine halbe Stunde nach Mitternacht und noch immer hatten sie den vereinbarten Treffpunkt nicht erreicht. »Geht das nicht etwas schneller? Wir sind schon fast eine halbe Stunde zu spät!«, fragte er gereizt und sah zum Fahrer hinüber.

»Entschuldige bitte, aber ich gebe mir doch schon die allergrößte Mühe! Es geht einfach nicht schneller mit diesem alten Karren.«

»Du bist dir aber sicher, dass wir vorhin nicht falsch abgebogen sind?«

»Ich bin mir sicher, dass wir hier richtig sind. Die haben gesagt, wir sollen den Weg einfach immer weiterfahren, bis wir zu der Lichtung kommen. Und genau das haben wir gemacht. So steht das im Übrigen auch auf der Karte«, blaffte der Fahrer zurück, ohne seinen Blick vom Waldweg abzuwenden. Roland Dittelsbach war für die Waffen-SS ein eher ungewöhnlicher Mann von kleiner gedrungener Statur mit auffallend vielen Aknenarben im Gesicht, die er stets zu verbergen versuchte, indem er seinen Stahlhelm tiefer ins Gesicht zog als alle anderen seiner Kameraden. Seitdem Roland, der aufgrund seiner Erscheinung und seiner Fistelstimme von allen nur »Die Schildkröte« genannt wurde, gemeinsam mit Friedrich von der 5. SS-Panzergrenadierdivision Wiking zur Leibstandarte SS Adolf Hitler versetzt worden war, hatte sich aus ihrer Kameradschaft eine von Friedrich eher ungewollte und vor allem untypische Freundschaft entwickelt. Einerseits war ihm eine zu offensichtliche Zusammengehörigkeit zu dem rangniederen und sich oft ungeschickt anstellenden SS-Rottenführer vor seinen Kameraden und Offizieren unangenehm. Andererseits machte es Rolands uneingeschränkte Loyalität ihm gegenüber schwer, ihn kaltherzig zurückzuweisen. Zudem hatte Roland ihm während des *Unternehmens Blau* im Juli 1942 bei Rostow während eines Hinterhaltes das Leben gerettet, was Friedrich nun zur Blutsbrüderschaft verpflichtete. Ob er es wollte oder nicht, war Roland »Die Schildkröte« Dittelsbach, der ihn oft mit großen Augen als leuchtendes Vorbild anhimmelte, zu seiner Kompanieklette geworden.

Friedrich beugte sich leicht zur Seite und sah aus dem Fenster zum Himmel. Die Nacht des 23. September 1943 war sternenklar. Von Zeit zu Zeit schien der sichelförmige Mond durch die düsteren Baumwipfel und hüllte den Waldweg in ein fahles dunkelgraues Licht. Als sie nach etwa zehn weiteren Minuten den Kamm einer kleinen Anhöhe erreicht hatten, stoppte Roland den Lastwagen. Nicht weit von ihnen entfernt erkannten sie am Ende des schmalen Weges zwischen den Bäumen und Büschen in einer Senke das Ufer des Lago Maggiore.

»Siehste, da ist der See, also muss die Lichtung irgendwo da unten liegen«, sagte Roland triumphierend und legte nach einigen erfolglosen Versuchen den ersten Gang ein, fuhr aber noch nicht los. »Kannst du was erkennen?«

Friedrich schüttelte den Kopf. Um in der Dunkelheit mehr sehen zu können, öffnete er die Beifahrertür, trat mit seinem schwarzglänzenden Lederstiefel auf das Trittbrett des Lastwagens und streckte den Oberkörper hinaus. Außerhalb der Fahrerkabine drang ihm der Duft des Waldes noch intensiver in die Nase. Im Gegensatz zu dem nach Dieselabgasen und altem Zigarettenrauch riechenden LKW, war die Luft angenehm frisch. Er nahm die Mütze vom Kopf und strich sich durch das feuchte Haar.

»Und jetzt?«, rief Roland aus der Kabine.

»Nichts zu sehen! Schwarz wie im Negerarsch! Fahr einfach weiter zum See und wenn da auch nichts ist, dann … Halt, warte mal!«

In der Ferne konnte Friedrich einen schwachen Lichtschein ausmachen. »Hast du die Lampe gesehen? Ich glaub, da gibt uns jemand Lichtzeichen.«

»Ja, das müssen sie sein. Komm rein, wir fahren weiter.«

Friedrich setzte sich. Mit einem knatschenden Geräusch setzte sich der Lastwagen ruckartig in Bewegung und rollte langsam die Anhöhe hinunter.

Als sie das Ufer des Sees fast erreicht hatten, kamen sie zu einer kleinen Lichtung, die von hohen Bäumen umgeben war, deren dunkle Kronen bedrohlich über sie hinwegragten. Kurz darauf tauchte im Licht der Scheinwerfer ein hochgewachsener hagerer Mann in SS-Uniform auf. Mit seiner Taschenlampe signalisierte er ihnen, neben einem olivfarbenen Kübelwagen, der in einer dunklen Ecke der Lichtung stand, zu parken.

»Das gibt's doch nicht, das ist ja der Hauptsturmführer selbst. Was macht der denn hier?«, bemerkte Roland überrascht und warf Friedrich einen kurzen unsicheren Blick zu. »Na toll! Jetzt ist der von Freinberg hier und wir sind über ne halbe Stunde zu spät. Mist verdammter!«

Als der Lastwagen zum Stehen kam und der Motor verstummte, wurde es still. Lediglich das Zirpen der Grillen war nun noch zu hören. Nach einigen Sekunden tauchte am Fenster der Fahrerseite der Hauptsturmführer auf, dessen Gesichtszüge im fahlen Licht nur schemenhaft zu erkennen waren. Salopp lehnte er sich mit dem rechten Arm auf den Fensterrahmen der Fahrertür. In seiner Hand hielt er einen schwarzen Holzstab, dessen oberes Ende ein kleiner silberner Totenkopf zierte. Nervös klopfte er sich damit in die Innenfläche seines schwarzen Lederhandschuhs. »Ach, nun schau mal einer an, Rottenführer Dittelsbach! Das hätte ich mir doch denken können. Na, Mädels! Haben wir es dann doch noch geschafft? Reichlich spät, wie ich meine!« Seine Stimme klang süffisant und vorwurfsvoll zugleich. Friedrich spürte, wie sehr von Freinberg seine Verärgerung über ihre Verspätung unterdrückte. Der Hauptsturmführer zog nervös an seiner Zigarette, sodass der orange glühende Punkt für einen kurzen Augenblick sein von der Sonne gebräuntes Gesicht und seine blauen Augen erhellte.

Roland versuchte in der engen Fahrerkabine unbeholfen, Haltung anzunehmen und zu salutierten. »Herr Hauptsturmführer, melde gehorsamst, dass es aufgrund der Dunkelheit, der Straßenverhältnisse und der Beschaffenheit des Fahrzeugs nicht möglich war, pünktlich zum Treffpunkt zu gelangen.« Seine ohnehin schon hohe Fistelstimme, in der unüberhörbar ein ängstlicher, fast devoter Unterton mitschwang, überschlug sich leicht.

»Ja, ja, macht euch mal nicht gleich in die Hose!«, schnauzte von Freinberg sichtlich genervt und winkte gleichgültig ab. Er drehte sich langsam zu zwei anderen SS-Offizieren um, die hinter ihm auf der Motorhaube des Kübelwagens saßen. »Ist doch schön hier im sommerlichen Italien. Da kann man es ruhig mal etwas langsamer angehen lassen. Also auf jeden Fall angenehmer, als an der Ostfront zu hocken, oder?« Die beiden fingen an zu lachen. Von Freinberg wandte sich wieder an Friedrich und Roland. »Und wer versteckt sich da im Dunkeln auf dem Beifahrersitz?« Mit einem Klicken schaltete er seine Taschenlampe ein und leuchtete in die Fahrerkabine. »Ah, Sturmscharführer Diehl, unser Musterschüler aus der Tölzer Junkerschule. Na, ich hoffe, dass ihr guter Ruf, den sie bei der Wiking hatten, unter der italienischen Sonne nicht zu sehr gelitten hat!« Grinsend zog er erneut an seiner Zigarette und blies den Rauch provokativ in die Fahrerkabine. »So, dann zeigt doch mal, was ihr beiden Hübschen uns mitgebracht habt.« Von Freinberg warf seine Zigarette auf den Boden, öffnete die Fahrertür und ging mit schnellen Schritten zur Rückseite des LKWs.

Eilig stiegen Friedrich und Roland aus und folgten ihm. An der Ladefläche angekommen, zogen sie das Befestigungsseil der dunkelgrünen LKW-Plane durch die Ösen heraus und öffneten sie. Danach traten sie einen Schritt zur Seite und nahmen Haltung an. Der Hauptsturmführer leuchtete auf die Landefläche. Auf der rechten Seite saßen zwei bewaffnete SS-Männer, die ihre Karabiner zwischen den Beinen hielten. Ihnen gegenüber kauerten zwei ältere Männer, ein etwa zehnjähriger Knabe und eine junge Frau. Alle vier waren mit Stofflappen geknebelt und ihre Hände hinter dem Rücken gefesselt. Vom Licht der Taschenlampe geblendet, kniffen sie ihre Augen zusammen. Ihre ängstlichen Gesichter schimmerten milchig-blass und trugen offensichtliche Misshandlungsspuren.

»Na, wen haben wir denn da?«, säuselte von Freinberg. »Selbst hier am Arsch der Welt ist man vor jüdischen Partisanen nicht sicher!« Grinsend trat er näher an den LKW heran und betrachtete die Gefangenen lustvoll. Dann klopfte er mit seinem schwarzen Totenkopfstab zweimal kurz auf die Blechklappe der Ladefläche und blickte die beiden SS-Wachen auffordernd an: »Na los, na los! Was guckt ihr denn so? Ausladen! Worauf wartet ihr noch?«

Schnell kletterte einer der SS-Soldaten vom LKW herunter und öffnete die flache Heckklappe. Der andere forderte die Gefangenen mit seinem Karabiner auf, der Reihe nach auszusteigen. Da ihnen die Hände gefesselt waren und sie sich nirgends festhalten konnten, sprangen die beiden älteren Männer kurzerhand von der Ladefläche herunter und knieten sich danach auf den Boden. Als der Junge an der Reihe war, zögerte er und begann aus Angst zu weinen. Tränen liefen ihm über das Gesicht und ein schwaches Wimmern drang durch den Stofflappen vor seinem Mund. Hilfesuchend drehte er sich zu der jungen Frau um. »Na los, Kleiner, mach mal schneller!«, fuhr ihn der SS-Soldat auf der Ladefläche an und stieß ihn mit dem Gewehrkolben vom LKW. Mit dem Kopf voran fiel der Junge auf den steinigen Boden. Ohne einen Laut von sich zu geben, blieb er bewegungslos liegen. Als die junge Frau das sah, schrie sie hysterisch auf, drängte sich an dem SS-Soldaten vorbei und stürzte dem Jungen hinterher. Sie kniete sich neben ihn und beugte sich schützend über seinen Körper. Unsicher, was er nun tun sollte, sprang der SS-Soldat ebenfalls von der Ladefläche. Als er auf dem Boden landete, strauchelte er und verlor sein Gewehr.

»Mannomann, was ist denn das heute wieder für ein Kuddelmuddel? Ich will, dass das hier ordentlich zu Ende gebracht wird«, wetterte von Freinberg ungehalten und trat mit schnellen Schritten auf die beiden SS-Soldaten zu. Er stieß sie in Richtung der beiden Männer, die in einiger Entfernung immer noch mit gesenktem Blick am Boden kauerten. »Los jetzt, nehmt die beiden alten Säcke und bringt sie zum Ufer. Mit denen werdet ihr doch wohl noch fertig werden. Aber ein bisschen plötzlich, wenn ich bitten darf!« Dann drehte er sich um und deutete mit seinem Totenkopfstab auf Friedrich und Roland. »Und ihr beiden! Steht da gefälligst nicht so blöd rum! Los, ihr nehmt das Judenweib und den Burschen und dann Abmarsch zum See. Oder braucht ihr vielleicht eine Extra-Einladung?«

Augenblicklich wandten Friedrich und Roland sich der Frau und dem Jungen zu. Als Roland vor ihnen stand, wurde er jedoch unsicher und sah Friedrich hilfesuchend an. Um weiteren Ärger mit dem Hauptsturmführer zu vermeiden, drängte sich Friedrich an Roland vorbei, um die Frau an der Schulter zu packen. In dem Moment fuhr sie schlagartig herum und trat ihm gegen das Schienbein. Friedrich spürte den Schmerz und wich, überrascht von der plötzlichen Gegenwehr der Frau, zurück. Im Bruchteil einer Sekunde besann er sich jedoch und griff nach ihrem Bein. Es gelang ihr aber, sich loszureißen. Sie strampelte und trat wild um sich, sodass Friedrich sie erst unter Kontrolle bekam, als er sich mit seinem ganzen Gewicht auf sie warf und sich auf ihren Oberkörper setzte. Instinktiv holte er aus und schlug ihr mit voller Wucht ins Gesicht. Bewusstlos sackte die Frau unter ihm zusammen. »Blöde Schlampe, versuch das nicht noch mal!«, zischte er. Dann stand er mit einem Ruck auf und hob die Frau vom Boden auf.

Als von Freinberg bemerkte, wie Friedrich mit der bewusstlosen Frau auf dem Arm in Richtung Ufer gehen wollte, stürzte er auf ihn zu. Er stellte sich ihm in den Weg und schrie ihn an: »Sag mal, ich glaube, ich spinne! Seit wann tragen SS-Soldaten denn Judenweiber durch die Gegend? Wollen Sie ihr vielleicht noch einen Verband anlegen, damit es ihr bald besser geht? Los, Diehl, lassen Sie die Frau fallen!« Ohne zu zögern ließ Friedrich los. Mit einem dumpfen Laut prallte ihr Körper auf den Boden. »Und jetzt schleifen Sie sie zum Ufer, wie sich das gehört! Was seid ihr denn alles für gottverdammte Schwächlinge?«

»Ich dachte …«, setzte Friedrich an, aber der Hauptsturmführer unterbrach ihn schroff.

»Sie sollen aber nicht denken, Sturmscharführer Diehl, sondern sich verdammt noch mal wie ein SS-Soldat verhalten! Ist das klar?«

Friedrich nahm Haltung an. »Jawohl, Herr Hauptsturmführer. Vollkommen klar, Herr Hauptsturmführer!«

»Und jetzt weiter! Aber zackzack!« Er wandte sich ab und ging kopfschüttelnd Richtung Ufer.

Als von Freinberg außer Hörweite war, bemerkte Friedrich, wie die beiden SS-Offiziere, die immer noch auf der Motorhaube des Kübelwagens saßen, über ihn lachten. »Tja, die Kleine hat Krallen, was? Hast du auf der Junkerschule etwa nicht gelernt, wie man mit Frauen umgeht?«, spottete der eine Soldat und schnippte eine Zigarettenkippe weg. Friedrich spürte wie die Wut in ihm wuchs. Erbittert griff er nach den Beinen der Frau und zerrte sie wortlos Richtung Ufer hinter sich her. Roland, der das Gleiche mit dem ohnmächtigen Jungen tat, folgte ihm.

Als Roland sich sicher war, dass keiner sie hören konnte, flüsterte er: »Friedrich, was wird das hier? Ich dachte, wir sollten nur die Gefangenen übergeben! Ich verstehe nicht, warum …«

»Halt's Maul, Mann! Du machst immer alles nur noch schlimmer!«, unterbrach Friedrich ihn wutschnaubend. Schweigend stapften sie weiter, bis sie den See erreichten. Etwas abseits von ihnen erkannte Friedrich die beiden älteren Männer, wie sie nebeneinander am schmalen Seeufer im hellen Kies knieten. In ihrem Rücken standen die beiden SS-Wachen. Der Hauptsturmführer deutete mit seinem Totenkopfstab auf die beiden Alten und gab den Soldaten einige Instruktionen, die Friedrich jedoch nicht verstehen konnte. Sie nahmen ihre Karabiner, legten an, warteten, bis der Hauptsturmführer seinen Totenkopfstab gesenkt hatte, und schossen den Männern aus kurzer Distanz in den Rücken. Ein Körper fiel vornüber und blieb sofort reglos liegen. Der andere Mann kippte zur Seite, war aber offensichtlich noch nicht tot, denn er lag sich windend im Kies. Als von Freinberg das bemerkte, stieß er die Soldaten zur Seite, nahm seine Pistole aus dem Halfter und feuerte beiden am Boden liegenden Männern in den Kopf. Anschließend kam er, ohne Zeit zu verlieren, auf Friedrich und Roland zu. Im Näherkommen schimpfte er: »Zu blöd, um mit einem Ziegelstein ein Scheunentor zu treffen. Alles muss man hier selber machen!« Als er sie erreicht hatte, blaffte er Roland an und fuchtelte mit seiner Pistole herum. »Los, weg von dem Kind. Ich will hier irgendwann mal fertig werden. Der nächste Transport wird bald eintreffen.« Roland trat einige Schritte zurück, aber Friedrich blieb ihm im Weg stehen. Als sie einander gegenüberstanden, seufzte von Freinberg verärgert: »Was denn, was denn?«

Entschlossen und ohne die Miene zu verziehen, blickte Friedrich ihm in die Augen. Dann griff er, ohne den Blickkontakt zu ihm zu verlieren, nach seiner Pistole, zog sie aus dem Halfter und hob sie langsam hoch, sodass von Freinberg sie sehen konnte. »Herr Hauptsturmführer, das mache ich! Ich werde Ihnen zeigen, was wir bei der Wiking mit Juden und Partisanen machen!«

Als der Hauptsturmführer Friedrichs entschlossenen Gesichtsausdruck bemerkte, verzogen sich seine Mundwinkel zu einem Grinsen. »Na endlich, Sturmscharführer Diehl! Jetzt wird sich zeigen, ob sie Ihrem Ruf gerecht werden und ob Sie der Leibstandarte des Führers würdig sind!« Abfällig sah er zu der am Boden liegenden bewusstlosen Frau und dem Jungen, der in der Zwischenzeit wieder zur Besinnung gekommen war und ihn mit ängstlichen und weit aufgerissenen Augen anstarrte. »Man braucht schon Mumm, um eine Mutter vor den Augen des eigenen Kindes kaltzumachen!« Langsam hob von Freinberg seinen Totenkopfstab, schob damit seine Schirmmütze ein Stück nach hinten und trat amüsiert einen Schritt zurück. Entschlossen entsicherte Friedrich seine Pistole. Als er sich umdrehte, bemerkte er, wie Roland ihn mit einem schockierten Blick beobachtete. Dann richtete er seine Pistole auf den Kopf der bewusstlosen Frau. Doch noch bevor er abdrückten konnte, warf sich der Junge schützend auf den Oberkörper seiner Mutter. Ohne eine Regung zu zeigen, packte Friedrich den Jungen am Kragen seiner Jacke und riss ihn vom Körper der Frau. Das Kind fing an zu weinen und schrie laut auf, hatte aber nicht genug Kraft, sich zu wehren, und blieb hilflos auf dem Rücken liegen. Kurz darauf drückte Friedrich ab und schoss erst der Mutter und dann dem Kind in den Kopf. Noch Augenblicke später konnte man den Hall der Schüsse bis weit über den malerischen Lago Maggiore und den sommerlichen Pinienwald hören. Dann wurde es still.

KAPITEL 36

Frankfurt (Sachsenhausen), Trinidad-Bar, 21. Oktober 2010, 20:39 Uhr

Der solariumgebräunte Barkeeper lehnte sich lässig an den Tresen, polierte mit langsamen Bewegungen ein Bierglas und beobachtete den halb gefüllten Gastraum der *Trinidad-Bar*. Kurz darauf öffnete sich die Eingangstür und zwei junge Männer traten ein. Bemüht lächelnd begrüßte der Barkeeper sie mit einem kurzen Kopfnicken. Nachdem sich die beiden Männer für einen Tisch entschieden hatten und ihn nicht mehr beachteten, hielt er sich die Hand vor den Mund, um sein Gähnen zu verbergen. Anschließend stellte er das Glas kopfüber auf den Tresen und drehte es langsam, bis das aufgedruckte goldene Brauereiwappen in einer Reihe mit den anderen stand. Gleichgültig sah er dann zu der jungen Kellnerin, die mit offenem Mund kaugummikauend neben ihm stand. Mehr aus Langeweile als aus wirklichem Interesse hörte er ihren nicht enden wollenden Erzählungen zu. In regelmäßigen Abständen unterbrach sie ihren Redeschwall, ließ nervös kleine Blasen vor ihren schwarzen Lippen zerplatzen und zupfte mit ihren überlangen Fingernägeln unsicher ihr viel zu enges schwarzes Top zurecht. Markus, der sich bereits vor einer halben Stunde an einen kleinen Stehtisch auf der anderen Seite des kuchenstückförmig zugeschnitten Raumes gesetzt hatte, beobachtete sie zerstreut und ließ die Atmosphäre der Bar auf sich wirken. Dezente Lounge-Musik durchflutete im Hintergrund den Raum. Die *Trinidad-Bar*, die in Frankfurt-Sachsenhausen ganz in der Nähe der Main-Promenade auf Höhe des Portikus lag, war ringsherum von großen Fensterfronten umgeben, durch die man das abendliche Treiben auf den dunklen Straßen gut sehen konnte. Ihre Einrichtung war recht modern und in aufeinander abgestimmten Rottönen gehalten. Auch wenn die Bar in einigen Ecken bereits Verschleißerscheinungen zeigte, störte sich das vorwiegend studentische Publikum nicht daran. In kleinen Grüppchen saßen sie auf ausladenden cremefarbenen Lounge-Möbeln, unterhielten sich angeregt und tranken Cocktails.

Der Anblick der Studenten erinnerte Markus an den Anfang seines Studiums in Tübingen, als auch er sich wochentags am Abend oft mit Freunden und Kommilitonen in ruhigeren Cafés und Kneipen traf, weniger um ausgelassen zu feiern, sondern um gemütlich bei einem Bier über das Tagesgeschehen an der Uni zu sprechen.

Obwohl heute vor allem die schwierige Phase am Ende des Studiums seine Erinnerungen an Tübingen dominierten, dachte er gerne an diese anfängliche Zeit zurück. Es waren unbeschwerte Tage, an denen es die jugendliche Naivität ihm und seinen Freunden gestattete Negatives einfach auszublenden und nicht über die Zukunft nachdenken zu müssen. Eine Zeit, in der sie alle in derselben Situation waren und sie viele Gemeinsamkeiten vereinte. Sie alle mussten lernen von nun an ohne ihre Eltern durchs Leben zu gehen, erstmals alleine Entscheidungen zu treffen und die Konsequenzen selbst zu tragen. Im Geiste waren sie Verbündete, zogen an einem Strang und fanden in der Gruppe Stärke. Auf eine gewisse Weise erkannte sich Markus in den Studenten, die vor ihm saßen, wieder. Wie sie hatte auch er damals sein Leben in vollen Zügen genossen und niemals ernsthaft einen Gedanken darauf verschwendet, dass es sich eines Tages vielleicht ändern könnte. Rückblickend betrachtet empfand Markus die Veränderungen, die ab dem dritten Semester einsetzten, daher auch eher wie einen langsamen und schleichenden Prozess, den er zunächst nicht einmal bewusst wahrgenommen hatte. Aber spätestens nach den Zwischenprüfungen löste sich der anfangs viel beschworene Korpsgeist mehr und mehr auf. Aus dem einstigen Kollektiv bildeten sich nach und nach Individuen mit unterschiedlichsten Persönlichkeiten heraus. Zunehmend offenbarten sich nun unüberwindbare Unterschiede, an denen nicht wenige Freundschaften zerbrachen. So dauerte es auch nicht lang, bis auch Markus zum ersten Mal mit den Schattenseiten des Erwachsenwerdens konfrontiert wurde. Schmerzhaft musste er feststellen, dass selbst unter vermeintlichen Freunden Aufrichtigkeit, Loyalität und

Treue immer häufiger den eigenen egoistischen Interessen untergeordnet wurden. Vertraute Weggefährten der ersten Stunde begannen Entscheidungen aus reiner Berechnung zu treffen und standen sich letztlich doch selbst am nächsten. Vieles was sie anfangs im Positiven teilten, verkehrte sich nun ins Negative. Alkohol und Drogen wurden nicht mehr nur aus Geselligkeit und Spaß konsumiert, sondern oft um Probleme zu verdrängen und Enttäuschungen erträglicher zu machen. Liebe und Sex wurden für den Traum einer Altersabsicherung instrumentalisiert, der am nächsten Morgen fast immer mit Kater, Tränen und einem zerbrochenen Herzen zerplatzte. Und so kam es, dass auch Markus unbedarftes Leben mit den Jahren immer ernstere Züge annahm. Erst viel zu spät begriff er, dass – wie der stete Tropfen, der den Stein höhlt – die vielen Enttäuschungen und Verletzungen, die ihm widerfuhren, Spuren auf seiner gutmütigen Seele hinterlassen hatten. Er wurde unsicherer und misstrauischer, bekam Selbstzweifel und erkaltete innerlich. Konnte er in den ersten Jahren noch ungeniert über sich selbst lachen, Fehler und Schwächen offen vor allen zugeben, fing er mit der Zeit aus Selbstschutz an sich zurückzuhalten um sich keine Blöße mehr zu geben. Auch wenn es ihm stets Spaß gemacht hatte sich mit den unterschiedlichsten Menschen zu umgeben, wählte er seinen Freundeskreis gegen Ende des Studiums vor allem nach Sozialstatus aus. Getrieben von Minderwertigkeitskomplexen, biederte er sich bereitwillig pseudoelitären Verbindungsstudenten, bornierten Zöglingen aus adeligem Haus und falschen Gastronomen an. Um bei seinen neuen Freunden akzeptiert zu werden, brach er viele Kontakte zu alten Kommilitonen ab und versteckte sein mangelndes Selbstbewusstsein hinter arrogantem Gehabe, überteuerten Armani-Sonnenbrillen und La-Martina-Hemden mit aufgestelltem Kragen. Ohne es zu merken ignorierte er damit alle Prinzipien, die ihm sein Vater von Kindheit an beigebracht hatte. Werte wie Aufrichtigkeit, Bescheidenheit und Toleranz missachtete er ebenso wie die Grundsätze »niemals über seinen Verhältnissen zu leben« und »sein Geld durch harte ehrliche Arbeit selbst zu verdienen«. Immer tiefer driftete er in eine Scheinwelt, die, geprägt durch die heutigen Medien eine schillernde pervertierte Luxusgesellschaft zum höchsten Ziel erkoren hatte und in der es für Studenten eine Selbstverständlichkeit war Marken wie Gucci, Prada oder Ralph Lauren zu tragen. Nicht nur, dass in diesen Kreisen stillschweigend akzeptiert wurde, sich ohne die Kreditkarte der Eltern den Lebensstil niemals leisten zu können, hatte man überdies nicht einmal den blassesten Schimmer davon, wie schwer es in Wirklichkeit sein würde das Geld dafür selbst zu verdienen. Wie groß das Blendwerk war, zeigte sich oft in den grotesken Gegensätzen und Widersprüchen, in denen zwischen BWL-Vorlesungen großspurig über die Vorteile der Kapitalrenditen von Hedge-Fonds gefachsimpelt wurde, um abends in der zwanzig Quadratmeter-Studentenabsteige Mami und Papi um weiteres Geld anzubetteln, damit man sich tagsdarauf in Dolce & Gabbana Hemden wenigstens Dosenravioli im Aldi leisten konnte.

Markus Entfremdung von der Wirklichkeit und die Abkehr von seinen alten Weggefährten während seiner letzten beiden Semester führte auch dazu, dass sich das Verhältnis zu Jutta erstmals anspannte. Ihre sonntäglichen Treffen endeten immer häufiger im Streit darüber, dass ihm seine neuen vermeintlichen Freunde nicht gut tun würden und er sich mit seinem Gehabe schlicht lächerlich mache. Doch damals erkannte Markus nicht wie sehr Jutta mit ihrer Kritik recht hatte. Vielmehr reagierte er zurückweisend, war gefangen in seiner Überheblichkeit und blind geworden, um die Wahrheit und diejenigen zu erkennen, die aufrichtig zu ihm waren und zu ihm standen. Heute, mit etwas Abstand und den Erfahrungen, die er in der Zeit nach seinem Studium im Muchacho und im ÖRF, also in der normalen Arbeitswelt gemacht hatte, sah er die Dinge anders. Auch wenn er immer noch abhängig von dem Geld seiner Eltern war, erkannte er nun die Härte der Realität, die Schwierigkeit selbst für Miete, Essen und Versicherungen aufzukommen.

Einerseits beneidete er die Studenten, die vor ihm unbeschwert und lachend in der Trinidad-Bar saßen und ihre Jugend genossen, andererseits wollte er sein Leben nun nicht mehr auf Illusionen aufbauen, sondern Herr seiner selbst werden, egal wie schwer es auch werden würde. Er trank den letzten Schluck aus seiner Becksflasche und beobachtete die Studenten noch eine Weile nachdenklich.

Es war bereits viertel vor neun, als Markus zum gefühlt 20. Mal auf die Uhr seines Handys sah. Sein Blick wanderte einmal mehr zur Eingangstür der Bar, aber Marie Knecht ließ weiterhin auf sich warten. Als er über die blonde Hospitantin nachdachte, spürte er wieder die leichte Aufregung, die er schon seit ihrer E-Mail am Nachmittag in sich trug. Noch immer beschäftigte ihn ihr rätselhaftes Verhalten, und auch wenn er es sich nicht eingestehen wollte, hatten ihn Hermann Zauners und Ingos Erzählungen über Marie ein wenig misstrauisch gemacht. So hatte er auch nach dem Duschen der Versuchung nicht widerstehen können, ihren Namen aus Neugier bei *Facebook* einzugeben, was jedoch zu seiner Verwunderung zu keinem Ergebnis geführt hatte. Ebenso ergab ihr Name in diversen Suchmaschinen keinerlei Treffer. Auch in den Seminarlisten der Universität Freiburg war sie nicht zu finden. Die Tatsache, dass es Marie Knecht scheinbar erfolgreich gelungen war, sich dem allwissenden Internet zu entziehen, trug dann auf der Fahrt vom Hotel zur *Trinidad-Bar* nicht gerade dazu bei, seinen Argwohn zu dämpfen. Andererseits erregte ihn das Ungewisse, das Geheimnisvolle an ihr. Und die Aussicht auf ein Abenteuer mit einer gut aussehenden Frau – nach so langer Zeit – reizte ihn ebenso. Und wer wusste, wo das enden würde? Auch wenn ihn seine innere Stimme im Hintergrund wieder und wieder dezent ermahnte, Vorsicht walten zu lassen, war er offen für alles.

Sichtlich erleichtert darüber, etwas zu tun bekommen zu haben, öffnete der Barkeeper mit gekonnten Griffen mehrere Flaschen Bier und sah gleichzeitig auf den Zettel mit den Bestellungen, die die Kellnerin bei ihrem letzten Rundgang aufgenommen hatte. Als ihr auffiel, dass sie Markus vergessen hatte, kam sie mit schnellen Schritten zu ihm herüber und stellte ihr mit Bierdeckeln und Servietten beladenes Tablett auf den Tisch. Erst jetzt erkannte Markus, dass sich quer über ihren Hals ein Spinnennetz-Tattoo zog. Ihre blauschwarz gefärbten Haare waren auf einer Seite kahl rasiert und auf der anderen Seite zu einem langen Zopf zusammengebunden, der seitwärts herunterhing. Sie war auffällig blass geschminkt, sodass ihre weiße Haut einen starken Kontrast zu den schwarzen Lippen und den mit schwarzem Kajalstift konturierten Augen bildete. Sie zog einen Kuli und einen kleinen Block aus der Tasche ihrer schwarzen Schürze, ließ sich aber noch einen Moment Zeit, um mit ihrer Zunge die Überreste ihres Kaugummis von der Oberlippe zurück in den Mund zu schieben. »Na, noch ein Bier?«, fragte sie burschikos, aber freundlich.

»Nein, möchte er nicht!«, antwortete plötzlich eine Stimme hinter ihrem Rücken. Verdutzt drehte sich die Kellnerin um und trat einen Schritt zur Seite. Hinter ihr kam Marie Knecht zum Vorschein, die Markus anlächelte. »Er möchte einen Mai-Tai. Da der hier ja angeblich so gut ist, probieren wir den, finde ich. Oder?«

»Er ist gut!«, warf die Kellnerin schnippisch ein.

»Dann wird es ja auch kein Problem für Sie sein, zeitnah zwei zu servieren«, sagte Marie, ohne sie eines Blickes zu würdigen

»Also zwei?«, fragte die Kellnerin sichtlich genervt noch einmal nach und bedachte Marie mit einem abfälligen Blick.

Marie zog ihre Jeansjacke aus und legte sie über ihren Unterarm. »Mehr als zwei Personen sehe ich hier nicht. Sie vielleicht?«

Die Kellnerin rollte mit den Augen, nahm ihr Tablett und stampfte wortlos zurück Richtung Bar. Amüsiert vom kleinen Schlagabtausch der Damen stand Markus auf und zog Marie den Barhocker zurecht. »Okay, eins ist klar, du und die schwarze Fledermaus werdet sicher nicht die besten Freundinnen … Aber: Hallo erst mal!«

Sie setzte sich und legte ihre Jacke und Handtasche auf die Fensterbank neben sich. Dann strahlte sie Markus mit einem breiten Lächeln an. »Ich bin mir sicher, sie wird es überleben!« Sie stützte sich mit den Ellenbogen auf den Tisch und faltete die Hände unter dem Kinn. Für einen kurzen Moment irritierte es Markus, dass Marie heute so ganz anders aussah als sonst – großartig, aber gleichzeitig irgendwie fremdartig. Im Gegensatz zu ihrem üblichen Auftreten im Büro war sie nun auffällig stark geschminkt. Ihre blauen Augen strahlten, ihr rosafarbener Lipgloss schimmerte feucht auf ihren Lippen und ein Hauch von Rouge betonte ihr mädchenhaftes Lolita-Gesicht. Ihr sonst zu einem strengen französischen Zopf geflochtenes Haar trug sie offen. Lang, seidig und glatt fiel es über ihre sommerbraunen Schultern. Sie trug ein dünnes weißes Top mit Spaghettiträgern, unter dem sich ihre großen prallen Brüste abzeichneten, die bei jedem Atemzug sichtbar auf und ab wogten. Wie schon am ersten Tag, als Markus sie auf dem Parkplatz vor dem Redaktionsgebäude kennengelernt hatte, trug sie eine enge Jeans, unter der sich ihr äußerst weiblicher Hintern abzeichnete. Ihr Anblick erregte Markus und er spürte ein angenehmes Kribbeln im Bauch.

»Tut mir leid, dass ich mich etwas verspätet habe, aber die Verbindungen von Bergen-Enkheim nach Sachsenhausen sind nicht so gut, wie ich dachte. Ich hoffe, du wartest noch nicht lange?«

»Nein, kein Problem, wie schon gesagt, hatte ich ja eh noch was in der Stadt zu erledigen!«

»Ist die *Trinidad-Bar* eigentlich in Ordnung für dich? Ich muss zugeben, dass ich selbst noch nie hier war. Beate Starrosta hat mir gesagt, dass sie ganz gut sei.«

»Alles bestens! Ich war zwar auch noch nie hier, aber dass der Mai-Tai legendär sein soll, hab ich auch schon von anderen gehört. Bin mal gespannt, ob das stimmt.«

»Und, ich habe gehört, dass heute dein vorletzter Tag im ÖRF war. Wie geht's denn jetzt weiter für dich? Bevor ich heute aus dem Büro gegangen bin, habe ich noch kurz mit deiner besten Freundin Ulrike Albus-Schriener gesprochen und die hat so eine Andeutung gemacht, dass du eventuell einen Zeitvertrag bekommen könntest? Das wäre doch genial!«

Markus musste leicht schmunzeln. »Hat sie das gesagt? Ging ihr sicher schwer über die Lippen! Aber ja, stimmt. Ich will mich nur nicht zu früh freuen, da noch vieles geklärt werden muss. Es kann genauso gut sein, dass nichts aus der Sache wird. Aber falls es wirklich klappt, würde ich mich sehr freuen. Gleichzeitig bin ich mir aber auch noch nicht sicher, ob die Geschichtsredaktion auf Dauer das Richtige für mich ist.«

»Wieso das?«

»Ach, es ist schon ein cooler Laden, aber dass ich wirklich ein Historiker bin, bezweifle ich. So wie Ingo immer nur in Gerts Archiv zu recherchieren, ist, glaube ich, nicht mein Ding.«

»Na ja, aber vielleicht ist das ja nur ein Einstieg. Ich wäre jedenfalls glücklich, wenn ich nach dem Studium dort unterkommen könnte!«

»Einen guten Ruf hast du in der Redaktion ja jetzt schon. Und im Gegensatz zu mir, scheint dich die Albus-Schriener doch sehr zu mögen. In welchem Semester bist du denn gerade?«

»Im siebten, ich hoffe, den Master schon bald machen zu können.«

»Und wie ist die Uni in Freiburg so?«

»Ich finde sie super! Die Uni liegt im Stadtzentrum und das Kollegien-Gebäude, in dem das Historische Seminar stattfindet, ist wunderschön.«

»Und hast du dich schon auf einen Bereich spezialisiert?«

»Da ich vergleichende Geschichte der Neuzeit studiere, liegt mein Schwerpunkt auf der ersten Hälfte des 20. Jahrhunderts.«

»Also hauptsächlich die NS-Zeit?«

»Ja, aber auch die Weimarer-Republik.«

»Und stammst du auch gebürtig aus Freiburg?«

»Nein, ich komme aus Stralendorf, das liegt etwas außerhalb von Schwerin.«

Markus lächelte belustigt. »Aus Meck-Pom! Auf den Nordosten hätte ich auch getippt. So 'n bisschen hört man das an deinem Dialekt!«

»Dialekt?« Nun musste auch Marie lachen. »Ich verbitte mir unqualifizierte Bemerkungen über meinen Dialekt. Ich spreche perfektes Hochdeutsch. Was man im Übrigen von dir nicht gerade sagen kann!«

»Ich, liebste Frau Knecht, komme aus Münster! Und wenn irgendwo Hochdeutsch gesprochen wird, dann in Westfalen. Wir haben das quasi erfunden.«

»Na gut, da ja bekanntermaßen der Klügere nachgibt, gebe ich mich geschlagen. Außerdem bin ich stolz auf meinen Dialekt.«

Die Kellnerin kam und stellte wortlos zwei geschwungene mit Strohhalmen und Minzezweigen dekorierte Cocktailgläser auf den Tisch.

»Sieht doch gut aus!«, stellte Markus zufrieden fest und wartete einen Moment, bis die Kellnerin wieder in Richtung Bar verschwand. »Worauf wollen wir anstoßen?«, fragte er dann, während er sein Glas erhob.

Marie sah ihn mit einem Lächeln an und antwortete mit verführerischer Stimme: »Vielleicht auf diesen schönen Abend. Mal sehen, was er noch bringen wird!«

KAPITEL 37

Berlin, Hosemannstraße, Tischlerei Nowottnick, 1. Mai 1945, 22:10 Uhr

»Du darfst jetzt nicht aufgeben. Halte durch, hörst du! Die kommen gleich und holen dich!« Friedrich schaute sich hilfesuchend um, aber sie waren allein in dem kleinen Innenhof. Er spürte, wie Rolands hektische Atmung langsam verflachte und die Kraft aus seiner Hand schwand. Noch immer strömte Blut aus der zerfetzten Stelle, an der sich bis vor wenigen Augenblicken noch ein Oberarm befunden hatte. Aber sosehr Friedrich auch seine Jacke gegen die Wunde presste, konnte er den Blutfluss nicht stoppen. Langsam und unaufhaltsam ergoss es sich in einer großen dunkelroten Lache neben Rolands Körper. In seinen Augen erkannte Friedrich die panische Angst, die Furcht vor dem Unvermeidlichen, das ihm nun bald bevorstehen würde. Mit seinen Lippen versuchte Roland, Worte zu formen, was ihm aber nicht gelang. Um ihn besser verstehen zu können, beugte sich Friedrich dicht über ihn.

»Ich kann nichts mehr sehen. Bist du noch da, Friedrich?«

»Ja, ich bin hier!«

»Bitte, geh nicht weg, ich hab Angst! Angst, alleine zu bleiben.« Seine Stimme vibrierte leicht, klang schwach und auf eine sonderbare Weise fast kindlich.

»Nein, Kamerad! Ich werde nicht weggehen, hörst du!«, schrie Friedrich ihn regelrecht an, »du bist nicht allein.

Aber du musst jetzt kämpfen. Beiß die Zähne zusammen! Du darfst nicht aufgeben. Ich befehle es dir, Soldat!«

Roland setzte erneut an, etwas zu sagen, aber ihm fehlte endgültig die Kraft. Nur Sekunden später begann sein Körper, sich zu verkrampfen. Er stöhnte und wand sich hin und her, als würde er sich ein letztes Mal aufbäumen, um gegen etwas Übermächtiges anzukämpfen. Verzweifelt suchten seine weit aufgerissenen Augen einen Fixpunkt. Aber dann, ganz plötzlich, atmete er ruhig und sank in sich zusammen. Seine schmerzverzerrten Gesichtszüge entspannten sich, sodass sie mit einem Mal ganz friedlich wirkten. Friedrich schien es, als sähe Roland in diesem Moment – befreit von allem Leid – etwas Erlösendes, unbeschreiblich Schönes vor seinem inneren Auge. Etwas, das ihm jegliche Angst nahm.

Als der Tod eintrat, schüttelte Friedrich seinen Freund. Wütend und hilflos schlug er ihm auf Brust und Wangen, aber egal, was er tat, Rolands Körper blieb reglos auf dem rußgeschwärzten Erdboden des Innenhofes liegen. Es dauerte, bis Friedrich begriff, dass alle seine Versuche, ihn wieder ins Leben zurückzuholen, ohne Erfolg bleiben würden. Fassungslos starrte er auf die blutüberströmte und zerfetzte Leiche seines Freundes. Eine ganze Weile blieb er stumm neben ihm sitzen. In Friedrich breitete sich eine unendliche Leere aus. In dieser bisher unbekannten Gleichgültigkeit und Resignation war es ihm vollkommen egal, dass ihn jederzeit russische Soldaten im Innenhof finden konnten. In diesem Moment wichen seine Wut und sein rasender Hass dem Bedürfnis, selbst auch endlich loszulassen, sich einfach fallen zu lassen und sich seinem Schicksal zu ergeben. Vorsichtig, fast zärtlich, schloss er dann mit einer Hand Rolands Augenlieder und legte sich ganz langsam neben ihn. Für einen Moment sah er hoch zum grauen, bedeckten Himmel über Berlin. Dann schloss er die Augen.

Friedrich schreckte hoch. Im ersten Augenblick wusste er nicht, wo er war, bis er neben sich in der Dunkelheit Viktors Gesicht im schwachen Schein der Taschenlampe erkannte. »Du hattest einen Albtraum. Es ist alles in Ordnung«, sagte Viktor mit ruhiger und nüchterner Stimme.

Friedrich atmete schwer und wischte sich mit zitternder Hand über den Mund. Es dauerte einige Sekunden, bis er sich wieder an die Geschehnisse der vergangenen Stunden erinnern konnte. Dann erkannte er auch das Büro der kleinen Tischlerei wieder, in dem er und Viktor sich versteckt hatten, um den Einbruch der Nacht abzuwarten. Zu seiner Überraschung war es draußen bereits dunkel geworden und lediglich Viktors abgedunkelte Taschenlampe erhellte ihre unmittelbare Umgebung. Als er an sich heruntersah, bemerkte er die dicke graue Wolldecke, die über ihn gebreitet war. Obwohl seine Hose und sein Hemd immer noch klamm auf der Haut klebten, spürte er die wenige Wärme, die die Decke spendete.

»Du hast fast neun Stunden geschlafen! Es ist schon kurz nach zehn am Abend.«

Friedrich sah ihn verwirrt an.

»Du hattest so etwas wie einen Nervenzusammenbruch und bist da hinten ohnmächtig geworden. Ich hab dich dann hier rübergebracht und zugedeckt. Du hast die ganze Zeit im Schlaf gesprochen. Ich bin schon seit drei Stunden wach, hab dich aber schlafen lassen, da es sowieso sinnvoller ist, erst bei Dunkelheit aufzubrechen. Noch haben wir die Stadtgrenze nicht erreicht. Außerdem war ich selbst ganz schön fertig.« Viktor musterte

Friedrich einen Moment lang skeptisch und wartete auf irgendeine Reaktion. Doch dieser schwieg weiterhin und machte immer noch einen abwesenden und benommenen Eindruck. »Ist jetzt alles wieder in Ordnung mit dir?«, erkundigte sich Viktor. Friedrich nickte kurz. »Na, dann können wir uns ja bald auf den Weg machen.« Er richtete den schwachen Lichtkegel seiner Taschenlampe auf eine kleine Straßenkarte, die ausgebreitet vor ihm lag. »Wir sollten den Schutz der Nacht nutzen. Von hier aus sind es laut Karte nur etwa drei Kilometer bis Berlin Weißensee und dann noch mal etwa drei Kilometer bis zur Stadtgrenze bei Malchow. Insgesamt also so sechseinhalb Kilometer. Selbst wenn wir nur langsam vorwärtskommen, Hinterhöfe und Gärten nutzen, sollten wir nicht länger als drei oder vier Stunden brauchen. Wenn wir es bis Malchow schaffen, suchen wir uns dort in der Nähe wieder einen Ort, an dem wir uns verstecken können. Ich kenne die Ecke um den Malchower See ganz gut. Als wir auf dem Rückzug von den Seelower Höhen waren, haben wir dort Halt gemacht und Stellungen ausgehoben. Da gibt es viele Bauernhöfe, Scheunen und verlassene Häuser, in denen man unterkommen kann.« Er musterte Friedrich immer noch. »Wie wir danach von Malchow aus um den Großraum Berlin herum Richtung Süden gelangen, werden wir sehen. Hast du verstanden, Friedrich?«

Friedrich nickte nochmals. »Haben wir Wasser?«, fragte er leise. Seine Stimme klang heiser und kraftlos.

»Ja, neben der Eingangstür ist eine volle Regenwassertonne. Ich hab das Wasser vor zwei Stunden probiert. Es ist ein bisschen muffig, scheint aber trinkbar zu sein. Die Wasserleitungen hier drinnen sind alle tot. Im Waschraum habe ich eine Emaille-Schüssel gefunden. Wenn du auch was willst … Sie steht auf dem Schreibtisch da vorne.«

Ohne zu antworten, stand Friedrich langsam auf und ging zum Schreibtisch hinüber. Als er die Schüssel anhob, spürte er, wie seine Arme zitterten. Er fühlte sich schwach und ausgehungert. Seine Zunge klebte trocken und pelzig am Gaumen. Vorsichtig nahm er einen Schluck. Obwohl das Wasser abgestanden schmeckte, tat es gut, etwas Kühles zu trinken. Noch immer hatte er den ekelerregenden säuerlichen Geschmack von Erbrochenem im Mund. Nachdem er die Schüssel in einem langen gierigen Zug geleert hatte, stellte er sie auf den Tisch zurück und ließ sich erschöpft auf einen hölzernen Stuhl sinken. Er legte den Kopf in den Nacken, schloss die Augen und atmete tief durch.

Viktor, der ihn die ganze Zeit über beobachtet hatte, faltete die Straßenkarte wieder zusammen und schob sie in die Seitentasche seines Mantels, den er zum Trocknen über eine Stuhllehne gehängt hatte. Dann stand er auf, ergriff einen seiner Lederstiefel und fuhr mit der Hand hinein. »Verdammt, die sind immer noch nass! Und außerdem stinken sie widerlich nach Scheiße und Kanalisation. Wenn wir aus der Stadt raus sind, müssen wir uns dringend neue Kleider beschaffen oder diese richtig trocknen. Ich kann meine Haut schon abziehen, so aufgeweicht ist die.«

»Danke Viktor!«, sagte Friedrich unvermittelt. »Danke, dass du dich um mich gekümmert hast.«

Viktor hielt einen Moment inne, reagierte aber nicht, stattdessen mühte er sich verbissen damit ab, seinen Fuß in einen der klammen Stiefel zu zwängen.

»Ich weiß nicht, was mit mir los ist, ich erkenne mich gar nicht mehr wieder …«

»Friedrich, wir alle drehen in diesen Zeiten mal durch«, unterbrach Viktor ihn ernst. »Lass uns nicht mehr drüber sprechen, sondern einfach weitergehen. Das ist schon in Ordnung! Im Gegensatz zu den meisten unserer Kameraden leben wir noch, oder? Von meinem Streifschuss mal abgesehen haben wir es fast geschafft, heil aus dieser verfluchten Hölle rauszukommen …« Er drehte Friedrich seine rechte Gesichtshälfte zu und deutete mit dem Finger auf die dunkelrote verkrustete Wunde, die quer über seine Wange verlief. »Das gibt sicher ein nettes Andenken an die Russen. Die eine Stelle blutet immer noch und hat sich, glaube ich, entzündet. Eigentlich müsste man das nähen. Erzähl mir also bloß keinen Witz. Wenn ich lachen muss, reißt alles wieder auf.«

Friedrich lief ein kurzes kraftloses Lächeln über die Lippen.

»Ich mein's ernst, Friedrich! Keine Witze! Klar? Das tut verdammt weh!« Nachdem es Viktor endlich gelungen war, in seinen Stiefel zu steigen, sah er an sich herunter. »Oh Mann, was ist bloß aus uns geworden?« Dann nahm er den zweiten Stiefel und fing mit derselben Prozedur von vorne an. »Was ist? Wollen wir langsam los oder muss ich Ihnen erst den Befehl dazu erteilen, Untersturmführer Diehl?«

Friedrich nickte und richtete sich mühsam auf. Es überraschte ihn, dass Viktor nach all den Strapazen, dem Schlafentzug und der Verletzung einen derart munteren Eindruck machte, ja, sogar in der Lage war, Humor zu zeigen. Mehr noch als vorhin, als sie den Notauslass erreicht hatten, war er sich nun sicher, Viktor falsch eingeschätzt und ihm Unrecht getan zu haben. Nicht nur, dass er Viktor dafür dankbar war, dass er sich in der Kanalisation und der Tischlerei so besonnen verhalten hatte, respektierte er ihn nun für seine Härte, Belastbarkeit und Kameradschaft und vor allem dafür, dass er ihn sein eigenes gefühltes Versagen nicht spüren ließ. Doch je höher seine Wertschätzung für Viktor stieg, desto stärker verachtete er sich selbst für seine Schwäche. Noch immer konnte er sich die Ursachen für seine plötzlichen unkontrollierbaren Angstanfälle nicht erklären. Gefangen in seinem übertriebenen Männlichkeitsanspruch schämte er sich für seine Hilflosigkeit und spürte, wie längst überwunden geglaubte Minderwertigkeitskomplexe in ihn zurückkehrten. In seinen Emotionen herrschte ein Chaos aus Angst, Unsicherheit und Verzweiflung. Einen klaren Gedanken zu fassen, fiel ihm schwer.

Immer noch in diese Grübeleien versunken, nahm auch Friedrich seine Stiefel und begann sie anzuziehen.

»Bevor wir losgehen, sollten wir noch was von der Scho-Ka-Kola essen, auch wenn ich die echt nicht mehr sehen kann. Eine Dose sollte noch da sein, richtig?«

Friedrich nickte und deutete wortlos auf seinen Rucksack, der in der Ecke des Raumes stand. Viktor ging zu ihm hinüber, hob ihn auf und durchsuchte ihn, bis er die flache rotweiße Blechdose gefunden hatte, die er auf den Schreibtisch legte. Dann griff er noch mal in den Rucksack und zog die kleine silbern glänzende Metalldose hervor, in der Linge und Günsche das Anschreiben von Bohrmann und die Sondervollmacht von Mohnke verstaut hatten. Er betrachtete sie einen Moment lang, bevor er sie ebenfalls auf den Schreibtisch legte. »Da wäre noch etwas«, sagte Viktor. Seine Stimme klang anders als zuvor, ernster und bedächtig, so als ob er ihm etwas im Vertrauen sagen wollte. »Als du geschlafen hast, habe ich lange wach gelegen und musste die ganze Zeit an meine Frau und meinen Sohn in Lubmin denken. Ob es ihnen gut geht, wo sie jetzt sind und so. Vielleicht sind sie auch schon längst tot … Du kannst dich doch an das erinnern, was Bohrmann gesagt hat, oder? Ich meine, dass, falls einem von uns was zustoßen sollte, der jeweils andere dafür Sorge tragen muss, dass weder die Knochen des Führers noch das Wissen darüber jemals dem Feind in die Hände fallen.« Als Friedrich nickte, fuhr Viktor fort: »Nicht, dass du mich jetzt falsch verstehst, aber die Wahrscheinlichkeit, dass wir es wirklich bis Innsbruck schaffen, ist meiner Meinung nach eher gering. Natürlich will ich das mit dir versuchen, aber wir sollten uns im Klaren darüber sein, dass es jeden von uns überall und zu jeder Zeit treffen kann. Der Streifschuss ist ja der beste Beweis dafür. Aber es kann auch sein, dass es nur einen erwischt oder nur einer verletzt wird, und der andere unter Umständen die Mission alleine zu Ende bringen kann. Ich erzähl dir das, Friedrich, weil ich dich um etwas bitten möchte. Einen Gefallen. Falls ich es bin, den es erwischt und ich nicht weiter kann, möchte ich dich bitten, falls du dazu in der Lage bist, einen Brief an dich zu nehmen. Er ist für meine Frau und meinen Sohn.« Viktor griff in seine Hosentasche und zog einen verschlossenen Umschlag heraus. »Ich habe ihn geschrieben, während du geschlafen hast. Im Regal da drüben liegen einige Papierblätter und leere Briefumschläge. Es würde mir viel bedeuten, wenn du ihn, falls du durchkommst, irgendwann meiner Frau geben würdest. Ich würde natürlich dasselbe für dich tun, wenn du möchtest.«

Friedrich spürte, wie wichtig Viktor sein Anliegen war. Einerseits war er überrascht, dass Viktor, nach seinem ablehnenden und unfairen Verhalten im Führerbunker, trotzdem noch mit einer derart persönlichen Bitte an ihn herantrat, andererseits fühlte er sich geehrt und war nun noch mehr davon überzeugt, in Viktor einen aufrichtigen und ehrlichen Kameraden gefunden zu haben. Er ging einen Schritt auf Viktor zu und legte ihm seine Hand auf die Schulter. »Es wäre mir eine Ehre, Kamerad!«, sagte er knapp. Er zögerte danach einen Moment, sagte es dann aber doch. »Und entschuldige bitte, was ich im Maschinenraum des Führerbunkers zu dir gesagt habe. Ich hatte nicht das Recht, deine Soldatenehre und Loyalität zum Führer infrage zu stellen. Es tut mir wirklich leid.«

»Alles gut, Friedrich, schon vergessen!«

Sie schüttelten sich kurz die Hände. »Meine Ehre heißt Treue!«, sagte Friedrich und lächelte leicht. Dann drehte er sich um, nahm seinen Mantel und zog ihn an.

»Wenn es dir nichts ausmacht, würde ich den Brief zu den anderen in die Metalldose tun, damit er trocken bleibt«, meinte Viktor.

Friedrich nickte und deutete auf die Dose. »Wenn du die aufmachst, wirst du neben den Briefen ein kleines schwarzes Notizbuch finden. Das ist so eine Art Tagebuch von mir. Falls es mich erwischt, würde ich dich bitten, es mitzunehmen.«

Viktor schraubte den Deckel der Metalldose ab und sah hinein. »Und an wen soll ich es schicken?«, fragte er.

»An meine Freundin. Sie studiert zurzeit in München, kommt aber wie ich aus Bockenheim in der Pfalz. Das ist ein kleines Dorf an der Deutschen Weinstraße. Ihr Name ist Charlotte Bloth.«

»Charlotte! Das ist der Name, den du im Schlaf gerufen hast.«

Friedrich atmete tief ein. »Ja, ich habe seit Monaten diese Albträume, dass ihr was zustößt. Die machen mich noch wahnsinnig. Ich kann nichts dagegen tun.« Friedrich musste wieder an die Panikattacke in der Kanalisation und seinen Nervenzusammenbruch denken. Noch immer schämte er sich dafür. Um den Blickkontakt mit Viktor zu vermeiden, drehte er sich um und stützte sich auf den Schreibtisch. Für einen Moment herrschte Schweigen, bis Viktor ihm von hinten eine Hand auf die Schulter legte.

»Auch ich habe diese Träume, Friedrich. Viele Kameraden haben sie. Mehr als du glaubst. Es spricht nur keiner darüber. Und natürlich werde ich dein Tagebuch an mich nehmen, wenn es so weit ist. Auch für mich ist es eine Ehre. Komm, wir essen jetzt die schwarze Schafkacke und dann machen wir uns auf den Weg aus dieser verdammten Stadt. Ich hole vorher nur noch etwas Wasser aus der Regentonne!«

Als Viktor den Raum mit der Emaille-Schüssel verlassen hatte, wartete Friedrich, bis seine Schritte auf dem Flur verklungen waren. Dann nahm er seinen Mantel und griff in die Innentasche. Er zog ein kleines rotblaues Blechröhrchen heraus und schraubte den Deckel ab. Er schüttelte vorsichtig drei kleine weiße Tabletten in seine Handfläche. Nachdem er das Röhrchen wieder verschlossen und in seine Manteltasche zurückgesteckt hatte, sah er noch einmal kurz zur Tür. Dann nahm er die Tabletten in den Mund, legte den Kopf in den Nacken und schluckte sie hinunter.

KAPITEL 38

Frankfurt (Sachsenhausen), Trinidad-Bar, 21. Oktober 2010, 22:56 Uhr

Während Markus in der Toilette der *Trinidad-Bar* vor dem Pissoir stand und pinkelte, betrachtete er sich im Spiegel. Er fühlte sich rundum wohl und spürte die entspannende Wirkung der beiden Mai-Tais, die er in den vergangenen zwei Stunden getrunken hatte. Auch wenn er noch weit von einem ausgewachsenen Rausch entfernt war, überraschte es ihn, wie viel weniger Alkohol als zu Spitzenzeiten im Studium er vertrug. Und obwohl er gerade in seinen letzten Monaten in Tübingen nach ausgedehnten Zechgelagen immer häufiger mit heftigen Kopfschmerzen und Übelkeit zu kämpfen gehabt und sich stets aufs Neue geschworen hatte, nie wieder Alkohol zu trinken, war es ihm heute Abend egal. Sein Date mit Marie entwickelte sich besser, als er es erwartet hatte. Seit sie sich zu ihm an den Tisch gesetzt hatte, unterhielten sie sich angeregt über Gott und die Welt und lachten und lästerten über die restlichen Gäste der Bar. Je mehr Zeit er mit der blonden Hospitantin verbrachte, desto besser gefiel sie ihm. Nicht nur, dass Marie in seinen Augen ausgesprochen hübsch und sexy war, sie war auch entgegen Ingos und Hermann Zauners Erzählungen weder »ungewöhnlich«, noch legte sie in irgendeiner Form ein unnatürliches Verhalten an den Tag. Im Gegenteil: Sie zeigte sich umgänglich, lebensfroh und unkompliziert und schien wirkliches

Interesse an ihm und seinem Leben zu haben. Dass sie in machen Augenblicken etwas zu offensichtlich mit ihm flirtete, hatte Markus anfangs ein wenig überrascht. Aber mit steigendem Alkoholpegel reagierte er immer bereitwilliger auf ihre Annäherungsversuche. Nach wochenlangen Selbstzweifeln, unzähligen Überstunden und diversen gefühlten Entbehrungen, wollte er sich einfach ein Abenteuer gönnen, sich verführen lassen und positiven Gefühlen hingeben. Da sich seine anfängliche Aufregung und Nervosität gelegt hatte, entschloss er sich nun, zum Angriff überzugehen und alles auf eine Karte zu setzen. Für die Chance, mit Marie im Bett zu landen, war er bereit, alle Risiken in Kauf zu nehmen. Seine innere Stimme, die trotz seines alkoholbedingten Übermutes noch immer zu seinem Verantwortungsbewusstsein durchdrang und zur Mäßigung und Vorsicht riet, würde er von nun an einfach ignorieren. »Crash and burn, Alter!«, machte er sich Mut, zog den Reisverschluss seiner Jeans hoch und kontrollierte im Spiegel noch einmal seine Zähne und seinen Atem. Dann wusch er sich die Hände und ging zurück Richtung Gastraum.

Als er den Tisch erreichte, war Marie damit beschäftigt, eine SMS zu schreiben. Sie blickte konzentriert auf das Display ihres Handys. Markus setzte sich und wartete, bis sie fertig war. Dann fragte er: »Und? Hast du Lust, noch etwas zu trinken?«

»Hmm, ich weiß nicht«, antwortete sie, ohne ihren Blick vom Handy abzuwenden. »Es ist schon kurz nach elf und ich wollte morgen recht früh ins Büro. Ich habe mit Beate noch eine Sprachaufnahme und möchte deswegen nicht zu spät ins Bett.« Sie legte ihr Telefon zur Seite und blickte Markus an. »Sag mal, was ich dich eben schon fragen wollte: Hast du nicht gesagt, dass du mit dem Auto da bist? Du hast doch auch schon zwei Mai-Tai getrunken …«

»Stimmt! Daran hab ich gar nicht gedacht. Aber du hast recht. Im Zweifelsfall lasse ich es halt im Parkhaus stehen und nehme später ein Taxi. Wenn du möchtest, können wir uns ja auch eins teilen! Von meinem Hotel bis zu deinem in Bergen-Enkheim ist es nicht so weit. Ist sogar fast dieselbe Richtung. Außerdem macht es mir gerade Spaß, mit dir hier zu sitzen und zu quatschen. Und du weißt ja, man soll …«

»… man soll die Feste feiern, wie sie fallen! Ja, ich weiß!« Sie überlegte einen Moment. »Na gut, wir trinken noch einen, aber dann müssen wir uns wirklich ein Taxi nehmen, weil ich so spät mit der U-Bahn nicht mehr fahren möchte.«

»Okay, abgemacht!«, Markus freute sich innerlich und sah auf die vor ihm stehenden leeren Cocktailgläser, »aber ganz ehrlich, noch einen Mai-Tai kriege ich nicht runter!«

»Ich auch nicht! Mir hat schon der eine gereicht. Ich merk den schon ganz schön. Weißt du was, in Freiburg sind wir abends oft mit Freunden zum Flückigersee gefahren. Das ist ein kleiner See ganz in der Nähe der Stadt. Wir haben uns was zu Trinken mitgenommen und uns ans Ufer gesetzt. Das war echt romantisch.« Sie legte ihre Hand auf seinen Unterarm. »Und zu zweit ist das Ganze noch intimer. Was hältst du davon, wenn wir uns irgendwo einen Absacker kaufen und unten an der Mainpromenade entlangspazieren? Die ist doch nicht weit von hier! Wir können uns ja später auch von da ein Taxi nehmen.«

»Hmm, ganz alleine mit einer fremden Frau auf der dunklen Promenade, wo kaum eine Menschenseele ist?

Genau davor hat mich meine Oma immer gewarnt! Wer garantiert mir denn meine Sicherheit?«

»Oh, armer kleiner wehrloser Markus.« Sie faltete ihre Hände ineinander, drückte ihre Brust leicht nach vorne und sah ihn mitleidig an. »Du brauchst dich doch nicht zu fürchten, ich werde schon aufpassen, dass dir nichts passiert! Oder haben Sie etwa Angst vor mir, Herr Weidental?«

»Sollte ich denn Angst vor Ihnen haben, Frau Knecht?«

Sie schürzte Ihre Lippen und beugte sich langsam zu ihm herüber, sodass sich ihre Wangen für einen kurzen Augenblick leicht berührten. Dann flüsterte sie ihm ins Ohr. »Das solltest du tatsächlich! Aber das ist es ja gerade, was es so spannend macht. Wer mit dem Feuer spielt, kann sich verbrennen!«

»Das Risiko bin ich gerne bereit einzugehen«, erwiderte er.

»Wenn du meinst! Dann fehlt ja nur noch das passende Getränk für unsere Nachtwanderung, hab ich recht?«

»Das lassen Sie mal meine Sorge sein, Fräulein Knecht. Sie werden überrascht sein, wie überaus kreativ und erfindungsreich Westfalen sein können. Unsere Fähigkeiten grenzen quasi an Magie! Da können selbst schlaue und ausgesprochen hübsche Westmecklenburgerinnen noch einiges lernen.«

»Na, da bin ich aber mal gespannt! Und Chapeau – nur wenige kennen auf Anhieb den genauen Namen der Region, aus der ich komme.

»Wenn es Ihnen dann genehm ist, können wir aufbrechen.«

»Sehr gerne, der Herr, aber Sie haben sicher Verständnis, dass ich mich noch einmal kurz frisch machen möchte.«

»Lassen Sie sich alle Zeit der Welt, Madame! Ich werde auf Sie warten.« Wortlos, aber ohne ihn aus dem Blick zu verlieren, stand Marie auf, nahm ihre Handtasche und stolzierte in Richtung der Damentoilette.

»Gott im Himmel ist das ein scharfes Geschoss!«, murmelte Markus, als sie ihn nicht mehr hören konnte. Noch einmal nutze er die Gelegenheit, ihr auf den Hintern zu starren und ihre Figur zu begutachten. Als sie in der Damentoilette verschwunden war, nahm er ihre beiden Jacken und drängelte sich eilig durch den nun gut gefüllten Gastraum bis zur Bar. Ohne Zeit zu verlieren, signalisierte er der Kellnerin, dass sie zu ihm kommen sollte. »Darf ich dich kurz stören?«, rief er ihr zu.

»Klar, Hübscher! Was darf's denn sein?«

»Also erstens würde ich gerne das Bier und die drei Mai-Tais von dem Tisch da drüben zahlen und dann habe ich noch einen speziellen Wunsch. Es wäre super, wenn ihr mir einen Gefallen tun könntet.

»Und der wäre?« »Ich bräuchte eine kalte Flasche Champagner oder Prosecco. Sekt geht auch, aber Champagner wäre besser. Und zwei Sektgläser, aber alles zum Mitnehmen.«

»Zum Mitnehmen?«

»Ja, natürlich bezahle ich für alles. Gibt auch extra Trinkgeld! Bitte tut mir den Gefallen. Es ist sehr wichtig!«

»Nicht so stürmisch, Romeo! Ich muss erst fragen, aber ich denk, das geht schon in Ordnung. Warte kurz!« Sie ging zum Barkeeper, der an einem Mischpult stand und über einen riesigen Kopfhörer in das nächste Lied hineinhörte. Ungeduldig beobachtete Markus, wie die Bedienung ihm etwas ins Ohr rief und auf ihn deutete. Als der Barkeeper nach einigen Sekunden mit dem Kopf nickte, fiel Markus ein Stein vom Herzen. Er sah Richtung Damentoilette, aber Marie war noch nicht wieder aufgetaucht. Als die Bedienung zurückkam, stellte sie zwei Sektgläser und eine Flasche Veuve Clicquot auf den Tresen. »Du weißt schon, dass das jetzt ein teurer Spaß wird, oder? Zusammen macht das 124 Euro!«

»Ist heute egal! Stimmt so. Er reichte ihr 150 Euro.

Die Kellnerin nahm das Geld grinsend entgegen. »Danke! Und viel Glück heute! Ich hoffe, die Dame ist es wert. Aber pass auf!«

»Worauf?« Markus sah die Bedienung irritiert an.

»Geht mich ja nichts an, aber ich kann Menschen in die Seele blicken.«

»In die Seele blicken?« Markus zog zweifelnd die Augenbrauen nach oben.

»Ja, ist so 'ne Gabe von mir, ein sechster Sinn, so ähnlich wie Hellsehen. Ich weiß, klingt komisch, aber ich kann es den Menschen ansehen, ob sie ein gutes oder ein böses Wesen in sich tragen.«

»Ah, du meinst, du hast übernatürliche Fähigkeiten! Na klar! Wie konnte ich das verkennen!«, frotzelte Markus und schüttelte spöttisch den Kopf.

»Die meisten lachen darüber, aber du kannst mit glauben, es gibt Menschen, denen diese Fähigkeit gegeben ist!«

»Und du bist eine davon!«

»Es kommt nur sehr selten vor, aber manchmal spüre ich das einfach, und bei deiner blonden Begleitung ist das Gefühl ungewöhnlich stark. Ihre Augen sind kalt, sie machen mir Angst!«

»Angst!« Markus verlor allmählich die Lust an der Unterhaltung.

»Ja, Angst!«

»Nun mach aber mal einen Punkt!« Markus' Stimme wurde wieder ernst. »Du kennst sie doch überhaupt nicht. Und was, wenn sie meine Freundin wäre? Das grenzt ja schon an Beleidigung, was du hier machst!«

»Mag schon sein, aber ich habe mir geschworen, Menschen zu warnen, wenn ich etwas Derartiges spüre! Du trägst ein gutes Wesen in dir, das spüre ich. Und du bist dabei, dich in sie zu verlieben. Das sieht allerdings auch ein Blinder mit Krückstock. Was du jetzt mit meiner Warnung machst, ist deine Sache.« Ihr Blick löste sich von seinen Augen und wanderte an ihm vorbei Richtung Damentoilette. Markus drehte sich um und sah Marie, die mit einem Lächeln auf ihn zukam. »Viel Glück, Romeo!«, sagte die Kellnerin und zog sorgenvoll ihre linke Augenbraue hoch. Dann nahm sie ihr Tablett und verschwand wieder hinter dem Tresen.

»Und, sollen wir gehen, Herr Weidental?«, fragte Marie, als sie ihn erreicht hatte.

»Äh, ja. Ja, wir können gehen!« Markus griff nach der Champagnerflasche und den beiden Sektgläsern.

»Was ist los? Du siehst aus, als hättest du ein Gespenst gesehen«, bemerkte Marie. »Ist alles in Ordnung?«

»Du wirst nicht glauben, was gerade passiert ist. Aber komm, lass uns gehen.«

»Gut, ich bin so weit. – Wow, und was sehe ich da? Champagner? Nicht schlecht! Hut ab und danke für die Einladung. Ich hoffe, du reißt mit der Masche nicht jedes Wochenende eine andere Frau auf!«

Als sie die *Trinidad-Bar* verlassen hatten und den Weg Richtung Mainpromenade einschlugen, atmete Markus die wohltuend frische und kühle Herbstluft ein. Auch wenn es zu dieser Jahreszeit tagsüber noch recht warm war, sanken die Temperaturen mit Einbruch der Nacht doch merklich. »Reicht dir deine Jacke oder willst du meine noch dazu haben?«, erkundigte er sich fürsorglich. »Nein, im Moment ist noch alles gut. Vielleicht später! Na komm, jetzt spann mich aber nicht zu sehr auf die Folter.« Sie hakte sich mit ihrem Arm bei Markus ein. »Was war denn jetzt los da drinnen?«

»Ach eigentlich nichts Schlimmes, eher eine Begegnung der dritten Art. Deine Freundin, diese Gothic-Kellnerin …«

»Du meinst die speckige Grufti-Tante mit dem Spinnennetz am Hals?«

»Genau die! Sie hat mich eben vor dir gewarnt!«

Marie blieb stehen und sah Markus amüsiert an. »Wie bitte?«

»Ja, ernsthaft!« Markus musste lachen. »Sie meinte, dass du ein böses Wesen oder so was in dir trägst und ich mich besser vor dir in Acht nehmen soll.«

»Ah, na klar! Und wie kommt die Gute zu diesem Schluss?«

»Sie sagte, sie kann das in den Augen mancher Menschen lesen und in deinen hat sie halt was Böses gesehen. Hm, lass doch mal gucken, ob das auch stimmt.« Markus blickte in ihre Augen und kniff seine dabei zu schmalen Schlitzen zusammen. »Ja doch, wenn ich es mir recht überlege, kann ich es jetzt auch erkennen! Oh Gott! So hübsche Augen, aber auch so was von böse! Oh Mann, ob ich mit dir unten am Fluss in der Dunkelheit wirklich Champagner trinken soll? Wer weiß, hinterher bist du ein Vampir oder so was und willst nur an mein Blut!«

Marie tat es ihm nach und kniff ebenfalls die Augen leicht zusammen. Sie kam näher heran. »Ja, dein Blut, genau das ist es, was ich will! Westfälisches Blut soll ja besonders süß sein. Habe ich jedenfalls von meinen Vampir-Freundinnen gehört. Aber bevor ich über dich herfalle und dich aussauge, möchte ich mit dir schon noch einen Schluck Champagner trinken.«

Für einen Moment verharrten sie dicht voreinander. So nah, dass Markus den Duft wahrnehmen konnte, den ihre Haut verströmte. Dann spürte er wieder jenes flaue Gefühl, das er schon so lange nicht mehr in sich gespürt hatte und nach dem er sich so oft gesehnt hatte. Es war das aufregende Gefühl eines 14-jährigen Teenagers, der am Autoscooter zum ersten Mal die Hand seines Schwarms halten darf. Eine Mischung aus Verlangen und ungeduldiger Vorfreude auf das, was kommen würde.

Schließlich lösten sie sich voneinander und setzten ihren Weg schweigend fort. Nach etwa zehn Minuten hatten sie die Promenade unterhalb der Dreikönigskirche erreicht und gingen entlang der Kaimauer am Sachsenhäuser Ufer. Auf der anderen Seite des Mains erhob sich die imposante Skyline des Bankenviertels in den nächtlichen Himmel über Frankfurt.

»Warst du schon mal hier?«, brach Marie schließlich das Schweigen und griff nach seiner Hand.

»Nein, aber immer wenn ich an Flüssen entlanggehe, muss ich an Tübingen denken. Auch wenn das um einiges kleiner ist, gibt es am Neckar eine ganz ähnliche Landspitze, so wie die da drüben auf der der Portikus liegt. Ich bin da im ersten Semester abends oft alleine spazieren gegangen und hab mich gefragt, was wohl in den kommenden Jahren alles so passieren würde.«

»Und ist das eingetreten, was du geglaubt oder was du dir gewünscht hast?«

»Nicht wirklich, vieles hab ich mir anders vorgestellt. Aber hinterher ist man immer schlauer.«

»Hast du denn auch jemand ganz Besonderen kennengelernt?«

»Du meinst, eine Freundin?«

»Ja, auch!«

»Nein, dass die Universität ein großer Heiratsmarkt ist, so wie es einer unserer Dozenten immer erzählt hat, mag zwar sein, traf aber auf mich irgendwie nicht zu. Sagen wir mal, es ist bei einigen Versuchen geblieben. Und bei dir?«

»Das dürfte dann wohl bei mir auch der Fall sein. Leider ist mir in Freiburg bis jetzt noch nicht der richtige Traumprinz über den Weg gelaufen.«

»Kaum zu glauben! Bei dir dürften die Männer doch Schlange stehen. Du bist intelligent, charmant, schlagfertig, witzig und darüber hinaus sehr attraktiv!

»Danke! Aber nein, bisher waren es alles nur Frösche, aus denen keine Prinzen wurden.«

»Wie sieht denn Marie Knechts Traumprinz so aus?«

»Hm, mal überlegen … Also zunächst müsste er wissen, was er will!« »Mhm!«

»Er müsste etwas größer sein als ich. Ich mag keine kleinen Männer. Er müsste sportlich sein, darf aber nicht zu sehr nach Bodybuilder aussehen.«

»Quasi so wie ich!« Markus warf sich mit einem Augenzwinkern in die Brust.

»Ganz genau – so wie du, eben!« Sie blieb stehen und lehnte sich an eine Laterne, die direkt an der Kaimauer stand. »Er sollte blaue Augen haben und kurze Haare.«

»Hab ich!« Markus stellte die Champagnerflasche und die Sektgläser auf die Mauer.

»Er … sollte mich immer zum Lachen bringen können, also Humor haben.«

»Hab ich!«

»Er sollte intelligent sein, offen für Abenteuer, aber irgendwie auch bodenständig und heimatverbunden.«

»Bin ich natürlich auch!«

»Treu!«

»Jetzt wird's langsam etwas schwierig!«

»Liebevoll, einfühlsam und emotional.«

»Wir sprechen aber noch von einem Mann, oder?«

Sie musste lachen und sah Markus einen Augenblick lang an. Dann fasste sie ihn an seiner Jacke und zog ihn zu sich, sodass sich ihre Körper leicht berührten. »Und eins ist ganz wichtig. Er sollte gut küssen können!«

»Hm, ich glaub, das kann ich sogar sehr gut.« Vorsichtig legte Markus seine Hand in ihren Nacken, zog sie an sich und gab ihr einen leidenschaftlichen Kuss. Er spürte ihre feuchten Lippen, ihre Zunge und ihre kalte Nasenspitze. Sie legte ihre Arme um seinen Rücken und drückte ihn fest an sich. Markus fühlte, wie sich ihre Brüste an seinen Körper schmiegten und wie seine Erregung stieg. Dann küsste sie vorsichtig seinen Hals, bis sie sein Ohr erreicht hatte.

»Eins habe ich noch vergessen!«, hauchte sie ihm ins Ohr. »Er darf nicht zu zärtlich im Bett sein!«

Markus musste lächeln, schwieg aber und gab ihr stattdessen noch einen Kuss. »Vielleicht sollten wir das Champagnertrinken auf mein Hotelzimmer verlegen, was meinst du?«

»Das hört sich gut an!«

KAPITEL 39

München, Schelling-Salon, 13. Februar 1944, 16:34 Uhr

»Das stimmt einfach nicht und ich finde, du tust unserem Reichsführer-SS einfach unrecht. Das kannst du ihm doch nicht wirklich vorwerfen.« Friedrich stellte seine Kaffeetasse auf den Tisch, lehnte sich zurück und schüttelte frustriert den Kopf. »Charlotte, wir streiten uns jetzt schon seit Tagen immer wieder über dasselbe Thema. Warum können wir nicht einfach eine schöne Zeit miteinander verbringen, so wie früher in Bockenheim? Ich habe nur eine Woche Fronturlaub, von der ich alleine vier Tage im Zug verbringe. In zwei Stunden muss ich schon wieder am Hauptbahnhof sein. Was ist denn bloß los mit dir?« Seine Stimme bekam einen zornigen Unterton. »Seit zwei Tagen versuche ich dir alles recht zu machen. Führe dich aus, gehe mit dir spazieren, aber du zeigst mir nur die kalte Schulter. Wir haben uns jetzt seit fast acht Monaten nicht mehr gesehen und außer zur Begrüßung habe ich noch keinen Kuss bekommen. Du mäkelst unentwegt an mir herum, sagst, ich solle meine Uniform ausziehen und willst ständig über die Gesellschaft und Politik reden. Du hast mich noch nicht einmal deinen Freunden hier in München vorgestellt. Langsam kommt es mir so vor, als würdest du mich vor ihnen verstecken. Schämst du dich etwa für mich?« Er rieb sich genervt die Augen. »Ganz ehrlich, ich weiß zwar, wie sehr du dir immer gewünscht hast, zu studieren, aber so langsam glaube ich, steigt dir dieses Universitätsgehabe zu Kopf. Ich glaube sowieso nicht, dass das Frauen guttut. Diese ganzen neunmalklugen Akademiker und Gelehrten haben doch noch nie Gutes bewirkt. Die haben dir diese ganzen subversiven und staatsfeindlichen Gedanken in den Kopf gesetzt. Glaubst du etwa, dass man mit Büchern oder mit philosophischem Gerede den Bolschewismus bekämpfen kann?«

»Aber Friedrich, erkennst du denn die Wahrheit nicht? Siehst du nicht, was in Deutschland wirklich passiert?« Charlotte sah ihn flehend an. »Das Gedankengut des Nationalsozialismus hat Deutschland seiner Freiheit beraubt und in eine Diktatur geführt. Die NSDAP hat unser Volk und ihre Soldaten mit ihrem arischen Rassenwahn und Antisemitismus indoktriniert und aufgehetzt. Sie wollen unser Denken narkotisieren, sie haben uns Angst und Misstrauen in unsere Herzen gepflanzt, um nicht gegen sie aufzubegehren. Hitler, Goebbels, Himmler und all die anderen haben die Deutschen zu willigen Vollstreckern gemacht, um andere Völker zu unterjochen. Wir können nicht länger zusehen, wie ...«

»Schscht!«, unterbrach Friedrich sie. Er beugte sich vor und nahm ihre Hand. »Nicht so laut, Charlotte!«, zischte er leise über den Tisch. »Ich kann ja kaum glauben, was ich da von dir höre. Narkotisieren, indoktrinieren, was sind denn das alles für komische Wörter? Wenn ich dich nicht besser kennen und von ganzem Herzen lieben würde, würde ich sagen, du bist zu einem Feind des Deutschen Reiches geworden. Wenn das die Gestapo hören würde, würdest du ins Zuchthaus kommen, und das sogar zu Recht.«

»Aber merkst du nicht ...«

»Schluss jetzt!«, fuhr er sie laut an. »Ich will nicht, dass du so redest. Adolf Hitler kämpft dafür, dass Deutschland in Sicherheit und Freiheit leben kann und nicht vom Bolschewismus und Judentum bedroht wird. Meine SS-Kameraden sterben täglich dafür, dass wir alle eines Tages in Freiheit leben können. Wenn wir den Feinden Deutschlands nicht zuvorkommen, was glaubst du denn, würden die mit uns machen? Sie würden uns unser Land rauben, unsere Frauen vergewaltigen, unsere Kinder schänden und unsere germanische Kultur vergiften. Der Führer hat das in seiner Weisheit erkannt und hat die SS damit beauftragt, endlich das zu tun, was schon längst hätte erledigt werden müssen.«

»So, wie es mit Juden vor ein paar Jahren in der Kristallnacht geschehen ist oder was in diesen Lagern immer noch geschieht?« Sie entzog ihm ihre Hand.

»Charlotte, Kind, das verstehst du nicht!« Er versuchte, sie zu besänftigen. »Manchmal muss man halt zu drastischen Mitteln greifen, um sich eines Problems für immer zu entledigen. Das ist zwar nicht schön, aber für die Zukunft der germanischen Rasse notwendig.«

Für einen Moment sah sie ihn fassungslos an, bis ihr plötzlich eine Träne über ihre Wange lief. Dann sagte sie mit brüchiger Stimme: »Ich erkenne dich gar nicht mehr wieder, Friedrich! Was haben die bloß mit dir gemacht in Bad Tölz? Schau nur, was aus dir geworden ist.«

Erneut versuchte Friedrich, ihre Hand zu fassen, aber sie zog sie weg und wendete sich von ihm ab. »Charlotte, jetzt reiß dich bitte mal zusammen. Ich kann hier auch ganz andere Seiten aufziehen. Was ist denn los mit dir? Ich dachte immer, du bist stolz auf mich! Schatz, du wirst sehen …«, vergeblich griff er nochmals nach ihren Fingern. »Jetzt gib mir schon endlich deine verdammte Hand!«, platzte es cholerisch aus ihm heraus. Als er spürte, wie um sie herum die Gespräche abrupt verstummten und sie von den anderen Gästen argwöhnisch angesehen wurden, fasste er sich und fuhr mit beschwichtigender Stimme fort. »Charlotte, ich verspreche hoch und heilig: Wenn der Krieg vorbei ist, werden wir beide nach Bockenheim zurückkehren. Dann wird alles, was im Krieg oder hier in München geschehen ist, vergessen sein. Ich spare jetzt schon jede Mark vom Sold und vielleicht werden wir uns irgendwann unseren eigenen kleinen Hof leisten können. Wir werden heiraten und du wirst unsere Kinder zur Welt bringen und sie großziehen.«

»Sag mir nur eins, Friedrich«, unterbrach sie ihn. »Warst du auch in so einem Lager? Kannst du mir reinen Gewissens sagen, dass du bei diesen Aktionen nicht mitgemacht hast? Ich muss das jetzt wissen. Bei allem, was jemals zwischen uns war, sag mir die Wahrheit!« Ihre Augen füllten sich wieder mit Tränen und sie schluchzte laut auf.

Friedrich sah sich kurz um, da ihm die Situation langsam unangenehm wurde. »Weißt du, in Russland hinter den Linien, da weiß man nie, wem in der Bevölkerung man trauen kann. Da gibt es Partisanen, Plünderer, Diebe, Juden und Zigeuner. Da muss man hart durchgreifen, und wenn der Vorgesetzte etwas befiehlt, dann hat man den Befehl auszuführen. Das verstehst du nicht, aber Heinrich Himmler hat schon recht, wenn er sagt, dass nur die vollständige Ausrottung all unserer Feinde, ihrer Familien, Städte und sogar ihrer Religion und Kultur uns endgültigen Frieden bringt. Glaub mir, Ideale wie Anstand oder Mitleid darf es bei den Strafaktionen genauso wenig geben wie Zweifel oder Reue. Nur der Kampf, das disziplinierte Töten aller Feinde und die Bereitschaft, für seine

Kameraden und den Führer sein Leben zu geben – das ist der einzige und wahre Weg der Waffen-SS.«

Charlotte starrte Friedrich fassungslos an. Dann rieb sie sich mit dem Handrücken die Tränen aus dem Gesicht und sagte mit ruhiger, gefasster Stimme: »›Jedes Wort, das aus Hitlers Munde kommt, ist Lüge. Wenn er Frieden sagt, meint er den Krieg, und wenn er in frevelhaftester Weise den Namen des Allmächtigen nennt, meint er die Macht des Bösen, den gefallenen Engel, den Satan. Sein Mund ist der stinkende Rachen der Hölle, und seine Macht ist im Grunde verworfen.‹ Das, Friedrich, hat mal eine Studentin hier aus München gesagt und dafür ist sie von deinen Kameraden hingerichtet worden. Ich habe lange zu dir gestanden, aber erst jetzt, wenn ich dich reden höre, dann verstehe ich, wie sehr sie recht damit hatte. Ich kann dir gar nicht sagen, wie sehr ich dich und deinen Adolf Hitler verachte! Und falls du …«

Wie vom Blitz getroffen fuhr Friedrich hoch und gab ihr eine schallende Ohrfeige. Für einen Moment verharrte Charlotte regungslos auf ihrer Sitzbank. Dann stand sie auf und stürzte Richtung Ausgang. Friedrich blickte ihr nach. Erst wollte er ihr hinterherlaufen, entschied sich aber dagegen. Es war still geworden im Gastraum und alle anderen Gäste sahen ihn erschrocken an. Aber er war zu sehr in Rage, als dass er es wirklich zur Kenntnis nahm. Erschöpft setzte er sich wieder und rieb sich mit beiden Händen einige Male durch sein zorngerötetes Gesicht. Nachdem er sich etwas beruhigt hatte, zog er sein Portemonnaie aus der Jacke und legte das Geld für die Getränke auf den Tisch. Ohne eine Miene zu verziehen, stand er auf, nahm seine Schirmmütze und seine Reisetasche und ging mit langsamen Schritten ebenfalls Richtung Ausgang.

KAPITEL 40

Frankfurt (Seckbach), Hotel am Lohrberg, 22. Oktober 2010, 00:34 Uhr

Schnell, aber mit kontrollierten Handbewegungen öffnete Marie das Seitenfach ihrer Handtasche und zog eine kleine durchsichtige Glasampulle heraus, auf deren weißem Etikett »Gamma-Hydroxy-Buttersäure« zu lesen war. Mit einem leisen Klicken brach sie den oberen Teil der Ampulle ab und goss die klare Flüssigkeit in Markus' halb volles Champagnerglas, ließ die Bruchstücke der Ampulle schnell wieder in ihrer Handtasche verschwinden und schwenkte die Flüssigkeit einige Male hin und her. Dann stellte sie das Glas wieder auf genau die Stelle, von der sie es genommen hatte. Sie schloss die Handtasche, nahm ihr Glas und setzte sich in einen braunen Ledersessel, der neben dem Bett im Hotelzimmer stand. Nur Sekunden später hörte sie im Badezimmer erst die Toilettenspülung und dann das Rauschen des Wasserhahns.

Als Markus aus dem Badezimmer heraustrat und die Tür hinter sich zuzog, lächelte er sie an. »Vielleicht hätten wir doch zu dir ins Hotel fahren sollen. Deins wird mit Sicherheit schöner sein als das hier. Tut mir leid, aber mehr kann ich dir zurzeit nicht bieten. Es ist das einzige Hotel in der unmittelbaren Nähe vom ÖRF, das über drei Wochen einigermaßen bezahlbar ist. Dass ich hierher mal einen Gast mitbringen würde, damit habe ich ehrlich gesagt nicht gerechnet.«

»Entscheidend ist doch, was man daraus macht!«, antwortete Marie sanft. Sie stand auf und ging zu ihm hinüber.

»Ich mein ja nur, es wäre halt romantischer, wenn …«

»Schschscht!« Sie legte bedächtig ihren Zeigefinger auf seine Lippen, nahm sein Glas vom Schreibtisch und reichte es ihm. Dann hob sie ihres leicht in die Höhe und sie stießen an. »Hast du Musik hier?«

»Ja, auf meinem Rechner ist einiges drauf. Was möchtest du denn hören?«

»Das überlasse ich der sagenumwobenen Kreativität der Westfalen. Bin mal gespannt, was du für einen Geschmack hast.« Sie ging zum Deckenfluter, der in der anderen Ecke des Raumes stand, und dämpfte das Licht. »Hast du Kerzen?«

»Nur Teelichter, in der Schublade über der Minibar. Da müsste auch ein Feuerzeug sein.«

Markus setzte sich an den Schreibtisch und startete seinen Laptop. Aus den Augenwinkeln heraus beobachtete er, wie Marie die Teelichter anzündete und sie überall im Raum verteilte, bis sich ein warmes Licht ausbreitete. Dann nahm sie ihre Handtasche und ging zum Badezimmer. Kurz bevor sie es betrat, drehte sie sich noch einmal kurz zu ihm um und sagte: »Nicht weglaufen, verstanden?« Als sie mit einem verschmitzten Lächeln die Tür hinter sich zuzog und sie von innen verriegelte, atmete Markus tief durch. Er konnte sein Glück kaum fassen. Nochmals nahm er einen großen Schluck aus dem Champagnerglas und öffnete dann den Musikordner. Wie er es sich bereits im Auto auf dem Weg zur *Trinidad-Bar* in Gedanken ausgemalt hatte, entschied er sich für die langsamen Klassiker von *Depeche Mode* und klickte auf *World in my Eyes*. Als die ersten Töne des Liedes erklangen, stand er auf, sah sich prüfend im Zimmer um, um die Gelegenheit zu nutzen, herumliegende Socken, Unterhosen oder Ähnliches zu entsorgen. Dann zog er die Vorhänge zu, damit sie mehr Privatsphäre hatten. Er betrachtete sich kurz im großen Spiegel, der an der Außenseite des Wandschranks hing. Die überwiegend in Brauntönen gehaltene Einrichtung des Zimmers, der cognacfarbene dicke Teppichboden und die zur Hälfte verspiegelten Glühbirnen der Messinglampen hüllten den Raum in Kombination mit dem Kerzenschein in ein schummriges, fast goldenes Licht. Die Atmosphäre erinnerte Markus an ein Pornofilmsetting der 70er-Jahre. Er ging zum Bett, legte sich darauf, stand aber sofort wieder auf, da ihm die Position zu verfänglich und aufdringlich erschien, und setzte sich stattdessen wieder in den Ledersessel. Nervös blickte er in Richtung des abgedunkelten Flurs. Unter der Badezimmertür konnte er die Schatten von Maries Füßen sehen. Da sie sich jedoch mehr Zeit nahm, als er erwartet hatte, wurde er ungeduldig. Er stand auf und schenkte sich noch etwas Champagner nach. Obwohl er den Alkohol nun deutlich spürte, war er immer noch aufgeregt. Schon seitdem sie aus dem Taxi gestiegen waren und sich im Hotelaufzug erneut leidenschaftlich geküsst hatten, versuchte er zu vermeiden, dass Marie zu früh eine Erektion bei ihm bemerkte. Doch nun, halb betrunken, mit der Aussicht auf – wie Marie es nannte – »nicht zu zärtlichen« Sex in einem billigen Vorstadthotel, das an einen schmierigen Erotikfilm erinnerte, war der Kampf verloren. Er zog sein Hemd aus der Hose, um seinen Schritt wenigstes etwas zu bedecken. Die Situation erinnerte ihn an seine Jugend, als er im zarten Alter von gut 13 Jahren zum ersten Mal an den Brüsten eines Mädchens herumfummeln durfte. Auch damals hatte er dieses Kribbeln im Bauch gefühlt, dieselbe Aufregung und Vorfreude darauf, endlich das machen zu dürfen, wonach er sich in seinen noch unschuldigen jugendlichen Erotikfantasien gesehnt und verzehrt hatte. Natascha war damals bereits 15 Jahre alt und von einer anderen Schule in seine Stufe gewechselt. Nicht nur, dass sie im Gegensatz zu ihren Freundinnen bereits über eine beträchtliche Oberweite verfügte, war sie burschikos, nahm sich das, was sie wollte. Gekonnt kokettierte sie mit ihrem osteuropäischen Akzent und ließ auch ältere Jungs spielerisch wie Marionetten tanzen. So dauerte es auch nicht lange, bis Natascha von Markus und seinen Klassenkameraden einstimmig zur einzigen, wahren und vor allem unerreichbaren Sexgöttin der Mittelstufe des Schillergymnasiums erkoren wurde. Warum Nataschas Wahl nach monatelangem infantilen und affektierten Gebalze ganzer Horden von pubertierenden Jungen letztlich ausgerechnet auf Markus gefallen war, konnte er sich bis heute nicht wirklich erklären. Aber selbst jetzt – 13 Jahre später – betrachtete er den Moment, in dem Natascha Fjodorow in der Einzelumkleide des Hiltruper Hallenbades ihren Badeanzug für Markus heruntergezogen und seine Hand auf ihren Busen gelegt hatte, als jenen, der sein Leben nachhaltig verändert und für alle Zeiten danach geprägt hatte. Noch heute lief ihm bei dem Gedanken an Natascha ein wohliger Schauer über den Rücken.

Als er das Schloss der Badezimmertür klicken hörte, spürte Markus, wie sein Herz schneller zu klopfen begann. Aber als er Marie sah, wie sie aus dem Badezimmer heraustrat, verschlug es ihm gänzlich die Sprache. Ähnlich wie im Büro hatte sie ihre Haare wieder zu einem strengen, fast devot wirkenden französischen Zopf gebunden und tiefroten Lippenstift aufgelegt. Sie trug ein hautenges rot schimmerndes Satinkorsett, das an Vorder- und Rückseite mit einer schwarzen Kordel fest über Kreuz verschnürt war und ihre schmale Taille noch stärker akzentuierte. Ihre Brüste wurden durch das Korsett nach oben gedrückt und am oberen Rand lediglich durch die schwarze Kordel wie ein zu fest gebundener Rollbraten im Zaum gehalten. Über einem knappen, hoch geschnittenen roten Spitzenhöschen trug sie einen passenden Strapshalter, an dem ebenfalls rote Netzstrümpfe befestigt waren. Farblich passend schimmerten im gedämpften Licht ihre hohen Lackschuhe, die sie bereits in der *Trinidad-Bar* getragen hatte. Ohne ihn aus den Augen zu lassen, ging sie langsam auf ihn zu, blieb aber in der Mitte des Raumes kurz stehen, stützte eine Hand lasziv in ihre Hüfte und drehte sich danach langsam im Kreis. Dann forderte sie Markus mit dem Zeigerfinger auf, zu ihr zu kommen. Markus' Herz schlug wild. Er stand auf und trat vor sie. Ohne ein Wort zu sagen, griff sie fest in seine Haare, zog ihn zu sich und gab ihm einen innigen Zungenkuss. Danach lächelte sie ihn kurz an, kniete sich, den Blickkontakt nicht abreißen lassend, langsam vor ihm hin, öffnete seine Jeans und zog seine Boxershorts nach unten. Dann öffnete sie ihren Mund und begann ihn zu küssen.

KAPITEL 41

Berlin, Weißensee, Bootshaus der Badeanstalt, 2. Mai 1945, 05:04 Uhr

Die Kombination aus koffeinhaltiger Schokolade und dem Methamphetamin der drei Pervitin-Tabletten zeigte schnell seine Wirkung. Schon kurz nachdem sie die Tischlerei verlassen hatten, ließen die Schmerzen in Friedrichs Armen und Beinen spürbar nach. Zu seiner Erleichterung war auch die quälende Müdigkeit wie verflogen. Friedrichs Gedanken wurden von Minute zu Minute klarer, fokussierter, und erstmals, seitdem er im Führerbunker von Hitlers Tod erfahren hatte, schien er wieder Herr seiner selbst zu sein. Auch wenn er wusste, dass es nur eine Frage der Zeit war, bis die Wirkung der Drogen nachließ, war ihm das in diesem Moment egal. Selbst um die Warnungen seines Bataillons-Arztes, der ihn schon vor Monaten auf seinen bedenklich hohen Konsum von Pervitin angesprochen hatte, scherte er sich einen Dreck. Nach den Strapazen der vergangenen Tage sehnte er sich nach seiner alten Stärke, seinem Mut und seiner Kraft. Um die lähmende Angst und Schwäche endlich nicht mehr spüren zu müssen, war er sogar bereit, noch weitere der kleinen weißen Tabletten zu schlucken und alle Nebenwirkungen billigend in Kauf zu nehmen.

»Es war gut, den Pistoriusplatz und den Antonplatz zu umgehen!«, sagte Viktor plötzlich und brach damit ein fast halbstündiges Schweigen. Aus einem der zerbrochenen

Fenster des kleinen Bootshauses der Badeanstalt am Weißensee hinaus schaute er über das dunkle, sich kräuselnde Wasser in Richtung des gegenüberliegenden Ufers. »Die Russen haben überall Kontrollpunkte aufgebaut. Da drüben bei der Albertinenstraße stehen zwei T34. Und wenn die da schon Wache schieben, werden die mit Sicherheit auch am Pasedagplatz rumlungern. Bei Tageslicht wird es schwer werden, weiterzukommen.« Skeptisch blickte er zum Himmel. »Es wird langsam hell draußen. Kaum zu glauben, dass wir es bis hierher geschafft haben.« Über seine Schulter sah er zu Friedrich, der im abgedunkelten Schein der Taschenlampe eine der Straßenkarten studierte. »Hast du die Flüchtlinge auf der Berliner Allee und am Trianon Park gesehen? Die Frauen und Kinder? Die wollen alle aus der Stadt raus. Das müssen Tausende sein!« Viktor wartete noch einen Moment auf eine Reaktion von Friedrich, schaute dann aber wieder aus dem Fenster. »Wo die wohl alle hin wollen? Als ob es auf dem Land besser wäre! Hier zu verrecken oder in der Pampa zu verhungern, ist doch egal! Aber was soll's!«

»Wir haben es fast geschafft«, bemerkte Friedrich, ohne auf Viktor einzugehen. Er löschte die Taschenlampe und stand auf. »Wir sollten zunächst zum alten Blindenheim gehen und von da aus Richtung Industriebahnhof. Das sind nur noch etwa 300 Meter Luftlinie. Einzig die Bernkasteler Straße macht mir Sorgen. Da könnten Russen stehen. Wenn wir da nicht rüberkommen, bleibt uns nichts anderes übrig, als uns unter die Flüchtlinge zu mischen. Wir lassen uns dann einfach ein Stück mittreiben. Ist zwar ein Risiko, aber ich glaube nicht, dass die rote Armee noch alle Zivilisten kontrolliert. Dafür sind wir schon zu weit vom Regierungsviertel entfernt. Den Pasedagplatz können wir umgehen, wenn wir die Trarbacher Straße entlang des Straßenbahndepots laufen.«

Irritiert von der etwas zu energisch und zu zuversichtlich klingenden Stimme Friedrichs, drehte Viktor sich wieder um, legte seinen Ellenbogen auf das Fensterbrett und sah Friedrich mit einem argwöhnischen Blick an. »Glaubst du etwa immer noch, dass wir hier so einfach rausspazieren können und es bis nach Innsbruck schaffen?«

Wiederum schwieg Friedrich, zog seinen Mantel an und verstaute die Straßenkarte in seinem Rucksack.

»Friedrich, hast du gesehen, was die Bolschewisten und Alliierten mit Berlin gemacht haben? Schau doch mal aus dem Fenster! Das Reich liegt in Trümmern! Mann, die Sache ist gegessen. Kapierst du das immer noch nicht?«

Friedrich schnallte seinen Rucksack auf den Rücken und zog die Träger stramm.

»Wir schaffen das! Wir sind die Leibstandarte!«, gab er knapp zur Antwort, drehte sich um und ging zur Tür. Er öffnete sie einen Spalt und späte hinaus.

»Jetzt warte doch mal!«, erwiderte Viktor ungeduldig. »Ich meine das ernst! Wie lange, glaubst du, werden wir ohne Essen auskommen? Einen Tag? Zwei Tage? Eine Woche? Glaubst du, man kann sich wochenlang nur mit dieser scheiß Scho-Ka-Kola bis nach Österreich durchschlagen? Oder was ist mit Wasser? Irgendwann müssen wir schlafen, Kräfte sammeln, ob du willst oder nicht! Darf ich dich daran erinnern, dass du schon mal zusammengebrochen bist?«

»Das wird nicht noch einmal passieren, klar!«, fiel Friedrich ihm gereizt ins Wort. Er schloss die Tür und drehte sich um. »Was willst du? Sollen wir jetzt diskutieren und Kaffee trinken oder wollen wir unseren Auftrag erfüllen?«

Viktor musterte Friedrich einen Moment lang. »Was ist eigentlich los mit dir? Du bist auf einmal so anders! Seitdem wir von der Tischlerei aufgebrochen sind, bist du nicht nur aggressiv und gereizt, sondern so komisch aufgedreht. Du bist wie ausgetauscht!«

»Na und?«, fuhr ihn Friedrich an. »Was macht das schon! Ist doch besser, als sich vor Angst zu bepissen und heulend auf dem Boden zu liegen!«

»Ist ja gut, Untersturmführer Diehl! Reg dich ab, Mann!«, unterbrach Viktor ihn bestimmt. »Beruhig dich, Friedrich!« Dann ging er langsam auf seinen Kameraden zu und legte ihm beschwichtigend die Hand auf die Schulter. »Ich bin auf deiner Seite. Schon vergessen? Alles wird gut!« Seine Stimme wurde ruhiger. »Ich sage nur, dass wir hier nicht kopflos rausstürmen sollten und einfach planlos nach Süden rennen. Und dass es sehr schwer werden wird. Das ist alles. Und du hast recht! Ja, wir sind SS-Offiziere!« Er begann Friedrichs Schulter leicht zu kneten. »Wir sind besser als die anderen, schneller und intelligenter! Wir sind denen überlegen! Aber lass uns nüchtern bleiben, einen kühlen Kopf bewahren. So wie es die SS immer tut! Was meinst du?«

Friedrichs Gesichtszüge entspannten sich. Es dauerte jedoch noch einen Moment, bis er zustimmend nickte und fast beschämt zu Boden sah.

»Na geht doch, Soldat!« Viktor klopfte ihm noch einmal aufmunternd auf die Schulter. »Und jetzt Schritt für Schritt, Untersturmführer. Also, wenn du meinst, dass es sinnvoll ist, den Pasedagplatz zu umgehen und es nur noch 300 Meter bis zum Industriebahnhof sind, dann versuchen wir es. Je schneller wir den Stadtrand erreichen, desto besser. Wie es von da aus weitergeht, werden wir dann sehen!«

KAPITEL 42

Frankfurt (Seckbach), Hotel am Lohrberg, 22. Oktober 2010, 15:34 Uhr

Markus öffnete die Augen und sah durch einen schmalen Spalt zwischen den zugezogenen Gardinen die Sonne durch die gelben Blätter eines Ahornbaumes scheinen. Es wunderte ihn, dass er auf dem Bauch geschlafen hatte und offenbar quer im Bett lag. Ohne sich zu bewegen, wanderten seine Augen langsam weiter, bis er den Radiowecker auf dem kleinen Nachttisch erkennen konnte. Es dauerte jedoch einige Sekunden, bevor ihm klar wurde, dass es bereits halb vier am Nachmittag war. Verwundert sah er sich im Zimmer nach Marie um. Als er sich sicher war, dass sie nicht da war, ließ er sich wieder aufs Bett fallen und drehte sich mühsam auf den Rücken. Er fühlte sich elend, benommen, als ob noch immer Unmengen Restalkohol in seinem Körper zirkulierten. Regungslos blieb er noch einige Minuten liegen, bis es seine stechenden Kopfschmerzen wenigstens zuließen, dass er sich langsam auf die Bettkante setzte. Vor ihm auf dem Fußboden lagen neben einem zerbrochenen Sektglas mehrere kleine leere Schnapsflaschen aus der Minibar. Er beugte sich vor und hob eine davon auf. »Ich hasse Ramazotti!«, murmelte er angewidert und räusperte sich. Vorsichtig, ohne seinen Kopf zu ruckartig zu bewegen, sah er sich im Zimmer um. Die Bettdecken, seine Jeans und seine Shorts lagen am Ende des Bettes auf dem Fußboden. Auf dem Schreibtisch stand unversehrt das zweite Sektglas, an dessen Rand Maries roter Lippenstift klebte. Daneben lag die leere Champagnerflasche. An einer Seite des Bettes war der weiße Spannbezug an einer Ecke abgerutscht, sodass eine graue fleckige Matratze zum Vorschein kam. Als er seinen Kopf offenbar etwas zu schnell drehte, spürte er wieder die stechenden Kopfschmerzen. »Nicht bewegen, Alter!«, knurrte er leise und erhob sich stöhnend. Auf wackeligen Beinen taumelte er Richtung Badezimmer und schaltete das Licht ein. Als sein Blick auf den Spiegel fiel, sah er ein großes rotes Lippenstift-Herz. Direkt darunter stand geschrieben: »Danke für eine unvergessliche Nacht! Dein kleiner Vampir« Aber um sich wirklich über Maries Nachricht freuen zu können, fühlte Markus sich zu elend. Mit einem schwindeligen Gefühl setzte er sich auf die Toilette und kramte in seinem Kulturbeutel nach Kopfschmerztabletten. Als sich die beiden auf- und abtanzenden weißen Plättchen in seinem Zahnputzglas endlich aufgelöst hatten, trank er es in einem Zug leer. Dann lehnte er sich zurück und schloss die Augen. Sosehr er auch versuchte, sich an die Geschehnisse der vergangenen Nacht zu erinnern, waren ihm einige Stunden schlichtweg abhandengekommen. Das Letzte, an das er sich schemenhaft erinnern konnte, war, wie er Marie von hinten auf dem Bett genommen hatte. Dann aber rissen seine Erinnerungen abrupt ab. Wie in einem völligen Blackout, fiel ihm absolut nichts mehr ein, was danach geschehen war. »So viel hast du doch gar nicht gesoffen!«, stöhnte er leise und hielt sich das kalte Glas an seine Schläfe. Auch wenn er wusste, dass er nicht mehr so viel Alkohol wie zu Zeiten seines Studiums vertrug, konnte er sich keinen Reim darauf machen, wieso ein Bier, zwei zugegebenermaßen etwas stärkere Cocktails und drei Gläser Champagner zu einem derartigen Filmriss hatten führen können. Lediglich die kleinen leeren Whiskey-, Wodka- und Ramazotti-Flaschen aus der Minibar waren in seinen Augen eine plausible Erklärung für seinen Absturz. Aber daran, wie viele Schnäpse oder dass er überhaupt welche getrunken hatte, konnte er sich ebenso wenig erinnern wie daran, wie es mit Marie nach dem Sex weitergegangen war. Nicht zu wissen, was er während seines Blackouts getan und gesagt hatte, beunruhigte ihn zutiefst. Und auch wenn Maries Nachricht auf dem Spiegel darauf schließen ließ, dass er sich offenbar nicht allzu sehr danebenbenommen haben konnte, schämte er sich für seinen Absturz. Er stand auf und betrachtete sich im Spiegel. Sein Gesicht war blass, auf seiner Stirn lag ein dünner Schweißfilm und seine zerzausten Haare standen in alle Richtungen. Um seine Lippen und auf seinem Hals waren verschmierte Lippenstiftspuren zu sehen, die im Kontrast zu seiner fahlen Haut an Blut erinnerten. Kleine rote Striemen auf seiner Schulter deuteten darauf hin, dass Marie ihrer vorabendlichen Ankündigung nicht zu zärtlichen Sex zu mögen, offenbar Taten hatte folgen lassen. »Oh Mann! Da hattest du die geilste Frau deines Lebens im Bett und dann kannst du dich an die Hälfte nicht einmal erinnern! Du Vollidiot!« Er betrachtete sich noch einen Moment und putzte sich dann die Zähne, um wenigstens den pelzigen und fauligen Geschmack in seinem Mund loszuwerden. Doch als sein Blick beim Ausspülen auf seine Armbanduhr fiel, erschrak er. Er stürzte aus dem Badezimmer und sah noch einmal auf den Radiowecker, um sich zu vergewissern. Es war bereits 15:51 Uhr und nun würden ihm noch genau 39 Minuten bleiben, um im Hauptsekretariat der Geschichtsredaktion seinen ÖRF-Ausweis und seine Zugangsberechtigung für das Zentralarchiv abzugeben.

KAPITEL 43

Frankfurt (Lohrberg), ÖRF, Damentoilette im Studiogebäude, 22. Oktober 2012, 16:03 Uhr

Julia zog sich ihre Lippen nach und beobachtete, wie eine junge Frau sich die Hände wusch. Nachdem sie sich mit einem Kopfnicken verabschiedet hatten und die junge Frau die Damentoilette verlassen hatte, zog sie ihr Handy aus der Handtasche und begann eine SMS zu tippen:

»Es hat geklappt! Aktion läuft heute Abend wie geplant an! Melde mich! Julia«

Dann drückte sie auf »Senden«.

KAPITEL 44

Frankfurt (Lohrberg), ÖRF – Geschichtsredaktion, Süd 2, Hauptsekretariat, 22. Oktober 2010, 16:48 Uhr

Karoline Dingelreiters Augenbrauen zogen sich sorgenvoll zusammen, als Markus das Hauptsekretariat der Redaktion betrat. »Herr Weidental, Sie sehen etwas blass aus. Geht es Ihnen nicht gut?«

»Um ehrlich zu sein, Frau Dingelreiter, geht es mir heute wirklich überhaupt nicht gut. Ich hab sehr schlecht geschlafen und über Nacht Migräne bekommen, die bei mir leider sehr heftig verläuft.«

»Oh, das tut mir leid. Wissen Sie, meine Nichte Valeska hat damit auch sehr zu kämpfen. Ich hoffe, es geht Ihnen bald besser. Gehen Sie doch heute einfach etwas früher nach Hause!« Sie lehnte sich in Ihrem Schreibtischsessel zurück und zupfte ihren Pullover zurecht. »Es ist doch Freitag und das Wochenende steht vor der Tür. Außerdem sind heute eh viele auf Dienstreise und es war schon den ganzen Tag so ruhig.«

»Ja, das werde ich vielleicht machen! Frau Dingelreiter, ich bin gekommen, um Ihnen meinen ÖRF-Ausweis und meine Zugangsberechtigung für das Zentralarchiv zurückzugeben, da ja heute mein letzter Tag hier ist.«

»Och, das ist aber schade! Wie schnell doch immer die Zeit vergeht! Aber ich erinnere mich: Ulrike hatte mir Ihr Kommen gestern schon angekündigt.«

»Ja, das kann ich mir denken, dass sie das getan hat.«

Markus wischte sich den Schweiß von der Stirn. »Frau Dingelreiter, ich weiß gar nicht, wie ich das sagen soll! Es ist mir ehrlich gesagt etwas peinlich, aber …«, er lächelte gequält, »… ich habe heute Morgen festgestellt, dass ich meine Zugangsberechtigung für das Zentralarchiv offenbar verlegt habe. Ich bin mir aber sehr sicher, dass sie nicht verloren gegangen ist, da ich sie immer zusammen mit meinem ÖRF-Ausweis im Portemonnaie getragen habe. Ich habe schon überall gesucht. Außer in meinem Auto, da ich es gestern, äh … einem guten Freund geliehen habe. Dummerweise erreiche ich ihn heute aber telefonisch nicht! Es ist …, es handelt sich um einen Trauerfall.«

»Oh, wie unschön!«, erwiderte Karoline Dingelreiter mitfühlend.

»Ja, wirklich sehr traurig und so plötzlich! Na ja, und da ich mein Auto nicht vor morgen früh zurückbekomme, werde ich natürlich auch erst dann nach der Karte schauen können. Sie wird mir wahrscheinlich im Auto aus dem Geldbeutel gefallen sein und ist neben den Sitz gerutscht oder so!«

Die etwas übergewichtige Sekretärin, die Markus schon seit ihrer ersten Begegnung an Mutter Beimer aus der Lindenstraße erinnerte, winkte mit einem kurzen Lächeln ab und rutschte mit ihrem Bürosessel etwas unbeholfen an ihren Schreibtisch heran. »Ei, Herr Weidental, da machen Sie sich mal keine Sorgen. Jetzt gehen Sie erst mal nach Hause und erholen sich. Das mit der Zugangsberechtigung ist kein Problem. Wir beantragen am Montag bei der Haustechnik einfach eine neue Karte und sperren die alte. Am Wochenende wird sowieso keiner in das Archiv gehen wollen. Und im Zweifelsfall hat Herr Petersen ja auch noch eine Zugangsberechtigung.« Sie beugte sich leicht in seine Richtung, sah ihn über den Rand ihrer Hornbrille an und flüsterte: »Und außer uns beiden muss davon ja keiner was erfahren. Vor allem nicht Ulrike!« Sie kniff ein Auge zusammen und lächelte ihn an. »Den ÖRF-Ausweis muss ich Ihnen jedoch leider abnehmen. Aber wie ich schon von Herrn Mühlbauer erfahren habe, könnte es ja sein, dass wir Sie schon bald wieder hier begrüßen dürfen. Ich jedenfalls würde mich darüber sehr freuen und drücke Ihnen die Daumen.«

»Ich danke Ihnen sehr, Frau Dingelreiter!«, erwiderte Markus erleichtert und nahm das Bestätigungsschreiben entgegen, das sie ihm reichte. Nachdem sie sich zum Abschied kurz die Hände geschüttelt hatten, verließ Markus das Hauptsekretariat und machte sich auf den Weg zum Hospitanten-Zimmer. Er war froh, dass ihm auf dem Flur niemand begegnete. Noch immer fühlte Markus sich elend, war fahrig, zitterig und wollte, so schnell es ging, den Sender wieder verlassen. Das Schlimmste, was ihm jetzt passieren konnte, war, Marie, Bernd Mühlbauer oder Ulrike Albus-Schriener in diesem Zustand über den Weg zu laufen. Nicht nur, dass er es versäumt hatte, sich telefonisch krank zu melden, sondern er hatte auch seinen angekündigten Ausstand in kleinem Kreise nicht gegeben. Bei einem kurzen Treffen nach der Mittagspause hatte er sich bei Kaffee und Kuchen von einigen Kolleginnen und Kollegen verabschieden und noch einmal Werbung für sich machen wollen. Nun, so hatte er es sich auf dem Weg vom Hotel zum ÖRF überlegt, würde er, falls einer fragen sollte, als Ausrede einfach behaupten, in der ÖRF-Bibliothek noch einmal etwas Wichtiges recherchiert zu haben. Als er am Hospitanten-Zimmer angekommen war, hielt er einen Moment lang inne und horchte an der Tür, ob er jemanden hören konnte. Aber alles war still. Er öffnete die Tür und streckte vorsichtig den Kopf hinein. Erleichtert stellte er fest, dass niemand da war. Zügig ging er zum Drucker, öffnete das Papierfach und nahm ein Blatt heraus. Dann schrieb er:

»Lieber Ingo,
der Abend gestern mit Marie war sehr schön, Näheres später oder besser erst morgen am Telefon, da ich heute Nachmittag und am Abend noch etwas Wichtiges zu tun habe. Leider ist mir heute etwas dazwischengekommen, weswegen mein kleiner Ausstand ausfallen musste. Auch dazu später mehr. Ich werde die kommenden Tage in Frankfurt bleiben, bevor es wieder zurück nach Tübingen geht. Da ich mich von dir jetzt gar nicht richtig verabschieden konnte, würde ich mich freuen, wenn wir uns Anfang kommender Woche auf einen Kaffee in Frankfurt treffen könnten. Können wir auch am Telefon klären. Nummer hast du ja!
Bitte tu mir aber noch einen Gefallen und bringe diesen Zuschauerbrief (siehe Umschlag) bei Gelegenheit zurück ins Archiv zu Gert. Stell ihn einfach ins Regal zu den anderen Zusendungen aus den vergangenen Monaten. Du weißt ja, wo die stehen. Ich hatte vergessen, ihn zurückzubringen.
Gruß, Markus«

Er faltete das Blatt und legte es auf Ingos Tastatur. Dann griff er in seine Jackentasche, zog den Umschlag mit dem Tagebuch heraus und legte ihn daneben. Er ging zurück zur Tür und spähte kurz in den Flur. Da er immer noch menschenleer war, verließ er das Hospitanten-Zimmer, schloss vorsichtig die Tür und ging mit schnellen Schritten Richtung Ausgang.

Als Markus zwei Stunden später wieder sein Hotelzimmer betrat, warf er seine Jacke auf den brauen Ledersessel und ließ sich erschöpft aufs Bett fallen. Zu seiner Verwunderung erwies sich sein Kater als ungewöhnlich hartnäckig und wollte auch am Abend nicht nachlassen. Noch immer spürte er ein starkes Unwohlsein. Sein Kopf strafte ihn für jede ruckartige Bewegung mit einem unangenehmen und schmerzhaften Pochen. Außerdem ärgerte Markus sich über sich selbst, dass er, anstatt mit dem Taxi zum Parkhaus nach Frankfurt zu fahren, die U-Bahn genommen hatte, um sein Auto abzuholen. Gerne hätte er im Nachhinein den dreifachen Preis bezahlt und dafür auf die unzähligen Haltestellen und nervtötenden Jugendlichen verzichtet. Und selbst der Plan, seinen übersäuerten Magen mit zwei Cheeseburgern, die er sich auf dem Rückweg einverleibt hatte, zu beruhigen, schlug fehl. Wie Steine lagen sie ihm nun im Magen und würden seine Verdauung gefühlt für mindestens 24 weitere Stunden beschäftigen. Er drehte sich auf den Rücken und rieb sich langsam die Schläfen. Dann schloss er die Augen und gewährte sich einige Minuten Ruhe, bevor er sich bettfertig machen und die Lichter löschen wollte. Doch schon nach wenigen Sekunden, die er regungslos auf dem Bett liegen blieb, spürte er die wohlige Wärme und wie ihn das leise Summen der Lüftungsanlage beruhigte. Er entspannte sich und seine Gedanken drifteten ab. Als er fast eingeschlafen war, klingelte jedoch zu allem Überfluss sein Handy. Stöhnend rollte er sich zur Seite, setzte sich auf und zog es aus der Jackentasche. Der Eintrag auf dem Display informierte ihn darüber, dass es sein Vater war, der ihn anrief. Nach kurzem Zögern entschied er sich, nicht ranzugehen, da er wusste, dass sein Vater ihn nie einfach nur zum Plaudern anrief. Es musste sich also um etwas Ernstes handeln und in seinem jetzigen Zustand wäre es wohl ohnehin keine gute Idee, mit seinen Eltern zu sprechen. Es fiel ihm schwer, sich zu konzentrieren, und seine Stimme klang vermutlich wie ein Reibeisen. Daher drückte er auf »Ablehnen« und stellte das Gerät danach auf lautlos. Er ließ sich zurück aufs Bett sinken und schlief nur einen Augenblick später ein.

KAPITEL 45

Frankfurt (Lohrberg), ÖRF, Café im Kantinengebäude, 22. Oktober 2010, 21:52 Uhr

Das kleine Café, das etwas versteckt in einer Ecke im Inneren des großen ÖRF-Kantinengebäudes lag, bot einen guten Blick auf das hektische Treiben, das jeden Tag zur Mittagszeit im Foyer zu beobachten war: Besuchergruppen lauschten aufmerksam den Ausführungen der Gästebetreuer, Mitarbeiter standen ungeduldig in Warteschlangen vor der ÖRF-Sparkassenfiliale, diskutierten über das Tagesmenü der Kantine oder ließen sich beim ÖRF-eigenen Frisör die Haare schneiden. Das kleine ÖRF-Café war nach vorne offen und frei zugänglich und wirkte wegen des kleinen Zauns, der es umgab, wie ein französisches Straßencafé. Deshalb war es wohl auch nach dem Mittagessen der beliebteste Treffpunkt für viele Mitarbeiter. Mahagonifarbene hölzerne Trennwände zwischen den kleinen Tischen bildeten Separees und luden zu intimen Gesprächen ein. Zu dieser späten Stunde waren das Kantinengebäude und das ÖRF-Café jedoch kaum wiederzuerkennen. Die meisten Lichter waren gelöscht und die verbleibenden Lampen hüllten das Innere des Cafés in ein schummriges Goldgelb. Die sonst übliche Geräuschkulisse aus lautem Stimmengemurmel, Gläserklirren und Stühlerücken war verstummt, der Tresen geputzt und die Kuchentheke für den kommenden Tag bereits vorbereitet worden. Selbst die tagsüber unentwegt fauchende Espressomaschine gluckste nun nur noch schläfrig und leise vor sich hin. Doch obwohl auch die Bedienungen schon vor Stunden das Café verlassen hatten, war es nicht geschlossen. Einige Kaffee- und Süßigkeitenautomaten, die neben dem kleinen ÖRF-Einkaufsladen am anderen Ende des Foyers aufgestellt waren, boten die Möglichkeit, sich auch während der Nachtschicht eine Pause zu gönnen.

Im Halbschatten in einer hinteren Ecke des Cafés hatte Julia schon vor einer halben Stunde Platz genommen, trank Tee, den sie sich zuvor am Automaten geholt hatte, und blickte aus einem Fenster hinaus auf das ÖRF-Gelände. Der Wind hatte schon am frühen Abend merklich aufgefrischt und kündigte seit dem Einsetzen der Dunkelheit bedrohlich den ersten Herbststurm des Jahres an. Äste und Zweige der großen Ahornbäume, die überall auf dem ÖRF-Gelände standen, tanzten im Licht der Laternen hin und her und das braune trockene Laub sammelte sich in großen Haufen in den Ecken des Parkplatzes. Die herbstliche Stimmung, der warme Heizkörper an der Wand direkt neben dem Tisch und die gemütliche ruhige Atmosphäre im dunklen Café ließen sie sich für einen Moment an ihre Kindheit in Lubmin erinnern.

In jenen Tagen der beginnenden 90er-Jahre, als die Wiedervereinigung unter den Deutschen Hoffnung und Zuversicht verbreitete, die Nachwehen der DDR im Osten jedoch noch allerorts spürbar waren, hatten Julias Eltern beruflich viel in Berlin zu tun. Sie selbst hatte damals die meiste Zeit bei ihrer Großmutter verbracht. Im Herbst, wenn es am Greifswalder Bodden kalt und stürmisch wurde, lagen sie und ihre zwei Jahre jüngere Schwester in der Küche auf einer kleinen Holzbank neben dem warmen Ofen und sahen ihrer Großmutter beim Kochen zu. Bei Tee mit Honig liebte es Julia, ihren Geschichten zuzuhören. Es waren Erzählungen aus einer vergangenen Welt vor dem Krieg. Geschichten von den langen Sommern in Masuren. Und je mehr ihre Großmutter davon erzählte, desto besser konnte Julia die endlose Landschaft, die weiten Felder und Wiesen und die großen Kiefernwälder vor ihrem geistigen Auge entstehen sehen. In ihrer Fantasie begab sie sich dann dorthin, konnte den süßlichen Geruch des Heus und die sandige warme Erde riechen. In ihrer Vorstellung erblickte sie eine heile, fast pittoreske Welt, in der die ganze Familie bei der Ernte half, die Jungen hoch auf dem Heuwagen mit Strohhut und Grashalm im Mund Unsinn machten und die Mädchen mit langen Zöpfen in weißen Leinenkleidern mit kleinen Kätzchen spielten. Ein Ort, an dem die Zeit stehen geblieben war, wo man das Erntedankfest erst in der Kirche und dann auf dem Bauernhof feierte. Eine Welt, in der Böses keinen Platz hatte, es keine Tränen und keine Gewalt gab.

Bei dem Gedanken an ihre schon vor Jahren verstorbene Großmutter, legte Julia ihre Hände vorsichtig um den Teebecher, schloss die Augen und spürte die Wärme. Ein wohliger Schauer lief ihr den Rücken hinunter. Aber als sie einen kleinen Anflug von Wehmut und Trauer in sich fühlte, riss sie sich zusammen. Augenblicklich versteinerten sich ihre Gesichtszüge. Sie öffnete die Augen und blickte sich um, aber außer einigen ÖRF-Mitarbeitern, die in der Ferne am anderen Ende des Kantinengebäudes bei den Geldautomaten standen, konnte sie niemanden erkennen. Es war bereits fünf vor zehn. Einen Moment lang überlegte sie noch, entschied sich dann aber dazu, ihren Plan um Punkt zehn auszuführen. Bei dem Gedanken, noch am heutigen Abend endlich jenes mystische Tagebuch in den Händen zu halten, für dessen Suche schon ihr Vater sein Leben geopfert hatte, spürte sie ein sonderbares Kribbeln im Bauch. Es war eine Mischung aus Vorfreude, Stolz und vor allem Genugtuung. Zu lange schon hatte sie nach dem Tod ihres Vaters den Spott der Mitglieder der SS-Untergrundorganisation ertragen müssen. Sie sei dem gleichen Wahn wie er erlegen. Man warf ihr vor, sie liefe einem – wenn auch wünschenswerten – Hirngespinst hinterher. Nun aber sollten sich ihre Beharrlichkeit und die ihres Vaters, ihre gemeinsamen Entbehrungen und ihr unerschütterlicher Glaube endlich auszahlen. Ein 65 Jahre währendes Geheimnis stand kurz davor, gelüftet zu werden. Das Tagebuch, das ihr den Weg zu den Gebeinen des Führers weisen würde, lag zum Greifen nahe. Endlich war der Tag gekommen, an dem die Ehre ihres Vaters, ja ihrer ganzen Familie in der SS wieder hergestellt werden würde. Sie spürte, wie ihr Herz vor Aufregung schneller schlug und sie unruhig wurde. Reiß dich zusammen, Julia, noch ist es nicht geschafft, maßregelte sie sich selbst. Zu oft sind du und Vater schon enttäuscht worden. Zu oft führten Hinweise in Sackgassen! Dann erinnerte sie sich wieder an die warnenden Worte ihres Sturmscharführers bei ihrem Treffen Anfang des Jahres am Strand des Greifswalder Boddens. Auch wenn sie es damals nicht hatte zugeben wollen: Steffen hatte recht. Selbst wenn das Tagebuch existierte, wäre damit noch nicht gesagt, dass es wirklich die Hinweise beinhaltete, die zu den Überresten des Führers führen würden. Noch immer gab es zu viele Unwägbarkeiten. Aber selbst wenn sie die Knochen nicht finden würden, wäre die Existenz des Tagebuchs schon Beweis genug, um wenigstens den Leumund ihres Vaters und ihren eigenen wiederherzustellen. Aber würde ihr das nach all den Jahren reichen? Nein! Sie wollte das ganze Paket. Koste es, was es wolle! Sie musste die Überreste finden, unbedingt. Sie war sich sicher, dadurch in der SS-Hierarchie aufzusteigen und als erste Frau den Rang einer SS-Oberscharführerin zu bekleiden. Und möglicherweise schon in wenigen Jahren in den obersten SS-Rat aufgenommen zu werden. Mit den Gebeinen des Führers würde sie der Untergrundorganisation ein spirituelles, ein religiöses Symbol schenken. Ein Symbol, das die SS stärkte und sie in ihrem Glauben an ein glorreiches Viertes Reich einte. Julia spürte eine sonderbare Bedeutung, die diesem Moment scheinbar innewohnte. Dennoch galt es zunächst, ihren Plan emotionslos, konsequent und ohne Rücksicht auf Verluste umzusetzen.

Als ihre Armbanduhr 22:00 Uhr anzeigte, stand sie auf, nahm ihre Handtasche und ging langsamen und ruhigen

Schrittes in Richtung des Zentralarchivs. Sie verließ das Kantinengebäude durch den Hintereingang, um nicht die stärker frequentierten Verbindungsröhren zwischen den Gebäuden nutzen zu müssen. Obwohl sie wusste, dass ihr zu dieser späten Stunde nur noch wenige Mitarbeiter auf den Gängen begegnen würden, sie sich ohnehin frei im ÖRF bewegen durfte und somit nicht einmal aufgefallen wäre, wollte sie es dennoch vermeiden, gesehen zu werden. Im Schutze der Dunkelheit lief sie entlang einiger sich im stürmischen Wind wiegenden Büsche, die den Weg säumten, und betrat das Studiogebäude durch einen kleinen, etwas abgelegenen Seiteneingang. Als die Tür leise hinter ihr ins Schloss fiel, beugte sie sich langsam vor und blickte in beide Richtungen des ringförmig verlaufenden äußeren Flures, der durch das gesamte Gebäude führte. Aufgrund der Krümmung konnte sie jedoch nur einige Meter in beide Richtungen sehen. Alle seitlich liegenden Bürotüren waren wie immer nach Feierabend geschlossen. Sie vernahm eine unnatürliche Stille, da der Teppich, die Wände und die Beschaffenheit der Decke den Schall auf sonderbare Weise absorbierten, so wie Neuschnee Geräusche an windstillen Wintertagen dämpft. Da sie niemanden erkennen oder hören konnte, bewegte sie sich in Richtung der Aufzüge. Doch schon nach einigen Metern konnte sie plötzlich leise Männerstimmen und Schritte vernehmen, die ihr auf dem Flur entgegenkamen. Sie überlegte kurz, entschied sich aber dagegen, einfach ruhig weiterzugehen und die Kollegen nett zu grüßen, sondern flüchtete in einen der seitlichen schmalen Verbindungsgänge, die zum inneren ringförmigen Flur führten. Dort angekommen, stellte sie sich mit dem Rücken an die Wand und wartete, bis die Männer sie im äußeren Gang passiert hatten. Als die Stimmen wieder leiser wurden und Julia sie kaum noch ausmachen konnte, eilte sie zurück, lief den äußeren Flur weiter, bis sie nach kurzer Zeit die Aufzüge erreicht hatte.

Auf der Ebene des Zentralarchivs angekommen, verließ sie den Fahrstuhl und begab sich ohne Umwege zum Eingang. Sie öffnete ihre Handtasche und holte aus einer kleinen Seitentasche die Zugangsberechtigungskarte, die sie aus Markus' Portemonnaie gestohlen hatte, hervor. Sie hielt die Karte vor den Sensor und kurz darauf begann sich die schwere Edelstahltür zu öffnen. Sie betrat das Archiv. Nachdem sich die Tür hinter ihr geschlossen hatte, ging sie mit leisen Schritten Richtung Balustrade. Doch plötzlich blieb sie stehen. Sie spürte, wie ihr Herz zu klopfen begann, als sie bemerkte, dass das Licht im Archiv anscheinend nicht gänzlich gelöscht war, so, wie sie es erwartet hatte. Sie konnte sich keinen Reim darauf machen, denn weder Gert Bohlender noch Ingo Petersen würden zu dieser Zeit noch im Archiv arbeiten. Auch dass Markus nach der vergangenen Nacht so spät am Abend arbeiten würde, hielt sie für abwegig, zumal sie ja seine Zugangsberechtigung hatte. Irritiert schlich sie langsam weiter, bis sie die Balustrade erreicht hatte, und spähte vorsichtig nach unten. Im diffusen Licht erkannte sie den dunklen hölzernen Schreibtisch von Gert Bohlender. Alles schien so zu sein, wie es sollte. Wie jeden Abend, bevor er das Archiv verließ, hatte er ihn akkurat aufgeräumt. Auch fehlte der obligatorische Marmorkuchenteller, den er nach getaner Arbeit stets mit nach Hause nahm. Sie lauschte, ob sie im Archiv etwas ausmachen konnte, aber alles war still. In den sternförmigen Gängen, die auf allen Ebenen von der Balustrade wegführten und die im Zwielicht wie kleine finstere Höhlen anmuteten, konnte sie ebenfalls nichts Ungewöhnliches erkennen. Sie beruhigte sich wieder, denn offenbar war es normal, dass im Archiv auch nachts eine Restbeleuchtung Licht spendete. Auch wenn sie den Grund dafür nicht nachvollziehen konnte, freute sie sich darüber, denn nun war sie nicht auf ihre Taschenlampe angewiesen. Sie schlich einige der schmalen Treppen lautlos hinunter, bis sie die Sektion 6A erreicht hatte. Hier, so hatte sie es bei einer Unterhaltung mit Markus unbemerkt in Erfahrung bringen können, mussten die Zuschauer- und Zeitzeugenbriefe stehen, die der Redaktion in den vergangenen Jahren zugesendet worden waren. Sie betrat den engen Gang zwischen den Regalreihen und legte ihre Handtasche auf den kleinen hölzernen Tisch. Vorsichtshalber lauschte sie abermals, ob sie etwas oder jemanden im Archiv hören konnte. Anders als vorhin auf der obersten Ebene nahm sie nun wieder das leise monotone Rauschen der Lüftungsanlage im Hintergrund wahr, sonst aber hörte sie nichts. Gänzlich davon überzeugt, nun alleine im Archiv zu sein, schaltete sie die kleine Schreibtischlampe ein und begann sich umgehend einen Überblick über die Ablagesystematik der Briefe zu verschaffen. Sie hatte sich vorgenommen, zunächst das Ende der Brief-Ablage zu finden, also dort mit der Suche zu beginnen, wo dem Datum des Poststempels nach die erst kürzlich eingegangenen Briefe standen. In einem zweiten Schritt würde sie dann die nicht infrage kommenden Briefe anhand des Absenders aussortieren, bis sie beim 10. Juni 2009, dem Todestag Charlotte Merzingers, angekommen wäre. In den dann noch verbleibenden Umschlägen, würde sie gezielt nach dem Schreiben Arno Vetterlis suchen und – so hoffte sie – darin das Tagebuch finden.

Es dauerte etwa eine Viertelstunde, bis Julia das Ende der Briefablage inmitten der Regale gefunden hatte, und weitere fünf Minuten, bis sie abschätzen konnte, dass im relevanten Zeitraum der letzten 16 Monate etwa 250 Briefe bei der Geschichtsredaktion eingegangen waren. Sie seufzte leise beim Anblick der fein säuberlich aneinandergereihten Umschläge und zog dann eine erste Handvoll heraus.

Schon nach wenigen Minuten spürte sie eine quälende Ungeduld, die sich auf sonderbare Weise mit ihrer Aufregung vermengte und die sie einfach nicht imstande war, zu zügeln. Sie fühlte sich wie ein kleines Kind, das sich auf Schatzsuche begeben hatte. Zu ihrer Erleichterung stellte sie jedoch fest, dass sich die Briefe anhand des Absenders relativ zügig aussortieren ließen. Als sie den ersten Packen nicht infrage kommender Zusendungen wieder zurück ins Regal stellen wollte, vernahm sie plötzlich ein leises Schnurren, dem sie zunächst keine weitere Beachtung schenkte. Erst nach einigen Sekunden wurde sie doch etwas argwöhnisch. Das Geräusch musste von irgendwo über ihr, von einem der höher gelegenen Stockwerke zu ihr herunterdringen. Als das Schnurren kurz darauf abrupt abbrach und ein kurzer Summton folgte, erschrak sie und hielt ihren Atem an. Es dauerte noch einen Moment, bis sie das Geräusch richtig einordnen konnte, doch dann fiel es ihr wie Schuppen von den Augen. Nur der Elektromotor der schweren Stahlverriegelung der Eingangstür des Archivs konnte ein derartiges Geräusch verursachen. Ohne Zweifel war in diesem Moment jemand im Begriff, das Archiv zu betreten. Sie überlegte fieberhaft, wie sie sich nun verhalten sollte. Sie entschied, sich zunächst tiefer in den Regalgang zurückzuziehen und sich im zweiten konzentrischen zur Balustrade verlaufenden Gang, der bei dem spärlichen Licht ohnehin nicht einzusehen war, zu verstecken. Dort würde sie sich einfach still verhalten und abwarten, bis der Unbekannte das Archiv wieder verlassen hatte. Nachdem sie das Ende des Regals fast erreicht hatte, fiel ihr auf, dass die kleine Schreibtischlampe noch immer brannte. Eilig schlich sie zurück, nahm ihre Handtasche vorsichtig vom Tisch und löschte leise das Licht. Dann versteckte sie sich hinter der Kopfseite des Regals, das im zweiten Rundgang endete. Dort verharrte sie, ohne eine Regung zu zeigen, und horchte in die Dunkelheit. Eine Zeit lang vernahm sie nichts, bis jemand langsam die schmalen Metalltreppen zwischen den Etagen hinunterlief und nach einiger Zeit die unterste Ebene des Archivs erreichte. Deutlich konnte sie nun das typische Geräusch von Schuhabsätzen, die auf glattem Betonboden aufsetzen, ausmachen. Danach herrschte für einige Minuten wieder völlige Stille. Julia spürte ihre Halsschlagader pochen, aber es war weniger die Gefahr, entdeckt zu werden, die sie in leichte Aufregung versetzte, sondern vor allem die Sorge, dass jemand ihre Pläne so kurz vor dem Ziel durchkreuzen könnte und sie letztlich daran hindern würde, das Tagebuch an sich zu nehmen. Nach einigen weiteren Minuten des reglosen Verharrens spürte sie jedoch ihre Ungeduld über ihre Aufregung siegen. Sie wurde wütend. Mit jeder Sekunde, die sie weiterhin zum Stillhalten gezwungen war, wuchsen ihre Frustration und ihre Aggression. Dann plötzlich vernahm sie, wie der Unbekannte die Treppen wieder hinaufstieg, aber offenbar einen anderen Weg wählte als zuvor. Mal schienen die Schritte ganz in ihrer Nähe zu sein, mal weiter entfernt und dann wiederum konnte sie für einige Sekunden überhaupt keine Geräusche wahrnehmen. Vorsichtig spähte sie nach rechts und links, konnte aber in der Dunkelheit nichts erkennen. Immer noch zwang sie sich dazu, Ruhe zu bewahren und stillschweigend hinter dem Kopfende des Regals zu verharren. Dann wurden die Schritte plötzlich dumpfer, so als liefe jemand über Teppich. Sie folgerte daraus, dass der Unbekannte sich nun in einen der sternförmig von der Balustrade abgehenden Gänge begeben haben musste. Wo er sich jedoch genau befand, in welchem Gang oder auf welcher Ebene, ob er weit entfernt oder ganz in ihrer Nähe war, konnte sie nicht einschätzen. Dann endlich, nach einigen weiteren Minuten, die ihr wie eine Ewigkeit vorkamen, hörte sie zu ihrer Erleichterung, dass der Unbekannte wieder die Metalltreppen Richtung Ausgang hinaufstieg. Sie war sich sicher, die Geräusche nun in den Ebenen über sich ausmachen zu können. Vorsichtig legte sie ihren Kopf gegen das Regal und atmete ruhig durch. Da sie wusste, dass sie das leise Schnurren der Verriegelung der Eingangstür des Archivs von ihrem Versteck aus nicht würde hören können, entschied sie sich, einige weitere Minuten abzuwarten, bis der Unbekannte genügend Zeit gehabt hatte, das Archiv zu verlassen. Sie war erleichtert, dass sich die unerwarteten Komplikationen von selbst erledigt hatten. Bei den Gedanken an die warnenden Worte Steffens, keine Risiken im ÖRF einzugehen, huschte ihr ein leichtes Lächeln über die Lippen. Nachdem sie auch in den darauf folgenden Minuten außer dem monotonen Rauschen der Lüftungsanlage keine verdächtigen Geräusche mehr orten konnte, drehte sie sich vorsichtig zur Seite und spähte durch den Regalgang in Richtung Balustrade. Da nichts zu sehen war, schlich sie langsam wieder in Richtung des kleinen hölzernen Tisches. Sie griff nach dem Schalter der Lampe und knipste sie an. Als sie sich aufrichtete, spürte sie, wie ihr schlagartig das Blut in den Adern gefror. Am Ende des Regalgangs erkannte sie die Umrisse eines Mannes. Es war Gert Bohlender, der sie mit ebenso überraschtem wie fragendem Gesicht ansah. Für einen kurzen Moment starrten sie sich wortlos an.

»Frau Knecht?«, fragte Gert Bohlender mit einer für ihn untypisch ernsten Stimme. »Was um Himmels willen machen Sie denn hier? Wie sind Sie überhaupt hier reingekommen? Haben Sie sich etwa vor mir versteckt?« Für einen kurzen Moment überlegte Julia fieberhaft, was sie erwidern sollte, handelte dann aber instinktiv.

KAPITEL 46

Berlin, Kreuzung Bernkasteler Straße/Berliner Allee, 2. Mai 1945, 08:14 Uhr

»Verdammt noch mal, ich hab es doch die ganze Zeit gesagt!«, flüsterte Viktor, »Die haben die ganze Stadt abgesperrt!« Aus den Augenwinkeln heraus beobachteten sie, wie zwei russische Soldaten etwa 30 Meter vor ihnen aus dem Strom der Flüchtlinge eine junge Frau herauszogen und sie hinter einen der Panzer schleppten. Doch als die junge Frau versuchte, sich dagegen zu wehren und um

Hilfe rief, regte sich unter den Flüchtlingen niemand. Den Blick starr nach unten gerichtet, gingen sie ruhig weiter. Als Friedrich und Viktor dem russischen Kontrollpunkt an der Kreuzung Bernkasteler Straße/Berliner Allee einige Schritte näher gekommen waren, spürte Friedrich seine Wut in sich anschwellen. Es fiel ihm schwer, sich zusammenzureißen, seinen Aggressionen nicht freien Lauf zu lassen. Der Anblick der um Hilfe schreienden jungen Frau erinnerte ihn nicht nur an die Geschehnisse in den Karpaten ein Jahr zuvor, sondern ließen ihn unweigerlich auch an Charlotte denken. Doch als er instinktiv in der Innentasche seines Mantels nach der Pistole greifen wollte, hielt Viktor ihn zurück. Ohne viel Aufsehen zu erregen, fasste er Friedrichs Arm und hielt ihn fest. »Mach jetzt keinen Klamauk, Alter!«, zischte Viktor leise. »Der kannst du nicht helfen! Einfach weitergehen, klar?«

Für einen kurzen Moment schloss Friedrich die Augen und biss die Zähne zusammen. Er spürte sein Herz vor Wut rasen. Um nicht aufzufallen, zog er seine dreckige Wollmütze etwas tiefer ins Gesicht und senkte seinen Blick. Langsam und gleichmäßig schritten sie inmitten der Flüchtlinge an den russischen Soldaten vorbei, von denen die meisten eher gelangweilt als aufmerksam den Strom der Menschen beobachteten. Zigarette rauchend saßen oder lagen sie auf den olivgrünen Panzern, unterhielten sich und schienen sich am Geschrei der jungen Frau nicht zu stören. Als Friedrich und Viktor den Kontrollpunkt passiert hatten und in die Trarbacher Straße abbogen, konnte Friedrich die Hilferufe noch einen Moment lang hören, bis sie plötzlich abrupt verstummten. In einer Mischung aus Hass, kindlicher Hilflosigkeit und abgrundtiefer Verachtung für seine eigene Feigheit und die der anderen Flüchtlinge, kochten seine Emotionen über. Das Verlangen, seine Aggressionen endlich ausleben zu können, wurde unkontrollierbar.

Wortlos gingen Friedrich und Viktor langsam weiter, bis sie an der Ecke zur Franz-Josef-Straße aus dem Strom der Flüchtlinge ausbrachen und unbemerkt in die Kleingartenkolonie am östlichen Ende des Industriebahnhofs Weißensee liefen.

KAPITEL 47

Frankfurt (Lohrberg), ÖRF-Zentralarchiv im Studiogebäude, 22. Oktober 2010, 22:58 Uhr

Lautlos und schnell wie eine Raubkatze sprang Julia in Richtung des alten Archivars. Unbeholfen wich Gert Bohlender einige Schritte zurück, bis er mit seinem Gesäß das Geländer der Balustrade berührte. Als Julia ihn erreichte, stieß sie ihn mit voller Wucht vor die Brust. Der Oberkörper des alten Archivars bog sich weit über das Geländer. Als er sich intuitiv zurück nach vorn lehnte, drückte sie ihre Hände mit aller Kraft gegen seinen Hals. Langsam schob sie seinen Oberkörper wieder über das Geländer. Verzweifelt versuchte sich Gert Bohlender mit den Händen am Geländer festzuhalten, um nicht das Gleichgewicht zu verlieren. Panisch röchelte er in ihrem Würgegriff. Mit weit aufgerissenen Augen sah er sie an. Für einige Sekunden verharrten sie in einer Art Pattsituation, bis ihm die Luft ausging. Sein Gesicht verfärbte sich dunkelrot. Dann, obwohl er wusste, was folgen würde, zwang ihn sein Bedürfnis zu atmen dazu, das Geländer loszulassen, um zu versuchen, seine Kehle von ihren Händen zu befreien. Doch genau auf diesen kurzen Moment hatte Julia gewartet. Noch einmal stemmte sie sich mit aller Kraft gegen ihn und drückte seinen Oberkörper weit über das Geländer. Gert Bohlender verlor das Gleichgewicht. Verzweifelt ruderte er mit den Armen in der Luft, um im letzten Moment doch noch irgendwo Halt zu finden. Aber es war zu spät. Rücklings stürzte er über die Balustrade. Nur einen Augenblick später schlug sein Körper sechs Stockwerke tiefer mit einem lauten Knall auf dem Betonboden auf.

Julia rang nach Luft. Sie stützte sich auf das Geländer und sah nach unten. In der Tiefe erkannte sie im Zwielicht, wie der Körper des alten Archivars einige Male zuckte und dann regungslos liegen blieb. Schnell bildete sich eine kleine schwarze Blutlache um seinen zerschmetterten Kopf. »Scheiße!«, keuchte sie und hielt sich die Hand vor den Mund. »Dieser verdammte Mistkerl!« Dann setzte sie sich entkräftet auf den Boden und lehnte sich mit dem Rücken an das Geländer.

Schwer atmend versuchte sie, einen klaren Gedanken zu fassen. Mit allem hatte sie gerechnet, die gesamte Aktion minutiös geplant, sich sogar mental auf die Enttäuschung vorbereitet, das Tagebuch nicht zu finden. Aber einen weiteren Mord begehen zu müssen, damit hatte sie nicht im Traum gerechnet. Ihre Gedanken kreisten dabei weniger um das Schicksal Gert Bohlenders, als um die Frage, was die veränderte Situation für sie selbst bedeutete. Was würde Steffen sagen, wenn er davon erführe?, fragte sie sich. Würde der SS-Rat nach den toten Vetterlis einen weiteren Mord für eine wage Legende, eine nur unwahrscheinliche theoretische Möglichkeit tolerieren? Hatte sie nun womöglich eine Grenze überschritten, die die gesamte Organisation gefährden würde? Aber egal, wie lange sie darüber nachdachte, kam sie immer wieder zu demselben Schluss: Irgendwie musste sie aus dieser Sache herauskommen. Auf welchem Weg auch immer, sie musste sich der sechs Stockwerke unter ihr liegenden Leiche entledigen oder zumindest jeglichen Zusammenhang mit ihr vertuschen. Noch immer konnte sie sich keinen Reim darauf machen, warum Gert Bohlender überhaupt so spät noch einmal ins Archiv zurückgekehrt war. Und auch wenn sie es für unwahrscheinlich hielt, dass außer ihm des Nachts noch jemand ins Archiv kommen würde, ging sie davon aus, dass sich seine Frau schon bald Sorgen machen würde. Der Zeitkorridor, sich im Archiv unbemerkt aufzuhalten, war also begrenzt. Sie besann sich und zwang sich dazu, rational und logisch vorzugehen, und versuchte, Prioritäten zu setzen. Da sie aus dem Stegreif noch keine Lösung für das Leichenproblem hatte, entschloss sie sich, zunächst weiter nach dem Tagebuch zu suchen. Entweder würde sie es heute Nacht finden oder nie. Ohne Zweifel würde der tote Archivar spätestens morgen gefunden werden. Die Wahrscheinlichkeit, danach jemals wieder alleine in das Archiv zu gelangen, wäre gleich null. Sie hatte nur diese eine Chance, diese eine Nacht.

Sie stand auf und ging zurück zu dem kleinen Tisch. Die Schreibtischlampe, die während ihres Sturmlaufes auf Gert Bohlender heruntergefallen war, brannte zu ihrer

Verwunderung noch. Sie hob sie auf und stellte sie wieder auf den Tisch. Auch schien sie mit ihren Armen einige Briefe, die noch nicht in das Regal einsortiert worden waren, und die einfach in einem freien Fach gelegen hatten, heruntergerissen zu haben. Als sie die Umschläge zurücklegen wollte, spürte sie in einem von ihnen einen flachen Gegenstand, etwa von der Größe einer Zigarettenschachtel, der sie stutzig machte. Es war der erste Umschlag, der ihr bewusst auffiel, der neben den Anschreiben auch etwas anderes in sich trug. Als sie ihn umdrehte und den Absender las, spürte sie, wie sich ihr Magen augenblicklich zusammenzog. Der Brief stammte von der Rechtsanwaltskanzlei Vetterli. Hastig öffnete sie das Kuvert und zog den Gegenstand heraus. Sie drehte sich um und hielt ihn unter das Licht der Schreibtischlampe. In ihren Händen hielt sie ein kleines schwarzes Notizbuch, das – und da war sie sich sicher – nichts anderes sein konnte als jenes Tagebuch, dem ihre gesamte Familie seit Jahrzehnten nachjagte. Beim Anblick der im Licht der Lampe mattgolden glänzenden SS-Runen begann ihr Herz erneut zu pochen. Vor Freude biss sie sich leicht auf die Unterlippe. Sie betrachtete den Einband noch einen Moment bedächtig, legte das Buch dann auf den Tisch und warf noch einmal einen Blick in den Umschlag. Er war leer, was sie irritierte. Denn dass der Schweizer Notar das Tagebuch ganz ohne Anschreiben, ohne Erläuterungen dem ÖRF zugesendet hatte, konnte sie sich schwer vorstellen. Sie ging noch einmal die anderen Briefe durch, die sie vom Boden aufgehoben hatte, in der Hoffnung, das Anschreiben könnte aus dem Umschlag herausgerutscht sein. Aber sie konnte nichts finden. Dann fiel ihr Blick wieder auf das Tagebuch. Auch wenn sie wusste, dass die Zeit drängte, konnte sie der Versuchung nicht widerstehen und nahm es noch einmal in ihre Hände. Vorsichtig öffnete sie es und betrachtete die erste Seite. Als sie den Namen Friedrich Balthasar Diehl las, schloss sie kurz die Augen, atmete tief ein und stieß ein leises »Gott sei Dank« aus. Doch als sie damit beginnen wollte, die ersten Einträge zu lesen, erinnerte sie sich wieder an Gert Bohlenders Leiche. Bei dem Gedanken an den toten Archivar schloss sie unwillig das Tagebuch und steckte es mitsamt dem Umschlag in ihre Handtasche. Dann sah sie sich um und überlegte, was noch zu tun sei.

Zunächst galt es, alle Spuren zu verwischen. Sie griff in ihre Jeanstasche, zog ein Tempotaschentuch heraus und wischte damit über den Schalter der Lampe und jene Dinge in ihrer Umgebung, von denen sie sich entsinnen konnte, sie angefasst zu haben. Nachdem sie überzeugt war, alles in den Zustand zurückversetzt zu haben, in dem sie es vorgefunden hatte, ging sie zum Geländer der Balustrade und sah nach unten. Im Halbschatten erkannte sie, dass sich um den zerschmetterten Kopf von Gert Bohlender mittlerweile eine große schwarze Blutlache gebildet hatte. Ungerührt zog sie ihren Oberkörper wieder zurück und stieg, ohne die Handläufe zu berühren, über die kleinen schmalen Metalltreppen hinunter auf die unterste Ebene. Dort angekommen, griff sie nach ihrer Taschenlampe und beleuchtete aus sicherer Entfernung den auf dem Betonboden liegenden Leichnam. Der Körper von Gert Bohlender lag unnatürlich verdreht auf dem Rücken. Sein mit Blut verschmierter Schädel war an der Rückseite aufgeplatzt. Beginnend am Hinterkopf zog sich ein langer dunkelroter Riss in der Kopfhaut leicht oberhalb seines linken Ohres bis zu seiner Stirn. Sein Gesicht war blutleer und seine offenen Augen starrten reglos die Decke an. Um keine Spuren zu hinterlassen, verzichtete Julia darauf, näher an Gert Bohlenders Körper heranzutreten. Zu gefährlich erschien es ihr, mit ihren Schuhsohlen Blutspritzer oder die Blutlache, in der Gert Bohlenders Körper lag, zu verwischen. Sie ging in die Hocke und betrachtete seine Leiche noch eine Weile. Aber als sie an einer Stelle im Riss der Schädeldecke sogar ein wenig Gehirnmasse erkennen konnte, war sie sich sicher, dass der alte Archivar tot war. Sie richtete sich auf und leuchtete mit der Taschenlampe hinauf zu der Stelle, an der Gert Bohlender über das Geländer gestürzt war. Als ihr Blick nur eine Ebene darunter auf eine hölzerne Stehleiter fiel, lief ihr ein diabolisches Lächeln über die Lippen. Ohne zu zögern, stieg sie die Treppen wieder hinauf, bis sie die Balustrade an der Sektion 5A erreicht hatte. Sie nahm die Leiter, klappte sie zusammen und trug sie zwei weitere Ebenen hinauf. Angekommen in Sektion 7A, lehnte sie die Leiter an die Kopfseite eines Regals, direkt an der Stelle, an der Gert Bohlender eine Ebene tiefer tatsächlich über das Geländer gestürzt war. Sie stieg die Leiter vorsichtig hinauf und nahm mit Hilfe eines Tempotaschentuches um Fingerabdrücke zu vermeiden drei schmale Bücher aus dem obersten Regalfach. Danach lehnte sie die Leiter schräg gegen das Geländer der Balustrade, so als habe Gert Bohlender aus Versehen das Gleichgewicht verloren und sei rücklings in die Tiefe gestürzt. Zwei der Bücher legte sie auf den Boden vor die Balustrade und verwischte mit dem Taschentuch alle Spuren von der Leiter. Dann lief sie abermals die Treppen hinunter und legte das dritte Buch aufgeschlagen auf den Betonboden, direkt an den Rand der

Blutlache. Sie steckte das Taschentuch in die Jeanstasche und betrachtete noch einmal die Szenerie. Ein derartiger Unfall erschien ihr eine plausible Todesursache für Gert Bohlender. Der Archivar war alt, seine Sehkraft und Motorik eingeschränkt und letztlich würde wahrscheinlich niemand ernsthaft einen Mord im ÖRF-Archiv vermuten. Dass sich die Polizei oder die Gerichtsmedizin bei diesem Fall die Mühe machen würde, nach Spuren einer nicht natürlichen Todesursache zu suchen, konnte sie sich beim besten Willen nicht vorstellen. Sie lächelte und freute sich darüber, eine so unkomplizierte und effektive Lösung für die Vertuschung ihres Mordes gefunden zu haben. Als sie sich sicher war, an alles gedacht zu haben, verließ sie das Archiv und das Studiogebäude ungesehen auf demselben Weg, den sie gekommen war, und entschwand in die dunkle stürmische Herbstnacht.

KAPITEL 48

Frankfurt (Lohrberg), Joggingstrecke im Lohrpark, 23. Oktober 2010, 11:13 Uhr

Der typische Herbstgeruch stieg Markus schon nach wenigen Metern in die Nase. Abgebrochene Äste und Zweige, die den sandigen Weg vor ihm säumten, zeugten vom Sturm der vergangenen Nacht. Trotz des blauen

Himmels und der Sonne, die sich immer mal wieder zwischen den aufgewühlten Wolken zeigte, war es offensichtlich, dass der Spätsommer sich langsam dem Ende neigte. Der immer noch böige Wind rauschte in den Baumwipfeln und die bunten Blätter, die wie Schneeflocken durch die Luft gewirbelt wurden, kündigten den Herbst an. Die Joggingstrecke, die auf verschlungenen Wegen durch den Lohrpark führte, lag ganz in der Nähe des ÖRF-Sendezentrums. Die frische Luft tat Markus gut, denn selbst nach elf weiteren Stunden Schlaf fühlte er noch immer ein gewisses Unwohlsein in seinem Körper. Nie wieder in seinem ganzen Leben, so schwor er sich, würde er einen Mai-Tai anrühren, nicht einmal dann, wenn ihm das die Gelegenheit gäbe, mit einer Frau wie Marie Knecht eine Nacht zu verbringen. Bei dem Gedanken an Marie schämte er sich. Zwar mochte er ungezwungenen Sex, heiße Flirts samt Dirtytalk und alles, was sonst noch dazugehörte, aber egal, wie hemmungslos seine Bettgeschichten auch gewesen waren, hatte er sich bisher immer unter Kontrolle gehabt. Sich jedoch an die entscheidenden Momente mit Marie nicht erinnern zu können, beunruhigte ihn noch immer zutiefst. Aber nicht nur die Sache mit Marie machte ihm Sorgen, sondern auch der Anruf seines Vaters am gestrigen Abend. Allein die Tatsache, dass er es war, der ihn angerufen hatte, und nicht wie üblich seine Mutter, ließen ihn Schlimmes vermuten. Sein Vater hatte sich noch nie durch besondere Redseligkeit am Telefon ausgezeichnet. Schon immer musste seine Mutter ihn quasi dazu nötigen, wenigstes kurz nachzufragen, wie es seinem Sohn erging und wie das Studium in Tübingen lief. Darüber hinaus war auch der ernste Tonfall, die Eindringlichkeit seiner Stimme in der knappen Mailbox-Nachricht, in der er nicht einmal den Grund für seinen Anruf genannt hatte, äußerst ungewöhnlich.

Schon nach der Hälfte der Strecke fühlte Markus, wie er sich das Geschehen der vergangenen Tage von der Seele lief und er endlich wieder klare Gedanken fassen konnte. Um sich in den kommenden Tagen wieder wichtigeren Dingen widmen zu können, entschied er sich, die Anzahl der Baustellen, die er im Leben hatte, eine nach der anderen abzuarbeiten. Noch heute Abend würde er Marie anrufen, um herauszufinden, was in der Nacht wirklich geschehen war. Außerdem würde er sich bei seinem Vater melden, um zu erfahren, was los war, und sich endlich bei Jutta für sein Verhalten von vor einigen Monaten entschuldigen. Für einen Moment spielte Markus sogar mit dem Gedanken, Jutta einfach zu überraschen, zu ihr zu fahren und ihr direkt seine Beweggründe von damals zu erklären. Eine ehrliche Entschuldigung war das Mindeste und das Beste, was er tun konnte, um ihr zu zeigen, wie viel ihm an der Freundschaft mit ihr lag. Die Chancen, dass sie ihm verzeihen würde, schätzte er gut ein. Mit der Entscheidung, Tübingen zu verlassen und eine Hospitanz im ÖRF zu beginnen, hatte er ihren ewig währenden Mahnungen Folge geleistet und sein Leben in geordnete Bahnen geleitet. Bis auf den Aussetzer mit Marie, den er ihr nicht unbedingt unter die Nase reiben würde, hatte er in den vergangenen Wochen faktisch keinen Alkohol getrunken und sich binnen kürzester Zeit eine berechtigte Chance auf einen guten Job erarbeitet. Und außerdem war Jutta seiner Meinung nach an den Geschehnissen in der besagten Nacht in Tübingen auch nicht ganz unbeteiligt gewesen. Zeit nach Potsdam zu fahren, wo sie vor einigen Wochen eine Trainee-Stelle bei einer internationalen

Werbeagentur angenommen hatte, hatte er. Und solange sich Bernd Mühlbauer nicht bei ihm meldete, würde ihm sowieso nichts weiter übrig bleiben, als im Hotelzimmer zu sitzen und auf den erlösenden Anruf zu warten. Dennoch haderte Markus auch die letzten Kilometer der Joggingstrecke mit dieser Entscheidung, denn ob Jutta seine Entschuldigung annehmen würde oder ob sie mit ihm vielleicht nicht ohnehin schon abgeschlossen hatte, wusste er nicht. Vielleicht würde er mit seinem Überraschungsbesuch sogar nur unnötig alte Wunden aufreißen? Und was wollte er mit der Aktion überhaupt bezwecken? Auch wenn er sie als Freundin vermisste, konnte er sich eine Beziehung mit ihr noch immer nicht vorstellen.

Etwa eine Dreiviertelstunde später betrat Markus wieder sein Hotelzimmer. In Gedanken versunken nahm er eine Flasche Mineralwasser aus der Minibar, lehnte sich gegen den Kleiderschrank und sah beim Trinken aus dem Fenster. Er war auf angenehme Weise müde und erschöpft und vor allem froh, seinen Kater endlich besiegt zu haben. Wie immer nach dem Joggen nahm er wahr, wie er innerlich ruhiger wurde und sich entspannte. Durch das Fenster ließ er sich die warme Mittagssonne noch einen Moment ins Gesicht scheinen. Dann ging er ins Badezimmer, zog sein verschwitztes Longsleeve aus und setzte sich auf die Toilette. Er sah zum Spiegel, dorthin, wo am Morgen nach der Nacht mit Marie ihr übergroßes Lippenstiftherz geprangt hatte. Auch wenn er es sehr zu schätzen wusste, dass der Zimmerservice täglich sein Bett machte und frische Handtücher in sein Badezimmer legte, ärgerte es ihn ein wenig, dass eine eifrige Putzfrau Maries Nachricht einfach kaltherzig entfernt hatte. Ohne zu fragen, hatten sie sie nicht einmal einen Tag am Spiegel belassen. Andererseits würde er so wenigstens nicht bei jedem Toilettenbesuch an jene Nacht und seinen Filmriss erinnert werden, dachte er sich und stützte seinen Kopf ermattet auf die Hände.

Nach einigen Minuten, in denen er regungslos sitzen blieb, fiel sein Blick zufällig auf die kleine Kommode, die unter dem Waschbecken stand. Es dauerte einen Moment, bis ihm bewusst wurde, dass dort immer noch die Begleitschreiben aus dem Briefumschlag mit dem Tagebuch des SS-Soldaten lagen. Überrascht nahm er sie und sah sie sich genauer an. Nun erinnerte er sich wieder, wie er sie am gestrigen Morgen in seinem desolaten Zustand schlichtweg vergessen und lediglich das Tagebuch samt Umschlag auf Ingos Schreibtisch gelegt hatte. Aus Neugier begann er, das erste Anschreiben zu überfliegen:

»Sehr geehrte Damen und Herren,
mit diesem Einschreiben verfüge ich den letzten Willen unserer Mandantin Frau Charlotte Merzinger (geb. Bloth). Da die Mandantin am 10. Juni 2009 verstorben ist, vollstrecken wir gemäß des dritten Teils des Schweizer Zivilgesetzbuches nach Art. 505 (ZGB), die in einem Zusatz zur ›Letztwilligen Verfügung‹ (in der deutschen Rechtsprechung ›Testament‹ genannt) festgeschriebenen Vorgaben unserer Mandantin, die sich wie folgt darstellen:

§1

Postalische Übersendung eines ungeöffneten versiegelten Umschlages per Einschreiben an die Leitung der ÖRF-Geschichtsredaktion (nachfolgend: ›Empf.‹ genannt) nach dem Tode der Mandantin.

§2

Das Wissen über den testamentarischen Auftrag, den Umschlag an den Empf. zuzustellen, soll allen anderen rechtlichen Erben der Mandantin vorenthalten werden.

§3

Dem Empf. steht es frei, mit den aus dem Inhalt des Umschlages gewonnenen Informationen so zu verfahren (Veröffentlichung/Publikation), wie es der Empf. selbst für richtig erachtet und wie er es mit seinem Gewissen vereinbaren kann. Ausgenommen hiervon ist die öffentliche Nennung aller aus dem Inhalt des Umschlages zu entnehmenden Personen außer Adolf Hitler.

§4

Die Rechte am Inhalt des Umschlages übergehen auf Wunsch der Mandantin in den vollständigen Besitz des Öffentlichen Rechtlichen Fernsehens.

§5

Dem Empf. ist es untersagt, den Namen der mit der Vollstreckung des Testaments beauftragten Notar- und Anwaltskanzlei zu veröffentlichen oder an dritte Personen weiterzuleiten. Auch ist es dem Empf. untersagt, in dieser Angelegenheit mit den anderen rechtlichen Erben, Verwandten oder Bekannten anderer genannter Personen oder der Familie der Mandantin in Kontakt zu treten.

§6

Der Inhalt des Umschlags darf ausschließlich durch den Empf. veröffentlicht/publiziert sowie im Bild gezeigt, nicht jedoch an dritte Personen weitergeleitet werden. Die Veröffentlichung/Publizierung im Bild ist jedoch nur unter Gewährleistung der in §2, 3 und 5 festgeschriebenen Vorgaben gestattet.

Die ebenfalls im dritten Teil des Schweizer Zivilgesetzbuches geregelte Gültigkeit der ›Letztwilligen Verfügung‹, dies umfasst die Gültigkeit der Erstellung nach Art. 467 (ZGB) sowie die Gültigkeit der ›Letztwilligen Verfügung‹ selbst nach Art. 469 (ZGB) ist gegeben.

Da die verschiedene Mandantin unserer Kanzlei untersagt hat, über das Schreiben hinaus in dieser Angelegenheit in Kontakt mit dem Empf. zu treten, ist die Vollstreckung des Zusatzes der letztwilligen Verfügung notariell und nach Schweizer Recht hiermit rechtskräftig und abgeschlossen. Weitere Auskünfte bei etwaigen Nachfragen des Empf. werden von unserer Seite weder mündlich noch in schriftlicher Form beantwortet werden.

Mit freundlichen Grüßen

Rechtsanwalt und Notar Dr. Dr. Arno Vetterli«

Markus zog fragend die Augenbrauen zusammen. Die Geschehnisse der vergangenen 48 Stunden hatten ihn das Tagebuch und die Einträge des SS-Soldaten gänzlich vergessen lassen. Nun aber fiel ihm alles wieder ein. Vor allem der Inhalt von Friedrich Diehls letztem Eintrag ging ihm erneut durch den Kopf. Aber wie schon an dem Abend, als er im Bett das Tagebuch erstmals gelesen hatte, erschien ihm die Geschichte von einem geheimen Versteck der Überreste Adolf Hitlers noch immer zu fantastisch. Noch nie hatte er Legenden, Mythen oder Verschwörungstheorien viel abgewinnen können, geschweige denn an sie geglaubt. Und gerade in Dingen, die die angeblichen Geheimnisse und Mysterien des Dritten Reiches betrafen, war er mit Ingo schnell einer Meinung geworden, dass es schlicht zu viele Spinner, Fälscher und Verblendete gab. In den vergangenen drei Wochen im ÖRF hatte er überdies mehrfach die Erfahrung machen müssen, dass ihm in der, wie er es nannte, »Märchenstunde« ältere Menschen die abstrusesten Kriegsgeschichten und Erlebnisse am Telefon erzählt hatten. Anfangs konnte er den nervigen und oft endlosen Gesprächen sogar etwas abgewinnen. Sie amüsierten ihn und waren eine willkommene Abwechslung zur Monotonie des Bücherkopierens. Die Bandbreite der Anrufer und ihrer Geschichten war dabei schier unendlich. Neben unverbesserlichen Alt- und Jung-Nazis, die lautstark ihr Missfallen über die Dokumentationen der Redaktion kundtaten, waren es überwiegend ältere Menschen, die fern jeder Realität die Geschehnisse von damals mit ihren persönlichen Interpretationen, Erinnerungen und Vorstellungen vermischten. Häufig waren es anfangs glaubwürdig erscheinende Zeitzeugen, die sich im Verlauf des Gesprächs als geistig Verwirrte entpuppten und vorgaben, in den 50er- und 60er-Jahren mit Nazi-Größen wie Himmler, Göring oder dem Führer selbst im Straßencafé um die Ecke Tee getrunken zu haben. Aber auch wenn es einige Tage gedauert hatte, erkannte Markus letztlich, dass sich hinter all den scheinbar Dementen und Spinnern oft nur bedauernswerte Schicksale und

Tragödien verbargen. Menschen, die der Krieg zutiefst traumatisiert hatte, die durch Jahrzehnte währende Albträume und Verdrängungsprozesse gezeichnet waren. Es waren allein gelassene und verzweifelte Individuen, die versuchten, ihre seelischen Qualen dadurch zu lindern, dass sie sich in Fantasiewelten flüchteten und ihr Mitteilungsbedürfnis bei Telefonaten mit unerfahrenen Hospitanten befriedigten. Aber auch wenn diese Gespräche oft anstrengend für Markus waren, so nahm er sich doch Zeit und gab ihnen den Raum, sich alles von der Seele zu reden. Er empfand Mitleid für sie.

Da Markus jedoch noch immer nicht recht wusste, was er von dem Anwaltsschreiben halten sollte, wendete er sich zunächst dem zweiten Schreiben zu:

»Sehr geehrte Mitarbeiterinnen und Mitarbeiter der ÖRF-Geschichtsredaktion,
wenn Sie diesen Brief durch den von mir beauftragten Notar und treuen Freund übermittelt bekommen haben, werde ich bereits verstorben sein. Doch bevor ich es mir erlaube, Ihnen im Folgenden mein Anliegen darzulegen, möchte ich Sie aus tiefstem Herzen schon vorab um Verzeihung bitten. Verzeihung dafür, dass ich zu meinen Lebzeiten selbst nicht die Kraft und seelische Stärke besessen habe, eine Bürde zu tragen, die mir das Schicksal und die Strömungen der Geschichte vor nun bereits über fünf Jahrzehnten an einem sonnigen Augusttag auferlegt haben.
Die Erkenntnis, dass es Dinge im Leben gibt, deren historische, gesellschaftliche, kulturelle und politische Dimensionen größer und bedeutender sind, als

dass sie ein einzelnes Individuum, ein einzelner Geist jemals in Gänze begreifen, geschweige denn deren Tragweite erahnen kann, ist gleichermaßen beängstigend, ernüchternd und zutiefst schmerzhaft. Doch das Schicksal behält sich nun mal selbst vor, zu entscheiden, wen es mit einem solchen Wissen belastet und wen es obendrein zwingt, dafür Verantwortung zu übernehmen. Das Schicksal fragt nicht danach, ob derjenige die Bürde, die diesem Wissen entspringt, gewachsen ist oder ob er überhaupt Willens ist, sie anzunehmen. Ich möchte nicht ausschließen, dass es Menschen gibt, die sich dem Diktat des Schicksals erfolgreich entziehen können, die in der Lage sind, ihr Wissen über etwas sehr Bedeutendes, aber zugleich auch sehr Grausames in den hintersten und dunkelsten Teil ihres Geistes zu verbannen. In einem quälend langen Prozess musste ich jedoch für mich feststellen, dass ich nicht zu diesem Schlag gehöre. Und glauben sie mir, ich schwöre vor Gott selbst, ich habe es versucht. Aber selbst wenn es mir von Zeit zu Zeit gelungen zu sein schien, bahnte es sich einen Weg zurück in meine Gedanken. Hilflos und ohnmächtig musste ich erkennen, dass manches Wissen und manche Erinnerungen sich nicht verdrängen lassen. Sie finden immer einen Weg, um nicht in Vergessenheit zu geraten, und sei es durch unsere Träume. Ein solches Wissen lässt Sie nicht los, es schläft nie, frisst sich tiefer und tiefer in die Seele, ernährt sich sogar von ihr, um zu überleben und um nicht in Vergessenheit zu geraten.

Fast 50 Jahre habe ich es wie Krebs bekämpft, habe es gehasst, aber alles, was ich tat, war erfolglos. Erst jetzt, am Ende meines Lebens, da ich sicher bin, diese Welt bald verlassen zu müssen, beginne ich langsam zu verstehen, dass dieses Wissen und all die Erinnerungen, die damit verbunden sind, ein Teil meiner selbst sind. Ich begreife nun, dass der Versuch, es zu verdrängen, es zu ignorieren oder gar zu vergessen, dem Versuch gleichkommen würde, seinem Herzen zu befehlen, nicht mehr weiterzuschlagen. Doch leider kommt diese Erkenntnis, wie schon gesagt, viel zu spät.

Auch wenn ich jetzt bereit wäre, die Bürde, die meinem Wissen und meinen Erinnerungen entspringt, zu tragen und Verantwortung für sie zu übernehmen, fehlt mir nun die körperliche Kraft dazu. Ich kann nur hoffen, dass Sie meinen Worten Glauben schenken, wenn ich Ihnen versichere, dass meine Gebrechlichkeit und Krankheit vorzuschieben, kein Zeichen von Feigheit oder Selbstlüge ist. Das Einzige, was ich jetzt noch tun kann, ist, mein Wissen weiterzugeben. Ich lege es in die Hände von jemandem, der mit diesem Wissen, diesen Informationen und der damit verbundenen Bürde besser umgehen kann, als ich es konnte. Jemandem, der über mehr Kraft, Courage, Weisheit und Weitblick verfügt, als es mir vergönnt war.

Die Geschichtsredaktion hat in den vergangenen Jahren mehr als einmal bewiesen, dass sie sich darauf versteht, die deutsche Nation mit einem ihrer dunkelsten Geschichtskapitel zu konfrontieren. Mit ihren Dokumentationen ist es Ihnen gelungen, die Geschehnisse der Zeit des Nationalsozialismus auf eine besondere Weise anzusprechen, sodass sich sowohl diejenigen, die sie selbst erlebt haben, als auch die Nachfolgegenerationen diesem schwierigen Thema endlich geöffnet haben. Sie haben einen Weg gefunden, dass sich das Deutsche Volk seinem Erbe stellt, es begonnen hat, sich mit seiner Geschichte auseinanderzusetzen, sie zu reflektieren, sich seiner Schuld zu stellen und die daraus resultierende Verantwortung zu übernehmen. Sie haben dazu beigetragen, dass die schrecklichen Geschehnisse von damals niemals in Vergessenheit geraten. Auch dafür möchte ich Ihnen an dieser Stelle stellvertretend für viele meiner Generation von Herzen danken.

Aufgrund Ihres positiven Wirkens bin ich zu dem Schluss gekommen, dass es sinnvoll ist, einen Teil, wenn nicht sogar den wesentlichsten Teil des Erbes, welches die Nazis dem Deutschen Volk hinterlassen haben, durch Sie verwalten zu lassen. Nachdem ich, wie anfangs erwähnt, als Individuum selbst nicht die Kraft dazu hatte, steht es mir auch nicht zu, dieses einem einzelnen anderen Menschen zuzumuten. Da die Geschichtsredaktion jedoch eine Institution der Objektivität, der Wertfreiheit und Neutralität verkörpert, die sogar vom Deutschen Volk selbst per Rundfunkstaatsvertrag dazu beauftragt wurde, scheint sie ein legitimer und rechtmäßiger Verwalter dieses Erbes zu sein. Somit übergebe ich Ihnen das mir vom Schicksal anvertraute Wissen, in der Hoffnung, dass Sie es zur richtigen Zeit den Menschen offenbaren. Die Deutsche Nation hat nicht nur das Recht, selbst zu entscheiden, wie es mit seinem Erbe umzugehen gedenkt, sondern hat in diesem Fall sogar die geschichtliche und gesellschaftliche, vor allem aber die moralische und ethische Verpflichtung, es anzunehmen. Deutschland muss selbst entscheiden, ob es bereit ist, aus den Fehlern meiner Generation zu lernen, die richtigen Schlüsse zu ziehen und den dunkelsten Teil seiner Geschichte als Teil seiner selbst zu akzeptieren. Die Akzeptanz dieser dunklen Seite ist der erste Schritt zur Erkenntnis. Als einen letzten Wunsch vor meinem Ableben bitte ich Sie, als Vermittler zu fungieren, der das Deutsche Volk noch einmal mit demjenigen konfrontiert, der all den Schrecken, das unendliche Leid und das unbeschreiblich Grausame von damals in seiner Person und in seinem Wesen vereint.

Ich übergebe Ihnen das Wissen darüber, wo die sterblichen Überreste von Adolf Hitler verborgen liegen.

Sie werden sich sicher fragen, wie ich zu dieser Entscheidung gekommen bin und warum ich jene Informationen nach all den Jahren des Schweigens nicht mit in mein Grab genommen habe. Einige Beweggründe habe ich ihnen bereits geschildert. Doch es gibt noch einen weiteren:

Vor vielen Jahren war mein Leben untrennbar mit dem eines jungen Mannes verbunden, den ich seit meiner Kindheit kannte, der mich bedingungslos beschützte, verteidigte und liebte. Doch wie vielen anderen jungen Frauen wurde auch mir die Liebe meines Lebens durch das menschenverachtende Nazi-Regime genommen. Viele junge Männer unserer Generation wurden betrogen, missbraucht und verblendet. Durch perfide Indoktrinierung wurden sie dazu gebracht, ihre christliche Erziehung zu verleugnen, ihre Menschlichkeit abzulegen und ihr Leben für eine perverse SS-Ideologie zu geben. Auch mir wurde meine Liebe durch das Scheusal Adolf Hitler und seine SS-Schergen genommen. Sie haben es sogar vollbracht, ihn zu einem verachtenswerten Mörder zu machen, sodass es mir selbst heute, nach so vielen Jahrzehnten und angesichts meines eigenen Todes nicht möglich ist, ihm seine Taten zu verzeihen. Aber nach all den Jahren des Hasses trachte ich nicht mehr nach Rache, sondern vielmehr nach Gerechtigkeit. Es hat lange gedauert, bis ich verstanden habe, dass es keine Lösung ist, das Wissen um die Existenz der Gebeine Hitlers zu verschweigen. Ich habe erkannt, dass, wenn ich mein Wissen mit ins Grab nähme, ich diesem Monster sogar geholfen hätte, sich der Anklage und dem Urteil der Geschichte und seiner Opfer physisch zu entziehen. Auch wenn es nur Knochen sind, so ist er es doch. All diejenigen, die durch sein Wirken zu Millionen verfolgt, gequält, gefoltert und getötet worden sind, haben das Recht auf eine Anklage und einen Urteilsspruch. Für mich wird es dafür zu spät sein, aber ich verspüre Gnade in der Vorstellung, dass das Leben meiner vergangenen Liebe nicht gänzlich umsonst gewesen sein könnte. Vielleicht ist es Gottes Vorsehung oder aber einfach nur die Ironie des Schicksals, dass ausgerechnet derjenige, der Adolf Hitler bis weit über seinen Tod hinaus die Treue gehalten hat, unbeabsichtigt ihn in Wahrheit vor den Gerichtshof der Geschichte führt. Dennoch wird es ihn von seiner Schuld, im Namen der SS unvorstellbare Grausamkeiten begangen zu haben, nicht freisprechen.

Nun müssen Sie entscheiden, wann der Zeitpunkt dafür gekommen ist, Deutschland mit der Tatsache zu konfrontieren, dass der Teufel noch nicht in die Hölle zurückgekehrt ist, sondern noch immer unter uns weilt. Auch wenn ich noch immer Zweifel habe, dass das Deutsche Volk wirklich bereit ist, sich seinem Erbe zu stellen, wird es selbst entscheiden müssen, ob der Tod von allen Sünden befreit oder nicht.
Anhand der Unterlagen, die Sie diesem Umschlag entnehmen können, werden Sie feststellen, dass die bisherige Geschichtsschreibung nicht der Wirklichkeit entspricht. Der Mann, den ich einst liebte, war ein SS-Offizier in Adolf Hitlers Leibstandarte und bekam scheinbar nach dem Tod des Führers den Auftrag, seine Gebeine aus Berlin heraus in Sicherheit zu bringen. Was dabei im Einzelnen seine Befehle waren, kann ich Ihnen nicht genau sagen. Meine Informationen basieren auf den Eintragungen seines Tagebuches, welches mir nach dem Krieg durch eine Bäuerin übersendet wurde, in deren Armen er offenbar starb. Sie werden anhand seines letzten Eintrages feststellen, dass er kurz vor seinem Tod in seiner Verzweiflung mit mir, jemandem, dem er bedingungslos vertraute, sein Geheimnis teilen wollte. Obwohl ich bereits 1944, also noch während des Krieges, den Kontakt zu ihm abgebrochen hatte, zeigt es mir, dass er – trotz der Dunkelheit, die die SS in sein Herz getragen hatte – noch immer fähig war, einen Rest von Liebe zu empfinden. Bei all der Tragik und dem Schmerz, den ich noch immer in mir trage, ist dies eine schöne und lindernde Vorstellung.

Ich bin mir jedoch sicher, dass er den genauen Ort, an dem er die Überreste begraben hat, in seinem letzten Eintrag verschlüsselt hat, sodass, falls das Tagebuch in falsche Hände geraten sollte, es allein nicht den Weg aufgezeigt hätte. Er hatte das Versteck anscheinend so gewählt, dass nur ich es hätte finden können. In seinem letzten Eintrag gibt er an, die Gebeine in dem kleinen Städtchen Malchow bei Berlin in der Nähe eines Kinderheimes vergraben zu haben, an einem Ort, der dem gleicht, an dem wir uns das erste Mal in unserem Leben geküsst haben. Dies war in einem kleinen Brunnenhäuschen, in dem wir auf dem Rand eines steinernen Brunnens gesessen haben. Weitere Informationen können Sie seinem letzten Eintrag entnehmen.
Auch wenn ich mich, aus den genannten Gründen, nie selbst auf die Suche nach den Überresten begeben habe, weiß ich aus eigener Recherche, dass das alte Malchower-Kinderheim nicht nur den Krieg, sondern auch die Zeit der deutschen Teilung, zumindest bis in die späten 90er-Jahre unbeschadet überdauert hat. Dennoch kann ich Ihnen nicht mit letzter Gewissheit versprechen, dass Sie die Gebeine Adolf Hitlers wirklich finden werden, und selbst wenn, in welchem Zustand sie nach all den Jahren sind.
Wie auch immer Sie sich nun entscheiden, mit diesem Wissen und der Bürde, die diesem entspringt, umzugehen, hoffe ich, dass Sie weise entscheiden. Eine gute Freundin von mir hat einmal gesagt: ›Wenn jeder wartet, bis der andere anfängt, werden die Boten der rächenden Nemesis unaufhaltsam näher und näher rücken, dann wird auch das letzte Opfer sinnlos in

den Rachen des unersättlichen Dämons geworfen sein.‹ Möge Ihnen die Weisheit der Weißen Rose in den dunklen Momenten, die Ihnen bevorstehen, ein wegweisendes Licht sein, das Ihnen Hoffnung und Zuversicht gibt, das Richtige und Gute zu tun. Tragen Sie weiterhin dazu bei, dass die schrecklichen Geschehnisse der 30er- und 40er-Jahre nicht in Vergessenheit geraten, sodass sie sich hoffentlich niemals wiederholen werden.

Bevor ich mich jedoch für immer von Ihnen verabschiede, möchte ich Sie ausdrücklich warnen. Ohne jemals stichhaltige Beweise gefunden zu haben und auch wenn mir, außer mein vor vielen Jahren verstorbener Mann, niemand je Glauben schenken wollte, bin ich überzeugt, dass die dunklen Mächte von damals noch immer ihr Unwesen treiben. Auch wenn der Tod meiner Schwester Gisela im Dezember 1990 von allen Seiten als Unfall angesehen wird, bin ich überzeugt davon, dass Sie ermordet wurde, um an die Informationen im Tagebuch zu gelangen, die den Weg zum Versteck der Gebeine Hitlers führen. Dass neben meiner Jugendliebe weitere SS-Offiziere von dem Auftrag Kenntnis hatten, konnte und kann ich nicht ausschließen. Daher habe ich mein Geheimnis stets für mich behalten, zunächst, um niemanden damit zu belasten, und später nach Giselas Tod, um niemanden zu gefährden. Dennoch erreichte mich im September 1990 ein sonderbarer Brief eines Unbekannten, der sich als Freund meiner Jugendliebe ausgab. Ich habe ihm jedoch nie geantwortet. Nehmen Sie sich in Acht vor den willigen Helfern der Bestie, die ihr bis heute treu ergeben sind und alles tun wer-

den, um sie aus ihrem dunklen modrigen Grab wieder auferstehen zu lassen.
Hochachtungsvoll und in großer Dankbarkeit grüßt Sie
Ihre Charlotte Merzinger geb. Bloth«

Als Markus sich von der Toilette erhob, bemerkte er nicht einmal, dass seine Beine eingeschlafen waren und kribbelten. Vollkommen in Gedanken versunken, legte er die Briefe auf den Rand des Waschbeckens, entledigte sich seiner Jogginghose und stellt sich unter die Dusche. Auch wenn er noch immer nicht glaubte, dass die Geschichte von einem geheimen Versteck der Überreste Adolf Hitlers wahr sein könnte, irritierten ihn das Schreiben des Schweizer Notars und vor allem die Geschichte der älteren Dame. Dem Tagebuch Friedrich Diehls alleine hätte er ohne die beiden Schreiben keinerlei Glauben geschenkt. Zu oft hatte er in den vergangenen drei Wochen mit Spinnern zu tun gehabt. Auch Ingo und Bernd Mühlbauer hatten ihn stets davor gewarnt, bei seiner Recherche im Archiv nicht zu leichtgläubig zu sein und stets kritisch zu bleiben. Aber so fantastisch die Geschichte auch zu sein schien, konnte er die Möglichkeit, dass es sich hierbei eventuell doch um eine wahre Begebenheit handelte, nicht mehr ausschließen. Allein die Erscheinungsform der Briefe, der Duktus und die Sachlogik der Inhalte unterschieden sich grundlegend von jenen Anschreiben, die irgendwelche Verwirrten der Redaktion zusendeten. Falls es hier wirklich um eine reale Begebenheit ging, das war Markus klar, handelte es sich nicht nur um eine interessante Kriegsgeschichte, die sich als Storyline für eine x-beliebige Dokumentation eignete, sondern eine mediale Sensation. Doch warum hatte derjenige, der den Briefumschlag des Notars nach dem Eingang in der Redaktion erstmals geöffnet hatte, die Tragweite des Inhalts nicht erkannt? Markus erinnerte sich wieder an die Worte Bernd Mühlbauers, wie er ihm und Ingo in seinem Büro davon berichtet hatte, dass die Kapazitäten der Redaktion bei Weitem nicht ausreichten, um sich mit allen Schreiben intensiv zu befassen. Und hatte er sich nicht selbst schon oft genug dabei ertappt, wie er morgens die Zuschauerpost, bedingt durch die schiere Masse, lediglich überflogen und dann standardisierte Dankesschreiben als Antwort versendet hatte? Allein die Tatsache, dass im Zentralarchiv Tausende Briefe in meterlangen Regalen standen, machte es plausibel, dass die Brisanz des Inhalts der beiden Begleitbriefe schlicht und einfach durch den bearbeitenden Redakteur oder Hospitanten übersehen worden waren. Und waren die Briefe erst einmal im Archiv abgelegt, war es äußerst unwahrscheinlich, dass noch einmal jemand über ihren Inhalt stolperte. Markus wurde klar, was es für ein riesiger Zufall war, dass ihm das Tagebuch bei seiner Recherche in die Hände gefallen war. Andernfalls wäre die Geschichte für lange Zeit, wenn nicht für immer, in Vergessenheit geraten. Für die Kanzlei des Notars war der Vorgang, wie dem Schreiben zu entnehmen war, mit dem Versand abgeschlossen, und die alte Dame war bereits verstorben.

Als Markus sich nach dem Duschen abtrocknete, war er immer noch tief in seine Gedanken versunken. Ohne es wirklich wahrzunehmen, spürte er ein sonderbares Gefühl in seinem Bauch, ein Gefühl nach Abenteuer, als ob er gerade eine alte Karte gefunden hatte, die ihm unter Umständen den Weg zu einem Schatz aufzeigen würde.

KAPITEL 49

Berlin, Kleingartenkolonie am Koblenzer Platz, 2. Mai 1945, 08:35 Uhr

»Mach das nicht noch mal, du verdammter Mistkerl!« Mit einer schnellen Handbewegung packte Viktor Friedrich am Revers seines Mantels und drückte ihn mit dem Rücken gegen die Außenwand einer alten hölzernen Gartenlaube. »Wehe, du bringst mich bei den Russen noch einmal so in Gefahr wie eben!« Mit seinem Zeigefinger fuchtelte er drohend vor Friedrichs Gesicht herum. »Scheiß doch auf das Weib! Hörst du! Der hättest du sowie nicht helfen können.« Friedrich spürte seine Wut, als Viktor ihn noch näher an sich heranzog. »Scheiß einfach drauf, Mann!«, zischte er, »Scheiß auf alles! Wegen dir Narr will ich hier nicht draufgehen, klar? Alles, was ich will, ist hier heil rauszukommen. Ich will nach Hause. Und du wirst mich nicht daran hindern!« Für einen Moment verharrten sie in dieser Stellung, und zum ersten Mal, seit sie sich vor zwei Tagen auf den Weg gemacht hatten, offenbarte Viktor sein wahres Innerstes. In dem Moment, als Friedrich seinen Egoismus, seine Verlogenheit in seinen Augen erkannte, brach in ihm etwas. Wie ein Damm, der zu lange zu viel Wasser aufgehalten hatte. Jeder Muskel, jede Faser seines Körpers spannte sich plötzlich an. Dann, nur einen Augenblick später, entlud sich die seit Wochen angestaute rasende Wut. Mit aller Kraft stieß er Viktor von sich und stürzte sich auf ihn.

Nun zeigte das Pervitin seine ganze enthemmende Wirkung. Wie im Blutrausch stellte er Viktor nach. Er riss ihn zu Boden und bekam seinen Hals zu packen. Doch noch bevor er mit der ganzen Kraft seines Hasses zudrücken konnte, schlugen auf der ihnen abgewandten Seite der Gartenlaube krachend mehrere Geschosse ein. Holzsplitter und Staub flogen durch die Luft. Für einen Moment war Friedrich abgelenkt. Es gelang Viktor sich aus seinem Griff zu befreien und einige Meter in Richtung einer Buchenhecke zu kriechen. Weitere Geschosse schlugen in Friedrichs unmittelbarer Umgebung ein. Erde und Staub wirbelten durch die Luft. So schnell er konnte, versuchte Friedrich, Deckung zu finden, und kroch zurück zur Gartenlaube. Detonierende Granaten mischten sich unter das Rattern der Maschinengewehrsalven. Sand und Steine wurden durch die Explosionen in die Höhe geschleudert und fielen prasselnd zurück auf den Boden. In einiger Entfernung vernahm Friedrich unverständliche Schreie und Rufe, aber der Gefechtslärm war zu laut, um sie orten oder gar verstehen zu können. Friedrich bewegte sich vorsichtig vorwärts. Als er die Seite der Gartenlaube erreicht hatte, lugte er vorsichtig um die Ecke, um herauszufinden, woher die Schüsse kamen. Er konnte aber nichts erkennen. Erst als er einen kleinen Erdwall erreichte und vorsichtig mit den Händen einen Busch zur Seite drückte, sah er vor sich eine größere Wiese, die von der Gartenlaubenkolonie weg, leicht abschüssig zu einer in etwa 100 Meter Entfernung gelegenen Baumreihe führte. Direkt vor den Bäumen standen ein russischer Panzer sowie ein Pritschenwagen, auf dessen Ladefläche ein schweres Maschinengewehr montiert war. Mehrere Rotarmisten standen davor und schossen mit ihren Gewehren in seine Richtung. Es dauerte jedoch einen Moment, bis Friedrich begriff, dass ihre Schüsse und die darauffolgenden Aufforderungen, sich zu ergeben, offensichtlich nicht ihm galten, sondern jemand anderem. Jemandem, der sich nicht weit von ihm entfernt hinter einigen Hecken und Bäumen befinden musste. Friedrich zog seine Pistole. Vorsichtig und ohne seine Deckung zu verlassen, schob er sich weiter nach vorne, bis er einige Wehrmachtssoldaten erkennen konnte, die mit erhobenen Händen ihre Stellungen verließen und langsam über die Wiese in Richtung der russischen Soldaten gingen. Während seine gesamte Aufmerksamkeit den Geschehnissen vor ihm auf der Wiese galt, hatte er die Auseinandersetzung mit Viktor vollkommen vergessen. Als er sich wieder daran erinnerte, drehte er sich hektisch um und richtete seine Pistole in Richtung der Gartenlaube. Aber Viktor war nirgends zu sehen, weder in der Nähe der Gartenlaube noch an der trockenen Buchenhecke. Friedrich wartete noch einen Moment, wandte sich dann aber wieder um und beobachtete, was auf der Wiese vor sich ging. In der Ferne hörte er einen russischen Offizier, der die Wehrmachtssoldaten mit kurzen bellenden Rufen aufforderte, ihre Waffen niederzulegen und langsam näher zu kommen. Beim Anblick der sich ergebenden Soldaten quoll Friedrichs ganzer Hass, seine ganze Verachtung gegenüber der Wehrmacht erneut in ihm hoch. Er spürte, wie sein Herz vor Wut und Zorn wieder zu rasen begann und wie seine Emotionen erneut überkochten. So wie er es sich in den vergangenen Wochen oft vorgestellt, ja fast sogar gewünscht hatte, ließ er seinen Aggressionen nun freien Lauf. Um sich besser bewegen zu können, streifte er seinen Rucksack ab und zog seinen Mantel aus. Ohne seine Deckung zu verlassen, richtete er sich ein wenig auf und spähte über die Büsche. Geduckt rannte er dann so schnell er konnte an ihnen vorbei, bis er die sandigen Erdwälle der kleinen deutschen Stellung, die eher an einen notdürftig ausgehobenen Unterstand erinnerte, erreicht hatte. Mit den Beinen voran ließ er sich in den engen Schützengraben gleiten. Vor ihm, mit dem Rücken an die Wand des Grabens gelehnt, saß ein toter Soldat, dem aus einer kleinen Wunde in der Stirn Blut über das Gesicht rann. Friedrich beachtete ihn jedoch nicht, sondern schob sich an ihm vorbei und äugte vorsichtig über den Rand des Grabens in Richtung der russischen Soldaten. Die sechs Wehrmachtsoldaten hatten sich etwa 20 Meter vor den russischen Soldaten auf die Knie fallen lassen und die Hände hinter ihre Köpfe gelegt. Friedrich schlich weiter, bis er zu einer aus frisch geschlagenen Kiefernstämmen gebauten kleinen Treppe kam, die aus dem Graben hinauf zu einem Podest führte, das mit Tarnnetzen verhüllt war. Auf dem Podest erkannte er die Umrisse eines Flugabwehrgeschützes, auf dessen Metallsitz noch immer der blutüberströmte in sich zusammengesunkene tote Richtschütze saß. Ohne Zeit zu verlieren, stieg Friedrich die Treppe hinauf, stieß die Leiche vom Sitz und ließ sich selber darauf fallen. Sowie er es bei den Waffenschulungen gelernt hatte, kontrollierte er die Magazine und richtete die vier Rohre des Geschützes mithilfe der Handräder in Richtung der deutschen Soldaten. »Ihr Verräter werdet jetzt für eure Feigheit bezahlen!«, sagte er leise und betätigte dann das Fußpedal des Geschützes. Er spürte die Gewalt, die Kraft, mit der die 2cm-Geschosse in kurzer Folge aus den vier Läufen getrieben wurden. Als er die Hitze der Mündungsfeuer in seinem Gesicht und die

Druckwellen der ohrenbetäubenden Explosionen auf seiner Brust fühlte, schrie er ihnen seinen ganzen Hass entgegen. In schneller Abfolge schlugen die ersten Projektile in der Nähe der Wehrmachtsoldaten ein. Dann aber fanden sie ihr Ziel und zerrissen ihre Körper, trennten ihnen Arme und Beine ab und schleuderten rote Blutwolken hoch in die Luft. Nachdem er alle getötet hatte, richtete Friedrich, ohne den Fuß vom Abzug zu nehmen, das Geschütz auf die russischen Soldaten. Panikartig versuchten diese, hinter ihrem Panzer Schutz zu suchen. Mit lautem Getöse trafen die restlichen Geschosse auf den eisernen Bauch des T34. Dann endete der Feuersturm plötzlich. Ohne die erforderlichen Ladeschützen waren die Magazine schon nach wenigen Sekunden leer geschossen. Dennoch kam es Friedrich wie eine Ewigkeit vor. Noch immer hielt er das Fußpedal mit ganzer Kraft gedrückt. Doch obwohl er spürte, wie sein ganzer Körper vor Spannung bebte, empfand er den Anblick der toten Wehrmachtssoldaten als befreiend. Ein überwältigendes Gefühl der Genugtuung, das ihn jedoch für einige Sekunden unaufmerksam werden ließ. Den Blick starr auf die verstümmelten Körper der deutschen Soldaten gerichtet, übersah er den Geschützturm des Panzers, der sich langsam in seine Richtung drehte. Fast zeitgleich nahm er das kurze Aufblitzen des Mündungsfeuers und den Einschlag der Panzergranate direkt vor dem Flakgeschütz wahr. Mit einem berstenden Knall explodierte sie und schleuderte Sand und Splitter in seine Richtung. Staub und Pulverdampf umgaben ihn. Ohne zu wissen, wie ihm geschah, ließ er sich vom Sitz fallen. Er hustete, rang nach Luft und tastete sich am Boden entlang, bis er die Treppe, die in den Schützengraben hinunterführte, zu fassen bekam. In dem Moment, in dem er sich fallen ließ, eröffneten auch die russischen Soldaten das Feuer auf die Stellung. Unzählige Projektile trafen die aufgeschichteten Sandsäcke und Baumstämme, die zur Verstärkung des Wiederstandnestes verbaut worden waren. Geduckt strauchelte er im Kugelhagel durch den Graben zurück zu der Stelle, an der er ihn betreten hatte. Im Schutz eines Erdwalls und einiger Büsche verließ er die Stellung und rannte, so schnell er konnte, zurück zur alten Gartenlaube. Dort angekommen, ergriff er Mantel und Rucksack und lief durch die Kleingartenanlage in Richtung der Stadtgrenze. Doch schon nach einigen Metern entdeckte er einen dunklen Haufen, der vor einer trockenen Buchenhecke lag. Er blieb kurz stehen und erkannte, dass es ein am Boden liegender Mensch war. Als er Viktors Mantel zu erkennen glaubte, stockte ihm der Atem. Ohne zu zögern, richtete er seine Pistole auf den dunklen Haufen, der sich jedoch nicht rührte. Langsam ging er auf ihn zu. Als er näher kam, sah er Viktor regungslos auf dem Bauch liegen. Die Pistole weiterhin auf ihn gerichtet, stieß er ihn leicht mit dem Fuß an. Da Viktor immer noch keinerlei Regung zeigte, fasste er ihn an der Schulter und drehte ihn langsam um. Als Viktors Körper schlaff auf die Seite fiel, blickte Friedrich in eine große blutige Wunde inmitten seines Gesichts. Zweifellos war Viktor auf seiner Flucht seitlich in den Kopf geschossen worden. Unter- und Oberkiefer sowie die Nase waren gänzlich abgerissen worden. An der Stelle, an der einmal sein Mund und seine Zunge gewesen waren, klaffte nun ein rotes Loch, aus zerfetztem Fleisch und Knochensplittern, aus dem noch immer Blut hervorquoll. Doch Angesichts der Geschehnisse der vergangenen Minuten empfand Friedrich beim Anblick seines toten Weggefährten, dem er noch heute Morgen sein Leben anvertraut hätte, absolut nichts. Weder verspürte er Schadenfreude oder eine späte Genugtuung noch Trauer oder ein irgendwie geartetes Mitgefühl. Alles, was er innerlich zu fühlen vermochte, war eine emotionslose Kälte und ein brennender Schmerz in der linken Schulter. Vorsichtig griff er mit der rechten Hand unter seinen dreckigen Pullover und tastete sich ab. Als er sie wieder hervorzog, war sie mit nassglänzendem Blut überzogen.

KAPITEL 50

Frankfurt (Riederwald), 25. Oktober 2010, 09:23 Uhr

»Wen wollen Sie denn damit unter die Erde bringen?«, fragte der übergewichtige Baumarktmitarbeiter und grinste Markus an. »Ich sag Ihnen, für meine Schwiegermutter würde so ein Klappspaten nicht reichen!«, fuhr er lachend fort, merkte jedoch schnell, dass Markus seinen Scherz weniger amüsant fand, als er erwartet hatte. »Ja, ich seh schon« seufzte er, »über meine eigenen Witze kann ich halt am besten lachen. Sie hätten aber Ihr Gesicht sehen sollen.« Er deutete auf das Ende des Gangs, in dem sie standen, und sagte: »Gehen Sie dort drüben zum Regal 12. Am Ende finden sie die Gartengeräte. Da sind auch Spaten. Aber Klappspaten haben wir nicht im Angebot.

Es gibt aber kleinere, die sicher genauso gut sind. Schauen sie einfach mal.«

Markus bedankte sich knapp und ging weiter. Bereits seit er das Hotel verlassen und sich auf den Weg zum Baumarkt gemacht hatte, verspürte er eine gewisse Anspannung. Unentwegt fragte er sich, ob es wirklich sein Ernst war, dass er sich eine Ausrüstung kaufte, um in Berlin-Malchow Indiana Jones zu spielen. Aber der Same war aufgegangen: Sosehr er sich auch immer wieder sagte, dass es sich um eine absolut kindische und mehr als zweifelhafte Schatzsuche handelte, so gelang es ihm doch nicht, sich selbst davon zu überzeugen, es besser sein zu lassen. Der Gedanke daran, womöglich als einziger Mensch zu wissen, wo die sterblichen Überreste Adolf Hitlers vergraben liegen, hatte ihn bereits den gesamten Sonntag nicht losgelassen und abends am Einschlafen gehindert. Unablässig hatte er über die irrsinnige Geschichte nachgedacht, während er sich im Bett hin und her gewälzt und überlegt hatte, ob die Briefe der alten Dame und des Notars sowie die Eintragungen im Tagebuch Friedrich Diehls tatsächlich wahr sein konnten. Nachdem er um 2 Uhr morgens noch immer hellwach im Bett gelegen und die Decke angestarrt hatte, war er aufgestanden und hatte damit begonnen, im Internet über die Todesumstände Adolf Hitlers, die Schlacht um Berlin und die Waffen-SS zu recherchieren. Doch trotz einiger sehr ausführlicher Beschreibungen der Geschehnisse des 30. Aprils 1945 konnte er keinen Text finden, der mit absoluter Sicherheit Auskunft darüber gab, was mit den Überresten Hitlers und Eva Brauns nach der Verbrennung geschehen war. Neben einigen zwar seriösen, aber dennoch widersprüchlichen Quellen, stieß er immer wieder auf abstruse Verschwörungstheorien und wilde Spekulationen. In einigen dubiosen Foren wurde sogar der Tod Hitlers grundsätzlich infrage gestellt und über seine Flucht nach Südamerika gemutmaßt. Auch die Ausschnitte aus Bernd Eichingers Film *Der Untergang*, die er sich auf YouTube angesehen hatte, halfen ihm nicht wirklich weiter. Letztlich musste er sich eingestehen, dass eine Internetrecherche alleine nicht ausreichen würde, um der Sache auf den Grund zu gehen und er auf kompetentere Hilfe angewiesen war. Die Idee Ingo mit einem Anruf zu belästigen verwarf er jedoch wieder schnell. Wirkliche Erkenntnisse wären bei einem nächtlichen Telefonat nicht zu erwarten gewesen und wahrscheinlich hätte alles bei Ingo mehr Fragen aufgeworfen, als es ihm lieb war. Auch wenn er noch immer nicht gänzlich davon überzeugt war, dass Adolf Hitler wirklich in einem Brunnenhäuschen irgendwo bei Berlin-Malchow begraben lag, konnte er die Tatsache, dass die genauen Umstände der Leichenverbrennung anscheinend nie geklärt worden waren, nicht einfach ignorieren. Die Möglichkeit, dass die Geschichte wahr sein könnte, bestand.

»… und 16 Euro und 5 Cent Retour!«, sagte die rothaarige Kassiererin und reichte Markus das Restgeld. In seine Gedanken versunken steckte er es ein, nahm Spaten, Kneifzange, die er aus Kostengründen einem Bolzenschneider vorgezogen hatte, sowie eine kleine Taschenlampe an sich und verließ den Baumarkt. Nachdem er alles im Kofferraum verstaut und sich ins Auto gesetzt hatte, überlegte er noch einen Moment. Seitdem er aufgestanden war, hatte er die Entscheidung, ob er tatsächlich nach Berlin fahren sollte, vor sich hergeschoben. Nun aber war der Moment gekommen, in dem er sich entscheiden musste. Einerseits kam ihm die Geschichte immer noch zu fantastisch vor, um sie wirklich glauben zu können. Andererseits spürte er bei dem Gedanken, sich noch am heutigen Abend auf die Suche nach den Überresten des echten Adolf Hitler zu begeben, ein sonderbar flaues, aber zugleich aufgeregtes Gefühl im Bauch. Ein leichtes Kribbeln, das er, schon seitdem er die Briefe gelesen hatte, nicht zu unterdrücken vermochte. Das sich mit seiner Neugier vermischt hatte und ihn nicht mehr losließ. Für einen weiteren Moment verharrte er still. Dann startete er den Motor und legte den Rückwärtsgang ein. Als nach einigen Sekunden aus den Lautsprechern die ersten Akkorde seines Lieblingsliedes *Pet Sematary* ertönten, blickte Markus aus dem Fenster zum Himmel hinauf, wo sich erstmals seit Wochen dunkle Gewitterwolken langsam und bedrohlich vor die goldene Oktobersonne schoben.

Als Markus anderthalb Stunden später das Kirchheimer Dreieck passiert hatte und durch die Hersfelder Senke auf der A4 Richtung Berlin fuhr, musste er nochmals an den Abend und die Nacht mit Marie denken. Noch immer hoffte er, sich im Delirium nicht zu sehr danebenbenommen zu haben. Immerhin sprachen Maries übergroßes Lippenstiftherz und die Nachricht am Spiegel dafür, dass es nicht zu schlimm gewesen sein konnte. Wenn es etwas gab, so redete er es sich zumindest ein, könnte sie ihm vorhalten, ab einem gewissen Punkt nicht mehr seinen Mann gestanden zu haben, was angesichts seines üblen Katers mit an Sicherheit grenzender Wahrscheinlichkeit der Fall gewesen sein musste. Warum sie aber auf seine gestrige SMS überhaupt nicht reagierte, konnte er sich nicht erklären. Überdies fing ihr konsequentes Schweigen ihn langsam auch an zu ärgern. Aber auch wenn die Versuchung groß war, hatte er sich dagegen entschieden, es nochmals bei ihr zu probieren. Zu hoch war seiner Meinung nach die Gefahr, dass seine Versuche von ihr als Hinterherlaufen interpretiert werden könnten. Denn wie auch immer die Sache mit Marie sich in den kommenden Tagen entwickeln würde, wollte er eines ganz sicher nicht tun: Sich durch zu große Aufdringlichkeit seine Chancen bei ihr verbauen. Obwohl das Wesen der blonden Hospitantin, ihre ganze Art sicher nicht in sein übliches Beuteschema passte, musste er sich eingestehen, dass er sich nicht nur von ihrem perfekten Äußeren angezogen fühlte. Sie strahlte etwas Geheimnisvolles, Unnahbares aus, etwas, was er bisher bei keiner anderen Frau in dieser Form kennengelernt hatte. Mit etwas Abstand ergaben nun sogar Ingos Schwärmereien einen Sinn. Auch er hatte Maries Gabe zu spüren bekommen. Ihr gelang es, ohne auch nur das Geringste von sich selbst preiszugeben, Menschen für sich zu gewinnen, sie dazu zu bringen, sich ihr zu öffnen und in ihrer Nähe sein zu wollen. Sie umgarnte ihre Opfer unmerklich und leise, sodass sie nicht einmal bemerkten, dass sie in ihre Falle tappten. Ihr dabei bisweilen doch recht berechnendes Wesen nahm zumindest Markus dabei bereitwillig in Kauf. Er wollte von ihr verführt werden, es erregte ihn und machte ihm Spaß. Noch einmal gingen ihm die Bilder durch den Kopf, wie Marie in ihren Dessous das Badezimmer verlassen und sich ihm präsentiert hatte. In dem Moment klingelte sein Handy:

»Hallo?«

»Markus, mein Lieber! Ich bin's, Ingo! Du hattest es vor einer Stunden bei mir probiert oder?«

»Ja! Danke, dass du zurückrufst. Und gleich vorweg: Sorry, dass ich mich am Freitag nicht richtig verabschiedet habe, aber ich hatte echt noch einiges zu tun.«

»Hab deine Nachricht im Büro gelesen. Übrigens: Den Umschlag, den du mir auf die Tastatur gelegt hattest, habe ich am Freitagnachmittag schon ins Archiv gebracht, da ich eh noch was mit Gert zu klären hatte.«

»Danke dafür! Wo bist du eigentlich? Im Büro?«

»Nein, ich hab seit heute eine Woche Urlaub und bin schon am Samstag zu meinen Eltern gefahren. Mein Vater wird 60 und am Wochenende gibt's hier ne große Feier. Und wie ist es bei Dir?«

»Alles gut! Ich bin auf dem Weg nach Berlin. Ich besuche jemanden. Da bleibe ich für ein oder zwei Nächte, fahre aber spätestens am Mittwoch wieder zurück nach Frankfurt.«

»Das war eigentlich nicht meine Frage … Mal raus mit der Sprache: Wie war's mit Marie? Ich will alles wissen!«

»Gut! Wirklich gut! Wir waren in der *Trinidad-Bar*, haben uns richtig gut unterhalten, was getrunken und sind dann noch am Main spazieren gegangen. Sie ist echt nett! Wie du schon gesagt hast.«

»Nur ›nett‹? Erzähl mir nicht, dass da nicht mehr gelaufen ist.«

»Nee, da ist nichts gelaufen, wirklich! Oder hat sie dir was anderes erzählt?«

»Nein, ich hab sie gar nicht mehr getroffen. Och, nun komm schon, du hast mir versprochen, alles zu erzählen.«

»Würde ich ja, aber es ist nichts passiert. Allerdings würde ein Gentleman doch schweigen und genießen, oder nicht? Aber, glaub mir, Ingo, da war nichts!«

»Na, ich seh schon, du willst mir nichts sagen. Aber glauben tue ich dir das nicht! Du hattest auf die Mailbox gesprochen, du bräuchtest Informationen? Irgendwas zu Hitlers Tod?«

»Ja, ist eigentlich nicht so wichtig, aber ich hatte darüber Anfang der Woche kurz mit Bernd Mühlbauer gesprochen. Da ging es um den Bernd Eichinger-Film …

»Der Untergang.«

»… Ja genau! Ich hab mich nach dem Gespräch gefragt, was denn eigentlich mit den Leichen von Hitler und Eva Braun nach ihrem Tod passiert ist. Ich hab zwar schon einiges darüber bei Wikipedia gelesen, aber so richtig schlau bin ich daraus nicht geworden. Und da du als wandelndes Geschichtslexikon ja schließlich alles weißt, wollte ich dich fragen, ob du dich auch in diesem Thema auskennst.«

»Über was jetzt, den Film oder Hitlers Selbstmord?«

»Seinen Selbstmord, und vor allem was danach passiert ist. Er und Eva Braun sind doch verbrannt worden …«

»Ja, im Garten der Reichskanzlei.«

»Genau, aber was ist danach passiert? Soweit ich weiß, hatte Hitler doch den Befehl gegeben, dass seine Überreste auf gar keinen Fall den Russen in die Hände fallen durften.«

»Das ist richtig.«

»Aber wenn man das Internet zu dem Thema befragt, gibt es da keine wirklich einheitliche Meinung. Manche sagen, die Leichen wurden restlos verbrannt, dann wiederum behaupten die Russen, die Leichen gefunden und mit nach Moskau genommen zu haben, und manche bezweifeln sogar, dass Hitler sich überhaupt umgebracht hat. Sie sagen, er sei nach Südamerika geflüchtet.«

»Na, also die letzte Variante kannst du gleich vergessen. Es gilt als erwiesen, dass Hitler sich gemeinsam mit seiner Frau umgebracht hat: Sie mit Gift und er mit Gift und Kopfschuss in die rechte Seite. Sie hieß da im Übrigen schon nicht mehr Braun, sondern Hitler. Außerdem gibt es keinen Zweifel daran, dass seine Entourage im Bunker, ich weiß jetzt aber nicht mehr ganz genau, wer da alles dabei war, aber ich glaube sein Leibwächter Rattenhuber, sein Adjutant Günsche, Bormann und wohl auch sein Kammerdiener, aber wie hieß denn der noch …«

»Heinz Linge.«

»… Ja genau, und Heinz Linge, die Leichen aus dem Bunker rausgetragen und angezündet haben. Ich glaube sogar, auch Goebbels und sein Arzt Ludwig Stumpfegger waren irgendwie daran beteiligt. Das Benzin hatte Hitlers Fahrer Erich Kempka besorgen müssen. Kann aber sein, dass auch noch andere vom Führerbegleitkommando dabei waren. Jedenfalls haben sie die Leichen mit Benzin überschüttet und verbrannt. Warum interessiert dich das überhaupt?«

»Ach, persönliches Interesse. Und vielleicht wär das mal eine Story für eine Dokumentation.«

»Da muss ich dich leider enttäuschen, Markus, die gibt es schon. Hermann Zauner hat da vor vier oder fünf Jahren was darüber gemacht. Da ging es vor allem darum, zu untersuchen, ob die Russen wirklich ein Schädelfragment Hitlers in ihren Kreml-Archiven haben oder nicht. Zauner ist damals sogar selbst nach Moskau geflogen und hat das Fragment gerichtsmedizinisch untersuchen lassen.«

»Und was ist dabei rausgekommen?«

»Dass es definitiv nicht von Hitler stammen kann. Aber noch mal, was willst du jetzt genau wissen? Wie die Leichen verbrannt wurden oder was mit den Überresten geschah?«

»Letzteres, falls es denn überhaupt Überreste gegeben hat.«

»Na ja, im Internet wird es sicher viel darüber geben. Ich wäre aber vorsichtig. Wie du schon sagst, gibt es da viele Gerüchte, Verschwörungstheorien und Spinner, die alles Mögliche behaupten. Letztlich wird wahrscheinlich nie wirklich zu klären sein, was damals genau geschah. Es gibt da aber ein Buch von Dr. Ernst Volkery. Ein Standardwerk, das sich sehr wissenschaftlich mit dem Thema beschäftigt. Der Zauner hat sich bei seiner Doku auch daran orientiert, um bloß keinen Fehler zu machen. Du weißt ja, wie penibel der ist. Als ich ihn damals in der Redaktion kennengelernt habe, hat er mir irgendwann mal davon erzählt. Ich fand das echt spannend und hab mir das Buch aus der ÖRF-Bibliothek geholt. Das solltest du dir vielleicht mal ansehen.

»Kannst du dich noch daran erinnern, zu welchem Schluss der Autor bezüglich der Überreste der Leichen gekommen ist?«

»Hm! Also im Groben krieg ich das vielleicht noch zusammen: Zunächst hat er die Aussagen der Personen aus dem Bunker, die bei der Verbrennung dabei waren und den Krieg überlebt haben, genauestens untersucht. Auch wenn die sich in einigen unwichtigen Details unterscheiden, haben alle den Vorgang, also wie Hitler und seine Frau aus dem Bunker gebracht und angezündet wurden, im Grunde ähnlich wiedergegeben. Unterschiedliche Ansichten gab es aber zu den Überresten der Leichen, also zur Frage, inwieweit sie verbrannt waren. Die unmittelbar Beteiligten aus Hitlers Umfeld, Günsche und Linge, haben angegeben, dass die Leichen mit absoluter Sicherheit vollständig verbrannt waren, es also keine Überreste gegeben hat. Was mir aber damals schon komisch vorkam, als ich das Buch gelesen habe, war die Tatsache, dass es anscheinend niemand für nötig befunden hatte, ein paar Stunden später noch mal draußen nachzuschauen, wie weit die Verbrennung fortgeschritten war.«

»Und warum haben sie das nicht getan?«

»Sie haben ausgesagt, dass der pausenlose Artilleriebeschuss der Reichskanzlei und des Führerbunkers das nicht zugelassen haben.«

»Wieso irritiert dich das? Ist doch nachvollziehbar.«

»Na ja, immerhin waren es Hitlers engste Mitarbeiter und Vertraute, die seinen letzten Willen erfüllten. Hitler hatte ja noch selbst verfügt, dass absolut nichts von ihm übrig bleiben sollte. Da hätte ich schon angenommen, dass sie auf Nummer sicher gehen und zumindest noch mal nachschauen. Immerhin waren das die Treusten der Treuen.«

»Aber warum hätte die Einäscherung nicht klappen sollen? Ich hab gelesen, dass die 200 Liter Benzin hatten.«

»Das sieht der Autor etwas anders. Volkery geht aufgrund seiner Recherchen davon aus, dass es weitaus weniger waren, nur etwa 160 Liter. Außerdem sagt er, es gibt rechtsmedizinische Untersuchungen, die belegen, dass die vollständige Verbrennung von Leichen ohne Krematorium zwar möglich, aber äußerst schwierig ist. Es gibt keine gleichmäßig hohe Strahlungshitze, wie die, die zum Beispiel von den Kammerwänden eines Krematoriums ausgeht. Auf offenem Feld würde die meiste Energie schon bei der Zündung des Benzins verpuffen. Zudem wäre die Hitze sehr unterschiedlich verteilt. Um alles, auch die Knochen, restlos zu verbrennen, schreibt er, hätten sie weitaus mehr Benzin gebraucht. Das hat sich ja auch bei der Verbrennung von Goebbels und seiner Frau gezeigt.«

»Wieso, was ist da passiert?«

Nachdem Hitler sich umgebracht hatte, haben doch Goebbels und seine Frau am 1. Mai erst all ihre Kinder getötet und dann ebenfalls Selbstmord begangen. Wie Hitler wollten sie auch verbrannt werden. Zugegeben: Sie hatten weniger Benzin als bei Hitlers Verbrennung zur Verfügung. Ihre Körper waren eigentlich nur angeschmort und bloß in Teilen stärker verbrannt. Goebbels' Gesicht konnte man wohl noch gut erkennen. Also ist es, wenn du mich fragst, naheliegend, dass von Hitler und seiner Frau wenigstens einige Knochen übrig geblieben sind.«

»Das behaupten ja auch die Russen.«

»Ja, aber denen würde ich jetzt nicht zu viel Glauben schenken. Die hatten sicher ein großes Interesse daran, seine Leiche zu finden. Das zeigt sich ja auch daran, dass sie kurz nach dem Krieg sogar falsche Fotos einer Leiche veröffentlicht haben, die Hitler sehr ähnlich sah. Alles in allem geht der Autor davon aus, dass die Russen – wenn überhaupt – lediglich ein Fragment seines Unterkiefers und seine Goldbrücke aus dem Oberkiefer gefunden haben. Das soll eine zahntechnische Identifikation ergeben haben. Aber ob das alles mit rechten Dingen zugegangen ist, weiß letztlich auch keiner. Fotos davon hat es bisher nicht gegeben. Und dass das Schädelfragment aus dem Kreml-Archiv nicht von Hitler stammt, hat Hermann ja schon bewiesen.«

»Und was glaubst du?«

»Ach, wer weiß! Wahrscheinlich ist wirklich nicht alles verbrannt und es hat tatsächlich Überreste gegeben. Dass die aber einer gefunden hat, glaub ich auch nicht. Volkery ist der Meinung, dass man den fast 35-stündigen Artilleriebeschuss nicht unterschätzen darf. Wahrscheinlich sind die Reste der Leichen durch die Explosionen einfach versprengt und verteilt worden. Wie gesagt, das wird wohl für ewig ein Mysterium bleiben und immer wieder Anlass für Spekulationen und Mythen bieten.«

»Letztlich heißt das aber auch, dass man nicht gänzlich ausschließen kann, dass es Überreste hätte geben können.«

»Stimmt, mit Sicherheit ausschließen kann man das nicht!«

»Dann hätten aber Günsche, Linge und Kempka auf jeden Fall gelogen. Immerhin haben sie angegeben, den Bunker nicht noch einmal verlassen zu haben, und trotzdem behauptet, dass von den Leichen nichts übrig geblieben ist.«

»Ja, mag sein, aber wer kann das heute noch genau rekonstruieren? Vergiss nicht, Markus, der Führerbunker lag unter Beschuss. Der Krieg war verloren. Die standen alle unter Schock und purem Stress. Kannst du dich immer an alles ganz genau erinnern? Und außerdem, mal ehrlich, hätten sie hinterher wirklich zugeben sollen, dem letzten Wunsch ihres Führers nur oberflächlich oder sogar gar nicht nachgekommen zu sein?«

»Wahrscheinlich nicht! Aber trotzdem komisch.«

»Das Thema scheint dich ja echt umzutreiben! War es das oder hast du noch Fragen? Du kannst ja auch mal mit Hermann sprechen, der kennt sich da noch viel besser aus.«

»Ne, ist schon gut. Das reicht erst mal. So wichtig ist es dann auch nicht. Aber vielen Dank. Sag, wann hast du denn Zeit für 'nen Kaffee?«

KAPITEL 51

Berlin, Industriebahnhof Weißensee, 2. Mai 1945, 09:02 Uhr

So schnell er konnte, rannte Friedrich einen Bahndamm entlang, bis er den westlichen Rand des Industriebahnhofs Weißensee erreicht hatte. Seine Wunde brannte und stach. Die Schmerzen raubten ihm den Atem und machten jeden Schritt zu einer Qual. Doch um genauer nachzusehen, wie schlimm seine Verletzung wirklich war, blieb keine Zeit. Notdürftig presste er seine rechte Hand auf die Wunde, um wenigstens den Blutverlust ein wenig einzudämmen. Warm und feucht quoll es durch seinen Pullover und seine Finger. Wie durch ein Wunder war es ihm gelungen, dem Kugelhagel der russischen Soldaten zu entkommen. Doch obwohl er die Kleingartenkolonie bereits weit hinter sich gelassen hatte, fürchtete er noch immer, erschossen oder gestellt zu werden. Daher gönnte er sich trotz seiner Erschöpfung keine Pause. Er durchquerte einige ausgebrannte Gebäude des zerbombten Bahnhofs und schlug sich dann entlang der Weißenseer Rennbahn bis zu den an der Stadtgrenze gelegenen Rieselfeldern durch. Als er sie endlich erreicht hatte und sein Blick auf die offenen ländlichen Wiesen fiel, hielt er kurz an. Für einen Augenblick empfand er trotz der Strapazen und Schmerzen einen gewissen Stolz, einen kurzen Moment des Triumphs, es tatsächlich so weit geschafft zu haben und aus der Hölle des Berliner Kessels entkommen zu sein. Die vor ihm liegende weite Landschaft gab ihm ein

Gefühl von Freiheit und sogar einen Funken Hoffnung, das Unvermeidliche, den Zusammenbruch des Deutschen Reiches vielleicht doch noch abwenden zu können. Erschöpft versuchte er, sich auf einen Zaunpfosten zu stützen, fiel dann aber doch kraftlos auf die Knie. Er drehte sich um und sah zurück in die Richtung, aus der er gekommen war. Dort lagen die grauen zu Staub und Schutt zerfallenen Ruinen des Industriebahnhofs und das in Trümmern liegende Berlin. Wie ein Leichentuch befand sich noch immer eine graue tief hängende Wolkendecke über der Stadt. In der Ferne zeichneten sich über dem Regierungsviertel dunkle Rauchsäulen ab. Wie ein Symbol seiner untergehenden Welt lag sie vor ihm. Tot, ausgebrannt und in sich zusammengefallen. Doch das triste und morbide Bild, welches sich Friedrich bot, ließ ihn kalt. Seine Wut, sein Frust über den verlorenen Krieg, die vielen Enttäuschungen und Rückschläge der vergangenen Wochen und Monate, sein ganzer Hass, den er für die Verlogenheit und Feigheit anderer Soldaten empfand, war verflogen. Wie ein sich plötzlich öffnendes Ventil hatten ihn der Kampf mit Viktor und das Töten der sich ergebenden Wehrmachtssoldaten von allem befreit. Vieles, was ihn noch vor Stunden auf eine ihm unbekannte Weise geängstigt, verstört oder emotional berührt hatte, war ihm nun gleichgültig. Bei dem Gedanken an seine Panikattacke in der Kanalisation, den Tod Rolands, Adolf Hitlers oder der Frau in den Armen des Mannes im Notauslass, spürte er nur eine kalte gleichgültige Leere. Nichts von alledem hatte nun noch Bedeutung für ihn. Das Einzige, woran er denken konnte, um das seine ganzen Gedanken kreisten und was ihn trotz der Schmerzen durchhalten ließ, war Charlotte. Sein unbedingter Wille, sie vor den herannahenden russischen Soldaten zu beschützen, war die Quelle, aus der er seine Lebensenergie bezog und die ihn antrieb, seinen Auftrag zu erfüllen. Wenn es mithilfe der Überreste Adolf Hitlers gelänge, den Kampfgeist der SS neu zu entfachen und die russische Feuerwalze aufzuhalten, würde er über sich hinauswachsen und alles tun, was dafür nötig war.

Um nicht entdeckt zu werden, ließ er sich am Rande des Zauns vorsichtig in einen flachen Graben gleiten und legte die beiden Rucksäcke neben sich. Um nicht einzuschlafen und um seine Schmerzen ein wenig zu lindern, nahm er aus der verschraubbaren Metalldose zwei weitere Pervitin-Tabletten heraus. Nacheinander würgte er sie mit trockenem Mund herunter und blieb danach regungslos sitzen. Erstmals seit dem Tag, als er und sein Bataillon zur Verteidigung Berlins abkommandiert worden waren, konnte er keinen Gefechtslärm hören. Keine explodierenden Artilleriegranaten, dröhnenden Flugzeuge, Maschinengewehrfeuer oder Schreie sterbender Soldaten. Lediglich das Rauschen des Windes, der ihm sanft und kühl über die Rieselfelder entgegenwehte, drang in seine Ohren. Dann sah er auf seine Schulter und die blutverschmierte Hand, die er immer noch auf die Wunde drückte. Er wusste, dass ihn seine Verletzung früher oder später dazu zwingen würde, eine längere Pause einzulegen. Um die klaffende Wunde in der Schulter wenigstens notdürftig zu verbinden, würde er Ruhe und Zeit benötigen. Vorsichtig nahm er die Hand von der Schulter. Als er behutsam den blutdurchtränkten Pullover und das darunterliegende Hemd von der Haut abzog, kniff er die Augen vor Schmerz zusammen. Die Größe der Wunde, die darunter zum Vorschein kam, ließ ihn das

Schlimmste vermuten. Anders als er erwartet hatte, hatte ihn kein Projektil getroffen, das ein einfaches Loch hinterlassen hätte, sondern ein größerer Granatsplitter. Tiefrotes Blut strömte aus der länglichen Wunde, die sich über die gesamte Schulter zog, und an deren äußerem Ende Teile seines Muskelgewebes abgetrennt worden waren. Um nicht noch mehr Blut zu verlieren, presste er das Hemd und den Pullover sofort wieder fest auf die Wunde. Ihm wurde klar, dass er nun schnell handeln musste. Mühsam stand er auf, nahm die beiden Rucksäcke über seine rechte Schulter und machte sich wieder auf den Weg.

So schnell es ihm möglich war, durchquerte er die Rieselfelder, bis er etwa eine Stunde später endlich den Rand des Malchower Sees erreichte. Er schlug sich durch ein Wäldchen und stieß am anderen Ende auf ein größeres Grundstück. Im Dickicht versteckt, sondierte er kurz die Lage. Etwa 50 Meter von sich entfernt sah er auf der anderen Seite eines verwilderten Rasenstücks die Rückseite eines großen Backsteingebäudes, das ihn von der Form her an eine Schule erinnerte. Auf seiner linken Seite lag in der äußeren Ecke des Grundstücks, umrahmt von einigen Tannen, eine kleinere hölzerne Scheune. Das Grundstück schien verlassen zu sein, denn weder im Garten noch im Gebäude konnte er jemanden erkennen. Als er sich sicher war, alleine zu sein, schlich er vorsichtig zu der Scheune und spähte durch eines der dreckigen Fenster an der Rückseite hinein. Es war dunkel, und viel konnte er nicht erkennen. In der Mitte der Scheune lag ein aus Natursteinen gemauerter Ziehbrunnen, auf dessen Rand ein an einem Seil befestigter weißer Emailleeimer stand. Neben einigen staubigen und mit Spinnweben überzogenen Gartengeräten, einer alten hölzernen Leiter, die zu einer Art Heuboden hinaufführte, dreckigen Leinensäcken und Hanfseilen, konnte er jedoch nichts Ungewöhnliches erkennen. Allem Anschein nach war die Scheune schon seit längerer Zeit nicht mehr betreten worden.

Langsam schlich er Richtung Vorderseite, bis er an eine Tür gelangte, die in ein größeres Holztor eingebaut war. Er öffnete sie und betrat das Brunnenhäuschen. Nachdem er die Tür wieder hinter sich zugezogen hatte, ging er zum Brunnen und legte die Rucksäcke auf den Boden. Dann zog er vorsichtig Pullover und Oberhemd aus und setzte sich. Behutsam wickelte er das Hemd um seine verwundete Schulter, nahm einen der Ärmel zwischen seine Zähne und band ihn mit dem anderen zu einem festen Knoten zusammen. Erleichtert stellte er kurz darauf fest, dass der provisorische Verband die Blutung zu stoppen schien. Doch er wusste, dass es nicht lange dauern würde, bis sich die Wunde entzündete und er Gefahr liefe, eine Blutvergiftung zu bekommen. Seinen Plan, sich zunächst, so weit es ging, von Berlin zu entfernen und dann nach einem Arzt zu suchen, würde er angesichts seiner schlechten Verfassung nicht mehr umsetzen können. Wollte er die kommenden beiden Tage überleben, war er auf schnellere Hilfe angewiesen. Bormanns mahnende Worte gingen ihm wieder durch den Kopf, dass im Falle einer tödlichen Verletzung oder einer ausweglosen Situation nicht nur die Überreste Hitlers unter allen Umständen zu vernichten waren, sondern auch Selbstmord zu begehen sei. Doch war dieser Fall schon eingetreten? Ohne Viktors Hilfe, so war er sich sicher, würde die Mission zwar ungleich schwerer werden, aber nicht unmöglich sein. Eine viel wichtigere und entscheidendere Frage war jedoch, wie wahrscheinlich es überhaupt war, in einem kleinen Dörfchen wie Berlin-Malchow in all dem Kriegschaos einen Arzt oder Sanitäter zu finden. Oder war er mit seiner Mission, ohne dass er es sich eingestehen wollte, schon längst gescheitert? War der Zeitpunkt, allem ein Ende zu setzen, bereits gekommen? Sein Blick fiel auf den Rucksack, in dem Linge die Handgranaten verstaut hatte. Nie zuvor war er in eine Situation geraten, in der die Vorstellung, lediglich den kleinen blauen Knopf der Zündvorrichtung der Granate abzudrehen, kurz an der Reißleine zu ziehen und viereinhalb Sekunden später von all seinen seelischen und körperlichen Leiden für immer befreit zu sein, so verlockend. Sein Bedürfnis, endlich Ruhe zu finden, zu schlafen und keine Schmerzen mehr zu empfinden, war unendlich. Niemals zuvor hatte er auch nur in Erwägung gezogen, sich das Leben zu nehmen. Sein Pflichtbewusstsein, seine Disziplin und sein Schwur, als SS-Offizier bis zum letzten Atemzug für den Führer und das Deutsche Reich zu kämpfen, hatten es ihm stets verboten. Dennoch zog er nun den Rucksack langsam zu sich herüber, öffnete ihn und nahm eine der Granaten heraus. Er betrachtete die eiförmige hellbeigefarbene Metallkugel in seiner Hand. Wie oft schon hatte er so eine bei Gefechten seinen Feinden entgegengeschleudert oder in Häuser und Kellerfenster geworfen! Doch jedes Mal erstaunte ihn die verheerende Wirkung dieses kleinen Gegenstandes, der mit seinem blauen Drehknöpfchen wie ein unscheinbares Kinderspielzeug anmutete, aufs Neue. Sie jedoch einmal wirklich gegen sich selbst zu richten, erschien ihm unwirklich. Was würde passieren, wenn er es täte? Der Tod würde schnell eintreten. Ein lauter und heftiger Schlag, den er wahrscheinlich nicht einmal spüren würde, und alles wäre vorbei. Langsam drehte er die blaue Verschlusskappe ab, bis die weiße Reißleine zum Vorschein kam. Doch dann musste er wieder an Charlotte denken und an die Albträume, in denen er hilflos zusehen musste, wie sie von russischen Soldaten vergewaltigt, geschlagen und gequält wurde. Wie sie nicht von ihr abließen und er dazu gezwungen war, ohnmächtig alles mitanzusehen. Als er die Bilder wieder vor seinem inneren Auge sah, biss er die Zähne zusammen, um nicht die Fassung zu verlieren. »Du kannst noch nicht aufgeben, hörst du! Tu es für sie!«, flüsterte er leise und spürte, wie ihm aus Verzweiflung, Erschöpfung und vor Schmerzen Tränen über die Wangen liefen. Doch die Erinnerungen an seine Albträume trugen ihn auch zu einem anderen Ort, zurück an die südrussische Front, in den Sommer 1942.

»Was ist los, Friedrich?«, fragte der stämmige Untersturmführer, als er mit einer Zigarette zwischen den Lippen auf ihn zukam und seine Hose schloss. Sein Gesicht war von der Anstrengung der vergangenen Minuten erhitzt. »Die Kleine hätte sich wenigstens etwas wehren können! Dann macht es mehr Spaß!« Grinsend drehte er sich zu dem jungen Mädchen um, das kaum älter als 15 Jahre sein konnte. Mit apathischem Blick kauerte sie auf dem Boden der Scheune. »Ach, der Kleinen hat es doch gefallen.« Dann wendete er sich wieder Friedrich zu und musterte ihn für einen kurzen Moment. »Wat guckst'en so ernst?! Hast nen Moralischen? Oder ist die Kleine für einen Bad Tölzer Sturmscharführer nicht fein genug?« Er lachte höhnisch. Dann klopfte er Friedrich auf die Schulter und ging zur Tür. Er sah hinaus und sagte: »Ach, ist das eine Luft hier. Dort am Horizont beginnt schon der Kaukasus. Traumhaft! Wenn das mal alles vorbei ist, dann werde ich mich hier in den neuen Ostgebieten niederlassen und einen Gutshof übernehmen. Mit Bediensteten, natürlich. Die Kleine kann gerne bei mir anfangen.« Er lachte noch einmal kurz laut auf und sah dann wieder zu Friedrich. »Also, was ist jetzt? Willst du es der Kleinen nicht mal richtig besorgen? Hab sie extra für dich am Leben gelassen. Beißen tut die nicht mehr und ihre Eltern haben auch nichts mehr dagegen! Aber denk dran, in 20 Minuten sind die anderen hier. Also bleibt dir ne Viertelstunde!«

Nachdem der stämmige Untersturmführer die Scheune verlassen hatte, breitete sich eine unangenehme Stille aus. Lediglich einige Fliegen surrten durch das dämmrige Licht und leuchteten plötzlich blaugrün, wenn sie die Strahlen der untergehenden Sonne durchflogen, die durch die Holzbretter der Scheune drangen. Reglos betrachtete Friedrich das Mädchen in seinem zerrissenen Leinenkleid, das sich vor Schmerzen in seinem Unterleib krümmte und unkontrolliert zitterte. Wie ein angeschossenes Tier wand es sich auf dem steinigen kalten Boden. Ihre dunklen zerzausten Haare verdeckten ihr Gesicht, sodass Friedrich nur ihren Rücken, ihre dünnen weißen Beine und ihre schmutzigen Füße sehen konnte. Ihr Anblick rief eine Erinnerung an seine Kindheit wach, an einen jener heißen Sommertage, den Charlotte und er am Bockenheimer Weiher verbracht hatten. Charlotte trug damals ein kurzes weißes Leinenkleid. Sie hatten *Räuber und Gendarm* gespielt, bis sie sich bei einer Verfolgungsjagd am Ufer ihren Fuß an einem spitzen Stein geschnitten hatte. Als sie weinend am Boden lag, hatte Friedrich sie getröstet, sie im Arm gehalten, liebevoll über ihren Kopf gestreichelt und ihr die Wunde mit seinem sauberen Taschentuch verbunden. Schon seit dem Tag ihrer Einschulung, an dem er sie kennengelernt hatte, fiel es ihm schwer, sie weinen zu hören oder gar zuzusehen, wie ihr die Tränen über die Wangen liefen. In den darauffolgenden Jahren, in denen sie sich immer näherkamen, glaubte er, er könne ihren Schmerz immer intensiver auch am eigenen Körper spüren, ihre Enttäuschungen nachempfinden und Ängste auf die gleiche Weise wie sie wahrnehmen. Sein anfänglich verliebtes und besorgtes Kümmern wandelte sich jedoch mit Ausbruch des Krieges in eine verzehrende, zermürbende und ewig währende Sorge, sie im alles entscheidenden Moment nicht beschützen zu können.

Beim Anblick des jungen russischen Mädchens, das vor ihm auf dem Boden lag, empfand er jedoch nichts. Weder ein sexuelles Verlangen noch eine Spur von Mitleid, Schuld oder Reue, ihre Vergewaltigung nicht verhindert zu haben. Dennoch wartete er ab. Um vor dem stämmigen Untersturmführer nicht als Schwächling dazustehen, blieb er noch eine Weile in der Scheune. Nach einigen Minuten erhob sich das Mädchen plötzlich und kroch auf allen vieren hinüber zu den Leichen ihrer Eltern. Friedrich beobachtete die Kleine, während sie sich schutzsuchend neben ihre Mutter legte und leise zu weinen begann. Doch das, was sich vor ihm abspielte, ließ ihn kalt. Ein letztes Mal zog er an seiner Zigarette und schnippte sie dann in einen Heuhaufen neben sich. Als kurz darauf die ersten Flammen aufloderten, verließ er langsam die Scheune und verriegelte das Tor von außen mit einem Keil.

Die Handgranate noch immer in der Hand haltend, sackte Friedrich in sich zusammen und verlor das Bewusstsein.

KAPITEL 52

Berlin, Prenzlauer Berg, Greifswalder Straße, 25. Oktober 2010, 19:58 Uhr

Nachdem Markus im *Westin Grand Hotel* an der Friedrichstraße eingecheckt und seinen Koffer aufs Zimmer gebracht hatte, stieg er wieder in sein Auto und machte sich auf den Weg nach Berlin-Malchow. Seine Euphorie über das bevorstehende Abenteuer war jedoch merklich abgekühlt. Angesichts der Tatsache, dass er faktisch arbeitslos war, erschienen ihm kindische und teure Schnapsideen, wie nach den Überresten Adolf Hitlers zu suchen, schon aus finanziellen Gründen eigentlich nicht mehr vertretbar. Um von nun an alleine über die Runden zu kommen, würde er nicht nur mit seinem Geld besser haushalten, sondern grundsätzlich seine Lebenseinstellung ändern müssen. Er war sich sicher, dass die Geduld seiner Eltern bald am Ende wäre und sie ihm die Unterstützung kürzen oder sie gar ganz einstellen würden. Zukünftig musste er sich um sich selbst kümmern und die Konsequenzen seines Handelns tragen, ganz egal, was das bedeuten würde. Wie er jedoch für seine Tübinger Wohnung, das Hotel in Frankfurt oder den BMW alleine aufkommen sollte, war ihm ein Rätsel. Bei dem Gedanken daran, was noch alles auf ihn zukommen würde, fiel ihm auf, wie wenig er eigentlich über das wahre Leben wusste, von den alltäglichen Sorgen ganz normaler Menschen, die jeden Morgen zur Arbeit gingen, Kinder großzogen und ihre Kredite abzahlten. Bisher hatte er sich mit Dingen wie privater Rentenvorsorge oder Mietvertragsklauseln niemals ernsthaft befasst. Mit fast 30 Jahren nicht einmal genau zu wissen, wie oder über wen er zurzeit krankenversichert war, trieb ihm für einen kurzen Moment sogar die Schamesröte ins Gesicht. Dann aber erinnerte er sich wieder an das befreiende Gefühl, das er in der *Trinidad-Bar* empfunden hatte: Wie es wäre, demnächst unabhängig von seinen Eltern zu sein. Auch jetzt, trotz des flauen Gefühls in seinem Magen, weil er nicht wusste, was die Zukunft bringen würde, verspürte er einen Hauch von Zuversicht. Vielleicht bekäme er ja doch die Chance, sein Leben endlich in die eigenen Hände zu nehmen. Letztendlich hatte er nicht viel zu verlieren. Sein Indiana-Jones-Abenteuer jetzt noch abzubrechen, ergab keinen Sinn. Da er bereits in Berlin war, würde er zumindest nachsehen, ob das besagte Brunnenhäuschen überhaupt noch existierte.

Nachdem er an einer Tankstelle in der Malchower Chaussee in Erfahrung gebracht hatte, wo das alte Städtische Kinderheim lag und dass es seit geraumer Zeit als Obdachlosenheim genutzt wurde, fuhr er ohne Umwege dorthin. Als er von der Dorfstraße in den Wartenberger Weg einbog, sah er es nach wenigen Metern auf der rechten Seite hinter einigen Bäumen versteckt liegen. Um nicht aufzufallen, fuhr er zunächst daran vorbei, wendete dann bei nächster Gelegenheit und hielt auf der gegenüberliegenden Seite der Straße auf einem kleinen Parkplatz.

Er stellte den Motor ab und machte die Scheinwerfer aus. Aus dem Auto heraus beobachtete er das rote Backsteingebäude eine Weile. Es war dunkel geworden und hatte wieder zu regnen begonnen. Durch das Stoffverdeck hörte Markus das Rauschen der Reifen der vorbeifahrenden Autos auf dem nassen Asphalt. Herabfallende gelbe Blätter blieben auf der feuchten Windschutzscheibe kleben und wurden in regelmäßigen Abständen von den Scheibenwischern beiseitegeschoben. Bis auf einen schwachen Lichtschein in zwei Räumen des oberen Stockwerks lag der Rest des Gebäudes im Dunkeln. Weder auf der Zufahrt noch am Eingang konnte er Personen erkennen. Alles in allem wirkte das Heim auf Markus fast unbewohnt, da es noch viel zu früh war, um davon auszugehen, die Bewohner seien schon schlafen gegangen und hätten alle Lichter gelöscht. Dennoch wartete er noch eine weitere Viertelstunde, bevor er sich dazu entschloss, durch den auf der linken Seite des Grundstücks angrenzenden Wald zur Rückseite des Gebäudes zu gelangen. Wenn es eine Art Brunnenhäuschen gab, musste es hinten im Garten liegen, da auf der Vorderseite nichts dergleichen zu sehen war. Er stieg aus dem Auto, ging zum Kofferraum und öffnete ihn. Um sich gegen die Nässe zu schützen, zog er seine Regenjacke an, die er immer beim Joggen trug. »Na super! Indiana Jones wäre das nicht passiert mit Chucks im Regen auf Schatzsuche zu gehen!«, grummelte er. Dass er im Baumarkt nicht an Gummistiefel oder überhaupt festes Schuhwerk gedacht hatte, ärgerte ihn. Er nahm Taschenlampe, Kneifzange und den kleinen Spaten und schloss den Kofferraum. Im Schutz einiger Büsche lief er über die Straße und verschwand im Wald.

So unauffällig wie möglich zwängte Markus sich durch das nasse Dickicht zwischen den Bäumen, die das Grundstück umgaben. Er spähte in den dunklen Garten. Als er an dessen hinterem Ende tatsächlich ein scheunenähnliches Gebäude erblickte, spürte er, wie sein Herz schneller zu schlagen begann.

KAPITEL 53

Berlin-Malchow, Brunnenhaus am alten Kinderheim, 2. Mai 1945, 15:23 Uhr

Als Friedrich zu sich kam, spürte er die bohrenden und stechenden Schmerzen in seiner Schulter. Es dauerte einen Moment, bis er sich wieder an alles erinnern konnte. Sein Blick fiel auf die Handgranate, die er immer noch in seinen Fingern hielt. Vorsichtig ließ er sie los und drückte sich mit seinem rechten Arm etwas vom Boden hoch. Er war kraftlos und zitterte vor Kälte am ganzen Körper. Dann kontrollierte er den Verband an seiner Schulter. Auch wenn das Hemd die Blutung größtenteils gestoppt hatte, floss noch immer etwas von dem zähflüssigen Rot an seinem linken Arm herunter und tropfte langsam von seiner Hand auf den sandigen Boden. Um nicht noch weiter auszukühlen, tastete er, ohne sich groß zu bewegen, mit den Fingerspitzen nach dem blutverschmierten Pullover und legte ihn sich vorsichtig über den Rücken. Er lehnte sich gegen die Brunnenwand und blieb noch einige Minuten sitzen.

Er wusste, wenn er nicht bald einen Arzt fände, würde er entweder an Erschöpfung sterben oder verbluten. Dennoch war er sich unsicher, wie er vorgehen sollte. Da er in seinem Zustand jederzeit zusammenbrechen konnte, war die Gefahr groß, dass die Überreste Hitlers bei ihm gefunden wurden und so in falsche Hände gerieten. Sie einfach bei sich zu behalten wie bisher, erschien ihm ebenfalls nicht sicher genug. Auch im Falle einer Operation, sollte er wirklich einen Arzt finden, würde er mit großer Wahrscheinlichkeit für viele Stunden nicht in der Lage sein, seine geheime Fracht zu bewachen. Wenn er aber die Knochen nicht, wie von Bormann gefordert, vernichten und sich selbst umbringen wollte, musste er sie verstecken. Später, wenn seine Wunden versorgt wären und es sein körperlicher Zustand wieder zuließe, würde er sie holen und seinen Auftrag immer noch beenden können. Aber wo? Das Versteck musste so gewählt sein, dass die Knochen, im Falle seines Todes, niemals gefunden würden. Nur so war er in der Lage, seinen Auftrag weisungsgemäß auszuführen und dennoch eine Restchance zu haben, zu überleben, um Charlotte vor den herannahenden Feinden zu beschützen. Als sein Blick wieder auf die Blutstropfen im Sand fiel, kam ihm eine Idee.

Mühsam zog Friedrich sich hoch, setzte sich auf den Brunnenrand und sah sich um. In einer Ecke des Brunnenhäuschens entdeckte er eine mit Spinnweben und Staub überzogene rostige Spitzhacke. Er wankte hinüber, nahm sie und ließ sich anschließend wieder vor dem Brunnen auf die Knie fallen. Mit kleinen Schlägen begann er, den Boden direkt am Fuße des Brunnens aufzulockern. Immer wenn er etwas von dem sandigen Untergrund gelöst hatte, legte er die Spitzhacke beiseite und holte die Erde mit einer Hand heraus. Er biss die Zähne zusammen, denn obwohl er nur den rechten Arm benutzte, schmerzte jede seiner Bewegungen in der verletzten Schulter. Er wiederholte die Prozedur so lange, bis das Loch für die Spitzhacke zu tief wurde. Da er keine Schaufel gefunden hatte, kratzte er den Sand kurzerhand mit den Fingern heraus.

Nach etwa einer halbe Stunde hatte er ein Loch von

etwa 60 mal 40 Zentimetern ausgehoben. Vor Anstrengung war ihm mehrfach schwarz vor Augen geworden, aber er hatte erfolgreich gegen die Ohnmacht angekämpft. Vorsichtig erhob er sich und nahm den Emailleeimer vom Brunnenrand. Mit Hilfe der Zähne löste er den festsitzenden Knoten, mit dem das Seil am Henkel des Eimers befestigt war. Dann kniete er sich wieder neben das Loch und öffnete seinen Rucksack. Er zog die silberne Metalldose hervor, entnahm ihr das Schreiben Bormanns an Hofer und steckte es in die Außentasche von Viktors Rucksack. Mitsamt dem Inhalt drückte er Viktors Rucksack behutsam in den Eimer, der gerade groß genug war, dass er hineinpasste. Als Friedrich einen etwa melonengroßen rundlichen Gegenstand durch den Stoff spürte, durchfuhr ihn ein eisiger Schauer. Erschrocken zog er seine Hand zurück. Noch immer konnte er nicht fassen, dass direkt vor ihm die verbrannten Knochen Adolf Hitlers liegen sollten. Zu unwirklich war die Vorstellung. Jetzt aber, wo er ihn, und sei es nur durch den Rucksack hindurch, angefasst hatte, wo er die Form seines Schädels erfühlen konnte, wurde diese bisher surreale Vorstellung Wirklichkeit. Friedrich spürte, wie sich der Speichel in seinem Mund sammelte und er sich übergeben musste. Da er aber nichts mehr im Magen hatte, würgte er nur ein wenig bittere Galle hoch. Als ihm Tränen der Verzweiflung in die Augen zu steigen drohten, riss er sich zusammen und stülpte eilig den gefüllten Eimer mit der Öffnung nach unten in das Loch. Er schob die Erde darüber, bis der Eimer nicht mehr zu sehen war und ließ die beiden Handgranaten in den Brunnen fallen.

Mühsam stand er auf, griff nach seinem Rucksack und ging zur Tür. Er drehte sich noch einmal um und sah zurück zu der Stelle, an der er Hitler vergraben hatte. Durch das dreckige Fenster an der Rückseite des Brunnenhäuschens schien graues, trübes Tageslicht, das den Innenraum in ein gespenstisches Licht hüllte. Dann schloss er die hölzerne Tür hinter sich.

KAPITEL 54

Berlin-Malchow, Brunnenhaus am alten Kinderheim, 25. Oktober 2010, 19:58 Uhr

Verwundert darüber, dass sie nicht verschlossen war, öffnete Markus die hölzerne Tür des scheunenähnlichen Gebäudes. Er betrat es, legte den Spaten auf den Boden und zog die Tür leise hinter sich zu. Dann legte er die Hand vor das Glas seiner Taschenlampe, um sie etwas abzudunkeln, und schaltete sie ein. »Das gibt es doch nicht!«, entfuhr es ihm überrascht. Dass er das im Brief der alten Dame beschriebene Brunnenhäuschen tatsächlich finden würde, damit hatte er nicht wirklich gerechnet. Vor sich, in der Mitte des Schuppens, erkannte er einen Brunnen, auf dem eine schwere Holzplatte lag. Darauf befanden sich mehrere leere Blumentöpfe, ein angebrochener Plastiksack mit Blumenerde und eine kleine rostige Blumenschaufel. Neben dem Brunnen standen eine große zusammengeklappte Zinkenegge für Traktoren sowie ein älterer Heuwender. Offenbar wurde die hölzerne Scheune mittlerweile vor allem als Abstellfläche für alle möglichen landwirtschaftlichen Geräte genutzt. Markus leuchtete mit der Taschenlampe nach oben. Auf seiner rechten Seite führte eine silberne Aluminiumleiter zu einer etwa drei Meter hoch gelegenen ungenutzten Empore hinauf, die allem Anschein nach früher ein Heuboden war. Auf seiner linken Seite stand in der Ecke des Schuppens ein kleiner Aufsitzrasenmäher, dessen Motor ausgebaut neben einigen Benzinkanistern und einer Kettensäge lag. An einem Haken in der Wand hing Schutzkleidung, wie sie Waldarbeiter trugen. Dann leuchtete Markus wieder den Brunnen an. Er drehte sich noch mal zur Tür, um sicherzugehen, dass sie auch wirklich verschlossen war und ihn keiner sehen konnte.

Das Prasseln des Regens auf dem Dach des Brunnenhäuschens erfüllte den Raum. Auch wenn es alt war, machte es einen soliden Eindruck. Der Boden war trocken und die Holzwände in einem guten Zustand. Dennoch konnte er nicht ausschließen, dass man von außen den Schein seiner Taschenlampe durch einige Ritzen und Spalten sehen konnte. Er legte die Lampe daher so auf den Boden, dass sie von der Tür abgewandt nur einen kleinen Teil des Brunnens beleuchtete und gerade so viel Licht spendete, wie er es benötigte. Um sich besser bewegen zu können, zog er seine Regenjacke aus und legte sie auf eine der Sprossen der Aluminiumleiter. Dann ging er vor dem Brunnen in die Hocke und betrachtete ihn eingehend.

An den genauen Wortlaut des letzten Tagebucheintrages konnte er sich nicht erinnern, war sich aber sicher, dass Friedrich Diehl angegeben hatte, die Knochen in der Nähe des Brunnens vergaben zu haben. Er stand auf, griff in seine Hosentasche und zog den Brief der alten Dame hervor. Noch einmal überflog er die Stelle im Text, in der die Details zum Versteck beschrieben wurden:

»… Ich bin mir jedoch sicher, dass er den genauen Ort, an dem er die Überreste begraben hat, in seinem letzten Eintrag verschlüsselt hat, sodass, falls das Tagebuch in falsche Hände geraten sollte, es allein nicht den Weg aufgezeigt hätte. Er hatte das Versteck anscheinend so gewählt, dass nur ich es hätte finden können. In seinem letzten Eintrag gibt er an, die Gebeine in dem kleinen Städtchen Malchow bei Berlin in der Nähe eines Kinderheimes vergraben zu haben, an einem Ort, der dem gleicht, an dem wir uns das erste Mal in unserem Leben geküsst haben. Dies war in einem kleinen Brunnenhäuschen, in dem wir auf dem Rand eines steinernen Brunnens gesessen haben. Weitere Informationen können Sie seinem letzten Eintrag entnehmen.«

Wenn sie sich auf dem Brunnen geküsst haben, kann er die Überreste eigentlich nur im Brunnen versteckt oder sie an seinem Fuß vergraben haben, dachte Markus. Er nahm die Taschenlampe und ging um den Brunnen herum. Aber außer sandiger Erde konnte er auf dem Boden nichts Ungewöhnliches erkennen. Weder gab es auffällige Vertiefungen noch Markierungen, die auf etwas Verborgenes hindeuteten. Um ganz sicherzugehen, untersuchte er auch die weitere Umgebung des Brunnens, konnte aber wiederum nichts entdecken. Dann ging er vor dem Brunnen erneut in die Hocke und versuchte, sich in die Lage Friedrich Diehls zu versetzen. Was hätte er an seiner Stelle getan? Er spielte es durch und kam gleich zu mehreren Schlussfolgerungen: Erstens würde er die Überreste wohl kaum im Brunnen versenkt haben. Zweitens hatte er wahrscheinlich wenig Zeit gehabt und vielleicht war er sogar verletzt gewesen. Sonderlich tief konnte er die Überreste somit nicht vergraben haben. Drittens musste er das Versteck so ausgewählt haben, dass Charlotte Merzinger es auch hätte finden können. Die Wahl eines anderen, vom Brunnen weiter entfernten Ortes hätte sie unnötigerweise dazu gezwungen, das halbe Brunnenhaus umzugraben. Nein, Markus war sich sicher, wenn das Versteck hier war, musste es am Fuße des Brunnens liegen. Aber wo genau hätte er an Friedrich Diehls Stelle die Knochen versteckt? Was war aus seiner Sicht naheliegend? »Naheliegend« bedeutete ja wörtlich nichts anderes als das, was direkt vor einem lang. In dem Fall also die Stelle am Brunnen, auf die man zuerst stieß, wenn man die Scheune betrat. Sollte es Gründe gegeben haben, die Gebeine an einem anderen Ort, zum Beispiel auf der Rückseite des Brunnens oder sonst wo im Brunnenhaus zu vergraben, kannte Markus sie nicht. Insofern erschien es ihm sinnvoll, zunächst an der im wahrsten Sinne des Wortes »am nächsten liegenden« Stelle mit dem Graben zu beginnen. Sollte er dort nicht fündig werden, so konnte er den Boden um den Brunnen herum immer noch absuchen. Alles Weitere, da war er sich jedoch sicher, würde zu viel Zeit kosten und wäre mit einem zu hohen Risiko verbunden.

Hatte er es bisher noch erfolgreich verdrängen können, wurde ihm, nun, da er im Brunnenhäuschen stand, bewusst, dass er gerade dabei war, einen Einbruch zu begehen. Dem Hausbesitzer und der Polizei plausibel zu erklären, dass er eigentlich nichts Böses im Schilde führte, sondern lediglich die Überreste Adolf Hitlers ausgraben wollte, erschien ihm nicht sehr wahrscheinlich. Aber seine Neugier war nun zu groß, um sein Vorhaben einfach abzubrechen. Zu viele Details im Tagebuch und im Brief der alten Dame hatten gestimmt. Das alte Kinderheim in Berlin-Malchow, das all die Jahre unbeschadet überstanden hatte, das Brunnenhäuschen, das tatsächlich existierte. Nein, einen Versuch musste er wagen.

Markus stand auf und steckte den Brief der alten Dame zurück in seine Jeanstasche. Er nahm den Spaten und begann, so leise es ging, den Boden direkt vor dem Brunnen aufzulockern. Die Erde war sandig, aber fest, sodass es etwas dauerte, bis er ein kleines Loch ausgehoben hatte. Anschließend erweiterte er das Loch entlang der Brunnenwand. Erst nach einer weiteren Viertelstunde, kurz bevor er es fast schon aufgeben wollte, stieß er plötzlich mit dem Spaten auf etwas Metallisches.

Sein Herz begann schneller zu schlagen. Mit den Fingern kratzte er weiteren Sand aus dem Loch heraus, bis ein weißlicher Metallbehälter zum Vorschein kam. Markus hielt inne. Er betrachtete seine zitternden Hände. War ihm das Ganze bisher nur wie ein großes Spiel, wie eine infantile Schatzsuche vorgekommen, so verspürte er nun plötzlich eine sonderbare Ernsthaftigkeit bei der Sache, die er bis vor Kurzem nicht erwartet hatte. Sollte diese unwirkliche, ja geradezu fantastische Geschichte etwa doch wahr sein? Wenn ja, dann lägen in diesem Augenblick die Knochen des echten, des leibhaftigen Adolf Hitler nur etwa einen Meter von ihm entfernt. Bei dem Gedanken daran, wurde ihm heiß und kalt. Die Haare an seinen Unterarmen hatten sich aufgestellt und ein flaues Gefühl breitete sich in seinem Magen aus. Als ihm die Situation drohte, über den Kopf zu wachsen, stand er auf und trat einige Schritte zurück. Einen kurzen Moment dachte er darüber nach, einfach alles stehen und liegen zu lassen, zurück zum Auto zu laufen und alles zu vergessen. Aber die Neugier war doch zu groß.

Mit klopfendem Herzen kniete er sich wieder vor das Loch und begann, den Metallgegenstand freizulegen. Es dauerte eine Weile, bis Markus begriff, dass es sich offenbar um einen Eimer handelte, der kopfüber vergraben worden war. Er nahm die kleine rostige Blumenschaufel zur Hilfe und kratzte weiter die Erde heraus, bis er endlich unter den Rand des Eimers fassen konnte. Noch einmal atmete er tief durch und hob den Eimer dann vorsichtig aus dem Loch im Boden. Als er erkennen konnte, was unter ihm versteckt war, stockte Markus der Atem. Das Licht seiner Taschenlampe erhellte einen alten schmutzigen Rucksack, dessen rostige Schnallen bereits abgefallen waren. Langsam zog er das schlammfarbene Stoffknäuel aus dem Emailleeimer heraus. Markus betrachtete es eine Weile. Der Stoff war über die Jahre porös geworden. Es dauerte einen Augenblick, bis er sich ein Herz fasste und den Mut fand, ihn zu öffnen. Der brüchige Stoff zerfiel fast bei der ersten Berührung. Durch einen längeren Riss konnte er im Inneren einen größeren rundlichen Gegenstand erahnen, der offenbar in graue Stofflappen eingewickelt war.

Markus spürte Schweiß über sein Gesicht laufen. Er wischte mit dem Ärmel darüber und räusperte sich. Sein Mund war, ohne dass er es bemerkt hatte, trocken geworden. Vorsichtig griff er in den Rucksack und zog den stoffumwickelten Gegenstand hervor.

Plötzlich erstarrte Markus. Er hatte ein Geräusch vernommen, das sich deutlich von den Regentropfen, die immer noch auf das Dach des Brunnenhäuschens prasselten, unterschied: Ein Knirschen, als ginge jemand direkt vor dem Schuppen über Kies. Hektisch löschte er die Taschenlampe und drehte sich zur Tür. Er hielt den Atem an und verharrte einen Moment bewegungslos. Dann hörte er es wieder. Seine Gedanken überschlugen sich. Hektisch schaute er sich im Dunkeln nach einem Versteck um, aber ohne seine Taschenlampe konnte er kaum etwas erkennen. Lediglich die silberne Aluminiumleiter, die zu der Empore hinaufführte, reflektierte etwas Restlicht. Ohne weiter nachzudenken, stieg er sie leise hinauf, legte sich flach auf den Bauch und robbte im Finsteren bis in eine Ecke des Holzbodens.

Es fiel ihm schwer, sein Keuchen zu unterdrücken und leise zu atmen. Sein Herz raste. Durch den Regen hindurch lauschte er nach weiteren verdächtigen Geräuschen. Eine Zeit lang geschah nichts. Dann öffnete sich langsam die hölzerne Tür des Schuppens. Deutlich hörte Markus, wie jemand das Brunnenhäuschen betrat und einige Schritte über den sandigen Boden ging. Kurz darauf wurde die Tür wieder zugezogen. Um keinen Laut von sich zu geben, versuchte er sich zu beruhigen und konzentrierte sich ausschließlich auf seine Atmung. Unten schaltete der Unbekannte eine Lampe ein. Das Licht der Lampe war um einiges heller als das seiner Taschenlampe. Dem Geräusch nach wanderte der Unbekannte suchend durch den Schuppen. Dann hörte Markus etwas, mit dem er nicht gerechnet hatte: Offenbar stieg die Person langsam die Aluminiumleiter hinauf. Kurz darauf tauchte an der Kante der Empore im Gegenlicht ein Gesicht auf. Erst als der Unbekannte eine Art Baulampe auf der Empore abstellte und so den Heuboden erhellte, stellte er überrascht fest, dass er das Gesicht kannte.

KAPITEL 55

Berlin-Malchow, In der Nähe des Hofes von Anton und Annemarie Frühauf, 2. Mai 1945, 17:19 Uhr

Bereits kurz nachdem Friedrich das Brunnenhäuschen verlassen hatte, spürte er, dass er mit seinen Kräften am Ende war. Sein Körper zitterte derart stark, dass es ihm kaum noch möglich war, sich auf den Beinen zu halten. Nochmals schlug er sich mühsam durch einige Büsche, überquerte einen kleinen Graben und gelangte zur Rückseite eines kleinen Bauernhofes. Entlang einer roten Ziegelsteinmauer taumelte er weiter, bis er durch ein großes hölzernes Tor den Innenhof erreichte. Er wollte um Hilfe rufen, war aber zu schwach, sodass ihm nur ein Krächzen entfuhr. Sein Herz begann, unregelmäßig zu schlagen. Er fiel auf die Knie. Nochmals versuchte er vergeblich, auf sich aufmerksam zu machen. Dann brach er zusammen.

KAPITEL 56

Berlin-Malchow, Brunnenhaus am alten Kinderheim, 25. Oktober 2010, 20:23 Uhr

»Marie?« Fassungslos starrte Markus sie an. »Was machst du hier?« Mehr brachte er zunächst nicht über die Lippen. Mit allem hatte er gerechnet: Mit einem erbosten Hausbesitzer, der ihn mit einer Mistforke bedrohte, oder der Polizei. Aber nicht im Traum wäre er auf die Idee gekommen, Marie hier anzutreffen. Allerdings beruhigte es Markus keineswegs, sie hier zu sehen. Vielmehr überschlugen sich nun seine Gedanken, um irgendeine plausible Erklärung dafür zu finden, was gerade passierte. Was hatte sie hier zu schaffen? Woher wusste sie von seinem Vorhaben? Und hatte sie ihn womöglich die ganze Zeit verfolgt? Ohne sie aus den Augen zu lassen, stand Markus langsam vom Boden auf. Noch immer spürte er sein Herz vor Angst und Aufregung schnell schlagen.

»Nicht Marie. Mein Name ist Julia!«, sagte sie mit ruhiger Stimme. Sie trat einen Schritt von der Leiter weg und begann, ihre schwarzen Lederhandschuhe Finger für Finger abzuzupfen. »Ich möchte dir im Übrigen noch einen Kameraden von mir vorstellen. SS-Sturmmann Ottmer. Aber da wir ja quasi alle eine Familie sind, kannst du ihn auch einfach nur Erik nennen. Er hat sicher nichts dagegen.« Während sie sprach, hörte Markus, wie eine weitere Person im Begriff war, die Aluminiumleiter hinaufzusteigen. »Er ist bei meinen Missionen immer dabei. Kein Leibwächter oder so, eher eine Art Assistent. Jemand für das Grobe. Du weißt, was ich meine!« Als plötzlich ein glatzköpfiger Mann auftauchte, wich Markus instinktiv etwas zurück. Die riesige muskelbepackte Gestalt trat auf den unter ihm leicht nachgebenden Heuboden und baute sich nur etwa drei Meter vor ihm entfernt in voller Größe auf. Sein kahl rasierter weißer Schädel glänzte feucht im fahlen Licht der Baulampe und schien ohne Übergang auf seinem breiten Hals zu sitzen. Beeindruckt von der imposanten Erscheinung des hünenhaften Skinheads, dauerte es einige Sekunden, bis das Wort »SS-Sturmmann« in Markus' Gehirn angekommen war.

»SS was?«, erkundigte er sich irritiert.

»Na, als Mitarbeiter der Geschichtsredaktion solltest du doch wissen, was ein SS-Sturmmann ist, oder?« Mit ihren Handschuhen klopfte sie den Staub von einer alten Holzkiste, setzte sich darauf und schlug die Beine übereinander. »Nun, dann will ich mal versuchen, etwas Licht ins Dunkel zu bringen. Deine anfängliche Frage, was ich, beziehungsweise wir, hier überhaupt machen, ist berechtigt.«

Markus wollte etwas sagen, brachte aber keinen Laut heraus. Stattdessen nickte er nur kurz.

»Wir sind hier, weil heute in diesem Schuppen ein 65 Jahre währendes Geheimnis endlich gelüftet wurde. Die Tragweite dessen, was heute hier passiert, ist einfach unbeschreiblich. Ich kann dir gar nicht sagen, wie glücklich ich gerade bin. Und vor allem, wie dankbar, dass du uns geholfen hast.«

»Geholfen? Ich? Was meinst du, Marie?«

»Mein Name ist Julia, Markus! Nicht Marie! Lern das mal! Also, ich erklär es dir. Und da wir uns vor drei Tagen schon so nahegekommen sind, hast du irgendwie auch ein Recht, es zu erfahren.«

»Warum der Umstand?«, unterbrach sie der bullige Mann schroff. »Wir haben doch was wir wollen, lass es uns beenden und gehen.«

Markus' Magen zog sich schlagartig zusammen. Auch wenn Erik Ottmer es nicht ausgesprochen hatte, verstand er, was er gemeint hatte. Eine kalte Todesangst stieg plötzlich in ihm auf. Ein Gefühl, das er in dieser Form noch nicht erlebt hatte, das auf eine sonderbare Weise unwirklich, fast unnatürlich erschien, aber zugleich unglaublich intensiv war.

»Erik, ich werde langsam müde, es dir immer wieder sagen zu müssen. Ich entscheide, wie es weitergeht. Nicht du! Merk dir das gefälligst.« Mit einem giftigen Blick sah Julia ihn kurz an, wendete sich dann aber wieder mit einem aufgesetzten Lächeln Markus zu. »Tja, wie soll ich sagen? Vieles, was du in der Schule über den Zweiten Weltkrieg und den Nationalsozialismus gelernt hast, was dir von deinen Eltern erzählt wurde, entspricht einfach nicht der Wahrheit. Die Ideologie, die ganze Idee des Nationalsozialismus wird heute leider oft verkannt. Sie wird falsch interpretiert oder bewusst schlechtgeredet. Zu Unrecht wird sie als menschenverachtend oder sogar krank stigmatisiert. Aber das ist sie nicht. Adolf Hitlers Vision sah so viel mehr vor. Er wollte das deutsche Volk befreien. Es aus seinem Dornröschenschlaf erwecken, damit es sich seiner biologischen und evolutionären Überlegenheit bewusst wird und seinen vorbestimmten Führungsanspruch auf der Welt annimmt. Die ganzen negativen Aspekte, der Krieg, die Vernichtung der Juden oder die Euthanasie. Das alles, was heute mit dem Nationalsozialismus in Verbindung gebracht wird, ist nichts Schlimmes. Im Gegenteil: Vielmehr waren das dringend notwendige Reinigungsprozesse und wichtige Bewährungsproben. Stärke und Ehre der germanischen Rasse können sich halt nur durch einen bedingungslosen Auslesekampf ergeben!« Sie stand auf und ging einige Schritte auf Markus zu, der sie immer noch fassungslos anstarrte. »Der Führer hat das schon immer gewusst. Aber er hatte auch erkannt, dass es jemanden brauchen würde, der das deutsche Volk bei seiner Metamorphose begleitet, es quasi anleitet. Der allen ein leuchtendes Vorbild sein würde.« Sie deutete mit dem Finger auf Markus. »Und das, Markus, das war die SS. Die SS war das Abbild einer perfekten Herrenrasse. Aber, und das ist entscheidend …«, bei dem Gedanken daran, was sie sagen wollte, lief ihr ein kurzes Lächeln über die Lippen, »… die SS war es nicht nur, sondern sie ist es immer noch!« Sie schwieg einen Moment, um ihren Worten mehr Bedeutung zu verleihen. »Hast du dich jemals gefragt, Markus, wie es sein konnte, dass in Deutschland nach dem Krieg ganz plötzlich alle Nationalsozialisten, Mitglieder der SS oder der NSDAP verschwunden waren? Glaubst du wirklich, dass diese lächerlichen Versuche der Entnazifizierung funktioniert haben?« Sie schüttelte den Kopf. »Nein, Markus! Eine so epochale Idee wie die des Nationalsozialismus lässt sich nicht einfach ablegen oder vergessen. Und warum auch, wenn sie doch die einzig wahre und vor allem richtige ist? Den großen Fehler, den nicht nur die Alliierten nach dem Krieg, sondern auch ihre Marionettenregierungen in Ost- und Westdeutschland gemacht haben, war, zu glauben, dass mit dem Ende des Krieges alles vorbei wäre. Aber sie haben sich alle geirrt. Die Kommunisten, dieses ganze demokratische intellektuelle Pack, die Juden und die ach so tollen Europäer. Sie haben sich alle geirrt, denn die SS hat überlebt!« Sie senkte ihre Stimme. »Zugegeben war die Kapitulation 1945 ein herber Rückschlag. Wir haben viele der besten SS-Soldaten im Kampf verloren. Außerdem gab es echte Enttäuschungen. Leuchtende Vorbilder wie Himmler haben sich im Nachhinein als schändliche Verräter und Feiglinge erwiesen. Es ist schwer zu akzeptieren, aber auch das gehört nun Mal zum Selektionsprozess der Besten und Reinsten dazu. Wer nicht stark genug ist, muss sterben. So ist das nun mal. Doch die meisten SS-Veteranen haben das Feuer des Nationalsozialismus in ihren Herzen weitergetragen. Generation um Generation haben sie es weitergereicht und dafür Sorge getragen, dass die SS weiter existieren konnte. Allerdings hat es Jahre gedauert, bis wir uns wieder richtig organisieren konnten. Erste Versuche in Westdeutschland sind fehlgeschlagen. Schon Ende der 40er-Jahre hat Obersturmbannführer Franke-Gricksch in Hamburg vergeblich versucht, eine ›Bruderschaft‹ zu gründen. Aber es war einfach zu früh für eine neue nationalsozialistische Offensive. Ob wir wollten oder nicht, wir mussten zunächst in den Untergrund. Im Verborgenen, verfolgt von der Stasi, dem Verfassungsschutz und anderen Behörden, haben unsere Väter und Großväter damit begonnen, die alten Strukturen langsam wieder aufzubauen. Haben neue Netzwerke gebildet, Politik, Medien und Wirtschaft in Ost und West infiltriert.« Ihre Stimme schwoll an. »Du kannst dir gar nicht vorstellen, wie viele SS-Angehörige der dritten Generation schon jetzt in wichtigen Positionen sitzen, ohne dass es einer weiß. Wir haben rechte Parteien, Organisationen, Konzerne und junge Menschen, deren Herzen noch für eine reine deutsche Rasse und eine arische Kultur schlagen, unterstützt. Ideologisch geschult, bestens ausgebildet, bewaffnet und finanziert stehen sie nun bereit. Burschenschaften, junge Neonazis, wie die tapferen Kameraden der ›Deutschen Heimatfront‹, der ›Arischen Offensive in Südwestdeutschland‹ oder der ›Blutsbruderschaft Großdeutsches Reich‹, um nur einige zu nennen. Sie bilden die neuen SS-Divisionen, die Armee im Kampf um ein neues Deutsches Reich.«

Während Julia sich in ihren ausschweifenden Ausführungen erging, hatte Markus Zeit, sich wieder etwas zu fassen. Ihm war zwar nicht klar, was Julia, Marie oder wer auch immer die junge Frau war, mit der er vor zwei Tagen in seinem Hotel geschlafen hatte, ihm sagen wollte, so wusste er doch intuitiv, dass er in ernsthafter Gefahr schwebte und handeln musste. Mit verschränkten Armen stand der bullige Skinhead neben der Aluminiumleiter und ließ ihn nicht aus den Augen. Eine spontane Flucht kam also nicht infrage, denn um von der Empore hinunterzukommen, brauchte er die Leiter. Um Hilfe zu rufen, ergab ebenso keinen Sinn. Er war sich sicher, dass er binnen Sekunden zum Schweigen gebracht würde. Außerdem bezweifelte er, dass ihn außerhalb des Schuppens jemand hören konnte. Angesichts seiner vor Angst gelähmten Arme und Beine verwarf er auch die fixe Idee, sich auf einen Kampf einzulassen. Eine Auseinandersetzung mit einer Kampfmaschine wie Erik Ottmer einzugehen, würde er mit an Sicherheit grenzender Wahrscheinlichkeit nicht überleben. In seinem jetzigen Zustand würde er es nicht einmal mit Julia aufnehmen können. Nein, seine einzige Chance bestand darin, sie irgendwie in ein Gespräch zu verwickeln und Zeit zu gewinnen. Allerdings hatte er keine

Idee, was er sagen sollte. Auch dass die Bewohner des Kinderheimes irgendwann doch etwas bemerkten, war mehr als unwahrscheinlich. Seine Aufmerksamkeit richtete sich wieder auf Julia, die, während sie redete, erregt auf dem Heuboden auf und ab ging.

»Insgesamt hat es fast 50 Jahre gedauert, bis wir jetzt endlich so weit sind, den Angriff gegen die Feinde des deutschen Volkes einzuleiten. Wir werden sie ein für alle Mal vernichten.«

»Und wie wollt ihr das machen?«, unterbrach Markus sie, überrascht von seiner eigenen Courage. »Ich meine, wollt ihr dann einfach aus euren Löchern kriechen und einen Krieg anzetteln?«

Julia blieb stehen und sah ihn einen Moment lang verwundert an. »Na, hat da einer seine Stimme wiedergefunden?«, antwortete sie süffisant. Dann schüttelte sie ihren Kopf und rieb sich die Augen: »Ihr seid alle so kleingeistig! Diese Frage höre ich selbst bei uns so oft, dass ich mich manchmal wirklich frage, mit was für Idioten ich es eigentlich zu tun habe. Natürlich nicht, Markus! Der offene Konflikt wird erst die letzte Phase des Krieges sein.« Sie ging einige Schritte auf ihn zu und deutete mit dem Finger auf sich. »Der Krieg, von dem ich spreche, beginnt ganz anders. Ein unsichtbarer Krieg. Er ist kaum zu spüren. Er beginnt leise, ganz langsam, ohne dass es einer merkt.« Sie drehte sich um und ging bedächtig zurück in Richtung des bulligen Mannes. »In der ersten Phase nutzen wir den politischen und wirtschaftlichen Einfluss, den unsere SS-Kameraden in den hohen Positionen haben. Wir werden das europäische Finanzsystem weiter schwächen. In Griechenland, Portugal und Spanien wird es beginnen. Irgendwann werden die Staatsverschuldungen der Länder den Euro kollabieren lassen. Das wirtschaftliche Chaos wird die EU langsam, aber sicher zerfallen lassen. Danach wird es nur eine Frage der Zeit sein, bis die Europäer sich zerstreiten. In der zweiten Phase werden wir alte Vorurteile und Ressentiments bei den Menschen gezielt wieder aufleben lassen. Die Gesellschaft wird destabilisiert, sie wird verunsichert und mit Angst infiziert. Die Deutschen werden endlich anfangen sich gegen die Ausländer zur Wehr zu setzen und diesen unsäglichen Pazifismus, der sich nach '45 wie Krebs ausgebreitet hat, ablegen. Die Gewalt gegen die Muselmanen, Semiten, Neger und Slaven wird um sich greifen und soziale Unruhen und Pogrome zur Folge haben, die wir in der dritten Phase des Kriegs bei Bedarf forcieren und zum richtigen Zeitpunkt eskalieren lassen.«

Markus spürte, dass Julias Arroganz und ihre Überheblichkeit sie offenbar empfänglich für provozierende Aussagen machten und sie sich auf Diskussionen einließ. »Das glaube ich nicht!«, schleuderte er ihr selbstbewusst entgegen. »Wir sind nicht mehr in den 30er-Jahren. Keiner wird es schaffen, Deutschland noch einmal in so eine Diktatur wie damals zu führen. Die Nazis haben den Krieg verloren und auf ganzer Linie versagt!« Markus musste an sein Studium denken und plötzlich fielen ihm Max Webers Definitionen von Macht und Herrschaft wieder ein. »Und außerdem würde man dazu eine charismatische Figur brauchen. Einen Führer, wie Hitler. Aber den gibt es nicht. Und ...«, er zögerte kurz, wagte es dann aber doch, es auszusprechen, »... euren komischen Untergrundsdivisionen traue ich das nicht zu!«

Markus trat vorsichtshalber einen Schritt zurück, als er das wütende Funkeln in Julias Augen sah. »Ich glaube, du weißt nicht, wen du vor dir hast!«, fauchte sie ihn an. Ihre Wangen röteten sich vor Aufregung. »Wir sind keine besoffenen Glatzköpfe oder stumpfsinnige Vorstadtdemagogen. Wir sind die SS. Du solltest besser vorsichtig sein, mit dem, was du sagst!

»Okay, ganz ruhig! Ich wollte euch nicht beleidigen …«, setzte Markus beschwichtigend an, wurde aber von der sonoren dunklen Stimme des bulligen Mannes unterbrochen.

»Er versucht, Zeit zu schinden. Warum lässt du dich darauf ein, Julia? Lass ihn uns einfach kaltmachen und hier verschwinden. Wir haben doch, was wir wollten.«

Markus spürte, wie auf einen Schlag die Angst in ihn zurückkehrte und sein Herz wieder zu rasen begann. Noch einmal wich er ein wenig zurück.

»Du hast recht! Ich hab mich tatsächlich hinreißen lassen«, sagte sie und versuchte sich zu beruhigen. »Ich will aber noch etwas von ihm wissen. Es ist etwas Persönliches. Etwas, das meinen Vater betrifft. So viel Zeit muss sein.« Sie ging wieder auf Markus zu und blieb direkt vor ihm stehen. »Woher weißt du, wo die Knochen versteckt waren? Sag es mir, oder ich befehle ihm, dich jetzt gleich zu töten.«

»Nehmt euch doch einfach, was ihr wollt! Unten neben dem Brunnen liegen diese Überreste, oder was auch immer das ist. Es ist mir egal, was ihr damit macht. Ich will mit der Sache nichts zu tun haben.«

»Dazu ist es jetzt zu spät! Das hättest du dir vorher überlegen sollen. Ich will wissen, woher du die Informationen hast!« Sie war wütend.

»Aus einem Brief. Eine alte Frau hatte der Redaktion einen Brief geschrieben und so eine Art Tagebuch mitgeschickt. Da stand alles drin. Du musst mir glauben, ich hab die Sachen nur durch Zufall im Archiv gefunden.«

Julia griff in ihre Jeanstasche, zog das Tagebuch Friedrich Diehls hervor und hielt es ihm entgegen.

»Woher hast du das?«, fragte Markus verblüfft, als er es erkannte.

»Na, auch aus dem Archiv, du Trottel. Es war aber kein anderes Schreiben im Umschlag.«

»Nein. Ich meine, ja! Das kann es auch nicht! Es waren zwei Schreiben. Ich habe vergessen, sie zurück ins Archiv zu bringen. Eins war von einem Schweizer Anwalt …«

»Arno Vetterli!«

»Du kennst ihn?« Julia musste grinsen. »Na, sagen wir mal, wir haben ihn und seine Frau flüchtig kennengelernt. Sie waren allerdings nicht sehr kooperativ … Aber egal! Und das andere Schreiben?«

»Das war, wie gesagt, von einer alten Dame …«

»Etwa Charlotte Merzinger?«

»Ja, so hieß sie.«

»Hast du sie?«

»Wen?«

»Die Schreiben, was sonst?«

Markus nickte. Aber als er in seine Tasche greifen wollte, bemerkte er, wie Erik Ottmer plötzlich einen Schritt auf ihn zutrat. »Vorsichtig, Kleiner! Ganz langsam. Was hast du da in der Tasche?«, raunte er.

»Nichts, nur den Brief!« Langsam und ohne ruckartige Bewegungen zu machen, zog Markus das Schreiben heraus und reichte es Julia.

Sie riss es ihm aus den Händen und steckte es, ohne es zu lesen, ein. »Und wo ist der Brief von dem Anwalt?«

»Der ist noch im Hotel in Frankfurt. Aber da steht nicht viel drin.«

»Mist, aber darum kümmern wir uns später.« Sie drehte sich zu dem bulligen Mann um. »Hab ich es nicht die ganze Zeit gesagt? All die Jahre hatte Vater Recht. Und ihr habt es ihm nicht glauben wollen. All die Häme und der Spott, den wir ertragen mussten. Für verrückt habt ihr ihn erklären wollen. So viel haben wir geopfert und ertragen müssen, um an diese Informationen zu kommen.« Sie musste kurz lachen. »Und der Trottel findet das Tagebuch einfach im ÖRF!«

»Glaubt ihr wirklich, dass das da unten die Überreste Hitlers sind?«, fragte Markus vorsichtig.

Marie drehte sich wieder zu ihm um. »Ganz sicher sogar! Das Tagebuch, das du gefunden hast, gehörte einem SS-Untersturmführer der Leibstandarte Adolf Hitlers. Sein Name war Friedrich Diehl. Im April '45 war er in Berlin stationiert. Wir wissen, dass ihm und einem anderen Waffen-SS Offizier nach Hitlers Tod der Auftrag erteilt wurde, die Knochenreste aus Berlin herauszuschaffen. Wahrscheinlich nach Süden, in die Alpen.«

»Und woher weißt du das alles?«

»Der andere Offizier war mein Großvater. Sein Name war Viktor Fischer.«

»Dann bist du ...«

»Seine Enkelin! Was sonst? Als sie versuchten, aus Berlin auszubrechen, muss er aber umgekommen sein. Ich weiß das daher, da sich 1948 eine alte Bäuerin bei meiner Großmutter in Lubmin gemeldet hat. Sie hat ihr einen Brief von meinem Großvater gegeben, den sie wiederum von Friedrich Diehl bekommen hatte. Die Bäuerin hat angegeben, Friedrich Diehl kurz nach dem

Fall von Berlin schwer verletzt in ihrem Hof gefunden zu haben. Sie und ihr Mann haben ihn – so gut es ging – versorgt, da es in der Nähe keinen Arzt mehr gab. Bevor er am darauffolgenden Tag an seinen Verletzungen starb, bat Diehl die Bäuerin, den Brief meines Großvaters irgendwann meiner Großmutter zu geben. Sie tat dies wie gesagt 1948 und erzählte meiner Großmutter, dass sie außerdem den Auftrag von Friedrich Diehl bekommen hatte, sein Tagebuch an seine damalige Freundin zu schicken. Alles wäre sehr wichtig und streng vertraulich gewesen.«

»Und die Freundin war Charlotte Merzinger?«

»Ja, aber zu der Zeit hieß sie noch Bloth. Sie hat in den 50er-Jahren einen reichen Schweizer Kunsthändler geheiratet und ist von München nach Zürich gezogen.«

»Wo sie irgendwann auch den Notar kennengelernt hat.«

»Ja, aber das muss in den 90er-Jahren gewesen sein. Neben dem Wiederaufbau der SS-Untergrundorganisation in den Jahrzehnten nach dem Krieg, an dem meine Eltern und meine Großmutter maßgeblich beteiligt waren, war es immer unser Ziel, die Überreste Hitlers wiederzufinden. Aber aus Großvaters Brief ging nur hervor, dass die Überreste des Führers existierten, aber natürlich nicht, was nach der Flucht aus Berlin und nach seinem Tod mit ihnen geschehen war. Aus einigen Andeutungen, die die alte Bäuerin gegenüber meiner Großmutter gemacht hatte, wussten wir aber, dass Friedrich Diehl die Knochen eventuell versteckt haben könnte. Jedenfalls muss er im Delirium kurz vor seinem Tod im Schlaf darüber gesprochen haben. Es bestand also zumindest die Chance, dass er in seinem Tagebuch etwas über das Versteck vermerkt hatte.«

»Und warum habt ihr euch nicht direkt an die Merzinger gewendet?«

»Er versucht wieder, Zeit zu schinden, Julia!«, unterbrach sie der bullige Mann erneut. Schon seit einigen Minuten hatte Markus bemerkt, dass Erik Ottmer nervös geworden war. Aus den Augenwinkeln heraus konnte er beobachten, wie er immer wieder zur Tür des Brunnenhäuschens geschaut hatte und unruhig mit seinen Stiefeln auf- und abgewippt war.

»Gleich, Erik! Ich will erst alles wissen!«, antwortete Julia ungeduldig und fuhr fort: »Wir konnten uns nicht an sie wenden. Wir haben es versucht und Briefe geschrieben, aber nie eine Antwort erhalten. Mein Vater fand später heraus, dass die Merzinger an der Münchner Universität studiert hatte und mit der *Weißen Rose* sympathisierte. Uns zu helfen, lag somit kaum in ihrem Interesse. Außerdem machte die deutsche Teilung das Reisen in die Schweiz viele Jahre unmöglich. Erst 1990, nach der Wiedervereinigung, gelang es Vater, sie in der Schweiz ausfindig zu machen. Ihr Mann war zu diesem Zeitpunkt bereits verstorben. Mit den Millionen, die sie geerbt hatte, war es ihr jedoch möglich, sich total von der Außenwelt abzuschotten. Da war kein Rankommen. Bei der Schwester der Merzinger hatte mein Vater aber mehr Glück. Es hat zwar etwas gedauert, aber irgendwann hat sie zugegeben, dass das Tagebuch existierte und im Besitz von Charlotte Merzinger war. Auch wenn das nicht viel war, so hat es Vater und, nach seinem Tod 1997, mir und meiner Schwester immer wieder Hoffnung gegeben, eines Tages die Überreste doch noch zu finden. 2009 ist die alte Merzinger endlich verreckt. Da wir aber das Tagebuch in ihrer verlassenen Wohnung nicht auffanden, haben wir vermutet, dass es in ihrem Nachlass sein könnte. Daher haben wir ihren Notar ausfindig gemacht. Wie sich herausstellte, hatten die Merzingers und die Vetterlis ein fast freundschaftliches Verhältnis. Seinen Unterlagen konnten wir entnehmen, dass er es ans ÖRF geschickt hatte. Warum die Merzinger das wollte, wissen wir nicht.«

»Darum hast du im ÖRF unter falschem Namen eine Hospitanz begonnen.«

»Erfasst! Es war die einzige Möglichkeit, an das Tagebuch zu kommen.«

»Und daher auch das Interesse an Gerts Archiv!«

»Wieder richtig. Durch dich und Ingo wusste ich ja, dass derartige Briefe dort gelagert werden.«

»Aber du brauchtest eine Zugangsberechtigung, um da reinzukommen.«

»Ja, das stimmt! Ich musste mir Zugang zum Zentralarchiv verschaffen, ohne dass es einer merken würde.«

»Dann hast du sie an dem Abend im Hotel gestohlen, als ich schon geschlafen habe.«

Julia begann zu lächeln, als sich diese Erkenntnis in Markus' Miene spiegelte. »Du hast alles geplant, die E-Mail, das Treffen in der *Trinidad-Bar* und das alles im Hotel.«

»Ja, aber du kannst dich nicht beschweren, oder? Mir jedenfalls hat es viel Spaß gemacht. Ich hätte übrigens nicht gedacht, dass du trotz der K.o.-Tropfen so lange durchhalten würdest, wenn du weißt, was ich meine!«

»K.o.-Tropfen?« Markus spürte, wie sich Wut unter seine Angst mischte.

»Was denn sonst, du süßer Trottel. Ist nicht ungefährlich, aber wie man sieht, hast du ja keine bleibenden Schäden davongetragen.« Sie ging auf ihn zu. »Irgendwie musste ich dich doch ruhigstellen, damit ich an die Zugangsberechtigung kommen konnte.« Dann hauchte sie ihm einen Kuss auf den Mund und flüsterte ihm ins Ohr. »Es ist so schade, dass du nicht auf unserer Seite stehst. Echte Männer wie dich können wir bei der SS immer gut gebrauchen.«

»Das reicht jetzt! Steffen hat gesagt, keine Spielereien wie in der Schweiz. Lass uns gehen, bevor uns jemand entdeckt«, schnauzte der bullige Mann wütend.

»Ja, ja, schon gut, reg dich ab«, antwortete Julia, ohne ihre Augen von Markus zu lösen. »Du musst ihm verzeihen. SS-Sturmmänner sind nicht unbedingt dafür bekannt, Romantiker zu sein!« Sie ging zurück in Richtung der Aluminiumleiter und zog sich wieder ihre schwarzen Lederhandschuhe an. »Wenn es dich interessiert: Es war reiner Zufall, dass wir dich hier getroffen haben. Schließlich wussten wir ja aus dem Tagebuch nur, dass die Überreste irgendwo beim alten Kinderheim vergraben waren. Wo sich aber Friedrich Diehl und dieses Miststück zum ersten Mal geküsst haben, haben wir erst durch dich erfahren. Das ist halt der Nachteil, wenn man so ein auffälliges Auto fährt wie du. Auf dem Parkplatz, drüben vor dem Kinderheim, wir saßen nur einige Meter von dir entfernt. Du hast uns noch nicht einmal gesehen, als du über die Straße in den Wald gelaufen bist. Da wir, wie gesagt, nicht genau wussten, wo das Versteck lag, wollten wir uns das alte Kinderheim erst einmal nur ansehen. Aber das Schicksal hatte wohl ein Nachsehen und wir mussten dir nur folgen und abwarten, bis du die Überreste ausgegraben hattest.« Sie sah von der Empore hinunter zum Brunnen. »Und wie mir scheint, hast du sie tatsächlich gefunden. Ich kann es immer noch nicht fassen. Markus, durch dich wird der Führer wieder auferstehen. Er wird Tausenden von SS-Soldaten Hoffnung und Kraft für den bevorstehenden Krieg geben. Die Knochen des Führers werden eine heilige Reliquie sein, die wir an der Spitze unserer Armee tragen werden.« Ihre Stimme klang überschwänglich. »Ich verspreche dir, du und Gert Bohlender, ihr werdet nicht umsonst gestorben sein. Wir alle erfüllen letztlich nur unsere vorbestimmte Rolle in diesem Krieg.«

»Gert Bohlender? Was ist mit ihm?«, fragte Markus entsetzt.

»Er ist tot«, sagte Julia gleichgültig, »er hat den Sturz über die Balustrade im Archiv nicht überlebt. Aber für einen SS-Soldaten ist es die höchste Ehre, für den Führer und sein Vaterland zu sterben. Auf eine gewisse Weise gehört daher selbst Gert Bohlender nun zu uns. Auch er hat seinen Teil dazu beigetragen und seinen Dienst am Führer geleistet. So wie du, wenn du gleich sterben wirst.«

»Was?« Markus ging noch weiter zurück, bis er mit dem Rücken gegen die Wand des Brunnenhäuschens stieß. Er spürte, wie Panik in ihm aufstieg. Dann sah er, wie der bullige Mann hinter Julia aus der Tasche seiner Bomberjacke eine Pistole zog. »Es tut mir leid, aber du wirst jetzt sterben müssen.«

Markus überlegte, was er tun konnte. Er atmete flach und sein Herz raste. Der bullige Mann begann, einen Schalldämpfer vor den Lauf seiner Pistole zu schrauben. »Je mehr du dich dagegen wehrst, umso schwieriger wird es für dich. Gib dich dem Tod hin, empfange ihn mit offenen Armen.« Doch Markus verstand ihre Worte nicht mehr. Außer der Pistole, die der bullige Mann grinsend auf ihn gerichtet hatte, nahm er nichts mehr um sich herum wahr. Als er spürte, wie Urin warm an seinen Beinen herunterlief, schloss er die Augen.

Ein kurzer unterdrückter Knall erfüllte den Raum. Markus zuckte wie vom Blitz getroffen zusammen. Aber zu seiner Verwunderung spürte er keinen Schmerz. Er öffnete die Augen und erkannte Julia. Regungslos und sonderbar verkrampft stand sie vor ihm.

»Was ist mit mir?«, flüsterte sie leise. Dann drehte sie sich zu dem bulligen Mann um: »Was hast du getan, du Idiot?«

Markus konnte sehen, wie sich auf der Rückseite ihres schwarzen Rollkragenpullovers ein feuchter glänzender Fleck ausbreitete. Dann fiel sie vor Erik Ottmer auf die Knie. Er trat einen Schritt auf sie zu und stieß sie mit dem Stiefel um. Röchelnd schlug sie mit dem Rücken auf dem Holzboden auf. Entsetzt legte Markus sich die Hände vor den Mund, konnte aber weder schreien noch sonst einen Laut von sich geben. Er sah, wie Julia sich vor Schmerzen krümmte, sich hin und her wandte und die Brust hielt.

»Endlich hat es die Schlampe erwischt! Das wurde echt Zeit!«, sagte der bullige Mann, während er geringschätzig auf sie hinabblickte. »Tja, auch die SS macht Fehler. Einer ist es, die Jungen zu unterschätzen. Nicht alle sind besoffene Glatzköpfe! Du arrogantes Miststück!« Dann holte er aus und trat ihr mit voller Wucht in den Bauch. Noch einmal stöhnte Julia vor Schmerzen laut auf, dann blieb sie reglos liegen. »Und jetzt zu dir, du Pfeife!« Er richtete die Pistole auf Markus. »Eigentlich schade um die Kleine! Hatte nen süßen Arsch. Kannst dich glücklich schätzen, dass du mal ran durftest. Aber sie war zu überheblich, zu auffällig, wie ihr Alter. Sie hat einfach zu viel gequatscht und damit die 6. SS-Regel gebrochen. Und wer Fehler macht, gefährdet die Organisation und muss weg. So ist das halt!« Dann griff er in die Hosentasche, zog ein kleines Handy heraus und begann, eine Nummer einzutippen. Für einen Moment herrschte Stille. Geschockt starrte Markus auf Erik Ottmers Pistole.

»Ja, Steffen! Ich bin es, Erik! Julia ist tot, so wie du es wolltest. Wir haben die Überreste tatsächlich gefunden. Da ist aber ein Problem! Hier ist so'n Archiv-Hampelmann aus dem ÖRF, der alles gesehen hat. Mach mal ne Ansage, was ich jetzt tun soll? – Hab verstanden! – Nein, kein Problem! Ich weiß, keine Spuren! – Ja, ja, ich beeil mich!« Schon während der letzten Worte hatte er mit der Pistole auf Markus' Herz gezielt, doch plötzlich, noch bevor er abdrücken konnte, fuhr Julia herum. Blitzschnell umklammerte sie die Beine des bulligen Mannes und biss, so fest sie konnte, in seinen Unterschenkel. Vor Schmerzen schrie er auf. Überrascht von ihrer Attacke, ließ er die Pistole fallen. Er versuchte, sie zu schlagen, verfehlte sie aber knapp. Während er ein weiteres Mal ausholte, nutzte Markus hastig den Moment, in dem der bullige Mann abgelenkt war. So schnell und kraftvoll er konnte, sprang er ihm entgegen und rammte ihn mit voller Wucht. Da Julia noch immer seine Beine umklammert hielt, verlor Erik Ottmer das Gleichgewicht, ruderte kurz mit den Armen und stürzte rücklings von der Empore. Mit lautem Scheppern schlug sein Körper auf einem metallischen Gegenstand auf.

Markus raffte sich auf und kroch bis zur Kante des Heubodens vor. Unter sich in der Dunkelheit erkannte er, dass mehrere Metallzinken der großen Egge den bulligen Mann von hinten durchbohrt hatten und blutig aus seinem Brustkorb herausragten. Mit spastischen Bewegungen griff er nach den Zinken, aber sein Torso war zu fest aufgespießt, als dass er sich hätte befreien können. Mit einem gurgelnden Geräusch quoll ihm Blut aus Nase und Mund. Es lief ihm seitlich am Kopf herunter und tropfte auf den sandigen Boden. Ein letztes Mal stöhnte Erik Ottmer auf und sackte dann kraftlos in sich zusammen.

Markus biss die Zähne zusammen, um nicht die Fassung zu verlieren. Langsam drückte er sich zurück auf den Heuboden und versuchte, wieder zu Atem zu kommen. Er bebte am ganzen Körper. Nicht weit vom ihm entfernt lag Julia zusammengekrümmt in einer Art Fötus-Stellung. Vorsichtig packte er sie an der Schulter und drehte sie behutsam zu sich um.

»Markus!«, flüsterte sie mit gepresster Stimme. »Ich muss dir noch etwas sagen.« Sie begann kurz zu husten und etwas Blut lief ihr aus dem Mundwinkel. Ihr Gesicht war blass und ihre Lippen zitterten. Sie setzte erneut an, aber Markus konnte sie nicht verstehen. Er senkte seinen Kopf, sodass sein Ohr ganz nahe an ihrem Mund war. »Markus, sie wissen von dir! Sie werden dich suchen und niemals aufgeben, bis sie dich gefunden haben.« Sie fing leise an zu lachen, sodass ihre blutverschmierten Zähne zum Vorschein kamen. »Niemand entkommt der SS. Sie werden dich finden und töten.« Sie hob ihre Hand und legte sie zärtlich auf seine Wange. Er spürte ihr feuchtes warmes Blut auf seiner Haut. »Du wirst sehen, der Führer wird als Gott wieder auferstehen, so wie Vater es immer vorhergesagt hat. Und siehe, ich bin bei euch alle Tage bis an der Welt Ende.« Dann verstummte sie und Markus spürte, wie sich ihr Körper anspannte. Mit weit aufgerissenen Augen starrte sie ihn an, bis sie plötzlich ganz still liegen blieb.

Markus richtete sich auf und legte vor Schock die Hände vor den Mund. Eine ganze Weile konnte er seinen Blick nicht von ihren großen blauen Augen abwenden. Trotz des dämmerigen Lichts leuchteten sie auf eine sonderbare Weise. Selbst im Moment des Todes schienen sie voller Hoffnung und Zuversicht zu sein. Dann wurde es ruhig im Brunnenhäuschen, so als ob sich ein riesiger Sturm gelegt hatte. Nur das gleichmäßige Prasseln der Regentropfen auf dem Dach erfüllte noch den Raum.

Als Markus sich etwas beruhigt hatte, war alles, woran er denken konnte, so schnell es ging aus dem Brunnenhäuschen zu fliehen. Er stand auf und kletterte mit wackeligen Beinen die Aluminiumleiter hinunter. Unten angekommen, betrachtete er noch einmal kurz die blutüberströmte Leiche des bulligen Mannes, von dessen kahl geschorenem Hinterkopf in kurzen Abständen Blut auf den sandigen Boden tropfte. Dann kniete er sich vor den Brunnen, stopfte den leeren schlammfarbenen Rucksack in den Eimer und legte das graue Stoffknäuel samt Inhalt darauf. Er nahm seine Jacke, den Eimer und sammelte die Taschenlampe, die Kneifzange und den Spaten wieder ein. Doch bevor er die Tür des Brunnenhäuschens öffnete, fiel ihm ein, dass Julia noch immer den Brief Charlotte Merzingers und das Tagebuch in ihrer Tasche hatte. Er legte alles wieder auf den Boden, kletterte die Leiter mit zitternden Beinen noch einmal hinauf und ging vor ihr in die Hocke. Als er vorsichtig in ihre Jeanstasche griff und die Restwärme ihres toten Körpers spürte, lief ihm ein kurzer Schauer über den Rücken. Er zog den Brief und das Tagebuch heraus, stand wieder auf und steckte beides ein. Dann kletterte er die Leiter wieder hinab, nahm seine Sachen und verließ, so schnell er konnte, das Brunnenhäuschen und das Grundstück des alten Kinderheims.

KAPITEL 57

Berlin-Malchow, Hof von Anton und Annemarie Frühauf, 3. Mai 1945, 15:08 Uhr

Friedrich öffnete die Augen und erkannte am Fußende des Bettes eine ältere Frau. Auf einem kleinen hölzernen Stuhl sitzend, sah sie aus dem Fenster und beobachtete die schnell vorüberziehenden grauen Wolken. Außer dem Rauschen des böigen Windes, das von draußen hereindrang, war es still. Das triste Tageslicht hüllte das kleine Dachstuhlzimmer in fahle Grautöne. Den einzigen Kontrast bildete das helle Blau des einfachen Bauernkleides, über dem die ältere Frau eine dunkelgrüne Schürze trug. Ihre dünnen weißen Haare hatte sie zu einem strengen Dutt gebunden. Neben ihr auf einem kleinen Tisch stand eine Schüssel, über deren Rand ein Handtuch und blutverschmiertes Verbandsmaterial hingen. Auf seinen Beinen und seinem Oberkörper lagen mehrere dicke Wolldecken. Aber dennoch zitterte Friedrich am ganzen Körper. Kalter Schweiß lag ihm auf der Stirn. Er war kraftlos, müde und hatte starkes Fieber bekommen. Ohne sich zu bewegen, beobachtete er noch eine Weile die ältere Frau. Ihr

Gesicht hatte altersbedingt Falten bekommen, wirkte aber noch immer weich, freundlich und feminin. Ihre Augen strahlten Ruhe und Gelassenheit aus, die Friedrich guttaten. Wie eine Mutter, die ihr krankes Kind hütete, gab sie ihm ein Gefühl der Geborgenheit, der Sicherheit und die Gewissheit, in guten Händen zu sein. Das Wissen, nicht allein zu sein, ließ ihn wenigstens für einen kurzen Moment seine brennenden und stechenden Schmerzen in der Schulter vergessen.

Als sie kurz darauf bemerkte, dass Friedrich zu sich gekommen war, lächelte sie ihn an. Sie stand auf, ging mit leisen Schritten auf ihn zu und setzte sich vorsichtig auf die Bettkante. »Sie sind wieder eingeschlafen«, sagte sie mit sanfter Stimme und nahm seine Hand. Friedrich spürte ihre wohltuende Wärme und die weiche pergamentartige Haut. »Wir mussten Ihren Verband noch einmal wechseln. Die Blutung lässt sich nur schwer stoppen. Mein Mann ist schon seit gestern unterwegs und versucht, einen Arzt zu finden. Er wird sicher bald wieder da sein. Bleiben Sie ganz ruhig liegen.« Friedrich wollte etwas sagen, war aber zu schwach. Die alte Frau legte ihren Zeigefinger an den Mund. »Schschscht! Es ist alles gut. Sie dürfen sich jetzt nicht überanstrengen. Ich habe Ihre Anweisungen alle aufgeschrieben, das Tagebuch und der Brief Ihres Kameraden sind gut versteckt. Machen Sie sich keine Sorgen. Falls Ihnen etwas passiert, werden wir alles an Ihre Verlobte weiterleiten und sie informieren. Aber glauben Sie mir, Sie werden wieder gesund und sie schon bald wiedersehen. Bis der Doktor kommt, müssen Sie aber Ihre Kräfte sparen. Versuchen Sie, wach zu bleiben, hören Sie! Es ist sehr wichtig. Ich hole Ihnen jetzt noch etwas Wasser aus der Küche. Sie müssen viel trinken.« Mit einem sorgenvollen Blick betrachtete sie Friedrich noch einen Moment. Dann nahm sie einen feuchten Waschlappen vom Nachttisch und tupfte ihm behutsam den Schweiß vom Gesicht. Prüfend legte sie dann ihre Hand auf seine Stirn und schenkte ihm ein kurzes Lächeln. »Sie müssen jetzt tapfer sein! Halten Sie durch und vertrauen Sie auf den Allmächtigen.« Sie stand auf, verließ das Dachbodenzimmer und ging eine Holztreppe hinunter.

Friedrich fiel es schwer, nicht wieder einzuschlafen. Eine Zeit lang lenkte er sich ab, indem er aus dem Fenster sah. Dann aber wurden seine Augenlider schwer und seine Gedanken schweiften ab.

»Und was willst du jetzt machen, Friedrich?« Charlotte setzte sich auf den steinernen Rand des Brunnens und stützte ihr Kinn auf das Knie. »Ich meine, jetzt, wo dir alles offensteht!«

»Erst mal stoßen wir an, ja? Schließlich ist Sommerfest und wir haben uns fast anderthalb Jahre nicht gesehen!«

Charlotte beobachtete, wie sich die Muskeln auf seinem Arm abzeichneten, als er den Korken aus der Weinflasche zog. »Du hast zugelegt! Weißt du? Also, im Positiven. Ich meine, du hast ganz schön Muskeln bekommen. Das sieht irgendwie männlich aus!«

Friedrich dachte kurz darüber nach, ob er sich bedanken sollte, zog es aber vor, ihr Kompliment in einer Mischung aus Stolz und leichtem Scham schweigend zu genießen. Obwohl er es sich fest vorgenommen hatte, war er schon bei ihrem Anblick nervös geworden. Und selbst jetzt, nach einer guten Stunde, die sie gemeinsam durch die Weinberge spaziert waren, spürte er noch immer eine gewisse Unsicherheit, sodass er kaum ein Wort hervorbrachte. Aber wie in ihrer Jungend machte sie es ihm einfach, indem sie redete und er gebannt zuhörte. Immer dann, wenn sie auf dem Weg zum Brunnenhäuschen einige Meter vorausgelaufen war oder ihn für einen kurzen Moment nicht beachtete, streifte sein Blick über ihren Körper. Ihre blonden langen Haare, ihre sommerbraune samtige Haut und ihr eng anliegendes weißes Leinenkleid erregten ihn. Auch sie hatte sich verändert. Ihr Gesicht, ihre Brüste und ihr Po waren seit ihrem letzten Treffen weiblicher geworden. Das noch fast jugendhafte Mädchen, das er in der Dunkelheit des Schlafsaals der SS-Junkerschule jeden Abend vor seinem geistigen Auge gesehen hatte, war zu einer mehr als ansehnlichen Frau herangewachsen.

Nachdem er den Wein eingeschenkt hatte, reichte er ihr ein Glas und setzte sich neben sie. Ein leichter Windstoß trug die warme Sommerluft durch die Tür des hölzernen Brunnenhauses, das am Dorfrand von Bockenheim lag. »Und worauf wollen wir anstoßen?«, fragte sie leise.

»Auf uns. Und dass dieser Abend nie enden wird. Und darauf, dass du in München an der Universität aufgenommen wurdest. Ich habe es dir so gewünscht, dass …«

Doch bevor er weiterreden konnte, gab sie ihm einen zärtlichen Kuss. Danach stießen sie an und blieben noch einen Moment schweigend nebeneinander sitzen. Dann nahm er vorsichtig ihre Hand. »Charlotte, ich wollte es dir noch nicht sagen, aber ich muss es jetzt loswerden. Ich werde nicht mehr lange bleiben können. Schon übermorgen werde ich zur Front nach Rostow in den Süden Russlands versetzt.«

»Ja, ich habe mir schon gedacht, dass dieser Tag bald kommen wird!« Sie senkte ihren Kopf und hielt seine Hand fest gedrückt. »Ich habe gehört, dass der Krieg im

Osten nicht so gut läuft, wie es die Wochenschau uns weismachen will. Viele sagen hinter vorgehaltener Hand, dass in der Schlacht um Moskau im Winter über 300.000 deutsche Soldaten umgekommen sein sollen.«

»Ja, das stimmt. Moskau war ein Rückschlag, aber nun mach dir mal keine Sorgen, Liebes. Der Führer wird schon das Richtige tun, und außerdem werden meine Kameraden und ich aufpassen. Und mit Felix Steiner haben wir den besten Generalleutnant der Waffen-SS. Wir werden den Bolschewisten richtig einheizen.«

»Trotzdem hab ich Angst, Friedrich! Es wäre mir lieber, du würdest woandershin versetzt werden oder gar nicht erst in den Krieg ziehen.«

»Aber ich bin bei der Waffen-SS. Der Führer braucht uns jetzt mehr als je zuvor! Bist du denn gar nicht stolz auf mich?«

»Doch natürlich!« Sie sah ihn mit einem verschämten Lächeln an. »Als du vor vier Tagen am Bahnhof angekommen bist – in der Uniform, so schneidig – da hast du ziemlich gut ausgesehen. Auf einmal so erwachsen.« Sie piekste ihm mit dem Zeigefinger in die Seite. »Nicht mehr der kleine Junge von früher, dem immer die Nase lief.« Sie musste lachen.

»Mir ist nie die Nase gelaufen!«

»Doch, ist sie wohl!«

»Na ja, wenigstens hatte ich nicht immer so dreckige Füße und strubbelige Haare wie du!«

»Ist doch gar nicht wahr. Das ist eine infame Unterstellung! Nimm das sofort zurück!« Sie fingen an, sich zu kitzeln, bis Charlotte sich losriss und auf die andere Seite des Brunnens lief. »Du warst schon damals zu langsam für mich!«, provozierte sie ihn.

»So, so, war ich das?« Er täuschte kurz rechts an, lief dann aber in die andere Richtung und bekam sie zu packen. Sie schrie auf, als er sie hochhob und durch das Brunnenhäuschen trug, lachte und strampelte mit den Beinen. Dann ließen sie sich eng umschlungen, in einen Heuhaufen fallen und blieben außer Atem nebeneinander liegen. Für einen Moment herrschte eine sonderbare Stille, in der beide nicht wussten, was sie sagen sollten. Dann fasste sich Friedrich ein Herz, drehte sich zur Seite und küsste sie innig. Ohne voneinander abzulassen, zogen sie sich gegenseitig die Kleider aus und wälzten sich im Heu. Sie berührten und küssten sich, bis er auf ihr liegen blieb. Er sah ihr lange in die Augen und hielt ihre Hände fest. Als er behutsam in sie eindrang, schienen die letzten goldenen Strahlen der untergehenden Sonne durch die Bretter des Brunnenhäuschens und trafen auf die glatte Pfirsichhaut ihrer Brüste.

Friedrich spürte die Wärme in seinem Gesicht und öffnete langsam die Augen. Durch das dreckige Fenster des Dachbodenzimmers schien die Sonne und ließ einige Staubkörner, die langsam durch die Luft schwebten, kurz aufglühen. Alles um ihn herum war still und ruhig geworden. Sein Zittern hatte aufgehört und sein Körper begann sich mit einer wohligen Wärme zu füllen. Ganz ohne Schmerzen fühlte er sich plötzlich leicht, befreit, als würde er schweben. Dann sah er verschwommen, wie Charlotte in ihrem weißen Leinenkleid an sein Bett trat und ihn mit einem Lächeln ansah. Wie zum Abschied hob sie langsam die Hand. »Ich liebe dich, Friedrich!«, flüsterte sie leise.

KAPITEL 58

Berlin-Lichtenberg, Rheinstraße, 25. Oktober 2010, 21:14 Uhr

Nervös tippte Markus mit den Fingern auf das Lenkrad und starrte hinaus auf die dunkle, verregnete Straße. Es fiel ihm schwer, sich auf den Verkehr zu konzentrieren. Blinkende Leuchtreklamen, Laternen und Autoscheinwerfer spiegelten sich tausendfach auf der nassen Windschutzscheibe. Sie blendeten und irritierten ihn, aber er nahm es nicht einmal bewusst wahr. Plan- und ziellos war er die vergangene halbe Stunde wie in Trance durch das nächtliche Berlin gefahren. Aus Angst, verfolgt zu werden, beobachtete er im Rückspiegel wieder und wieder die hinter ihm fahrenden Autos. Bilder schossen ihm durch den Kopf. Die Pistole des bulligen Mannes, sein aufgespießter blutender Körper und Julias leblose Augen. Das, was geschehen war, überforderte ihn. Noch immer konnte er es nicht begreifen. Er war fahrig und verstört und wusste weder, was er als nächstes tun, noch, was er denken oder fühlen sollte. Als sein Hintermann ihn hupend auf die grüne Ampel aufmerksam machte, zuckte er zusammen und drehte sich schreckhaft um. Dann fuhr er weiter, bis er in der Nähe des Fennpfulparks einen größeren verlassenen Parkplatz entdeckte. Er bog von der Straße ab und parkte sein Auto in einer abgelegenen Ecke. Nachdem er den Motor abgestellt hatte, legte er seinen Kopf erschöpft auf das Lenkrad. Nur einen Augenblick später löste sich seine Anspannung, die ganze Angst und der Stress der vergangenen zwei Stunden brachen aus ihm heraus. Hemmungslos begann er laut zu schluchzen.

Nach etwa zehn Minuten hatte sich Markus wieder etwas gefangen. Er lehnte sich zurück, öffnete das Fenster und atmete die frische Herbstluft tief ein. Er schloss die Augen und lauschte dem Rauschen des Windes in den Bäumen am Rande des Parkplatzes. Noch einmal ließ er die Geschehnisse des Abends vor seinem geistigen Auge Revue passieren.

Er war sich sicher, dass es nicht lange dauern würde, bis jemand die Leichen im Brunnenhäuschen finden würde. Aber was dann? Hatte er womöglich Spuren hinterlassen, die zu ihm führen würden? Bei dem Gedanken daran zog sich sein Magen erneut zusammen. Spaten, Kneifzange, Regenjacke und Taschenlampe hatte er mitgenommen. Auch an die Überreste Hitlers und sogar an den Brief und das Tagebuch hatte er gedacht. Aber zweifellos würde bei den modernen forensischen Methoden schnell herauskommen, dass eine dritte Person beteiligt gewesen sein musste. Allein die Fingerabdrücke, die er auf der Aluminiumleiter hinterlassen hatte, sprachen dafür. Aber wovor hatte er überhaupt Angst? Er hatte niemanden umbringen wollen und sein Angriff auf Erik Ottmer war nichts weiter als Notwehr gewesen. Zudem hatte er von beiden nichts mehr zu befürchten. Sie waren tot und er der einzige überlebende Zeuge. Alles, wofür man ihn strafrechtlich belangen könnte, wären Einbruch oder vielleicht Hausfriedensbruch. Wenn er sich jedoch stellen würde und die Umstände erklärte, würde sich das mit Sicherheit strafmildernd auswirken. Julias warnende Worte vor ihrem Tod gingen ihm wieder und wieder durch den Kopf.

Hatte sie die Wahrheit gesagt, würde es nicht lange dauern, bis die obskure SS-Untergrundorganisation, von der sie gesprochen hatte, ihn aufspürte. Ohne Zweifel würden sie alles unternehmen, um ihn zu finden. Entweder um an die Überreste Hitlers zu gelangen oder um sich an ihm zu rächen, falls er die Knochen der Polizei übergeben würde. Je länger er darüber nachdachte, desto klarer kam er zu dem Schluss, dass er mit großer Wahrscheinlichkeit sogar seine Familie ernsthaft in Gefahr gebracht hatte. Dass die SS vor nichts zurückschreckte, hatte der Tod Gert Bohlenders und der Schwester Charlotte Merzingers hinlänglich bewiesen. Erst jetzt, Stück für Stück, wurde Markus der Ernst der Lage, die verfahrene Situation, in der er sich befand, bewusst. Aber die Konsequenzen waren noch weitreichender. Käme alles heraus, würden Presse und Fernsehen sich auf die Geschichte stürzen und ausführlich darüber berichten. Und noch schlimmer, die ganze Welt würde erfahren, was er für einen brisanten Fund im Brunnenhäuschen gemacht hatte. »In was bist du Idiot da nur reingeraten!«, flüsterte er verzweifelt. Auch auf seine Zukunftspläne im ÖRF würden die Geschehnisse Auswirkungen haben. Käme heraus, dass er in Verbindung mit den Machenschaften einer brutalen Neonazi-Vereinigung und dem Mord an Gert Bohlender stand und obendrein auch noch vertrauliche Zeitzeugenbriefe aus dem Archiv entwendet hatte, wären die Chancen auf einen Folgevertrag gleich Null. Und dann waren da auch noch die Überreste Adolf Hitlers. Was würde er damit überhaupt machen? Auch wenn er sie am liebsten sofort weggeschmissen, in einem tiefen Loch vergraben oder in einem Fluss versenkt hätte, wäre es nun fahrlässig und töricht, dies zu tun. Solange sie in seinem Besitz waren, hatte er zumindest ein kleines Pfand, eine minimale Garantie dafür, dass, wenn ihn die SS finden würde, sie ihn nicht sofort töten würden, jedenfalls nicht, solange er ihnen die Überreste nicht gegeben hatte. Vielleicht gab es sogar eine Chance, direkt mit ihnen zu verhandeln. »So 'n Quatsch!«, sagte er laut, schüttelte den Kopf und rieb sich müde durchs Gesicht. »Warum hast du Penner die Sachen überhaupt mitgenommen?« Er ärgerte sich, im Brunnenhäuschen so überstürzt gehandelt zu haben. Aber selbst nach weiteren 20 Minuten und einer Alarm schlagenden inneren Stimme konnte er sich nicht dazu durchringen, die Polizei einzuschalten. Vielleicht würde er sie am kommenden Morgen anrufen, aber er wollte nicht schon wieder voreilig und kopflos handeln. Er startete den Motor und machte sich auf den Weg.

Als Markus etwa eine halbe Stunde später endlich einen Parkplatz gefunden hatte, stieg er aus und ging zum Kofferraum. Er sah sich um. Als er sich sicher war, dass ihn niemand beobachtete, öffnete er ihn und leerte ohne Umschweife seine Sporttasche aus. Dann nahm er das graue Stoffknäuel und den leeren Rucksack aus dem Eimer und legte beides behutsam in die Tasche. Um alles zu polstern, stopfte er Handtücher, Jogginghose und seine Jacke drumherum. Er nahm die Tasche, schloss den Kofferraum und ging in Richtung *Westin Grand Hotel*.

Um nicht aufzufallen, zog er die Kapuze seines Pullovers tief ins Gesicht, als er die Lobby des Hotels betrat. Auf direktem Wege ging er zu den Fahrstühlen und fuhr in den fünften Stock. In seinem Zimmer angekommen, hing er das »Bitte nicht stören«-Schild an die äußere Klinke, schloss die Tür und setzte sich, ohne sich auszuziehen, auf das Bett.

Mehrfach strich er sich nervös durch die nassen Haare und dachte nach. Auch wenn er eine gewisse Neugierde empfand, nachzusehen, was sich in dem grauen Stoffknäuel befand, fehlte ihm der Mut dazu. Noch immer erschien es ihm zu unwirklich, die Überreste des echten Adolf Hitler hier und heute, 65 Jahre nach dem Ende des Zweiten Weltkrieges, in seinem Hotelzimmer zu haben. Der Kopf eines Toten!, dachte er sich. Bis vor etwa zwei Stunden hatte er noch nie im Leben einen toten Menschen gesehen. Noch nicht einmal von seinem Großvater hatte er sich am geöffneten Sarg verabschieden dürfen. Jetzt aber hatte er nicht nur mitangesehen, wie zwei Menschen direkt vor seinen Augen brutal getötet worden waren, sondern hatte überdies noch verbrannte Leichenteile vor sich liegen. Bisher war der Tod für ihn lediglich etwas Abstraktes gewesen, etwas, das in seiner Welt nicht wirklich existierte. Nie hatte es in seiner Familie einen tödlichen Unfall gegeben. Glücklicherweise war bisher keiner seiner Freunde an Krebs oder einer anderen Krankheit gestorben, geschweige denn im Krieg geblieben. Es hatte einfach keinen triftigen Grund gegeben, sich ernsthaft mit dem Thema auseinanderzusetzen. Jetzt aber war der Tod plötzlich real geworden. Er hatte ihn am eigenen Leib zu spüren bekommen. Am Leben zu sein, schien ihm nun keine Selbstverständlichkeit mehr, sondern etwas äußerst Fragiles, das ihm jederzeit binnen Sekunden genommen werden konnte.

Er stand auf, ging ins Badezimmer und schaltete das Licht ein. Nachdenklich stützte er sich auf das Waschbecken und betrachtete sich im Spiegel. Er war blass. Sein Gesichtsausdruck war angestrengt und ungewohnt, als ob er einen Geist gesehen hätte. In seinen Augen erkannte er die Strapazen und die Angst der vergangenen zwei Stunden. Dafür, dass er sich in die Hose gepisst hatte, schämte er sich nicht. Vielmehr zeigte es ihm noch einmal, wie ernst die Situation wirklich gewesen war. »Das ist kein Spiel!«, ermahnte er sich leise. Da noch immer Julias Blut an seiner Wange und seinem Ohr klebte, wusch er sich gründlich das Gesicht. Um eine Dusche zu nehmen, fehlte ihm die Kraft. Er betrachtete das rötlich gefärbte Wasser, das in das weiße Spülbecken tropfte und im Ausguss verschwand. Dann trocknete er sich ab und ging zurück ins Zimmer.

Er atmete noch einmal tief durch, bevor er allen Mut zusammennahm und die Sporttasche öffnete. Vorsichtig hob er das graue Stoffknäuel heraus und legte es auf den Tisch. Dann begann er im Schein der Schreibtischlampe mit spitzen Fingern den obersten Stofflappen behutsam abzuziehen. Schon bei der ersten Berührung zerfiel der altersschwache Stoff. Stück für Stück knibbelte Markus weitere Fetzen ab, bis sich unter der letzten Schicht die Form eines menschlichen Schädels abzeichnete. Erschrocken trat er einen Schritt vom Tisch zurück und hielt sich die Hand vor den Mund. Seine Halsschlagader begann wieder vor Aufregung zu pulsieren. Es dauerte noch einen Moment, bis er sich dazu überwinden konnte, den Schädel ganz freizulegen.

Dann lag er vor ihm. Markus setzte sich auf die Bettkante und betrachtete ihn eine Weile. Der Schädel war kleiner, als er sich ihn vorgestellt hatte. Anders als er es erwartet hatte, hatte er nicht die typische beige Färbung, sondern war dunkelbraun bis schwarz. Neben einigen starken Verbrennungsspuren, vor allem an den Kanten des Oberkiefers, entdeckte Markus an der linken Schädelseite und am Hinterkopf verkohlte, auf der Oberfläche eingebrannte Gewebereste. Die Zähne und der Unterkiefer fehlten komplett. Wie gebannt betrachtete er jedes Detail. Aber trotz des grauenvollen Aussehens begann ihn der Anblick auf eine sonderbare Weise zu fesseln. Seine anfängliche Furcht wich ganz langsam einer gewissen voyeuristischen Faszination. Ohne es zu merken, erlag er dem Reiz des Schaurig-Schönen. Jetzt, wo der Schädel Adolf Hitlers vor ihm lag, er ihn mit seinen dunklen Augenhöhlen anstarrte, malte Markus sich aus, wo sein Schnauzer gesessen hatte und sein Seitenscheitel verlaufen war. Fast schien es ihm so, als würde dieses unscheinbare stumme Objekt, dem einst Hunderttausende auf dem Reichsparteitagsgelände frenetisch zujubelten, für einen kurzen Augenblick wieder lebendig werden. Ganz leise, im Hintergrund, glaubte er die hasserfüllten Worte seiner Reden wieder hören zu können. Er musste an Ingo denken und an das, was er ihm am Telefon über die Todesumstände Hitlers erzählt hatte. Auch wenn er sich nicht alle Einzelheiten hatte merken können, war er sich sicher, dass Ingo erwähnt hatte, dass die Russen nach der Eroberung des Führerbunkers mit einiger Wahrscheinlichkeit Hitlers Zahnbrücke gefunden hatten. Dass der Unterkiefer des Schädels fehlte und der Oberkiefer starke Verbrennungsspuren aufwies, war zumindest ein Indiz dafür, dass dies tatsächlich zutreffen konnte. Dennoch war Markus sich immer noch nicht sicher. Ein unwiderlegbarer Beweis, dass es sich wirklich um Adolf Hitlers Schädel handelte, fehlte. Er stand auf, beugte sich über den Schädel und hob ihn vorsichtig hoch. Der Schädel war leicht und schien zerbrechlich zu sein. Anders, als er es vermutet hatte, waren die Knochen fragil und sonderbar dünn. Langsam drehte er ihn und untersuchte die rechte Seite. Im Bereich der Schläfe entdeckte er ein kleines etwa bleistiftgroßes fast kreisrundes Loch, an dessen Rand ein kleines Knochenfragment abgebrochen war. Hatte er das Einschussloch entdeckt? Wenn ja, wäre dies ein weiterer Beweis dafür, dass es sich wirklich um Hitler handeln konnte. Dann plötzlich knackte es unter seinen Fingern. Teile des verkohlten Gewebes lösten sich ab und rieselten durch seine Finger. Markus erschrak und ließ den Schädel zurück auf den Tisch fallen. Ohne den Blick vom Schädel lösen zu können, schossen ihm Bilder durch den Kopf. Bilder von tausenden übereinandergestapelten Leichen abgemagerter vergaster Juden. Von Kugeln und Granatsplittern entstellten und zerfetzten Körpern. Verbrannten Kindern und vergewaltigten Frauen. Alles, was er in seinem Leben jemals über die Hölle des Krieges und den Naziterror gelesen, gesehen und erfahren hatte, bahnte sich auf einmal einen Weg in seine Erinnerungen. Panik stieg in ihm auf. Dann stürzte er ins Badezimmer und schaffte es gerade noch rechtzeitig, sich vor die Toilette zu knien.

Nachdem er sich mehrmals übergeben hatte, ließ sich Markus kraftlos neben dem Klo auf den Boden fallen. Er spürte die kühlen Fliesen an seiner Wange. Müde und erschöpft blieb er liegen. Als sich seine Atmung wieder normalisiert hatte, schloss er die Augen und versuchte, an etwas Schönes zu denken, etwas, das ihn ablenkte und von diesem Ort wegführte. Er sehnte sich nach Geborgenheit, nach jemandem, der ihn beschützte und alles irgendwie ungeschehen machte. Bei der Vorstellung daran, wie er als Kind, wenn er schlecht geträumt hatte, nachts zu seinen Eltern ins Bett gekrochen war, begann er vor Verzweiflung wieder zu weinen.

KAPITEL 59

Berlin-Mitte, Friedrichstraße, Westin Grand Hotel, 26. Oktober 2010, 8:08 Uhr

Markus blinzelte. Durch den Flur drang Tageslicht in das Badezimmer. Langsam richtete er sich vom Boden auf und sah auf die Armbanduhr. Es war kurz nach acht. Als sein Blick in die Toilettenschüssel fiel, wendete er sich angewidert ab. Er stand auf und drückte, ohne hinzusehen, die Spülung. Dann trank er ein Glas kaltes Wasser, zog sich aus und stellte sich unter die Dusche. Er spürte, wie ihm das heiße Wasser wohltuend über Kopf und Rücken lief. Sein Verlangen, sich zu reinigen, sich endgültig seinen Urin und Julias Blut abzuwaschen, war groß. Ohne es zu merken, seifte er sich wieder und wieder ein.

Als er nach dem Duschen zurück in sein Zimmer ging, schweifte sein Blick nur kurz über Hitlers Schädel, der noch immer auf dem Schreibtisch lag. Ohne ihn weiter zu beachten, zog er sich an. Seine Bewegungen waren langsam und mechanisch. Im Gegensatz zur Aufregung und Nervosität, der Panik und Angst des gestrigen Abends verspürte er nun eine gewisse Ernüchterung und vor allem Wut. Er fühlte sich hintergangen und ausgenutzt. Seine Wut richtete sich jedoch nicht nur gegen Julia und die SS-Untergrundorganisation, sondern vor allem gegen sich selbst. Dass er seine Familie in Gefahr gebracht hatte, würde er sich nie verzeihen können. Darüber hinaus hatte er alles, wofür er die letzten Wochen gekämpft hatte, ohne nachzudenken einfach aufs Spiel gesetzt. Bei dem Treffen mit Julia in der *Trinidad-Bar* war er in seine alten hormongesteuerten Verhaltensmuster aus dem Studium zurückgefallen und dabei blind für ihr falsches Spiel gewesen. Frustriert stopfte er die schmutzigen Kleidungsstücke und seinen Kulturbeutel in die Reisetasche und setzte sich danach aufs Bett. Je länger er darüber nachdachte, desto entschiedener kam er zu dem Schluss, dass ihm nichts anderes übrig blieb, als sich der Sache zu stellen und die Verantwortung für sein Handeln zu übernehmen. Denn anders, als er es sich am gestrigen Abend im Auto noch überlegt hatte, würde ihm nicht nur Hausfriedensbruch, sondern mit großer Wahrscheinlichkeit auch unterlassene Hilfeleistung vorgeworfen werden. Auch wenn er sich sicher war, dass in der Kürze der Zeit niemand Julias Tod hätte verhindern können, hatte er in seiner Panik nicht einmal daran gedacht, einen Notarzt zu rufen. Um alles nicht noch schlimmer zu machen, als es ohnehin schon war, musste er die Polizei nun einschalten, ganz egal, was dies für ihn bedeuten würde.

Nachdem er die Überreste Hitlers wieder in der Sporttasche verstaut und ausgecheckt hatte, verließ er das *Westin Grand Hotel.* Auf dem Weg zum Auto entschied er sich jedoch, noch etwas spazieren zu gehen. Bevor er die Polizei anrufen würde, wollte er wenigstens einen klaren Kopf bekommen. Schon nach wenigen Metern spürte er, wie gut ihm die kühle Luft tat. Der Wind hatte merklich aufgefrischt. Böig wehte er durch die Straßen Berlins und trieb braune und gelbe Blätter vor sich her. Noch immer lag eine dicke graue Wolkendecke über der Stadt. Nachdenklich lief Markus die Behrenstraße entlang in Richtung Tierpark, bis er auf Höhe der amerikanischen Botschaft an das nördliche Ende des Holocaust-Mahnmals stieß.

Beim Anblick der vielen Hundert dunkelgrauen Betonquader blieb er wie angewurzelt stehen. Erst jetzt erkannte er die wahre Dimension dessen, was er gestern im Brunnenhäuschen ausgegraben hatte. Ein seltsames Gefühl breitete sich in ihm aus, als ihm bewusst wurde, dass er Adolf Hitler an diesen besonderen Ort gebracht hatte. Nun wusste er auch, was ihn den ganzen Morgen daran gehindert hatte, die Überreste einfach in einem Mülleimer zu entsorgen. Es war nicht der Anstand oder der Respekt vor einem toten Menschen und schon gar nicht vor Adolf Hitler selbst, sondern vielmehr der vor seinen Millionen Opfern. Vielleicht waren es auch die Worte, die Charlotte Merzinger in ihrem Brief gefunden hatte, die, je länger er darüber nachdachte, mehr und mehr Sinn ergaben. Wie sie spürte auch Markus nun die geschichtliche, gesellschaftliche und vor allem ethische Bedeutung, die diesem unscheinbaren Objekt in seiner Sporttasche innewohnte. Auch wenn er es nicht wollte, hatte er auf gewisse Weise die Verantwortung dafür übernommen. Das Recht, darüber zu entscheiden, ob die sterblichen Überreste seinen Opfern und der Öffentlichkeit vorenthalten werden sollten und was mit ihnen geschehen sollte, hatte er jedoch nicht. Ob der Tod wirklich von allen Sünden freisprach oder ob es tatsächlich zu einer posthumen Anklage kommen könnte, so wie es die alte Dame in ihrem Brief forderte, würden andere entscheiden müssen. Noch immer war es für ihn schwer zu begreifen, dass inmitten dieses verkohlten Schädels einmal die Gedanken in einem Gehirn geboren worden waren, die so viel unbeschreibliches Leid, Tod und Zerstörung über die Welt gebracht hatten. Er musste an die vielen Millionen Opfer denken, die durch Hitlers Wirken umgekommen waren und die unter anderem das vor ihm liegende Mahnmal rechtfertigten. Wie wertvoll war doch jedes einzelne Menschenleben, wie viel Liebe und Energie kostete es, einen Menschen aufzuziehen, ihn über Jahre heranwachsen zu sehen, und wie gleichgültig hatte Hitler sie millionenfach in den Tod geschickt.

Mit versteinerter Miene blieb er noch eine Weile stehen und beobachtete, wie in der Ferne einige Schülergruppen sich das Denkmal ansahen. Nur widerwillig hörten einige etwas abseits stehende kahl geschorene Jungen in schwarzen Bomberjacken dem Touristenführer zu. Trotzig spuckten sie auf die Betonquader und hoben zum Ärgernis der Lehrer lachend den rechten Arm zum Führergruß. Es wird nie enden!, dachte sich Markus. Ihm war klar, er würde niemals nachvollziehen können, wie grausam die Wirklichkeit damals gewesen war. Aber ohne es zu wollen, war er der Wahrheit näher gekommen, näher, als er es je zu träumen gewagt hätte.

Als es wieder zu regnen begann und die ersten Tropfen schwer auf seine Jacke fielen, sah er mit zusammengekniffenen Augen hoch zum stürmischen Himmel über Berlin. Erst jetzt verstand er, was Julia mit ihren letzten Worten gemeint hatte: »Und siehe, ich bin bei euch alle Tage bis an der Welt Ende.«

ENDE

BERNWARD SCHNEIDER
Endstation Reichskanzlei

978-3-8392-1700-9 (Paperback)
978-3-8392-4677-1 (pdf)
978-3-8392-4678-8 (epub)

»1945: Die Endzeitstimmung in Berlin mündet auch in Anarchie und sexuelle Ausschweifungen.«

Eine Gestapoagentin – das ist Greta Jenski, eine ehemalige Tänzerin, die in einem geheimen Berliner Edelbordell als Bardame arbeitet und im Auftrag der Gestapo die Kunden aushorcht. Aber Greta fungiert in Wahrheit als Doppelagentin, die im Auftrag ihres Geliebten Michel Greinz für einen fremden Geheimdienst spioniert. Mitte April 1945 – der »Russe« steht vor den Toren der Reichshauptstadt – zieht sich auch für sie die Schlinge um den Hals immer enger zu. Ist Selbstmord tatsächlich der einzige Ausweg für Greta?

Das Neueste aus der Gmeiner-Bibliothek

Unsere Lesermagazine

Bestellen Sie das kostenlose KrimiJournal in Ihrer Buchhandlung oder unter www.gmeiner-verlag.de

Informieren Sie sich …

www … auf unserer Homepage:
www.gmeiner-verlag.de

@ … über unseren Newsletter:
Melden Sie sich für unseren Newsletter an unter www.gmeiner-verlag.de/newsletter

f … werden Sie Fan auf Facebook:
www.facebook.com/gmeiner.verlag

Mitmachen und gewinnen!

Schicken Sie uns Ihre Meinung zu unseren Büchern per Mail an gewinnspiel@gmeiner-verlag.de und nehmen Sie automatisch an unserem Jahresgewinnspiel mit »mörderisch guten« Preisen teil!

WWW.GMEINER-VERLA
Wir machen's spann